나는 고백한다 1

Jo confesso

JO CONFESSO
by Jaume Cabré

The translation of this work has been supported by the Institut Ramon Llull.
이 책은 Institut Ramon Llull로부터 번역 지원을 받았습니다.

세계문학전집 369

나는 고백한다 1

Jo confesso

자우메 카브레 지음

권가람 옮김

민음사

차례

마르가리다에게

일러두기

1. 이 책은 『나는 고백한다(Jo confesso)』(Proa, 2011)를 번역 대본으로 사용했다.
2. 국립국어원의 한글 맞춤법과 외국어 표기법을 따랐다. 다만 카탈루냐어 고유 명사의 경우 자음은 동카탈루냐식 발음을, 모음은 서카탈루냐식 발음을 기준으로 표기했다. 카탈루냐 학회와 발렌시아 학술원은 두 지역의 발음을 모두 표준으로 인정한다. 모음 표기는 국립국어원의 카탈루냐어 한글 표기 규정이 없는 상황에서 모음 약화 현상을 반영하지 않는 서카탈루냐어식 발음을 기준으로 하는 편이 한국어 화자에게 좀 더 직관적인 표기가 될 것이라 판단했다.
3. 카탈루냐어 원문에서 독일어, 라틴어 등 다른 외국어로 서술된 묘사 혹은 대화문은 한국어로 그 뜻을 번역하고 괄호에 해당 외국어임을 표시했다.

1부

머리부터……

나는 아무것도 아니게 될 것이다.
　　── 카를레스 캄프스 문도*

---

*Carles Camps Mundó(1948~). 카탈루냐의 시인. 대표작으로『그림자의
윤곽』,『죽음과 말』이 있다.

1

어젯밤 발카르카의 비에 젖은 거리를 걸으며 비로소 나는 내 가족 중 한 사람으로 태어난 것이 결코 용서할 수 없는 실수라는 사실을 알게 되었다. 점점 커 가면서 나의 생각과 행동을 정확하지 않은 믿음들과 잡스러운 독서 탓으로 돌리기 시작했지만 언제나 나는 혼자였으며 믿고 의지할 부모도, 인생의 답을 내려 주는 신도 내 곁에 없다는 것을 갑자기 깨달았다. 어제 화요일 밤에 달마우의 집에서 돌아오는 길에 폭우를 맞으며 나는 이에 대한 책임이 오롯이 나에게 있다는 결론을 내렸다. 행복과 불행은 전적으로 나의 책임, 그저 나에게 달려 있었다. 이를 깨닫는 데 무려 육십 년이나 걸리다니. 나는 버림받았고, 고독하고, 당신을 너무나도 그리워한다는 사실을 알아주었으면 좋겠다. 우리가 멀리 떨어져 있어도 당신은 나의 정신적인 지주다. 공포스럽기는 하지만 표류하지 않기 위해 떠내려가는 뗏목을 억지로 붙잡는 일은 하지 않겠다. 몇몇 징후가 벌써 눈에 띄기 시작했지만 나는 나를 어디로 이끌지 알 수 없는 믿음도, 성직자도, 합의된 규율들도 따르지 않을 것이다. 나는 이제 늙어 버렸고, 낫을 든 사신이 따라오라고 손짓하기 시작했다. 그는 자신의 검은 비숍을 움직였고, 정중한 몸짓으로 게임을 계속하자고 재촉하는 중이다. 나에게 폰[1]이 얼마 남지 않았다는 사실을 아는 것이다. 그럼에도 아직 내일은 아니기에 나는 무엇을 움직일 수 있을지 살핀다. 내 마지막 기회라고 할 이 원고 앞에 나는 홀로 섰다.

　나를 무턱대고 믿지는 말기를. 단 한 명의 독자만을 염두에 두고 쓰인 기록물은 거짓으로 가득하기 마련이다. 다만 언제나 네 발로 안전하게 착지하는 고양이처럼 진실에 다가가기 위해 최대한 노력할 것이다. 나는 항상 그래 왔고, 더할 때도 있었다. 당신에게 진작에 말했어야 하는데. 그러나 쉽지 않은 일이고, 지금은 대체 어디부터 글을 시작해야 할지 모르겠다.

　모든 것은 그 비탄에 빠진 남자가 500년 전 성 페레 델 부르갈 수도원에 입회를 요청하면서 시작되었다. 그가 그런 요청을 하지 않았거나 수도원장 조제프 데 산바르토메우가 요청에 응하지 않았다면 지금 내가 당신에게 이 이야기를 하고 있지 않을 것이다. 그런데 그 시절까지 거슬러 올라가기는 좀 힘드니까 훨씬 나중의 일부터 이야기하겠다. 훨씬 나중.

　"네 아버지는…… 그러니까 아들아, 아버지는……."

---

1) 체스에 쓰이는 말 중의 하나.

아니, 아니다. 여기부터 시작하는 것도 좋은 생각은 아니다. 내가 이 글을 쓰고 있는 서재에서, 당신의 눈부신 초상화 앞에서 시작하는 게 낫겠다. 이 서재로 말하자면 나의 세계이자 인생이며, 내 모든 것이 담긴 나의 우주라고 할 수 있다. 나의 사랑만 빼고 말이다. 가을과 겨울 동안 동상에 걸린 손을 하고서, 혹은 반바지를 입고서 집 안을 뛰어다녔을 때 나는 이곳 출입이 금지되어 있었다. 몰래 숨어 들어올 수밖에 없었다. 서재의 구석구석을 꿰고 있었고, 몇 년 동안 소파 뒤쪽에 비밀스러운 요새를 만들어 두었었다. 작은 롤라가 걸레질을 할 때 눈치채지 못하도록 하기 위해서는 들어갔다 나올 때마다 공간을 해체해야 했다. 그러나 언제나 정당한 이유로 들어갈 적에도 아버지가 베를린의 한 허름한 가게에서 발견한 최근의 문서들을 보여 주었을 때 손을 뒤로 숨긴 채 방문객 행세를 해야 했다. 이것 봐, 손을 어디에 둬야 할지 조심하고. 잔소리하기 싫으니까. 그러면 아드리아는 호기심이 가득한 눈으로 그 문서를 유심히 들여다보곤 했다.

"독일어로 쓰인 거죠?" 무의식적인 것처럼 손을 내밀며 물었다.

"어이! 손가락을 어디다 두는 거야!" 그의 손을 때리며 말했다. "뭐가 궁금하다고?"

"독일어로 쓰인 거 맞죠?" 아픈 손을 비비면서 말했다.

"그래."

"독일어를 배우고 싶어요."

펠릭스 아르데볼은 자긍심이 가득 찬 눈으로 아들을 바라보았다. 곧 배우게 될 거다, 아들아.

　사실은 어떤 원고가 아니라 다 해어진 고문서 뭉치였다. 첫 번째 장에는 고문체로 '촛대의 전설'이라고 쓰여 있었다.

　"슈테판 츠바이크[2]가 누구예요?"

　아버지는 손에 돋보기를 들고 첫 번째 문단 가장자리에 적힌 메모를 보느라 정신이 팔려 있었다. 아들아, 작가란다. 이렇게 말하는 대신에 십 년 전인가 십이 년 전인가 브라질에서 자살한 어떤 남자야. 그 후 오랫동안 슈테판 츠바이크에 대해 내가 아는 것이라고는 십 년 전인지 십이 년 전인지 브라질에서 자살한 남자라는 사실뿐이었다. 그 원고를 읽게 되었을 때서야 비로소 그가 누군지 조금은 알 수 있었다.

　그렇게 서재 방문을 마친 아드리아는 나올 때 조금도 소리를 내지 말아야 했다. 아버지가 돋보기로 고문서들을 검토하거나, 그러지 않을 때는 중세의 지도 묶음을 살펴보거나 언제나 손가락에 전율이 느껴지는 무언가를 발견하는 데 골몰해 있었기 때문에 집 안에서는 절대 뛰어다니거나 큰 소리를 내거나 재잘거려서는 안 되었다. 허용되는 소리는 오로지 — 그것도 내 방에서 — 바이올린 소리뿐이었다. 하지만 『활 긋기 연습 교본』의 13번 아르페지오만 하루 종일 연습할 수는 없는 노릇이었다. 이 책 때문에 트루욜스를 정말 싫어하게 되었는데, 그렇다고 바이올린이 지겹지는 않았다. 사실 트루욜스도

---

2) Stefan Zweig(1881~1942). 오스트리아 출생으로 독일어권의 저명한 전기 소설 작가다. 대표작으로 『마리 앙투아네트』, 『메리 스튜어트』가 있다.

싫어한 것은 아니었다. 그저 좀 짜증 날 뿐이었고, 특히 13번을 연주하게 할 때면 더욱 그랬다.

"네가 지겨워할까 봐 그러는 거야."

"이 부분을 한번 해 보렴." 활 끝으로 악보를 가리키며 말했다. "세상에서 가장 어려운 기법은 이 페이지에 다 모여 있어. 굉장한 연습 곡목이지."

"하지만 저는……."

"금요일까지 13번을 완벽하게 해 오도록. 27번 마디를 포함해서 말이야."

가끔 트루욜스는 정말 미련스러웠다. 그러나 대체적으로 성격이 그렇게 모나지 않았다. 어떨 때는 더없이 친절했다.

베르나트도 나와 비슷한 생각이었다. 내가 『활 긋기 연습 교본』에 매진하고 있을 때는 베르나트를 몰랐다. 그러나 트루욜스에 관한 한 같은 생각이었다. 물론 역사책에 등장하는 연주자가 아니지만 내 생각에 훌륭한 스승이 틀림없었다. 아, 좀 더 차분히 집중해서 글을 써야 할 모양이다. 지금 모든 것이 뒤죽박죽이다. 물론 당신에 관한 이야기라면 당신이 잘 아는 것이 당연하다. 하지만 분명히 스스로도 알 수 없는 영혼의 어떤 부분들이 있을 것이다. 아무리 노력한들 한 사람을 완전히 알기란 불가능하다.

가게의 외관은 훌륭했다. 그러나 나는 집의 서재만큼 가게를 좋아하지는 않았다. 아마도 자주는 아니지만 가게에 들를 때면 누군가가 나를 감시한다는 느낌을 지울 수 없었기 때문이다. 물론 좋은 점도 있었다. 갈 때마다 눈부시게 예쁜 세실리아를 볼 수 있었다. 나는 진작에 사랑에 빠졌었다. 그녀는 혜성처럼 빛나는 금발에 늘 단정한 머리 모양을 하고 있었다. 도톰한 입술은 약간 달아오른 붉은색을 띠었다. 카탈로그와 가격표를 정리하고 상품 태그를 붙이느라 항상 바빴다. 얼마 안 되는 손님을 맞이할 때 언제나 미소를 지었고, 그때 보이는 치아가 정말 가지런했다.

"혹시 악기가 있을까요?"

신사가 모자도 벗지 않고 말을 건넸다. 세실리아 앞에 서서 주위를 두리번거렸다. 갖가지 조명, 샹들리에, 조각이 세밀한 체리나무 재질의 가구, 19세기 초에 만들어진 2인용 의자, 다양한 크기와 시대의 화병들…… 그는 나의 존재를 알아차리지조차 못했다.

"그렇게 많지 않지만 저를 따라오시면……."

그렇게 많지 않은 악기란 바이올린 몇 점과 소리는 좋지 않지만 놀랍게도 끊어지지 않은 거트현이 붙은 비올라 한 점을 가리켰다. 찌그러진 튜바, 상태가 아주 좋은 플뤼겔호른, 그리고 그 작은 동네의 순찰관이 파네베조 숲이 불타고 있다는 사실을 다른 동네 주민에게 알리기 위해 다급하게 불어 댔던 트럼펫도 하나 있었다. 파르다크의 주민들은 불과 얼마 전 화재로 고통받은 시로르, 산마르티노, 심지어 벨시노펜 사람들, 서기 1690년 발생한 대재앙의 우려할 만한 냄새를 이미 맡았을 모에나와 소라가 사람들에게 도움을 요청했다. 당시는 이미 거의 대부분이 지구가 둥글다는 사실을 알았고 정체 모를 질병, 신을 믿지 않는 야만족이나 바다, 육지의 짐승, 세찬 눈보라 혹은 비바람만 아니면 서쪽으로 사라졌던 배들이 여전히 한밤중의 악몽에 시달리는 한층 수척하고 초췌하고 초점 없는 시선을 한 선원들을 싣고 동쪽으로 돌아오던 때였다. 서기 1690년 여름 잠에서 덜 깬 몇몇을 제외한 파르다크, 모에나, 시로르, 산마르티노의 주민들은 졸린 눈을 한 채 자신들의 삶을 집어삼키고 있는 재앙을 지켜보았다. 피해의 정도는 조금씩 달랐다. 무기력하게 지켜볼 수밖에 없었던 위력적인 화마는 이미 질 좋은 나무의 상당 부분을 태워 버렸다. 마침 구세주처럼 내린 비 덕분에 불길이 가라앉았을 때 무레다 데 파르다크의 넷째 아들이자 가장 수완이 좋은 자키암은 불이 휩쓸고 간 숲을 샅샅이 살펴보기 시작했다. 불길이 미치지 않은 곳에 혹시라도 쓸 만한 나무 밑동이 있을지 모른다는 생각에서였다. 곰 협곡을 절반쯤 내려간 그는 용변을 보기 위해 숯덩이로 변해 버린 전나무 옆에 다리를 쭈그리고 앉았다. 그런데 그때 무언가를 발견하고 몸이 바짝 긴장했다. 좀약과 어떤 다른 물질의 냄새를 풍기는 천 조각이 송진을 잔뜩 머금은 나무를 감싸고 있었다. 그는 자신의 미래를 망쳐 버린 불길에 타다 만 천 조각을 아주 조심스럽게 살살 풀어 헤쳤다. 눈앞에 보이는 것이 그를 매우 혼란스럽게 만들었다. 송진에 전 나뭇조각을 감싸고 있던 가장자리가 굉장히 꾀죄죄한 누런색인 지저분한 녹색 천은 바로 모에나의 뚱보 불사니 브로치아가 즐겨 입던 몸에 딱 달라붙는 상의의 일부분이었기 때문이다. 완전히 타 버린 옷 더미 두 개를 더 찾아냈을 때 그는 무레다 집안과 파르다크 마을 전체를 파멸시키고 말겠다던 악마 불사니의 협박이 실행에 옮겨진 사실을 알았다.

"불사니."

"나는 개들하고 말을 섞지 않아."

"불사니."

무겁게 내려앉은 목소리가 그를 멈칫하게 했다. 불사니의 배는 몹시 튀어나와 만일 더 오래 살면서 충분히 먹어 댄다면 팔걸이로 쓰기에도 안성맞춤이었을 것이다.

"대체 원하는 게 뭐야?"

"윗옷은 어디다 두었지?"

"그게 너와 무슨 상관인데?"

"어째서 그 딱 붙는 상의를 입고 다니지 않아? 보여 줘 봐."

"꺼져. 네 운이 다했다 싶으니까 이제 모에나 사람들에게 함부로 굴려고? 그런 거야?" 증오에 차서 그의 눈을 가리켰다. "너한테 보여 줄 생각 없어. 그러니까 그만 꺼져, 해를 다 가리고 있잖아."

무레다의 넷째 아들 자키암은 차가운 분노로 가득 차 나무 껍질 벗기는 칼을 칼집에서 꺼내더니 마치 단풍나무 기둥인 양 모에나의 뚱보 불사니 브로치아의 배에 내리꽂았다. 불사니의 입이 벌어졌다. 눈은 아파서라기보다 파르다크가 꺼낸 빌어먹을 물건이 자신을 겨냥했다는 사실에 놀라 오렌지만 하게 커졌다. 자키암 무레다가 칼을 다시 뽑자 끈적한 피가 부글부글 솟았다. 불사니는 상처를 입어 힘이 빠졌는지 의자에 주저앉았다.

자키암은 황량한 거리의 위아래를 계속 두리번거렸다. 순진하게도 그는 파르다크를 향해 헐레벌떡 뛰어 내려왔다. 모에나의 마지막 집을 지났을 무렵 풍차 근처에 사는 곱사등이 여자가 젖은 옷을 입고서 놀란 눈으로 쳐다보고 있었다는 사실을 알아차렸다. 어쩌면 처음부터 끝까지 모두 보았을지도 모른다. 그는 여자의 시선에 아랑곳하지 않고 달리는 속도를 높였다. 나무 감별에서 최고의 실력을 갖추었으며 스무 살이 채 되지 않았지만 그의 인생은 갑자기 뜻밖의 방향으로 흐르고 있었다.

그의 가족들은 비교적 잘 대처했다. 곧 산마르티노와 시로르에 사람을 보내 불사니가 악의를 품고 숲을 불태웠다는 사실을 증거를 대며 설명해 보였다. 그러나 모에나 사람들은 정상을 참작해 줄 이유가 없다고 생각하고 자키암 무레다의 죄를 끝까지 처벌하려 했다.

"아들아." 노쇠한 무레다가 평소보다 무거운 눈빛으로 입을 열었다. "떠나거라." 그는 파네베조의 나무를 만지며 삼십 년간 일하고 저축해 모은 금의 절반을 아들에게 내밀었다. 이 같은 결정에 대해 자키암의 모든 형제는 침묵을 지켰다. 그리고 다소 딱딱하게 말하기를 사랑하는 아들아, 아무리 네가 악기용 목재를 찾아내는 데 최고의 실력을 갖추었다지만, 아들아, 이 저주받은 집안의 넷째 아들아, 우리가 절대 팔지 않을 가장 훌륭한 재질의 단풍나무보다 더욱 소중한 것은 너의 목숨이다. 그리고 이것이 우리 앞에 닥쳐올 고난으로부터 너를 지킬 수 있는 길이야. 모에나의 불사니가 숲을 망쳐 버렸기 때문이다.

"아버지, 저는…….."

"어서 가거라, 정신 똑바로 차려야 한다. 벨시노펜 쪽으로 가거라. 아마 시로르에서 너를 찾을 게다. 네가 시로르나 토나디크로 간 것처럼 소문을 내마. 이 계곡에 머무르기에는 위험이 너무나 커. 아주 긴 여행을 해야 할 거야, 아주 긴. 파르다크로부터 아주 멀리 가야 한다. 떠나거라, 아들아. 신이 보살펴주실 거다."

"아버지, 떠나고 싶지 않아요. 숲에서 일하고 싶습니다."

"숲이 모두 불타 버렸잖니. 그런데 무슨 일을 하겠다는 말이냐?"

"잘 모르겠어요. 하지만 계곡 밖의 제 삶이 무슨 의미가 있을까요?"

"오늘 밤 떠나지 않으면 내가 너를 죽일 거다. 무슨 말인지 알겠느냐?"

"아버지…….."

"모에나의 그 누구도 내 아들한테 손대지 못할 거다."

자키암은 아버지에게 작별 인사를 했다. 그리고 모든 형제들의 볼에 작별의 입맞춤을 했다. 아그노, 옌, 막스와 그 아내들에게도 인사했다. 에르메스, 조세프, 테오도르, 미쿠라. 일세, 에리카와 그 남편들. 카타리나, 마틸데, 그레헨, 베티나한테도. 떠나는 그에게 조용한 작별 인사를 하기 위해 모두 모였다. 그리고 그가 문에 다가섰을 때 어린 베티나가 불렀다. 자키암. 그는 뒤돌아서 베티나가 손을 내밀고 있는 모습을 바라보았다. 동생의 손에는 어머니가 죽기 전 건넨 성 마리아 다이 시우프 데 파르다크³⁾의 목걸이가 늘어져 있었다. 자키암은 말없이 형제들을 바라보다가 이내 아버지를 물끄러미 쳐다보았다. 아버지는 소리 없이 고개를 끄덕였다. 그는 어린 베티나에게 다가가 목걸이를 받아 들었다. 베티나, 내 사랑스러운 막내, 죽을 때까지 이 보물을 간직하마. 그 말대로 될 줄은 아무도 몰랐다. 베티나는 울지 않고 두 손으로 자키암의 양 볼을 쓰다듬었다. 자키암은 눈물이 그렁그렁한 채로 집을 나섰다. 그는 어머니의 무덤 앞에서 짧은 기도를 올리고 끝없는 눈보라를 향해 어둠 속으로 사라졌다. 그의 삶을 바꾸고 그의 역사와 기억을 바꾸기 위해.

"이게 다예요?"

"여기는 골동품 상점입니다." 세실리아의 진중한 대답에 남자들은 부끄러움을 느꼈다. 다소 비꼬는 투로 그녀는 다시 물었다. "현악기 장인에게 물어보는 게 어떠시겠어요?"

나는 그녀가 화났을 때가 더 좋았다. 더 예뻐 보였기 때문이다. 어머니보다 더 아름다웠다. 그 시절의 내 어머니 말이다.

내가 있는 곳에서 베렝게 씨의 사무실이 보였다. 여전히 모자를 벗지 않은, 실망한 듯한 손님을 배웅하는 세실리아의 기척이 들려왔다. 출입문의 종이 울렸고, 좋은 하루 보내세요 하는 세실리아의 인사 소리가 들렸다. 베렝게 씨가 고개를 들고 나에게 한쪽 눈을 찡긋했다.

"아드리아."

---

3) 프레다초의 수호 성녀 화관을 쓴 마리아를 의미한다.

"네."

"언제 널 데리러 온다시니?" 그가 목소리를 높여 물었다.

나는 어깨를 으쓱했다. 언제 어느 곳에 머무르는 것이 적당한지는 늘 나에게 수수께끼 같은 문제였다. 우리 부모님은 나 혼자 집에 있는 것을 원하지 않았고, 두 분이 모두 집을 비울 때면 나를 가게에 데려다 놓곤 했다. 나로서는 좋은 일이었다. 이미 생을 마감했거나 휴식을 취하며 두 번째, 세 번째, 혹은 네 번째 기회를 기다리는 온갖 진귀한 물건들을 구경하며 즐거운 시간을 보냈다. 다른 집에서 그 물건들이 맞이하게 될 새로운 삶을 상상하는 일은 너무나 신이 났다.

나를 데리러 오는 사람은 언제나 작은 롤라였다. 그녀는 항상 서둘렀다. 왜냐하면 이후에 저녁 식사를 준비해야 했고, 그 준비가 늘 늦어졌기 때문이다. 그래서 베렝게 씨가 언제 나를 데리러 오는지 물었을 때 나는 어깨를 으쓱할 수밖에 없었다.

"이리 와 보거라." 빈 종이를 펼쳐 들며 나에게 말했다. "책상에 앉아서 그림이라도 좀 그려라."

나는 그림을 그리는 데 영 소질이 없었기 때문에 그림 그리기를 정말 싫어했다. 그림의 '그' 자도 몰랐다. 그래서 내가 항상 당신의 기적과 같은 솜씨를 동경했던 거야. 베렝게 씨는 내가 아무것도 안 하고 있는 게 불쌍해 보였는지 그림을 그려 보라고 한 거였다. 사실이 아니었다. 나는 생각에 잠겼던 것뿐이다. 하지만 베렝게 씨에게 싫다고 말할 수는 없었다. 책상머리에 앉아 그를 진정시킬 수 있는 것이라면 나는 무엇이든 하곤 했다. 주머니에서 검은 독수리를 꺼내 그것을 그려 보기로 했다. 불쌍한 검은 독수리…… 내가 그린 것을 보기라도 한다면……. 아 참, 검은 독수리는 아직 카슨 보안관을 만나지 못했다. 오늘 아침에 라몬 콜 씨와 바이스산 하모니카를 교환하면서 검은 독수리를 얻었기 때문이다. 아버지가 알면 나를 가만두지 않을 것이다.

베렝게 씨는 굉장히 특별한 사람이었다. 웃을 때 표정이 꽤나 무서웠고 세실리아를 쓸모없는 사람처럼 대했다. 절대 용서할 수 없는 일이었다. 그러나 내 아버지를 가장 잘 아는 사람이었다. 정말 모를 일이었다.

2

산타마리아호는 9월의 두 번째 목요일, 안개가 자욱한 이른 아침에 오스티아에 도착했다. 바르셀로나로부터의 여정은 아이네이아스가 자신의 운명과 불멸의 영광을 찾아 나섰던 어떠한 여정보다 고되었다. 산타마리아호에 승선한 이후 넵투누스는 그에게 눈길 한번 주지 않고 대부분의 시간을 물고기에게 먹이를 주면서 보냈다. 여정이 마무리될 무렵 플라나[4] 출신 농부처럼 짙고 건강한 색이었던 피부는 창백함을 띠기 시작했고 신비로운 느낌마저 들었다.

조제프 토라스 이 바제스 몬시뇰은 혼자서 결정을 내리고 말았다. 그 학생은 신학도로서 매우 학구적이었고, 신실했으

---

4) 소도시 비크를 중심으로 하는 카탈루냐 북동부의 평원 지대. 카탈루냐 민족의 정체성을 가장 잘 보존하고 있는 지역으로 여겨진다.

며, 나이에 비해 우아하고 교양이 넘쳤다. 그 아름다운 꽃은 좀 더 영양이 풍부한 정원을 필요로 했다. 그 꽃을 비크의 누추한 정원에 더 이상 두었다가는 서서히 말라 가며 결국 신이 내린 지적 능력을 낭비하고 말 것이라는 생각이 들었다.

"로마에 가고 싶지 않아요, 신부님. 제가 한 몸 바쳐 공부하고 싶은 이유는……."

"바로 그래서 너를 로마에 보내는 거란다, 사랑하는 아들아. 나는 우리 신학교가 어떤지 잘 알고, 그래서 너 같은 출중한 학도가 이곳에 있는 것은 시간 낭비라는 생각이 들었다."

"하지만 신부님……."

"신이 너에게 기대하는 바는 더욱 크단다. 네 스승들도 찬성하는 바이고." 그는 손에 쥐고 있던 문서를 다소 과장되게 흔들며 말했다.

그는 모범 그 자체라 할 토나의 제스 가문에서 태어났습니다. 안드레우와 로잘리아의 아들로 이미 여섯 살 때 학문을 위한 자질을 갖추었고, 신학도의 길을 걷기 위한 단호한 의지를 보였습니다. 가장 먼저 입문한 것은 자신트 가리고스 신부가 지도하는 라틴어 수업이었습니다. 학업적 성취가 매우 빠르고 뛰어나 수사학 수업 때는 그 유명한 『라틴어 웅변』을 교재로 사용해야만 했습니다. 본 사제는 개인적인 경험에 비추어 우리 신학교가 그를 학생으로 둔 것은 매우 기쁜 일이었으며, 그리하여 사제들이 사어 구사에서 가장 특별하고 뛰어난 학생 웅변가에게 경의를 표하기 위해 첫 번째 문학회 행사를 열도록 했습니다. 그런데 우수한 자질은 열한 살이 되던 해 초월의 경지에 이르러 작은 체구마저 극복하게 했습니다. 베르길리우스의 언어로 울려 퍼진 펠릭스 아르데볼의 준엄한 웅변을 듣는 데는 의자도 필요 없었습니다. 작지만 신중한 이 웅변가의 연설은 청중 사이에서 빛났기 때문입니다. 청중 속에는 감격에 겨운 그의 부모와 형제들도 포함되어 있었습니다. 그리하여 펠릭스 아르데볼 이 기테레스는 수학, 철학, 신학을 다루는 위대한 학자의 길로 접어들며 자우마 발메스 이 우르피아, 안토니 마리아 클라레트 이 클라라, 자신트 베르다게 이 산탈로, 자우메 콜렐 이 반셀스, 그리고 스승이자 아껴 마지않는 우리 교구 주교이신 안드레우 두란과 같이 이곳 출신의 가장 출중한 학생들의 반열에 오르게 됩니다.

우리의 이 감사한 마음이 우리보다 앞서 이곳을 거쳐 간 선조들에게도 전해지기를 간절히 기원합니다. 이것이 우리 주님께서 원하시는 바입니다. "이제는 훌륭한 사람들과 역대 선인들을 칭송하자."(라틴어)(『집회서』 44장 1절)⁵⁾ 이에 우리 신학원 학생인 펠릭스 아르데볼 이 기테레스가 그레고리오 대학에서 학업을 이어 갈 수 있도록 진심을 담아 간곡히 부탁드리는 바입니다.

"다른 방법이 없구나, 내 아들아."
펠릭스 아르데볼은 배를 싫어한다고 차마 이야기할 수 없

---

5) 개신교와 유대교는 『집회서』를 외경으로, 가톨릭과 동방정교회는 정경으로 인정한다.

었다. 그는 바다와 거리가 먼 견고한 육지에서 나고 자랐다. 주교의 제안에 어떻게 대응해야 할지 몰라서 결국 고된 여정을 떠나야 했다. 오스티아 항구의 한쪽, 들쥐가 득실거리는 반쯤 썩은 상자 옆에서 그는 자신의 무기력과 기억의 대부분을 게워 냈다. 잠깐 동안 거친 숨을 몰아쉬며 다시 정신을 차리고 손수건으로 입을 닦았다. 여행을 위해 입은 캐속의 매무새를 서둘러 매만지고 찬란한 미래를 그려 보았다. 아이네이아스와 같은 우여곡절을 겪고서야 그는 로마에 도착했다.

"기숙사에서 가장 좋은 방입니다."

펠릭스 아르데볼은 묘한 기분에 젖어 침대에 몸을 뉘었다. 문 앞에서 키가 작고 다부진 학생이 도미니크회 수사의 복장을 하고서 땀을 뻘뻘 흘리며 친절한 미소를 짓고 있었다.

"리에주에서 온 펠릭스 모를린이라고 해." 방 안으로 들어서며 낯선 학생이 말했다.

"펠릭스 아르데볼이야. 비크에서 왔어."

"오, 이름이 같구나." 그는 손을 내밀며 미소를 머금고 감탄을 표했다.

둘은 곧 친해졌다. 모를린은 아르데볼이 기숙사에서 가장 좋은 방을 배정받았다고 말하며 혹시 내부에 아는 사람이 있는지 물었다. 그는 아무도 없다는 사실을 고백해야만 했다. 기숙사 입구를 지키는 뚱뚱한 대머리 관리인은 그의 서류 뭉치를 들여다보더니 아르데볼? 54번 방이라고 말했다. 그리고 눈을 마주치지도 않은 채 열쇠를 건넸다. 모를린은 이 사실을 믿지 않았지만 크게 웃어넘겼다.

　정확히 일주일 후 학기가 시작하기 전 모를린은 자신이 아는 2학년 학생들 십여 명한테 아르데볼을 소개했다. 그는 아르데볼에게 그레고리오 대학이나 성경 연구회 바깥에서 친구를 사귀는 것은 시간 낭비라고 조언했다. 그리고 경비들의 감시를 피해 학교를 빠져나가는 법을 알려 주었으며, 신분을 감추고 돌아다닐 때를 대비해 일반 옷을 마련해 두라고 재촉했다. 그는 신입생을 안내하는 책임을 맡아, 기숙사에서 학교까지 가는 가장 가까운 길을 따라 들어선 독특한 건물들을 설명해 주었다. 그의 이탈리아어에 프랑스어 억양이 묻어나기는 했지만 이해하기 어렵지 않았다. 그는 그레고리오 출신 예수회 사제들과 거리를 유지하는 것이 중요한 이유를 장황하게 설명했다. 자칫하다가는 그들이 너희 머리를 돌아 버리게 말들 수 있기 때문이지. 휙, 이렇게 말이야!

　학기가 시작하기 하루 전날 각기 다른 곳에서 온 모든 신입생과 재학생들은 학교 본관에 있는 팔라초 가브리엘리 보로메오 대강당에 모였다. 콜레조 로마노에 속한 그레고리오 학교의 데카누스 신부, 다니엘레 단젤로, S. J. 신부는 완벽한 라틴어로 우리가 그레고리오 신학교 모든 학과의 과목을 수강할 수 있다는 게 얼마나 행운인지, 얼마나 명예로운 일인지 등등에 대해 힘주어 말했다. 우리는 언제나 훌륭한 학생들과 함께해 왔으며, 많은 성인을 배출한 사실을 자랑스럽게 생각합니다. 작고하신 교황 레오 13세 또한 이곳 출신입니다. 그저 노력, 노력, 또 노력하기만을 여러분께 당부합니다. 여러분은 학업, 학업, 또 학업에 정진하기 위해 이곳에 왔고 신학, 정통 법학, 성령학, 교회사 등등등에서 분야별 최고의 권위자로부터 배우게 될 겁니다.

"단젤로 신부님의 별명이 뭐냐면…… 단젤로단젤로단젤로야." 모를린은 마치 걱정스러운 소식이라도 전하듯이 아르데볼의 귀에 대고 속삭였다.

그리고 학업이 끝나면 여러분은 자신의 본국, 신학교, 교단 소속 기관 등 세계 각지로 흩어지게 될 겁니다. 아직 그 단계에 이르지 않은 경우에는 사제의 신분으로 이곳에서 받은 가르침의 열매가 무르익기를 기다립니다 등등등…… 에 이어 일상생활을 영위하는 데 필요한 실용적인 조언들이 십오 분이나 더 이어졌다. 어쩌면 모를린의 조언들보다 덜 실용적이겠지만. 펠릭스 아르데볼은 더 괴로운 상황이 펼쳐졌을 수 있다고 생각했다. 가끔은 비크에서의 라틴어 연설이 단젤라 신부가 읽어 내려가는 실용적인 매뉴얼보다 훨씬 더 지루했기 때문이다.

학기의 처음 몇 달은 성탄절 이후까지 별 탈 없이 지나갔다. 펠릭스 아르데볼은 특히 팔루바 신부의 명철함을 우러르게 되었다. 그는 슬로바키아와 헝가리의 피가 절반씩 섞인 예수회 출신으로 성경에 관한 지식이 매우 해박했다. 피에르 블랑 신부의 정신적 엄격함도 존경했다. 그는 도도했으며, 계시 신학과 신학의 교회 전파를 가르쳤다. 모를린과 마찬가지로 리에주에서 태어났지만 기말 시험에서 모를린에게 낙제점을 주었다. 마리아 신학에 대한 접근법을 서술했기 때문이다. 세 과목의 수업을 옆자리에 앉아 같이 들은 이래 아르데볼은 드라고 그라드니크와 점점 친해졌다. 류블랴나 신학교에서 온 그라드니크는 슬로베니아 출신으로 체구가 매우 크고 얼굴이 붉은 기운을 띠었으며 사제복의 깃을 금방이라도 뚫고 나올 것 같은 넓고 강건한 황소의 목을 가지고 있었다. 라틴어는 유창한데 말수가 적었다. 아르데볼과 그라드니크 둘 다 수줍음을 타는 성격이었지만 학업의 길 앞에 열린 수많은 고난의 문을 기운차게 헤쳐 나가고자 했다. 모를린이 늘 불평에 가득 차 있고 자신의 연락망과 친구 관계를 넓혀 나갈 때 아르데볼은 기숙사에서 가장 좋은 54번 방에 꿈쩍하지 않고 들어앉아 새로운 세계관을 학습하는 데 몰두했다. 그는 파피루스 종이에 기록된 고문서와 팔루바 신부가 가져온 다른 성경 문헌들, 예를 들어 이집트의 민중 문자, 콥트어, 그리스어, 혹은 아람어로 쓰인 문헌들을 섭렵했다. 팔루바 신부는 그들에게 사물의 진가를 알아보고 감상하는 방법을 가르쳤다. 훼손된 문서는 과학적인 용도에 부적합하다. 그는 반복해서 이야기했다. 만약 복원할 필요가 있다면 무슨 수를 써서라도 복원해야 한다. 그리고 복원 기술자의 역할은 그것을 해석하게 될 과학자의 역할만큼이나 중요하다. 신부는 등등등을 남발하지 않았다. 언제나 무슨 말을 해야 할지 분명하게 알고 있었기 때문이다.

"다 헛소리지." 신부의 말에 모를린이 단호하게 말했다. "그 사람들은 그저 한 손에 돋보기를 들고서 책상 위의 곰팡이 슬고 너덜너덜해진 종잇조각을 들여다보는 것에 만족을 느낄 뿐이야."

"나도 그런데."

"사어가 무슨 소용이겠어?" 그는 거만한 투의 라틴어로 대답했다.

"팔루바 신부님이 '인간은 어떤 국가에 살지 않는다, 어떤 언어를 사는 것이다.'라고 하셨지. 그리고 고언어를 살려야만……."

"말도 안 되는 소리. 멍청한 소리일 뿐이야. 사어 중 그나마 가장 많이 쓰이는 게 라틴어라고."

그들은 산티그나조 거리 한복판에 있었다. 아르데볼은 캐속을 입었고, 모를린은 일상복 차림이었다. 처음으로 아르데볼은 친구가 낯설게 느껴졌다. 혼란스러운 얼굴을 한 채 잠시 걸음을 멈추고 무엇을 믿는지 물었다. 모를린도 멈춰 서더니 그는 타인을 돕고 교회에 봉사하고 싶은 깊은 갈망에 이끌려 도미니크회 수사가 되기로 결심했다고 이야기했다. 무엇도 그 결심을 막을 수는 없지. 다만 실질적인 방법으로 교회에 봉사해야 해. 케케묵은 문서를 들여다보는 것이 아니라 어떤 사람들의 인생에 영향을 끼치고 사람들의 삶을 변화시키면서……. 그는 잠시 멈추었다가 덧붙여 말했다. 등등등. 둘은 동시에 크게 소리 내어 웃었다. 그 순간 처음으로 카롤리나가 곁을 지나갔는데 둘 중 누구도 눈치채지 못했다. 그리고 작은 롤라와 함께 집에 도착했을 때 그녀가 저녁을 준비하고 실내가 어둑어둑해지는 동안 나는 바이올린 연습을 해야만 했다. 이 순간을 좋아하지는 않았는데 왜냐하면 언제라도 문 뒤에서 악당이 튀어나올 수 있었기 때문이다. 내가 검은 독수리를 늘 지갑에 넣어 다니는 이유다. 집에는 몇 년 전 아버지가 내린 결정에 따라 어떠한 보석 목걸이, 장신구, 판화, 기도서도 없었다. 가엾은 소년 아드리아 아르데볼에게는 보이지 않는 어떤 작은 위안거리가 필요했다. 그러던 어느 날 나는 바이올린 연습을 하는 대신에 거실에서 시간을 보내고 있었다. 트레스푸이[6]의 서쪽으로 해가 넘어가는 모습을 넋 놓고 바라보았다. 해는 기묘한 색으로 거실 선반 위에 걸린 그림 속의 성 마리아 데 제리 수도원을 비추었다. 이 시간의 햇빛은 항상 나를 매혹시켰고, 나는 불가능한 역사들을 생각하며 상념에 빠졌다. 거리를 향한 문이 열리는 기척조차 느끼지 못하던 나는 아버지의 굵직한 목소리에 놀라고 나서야 비로소 상념에서 빠져나왔다.

"여기서 뭐 하는 거야, 시간 낭비 중인가? 숙제는 없어? 바이올린은 어떻게 한 거야? 할 일이 없어? 그런 거야?"

아드리아는 심장을 졸이며 황급히 방으로 들어갔다. 입맞춤을 해 주는 부모를 둔 아이들이 부럽지조차 않았다. 그런 부모가 존재한다는 것 자체가 상상 밖의 일이었다.

"카슨, 검은 독수리를 소개할게. 용감한 부족 아라파호 출신이야."

"안녕."

"하우."[7]

---

6) 카탈루냐 팔랴르스 지방의 마을.
7) 북미 원주민 라코타족의 인사말로 '야', '여봐'라는 의미다.

검은 독수리는 카슨 보안관의 볼에 입을 맞추었다. 아버지
가 해 주지 않은 그 입맞춤 말이다. 그리고 아드리아는 독수리
와 카슨을 침대 옆 탁자 위에 놓인 말에 태웠다. 둘이 가까워
지도록 하기 위해서였다.

"많이 힘들어 보이는데?"

"신학을 삼 년 넘게 공부해 봐." 아르데볼은 수심에 잠겨 말
했다. "아직 네가 정말 관심 있어 하는 분야가 뭔지 정확히 모
르겠어. 구원주의인가?"

"내 질문에 대한 답을 아직 못 들었는데." 모를린이 말했다.

"그건 질문이 아니었잖아. 기독교 계시에 대한 신뢰?"

모를린이 답을 하지 않자 펠릭스 아르데볼은 대답을 재촉
했다.

"그레고리오 대학에서 공부하는 이유가 뭐야? 만일 신학이
그다지 너에게……."

둘은 학교에서 기숙사로 돌아가는 학생들 무리로부터 떨
어져 나왔다. 이 년간 그리스도론, 구원론, 형이상학 I, 형이상
학 II, 계시론을 수강하며 각 분야에서 가장 까다로운 스승들
의 비판에 익숙해졌다. 특히 신적 계시의 레빈스키 교수는 수
업이 요구하는 기대치에 펠릭스 아르데볼이 미치지 못한다고
생각했다. 로마는 크게 변하지 않았다. 전쟁으로 인해 유럽이
쑥대밭이 되었는데도 로마는 털끝 하나 상하지 않았다. 다만
조금 더 가난해졌을 뿐이다. 그사이 신학교 학생들은 세상의
갈등과 그에 따른 우여곡절은 잊고 학업에만 매진했다. 대부

분이 그랬다. 그들은 점점 지혜와 덕목을 갖추어 나갔다. 거의 대부분이 그랬다.

"그럼 넌 공부가 재밌어?"

"신정론과 원죄론은 더 이상 재밌는지 모르겠어. 합리화를 듣는 데도 지쳤거든. 신이 악을 허용한다는 논리가 도저히 이해되지 않아."

"나도 의심을 품은 지 꽤 됐어."

"너도 그래?"

"아니, 네가 너무 복잡하게 생각한다는 의심을 품기 시작했다는 거지. 세상을 관찰하는 데 한번 관심을 기울여 봐. 고전 법학부에 재밌는 것들이 많더라. 교회와 시민 사회의 법적 관계라든지 교회 규율, 교회 재산권, 사제의 삶 속에 있는 축복, 그리고 관습법 문헌……."

"무슨 소리야?"

"사변적인 학문을 파고드는 것은 시간 낭비야. 규율을 읊어 대는 과목들은 휴식을 위한 것일 뿐이지."

"대체 무슨 말인지!" 아르데볼이 흥분하며 대답했다. "나는 아람어가 좋단 말이야. 필사본을 하나씩 읽어 내려가고, 보탄 신아람어와 바르자니 유대 신아람어의 형태학적 차이를 살펴보는 것만큼 즐거운 일이 또 어딨겠어. 코이 산자크 수라트어와 플라소어의 기원에 대해 알려지지 않은 이야기들을 알아보는 것도 마찬가지야."

"그런데 말이야. 난 네가 도대체 무슨 말을 하는지 모르겠어. 우리가 같은 학교에 다니는 게 맞긴 해? 같은 학부 소속이 맞아? 우리 둘 다 로마에 살고 있는 거야? 맞아?"

"그게 무슨 상관이야. 나는 레빈스키 신부의 수업만 피할 수 있다면 칼데아, 바빌로니아, 사마리아 아람어에 대한 모든 것을 알고 싶어."

"그게 대체 너한테 무슨 도움이 되는데?"

"그럼 계약 결혼, 첫날밤 의식을 통한 결혼, 법적 결혼, 사실혼, 유효혼, 무효혼의 차이를 아는 것은 대체 무슨 도움이 되는 건데?"

세미나리오 거리 한가운데에서 둘은 웃음을 터뜨렸다. 짙은 색 옷을 입은 여인이 물끄러미 바라보고 있었다. 소란을 피우며 경건함이라는 가장 기본적인 교칙을 어기고 있는 젊은 사제들을 보며 약간 겁먹은 표정이었다.

"왜 기운 빠진 모습을 하고 있어? 자, 이게 질문이야."

"진짜 궁금한 게 대체 뭐야?"

"전부 다."

"그럼 신학은?"

"전부 다에 포함되지." 모를린이 대답했다. 그는 마치 카사나타 도서관의 정면과 그 앞을 무심하게 지나가는 스무 명 남짓한 사람들을 축복하듯이 팔을 들어 올렸다. 그리고 다시 걷기 시작했다. 펠릭스 아르데볼은 힘겹게 그를 뒤따랐다.

"유럽을 휩쓰는 전쟁을 한번 봐." 모를린은 아프리카 쪽을 가리키며 힘차게 말을 이었다. 그리고 주변에 스파이가 있어 두렵기라도 한 듯 목소리를 낮추어 말하기 시작했다.

"이탈리아는 중립을 유지해야 해. 왜냐하면 삼국 협상은 그저 방어 조약이거든." 이탈리아가 말했다.

"연합군이 전쟁에서 승리할 거야." 영불 협상이 말했다.

"나는 내 말을 충실히 이행하는 것 이외의 다른 이익을 위해 움직이지 않는다." 준엄한 태도로 이탈리아가 선언했다.

"우리는 반환되지 않은 트렌토, 이스트라, 달마티아 지역을 약속한다."

"다시 말한다." 이탈리아는 더욱 강건하게 이야기했다. 그리고 실망한 듯 눈을 굴리며 말을 이어 갔다. "이탈리아의 진실한 입장은 중립을 지키는 것이다."

"좋다. 만일 내일이 아니라 오늘 동맹국이 된다는 조건이다. 알겠는가? 오늘 이를 행한다면 반환되지 않은 모든 지역을 지배하게 될 것이다. 남부 티롤, 트렌토, 베네치아 줄리아나, 이스트라, 피우메, 니스, 코르시카, 몰타, 달마티아."

"어디에 서명해야 하는가?" 이탈리아가 대답했다. 그리고 눈빛을 반짝이며 "평화 조약이여 영원하라! 중부 유럽의 제국에 종말을! 바로 이런 게 정치야, 펠릭스. 양쪽 모두가 기여하는 것이지."

"그렇다면 위대한 이상이란 대체 뭐야?"

이제 펠릭스 모를린은 멈추어 서서 하늘을 바라보며 인상적인 구절을 내뱉을 준비를 했다.

"국제 정치는 전 세계의 위대한 이상을 꿈꾸는 게 아니야. 전세계의 거대한 이익을 꿈꾸지. 이탈리아는 그것을 잘 이해했고. 일단 착한 편, 즉 우리 편에 서고 나면 트렌토에서 작전을 시작해 그 신의 축복을 받은 숲을 파괴하고, 반격을 행하고, 카포레토 전투를 일으켜 300명을 죽음으로 내몰고, 피아베강에서 전투를 벌이고, 비토리오 베네토에서 국경을 침범해 파도바에서 정전 협정을 맺고, 세르비아-크로아티아-슬로베니아 왕국을 세우는 거지. 유고슬라비아라고 불리기는 했지만 실제로는 인공물에 불과해 몇 달 만에 사라진 왕국 말이야. 내 생각에는 미반환 지역은 당근일 뿐이야. 동맹국들이 나중에 가로채 갈 거란 말이지. 이탈리아는 실망하게 될 거야. 결국은 모두가 모두를 상대로 계속 싸울 테니 전쟁은 완전히 끝나지 않을 거야. 그리고 진짜 적이 나타나겠지, 아직 잠에서 깨지 않은 적."

"그게 누군데?"

"볼셰비키 공산주의. 지금이 아니면 몇 년 뒤가 될 거야."

"그런 건 어떻게 아는 거야?"

"신문을 읽고, 식견 있는 사람들의 말을 듣지. 이게 바로 효율적 정보 습득의 기술이라고나 할까. 이런 상황에서 네가 바티칸이 맡은 절망적인 역할에 대해 알게 된다면 말이야……."

"그럼 구원주의에서 영혼의 성체에 미치는 종교적 영향력에 대한 탐구는 언제 할 건데?"

"이봐 펠릭스, 지금 내가 하는 것도 공부야. 교회에 참다운 봉사를 하기 위해 준비하는 과정이라고. 교회에는 신학자, 정치가, 그리고 돋보기를 통해 세상을 보는 너 같은 소수의 깨어 있는 자들이 모두 필요해. 왜 기운이 빠져 있는 거야?"

그들은 고개를 숙인 채 침묵에 잠겨 얼마 동안 걸음을 옮겼고, 각자의 생각에 빠져들었다. 안 돼! 갑자기 모를린이 멈춰 서더니 말했다.

"무슨 일이야?"

"너의 문제를 알겠어. 왜 의기소침해 있는지 말이야."

"정말?"

"너는 사랑에 빠졌어."

로마 그레고리오 대학교 4학년에 재학 중인 펠릭스 아르데볼 이 기테레스. 두 해 동안 학기말 최우수상을 받은 그는 그 발언에 항의하기 위해 입을 열었다가 다시 다물었다. 성주간의 끝인 부활절 다음 월요일, 아르데볼은 "진실과 만들어진 것은 서로 통한다."(라틴어)라는 비코[8]의 명제에 관한 논문을 준비한 후 잠시 쉬고 있던 자신의 모습을 되돌아보았다. 이 밖에도 비코의 문헌 전체를 이해하기란 도무지 불가능해 보였다. 반비코주의자이자 사회의 모든 이상한 움직임들을 꿰고 있는 듯 보이는 펠릭스 모를린과 정반대였다. 그는 피에트라 광장을 지날 때 그녀를 세 번째로 보았다. 눈부시게 아름다웠다. 둘은 서른 마리쯤 되는 비둘기 떼를 사이에 두고 서 있었다. 그녀를 향해 다가가자 한 손에 작은 꾸러미를 들고 있다가 그를 향해 미소 지었다. 세상이 갑자기 더 밝고, 깨끗하고, 너그럽고, 순수하게 보였다. 그는 차분히 이성적으로 생각해 보았다. 아름다움, 저토록 아름다운 것은 결코 악의 작품일 리가 없어. 아름다움은 신성한 거야, 천사와 같은 미소 또한 말이지. 그는 두 번째로 그녀를 보았을 때를 기억해 냈다. 카롤리나는 가게

8) 지암 바티스타 비코(Giambattista Vico, 1668~1744). 이탈리아 태생의 철학자. 역사를 인간 인식의 근원으로 보았으며 역사 철학의 기초를 닦았다. 대표 저서로 『새로운 학문의 원리들』이 있다.

앞에서 수레의 짐을 내리는 아버지를 돕고 있었다. 어찌 저 가냘픈 어깨가 무자비하게 채워진 사과 상자를 견뎌 내야 한단 말인가? 그는 차마 그 광경을 두고 볼 수 없어 얼른 달려가 그녀를 도왔다. 건초를 우물거리는 나귀의 역설적인 공모 속에서 둘은 아무 말도 건네지 않은 채 상자 세 개를 내렸고, 펠릭스는 그녀의 눈 속에 끝없이 펼쳐진 풍경을 지그시 바라보았다. 그는 카롤리나의 파인 가슴 쪽으로 시선을 주지 않기 위해 애썼다. 사베리오 아마토의 가게는 고요했다. 대학에서 수학하는 신부, 사제, 성직자, 혹은 신학원생이 신성한 사제복을 걸어붙이고 짐꾼 노릇을 하며 한 여인을 유심히 바라보는 가운데 어떻게 반응해야 할지 아무도 몰랐기 때문이다. 전쟁 와중에 내린 신의 축복인 사과 세 상자. 달콤했던 세 번의 순간. 극한의 아름다움을 옆에서 지켜보았던 순간, 아마토 씨의 가게 안이라는 것을 문득 알아차렸던 순간, 그리고 그녀를 쳐다보지도 않은 채 안녕히 계세요(이탈리아어)라고 작별 인사를 하자 그 어머니가 뛰어나와 손에 사과 두 개를 쥐여 주던 순간. 그 사과가 카롤리나의 아름다운 가슴일지 모른다는 생각이 머릿속을 스치자 볼은 순식간에 빨개졌다. 혹은 그녀를 처음 보았을 때, 카롤리나, 카롤리나, 카롤리나, 세상에서 가장 아름다운 이름을 가졌지만 아직 그에게 의미 있는 이름이 아니었을 때 그녀는 앞에서 걸어가다가 발목을 접질렀고 작은 고통의 비명을 내뱉었다. 아, 가엾은 생명체여. 그녀는 바닥에 주저앉다시피 했다. 그때 그는 드라고 그라드니크와 함께 길을 걷고 있었다. 그라드니크는 신학부에 입학한 지 이 년 만에 키가 반 뼘이 자랐고, 3킬로그램 정도 몸집이 불었다. 당시 그는 사흘 내내 안셀무스의 존재론적 논증에 푹 빠져 있었는데, 다른 아무것도 카롤리나의 아름다움만큼 신의 존재를 입증하지 못한다는 듯 이야기했다. 드라고 그라드니크는 발목을 삐는 것이 얼마나 고통스러운 일인지 모르는 듯했다. 펠릭스 아르데볼은 아름다운 아달라이사, 베아트리체, 라우라의 발목을 조심스럽게 들었다가 바닥에 내려놓았다. 다시 다리를 잡고 들어 올렸을 때 그는 만국 박람회의 전기 아크에 흐르는 전류보다 더욱 강렬한 자극이 척추를 타고 흐르는 것을 느꼈다. 아가씨, 아픈가요 물었을 때는 그녀를 당장 끌어안고 싶은 생각마저 들었다. 그렇게 성급하고, 고통스럽고, 강렬하고, 무섭기까지 한 성적 욕망은 처음 느껴 보았다. 그사이 드라고 그라드니크는 안셀무스를 생각하며 다른 쪽을 바라보고서 신의 존재를 증명하기 위한 더욱 이성적인 방법에 골몰했다.

"아픈가요?"(이탈리아어)

"감사합니다, 정말 감사합니다, 신부님."(이탈리아어) 한없이 깊은 눈을 한 그녀가 부드러운 목소리로 말했다.

"신이 우리에게 지능을 선사했다면 이성 또한 그와 동시에 존재할 수 있는 거야. 그렇지, 아르데볼?"

"이름이 뭔가요?(나의 눈부신 요정이여)"(이탈리아어)

"카롤리나라고 합니다, 신부님. 고맙습니다."(이탈리아어)

카롤리나, 그 얼마나 아름다운 이름인가. 정말 잘 어울리는 이름이군요, 사랑스러운 그대.

"카롤리나, 여전히 아픈가요?(온전한 아름다움이여)"(이탈리아어) 그는 걱정스러운 목소리로 다시 물었다.

"이성. 이성을 통해 믿음으로. 이건 이단이야? 어떻게 생각해, 아르데볼?"

그는 카롤리나를 긴 의자에 앉혀야만 했다. 볼이 매우 붉게 상기된 요정은 곧 어머니가 지나갈 거라고 말했다. 두 학생은 멈췄던 걸음을 재개했다. 드라고 그라드니크는 콧소리가 심한 라틴어로 성 베르나르도가 인생의 전부는 아니며, 테야르 드샤르댕의 학회는 우리에게 중요한 것을 생각하게 하는데…… 아르데볼은 여신 카롤리나의 살결에서 묻어난 향을 느끼기 위해 자신도 모르게 손을 얼굴로 가져갔다.

"내가 사랑에 빠졌다고?" 그를 보며 히죽거리는 모를린을 바라보고 말했다.

"모든 증상이 그렇다고 이야기해 주는데."

"네가 뭘 안다고."

"나도 다 겪어 봐서 알거든."

"그럼 어떻게 극복했지?" 아르데볼의 목소리에 걱정이 묻어났다.

"극복하지 못했어. 잠재의식 속에 묻어 뒀지. 그랬더니 사랑은 소멸하고, 나는 거기에서 빠져나온 거야."

"겁주지 마."

"그게 인생이야. 나는 죄를 지었고, 후회해."

"사랑은 영원한 거야, 끝이 없어. 나는 절대……."

"오, 주여, 펠릭스 아르데볼, 너 정신이 단단히 나갔구나!"

아르데볼은 대답하지 않았다. 그의 앞에 서른 마리쯤 되는 비둘기가 앉아 있었다. 때는 성주간이 지난 월요일이었고, 피에트라 광장에 서 있었다. 급작스럽게 솟구친 갈망에 그는 비둘기 무리를 가로질러 카롤리나에게 다가갔다. 그녀가 아르데볼에게 꾸러미 하나를 건넸다.

"아프리카에서 온 보석이에요."(이탈리아어) 요정이 말했다.

"어떻게 알고 이걸······."

"매일 이곳을 지나다니시던걸요."

그때 「마태오복음」 27장 51절, 성전의 휘장이 위에서 아래까지 두 갈래로 찢어지며 땅이 흔들리고, 바위들이 갈라지고 무덤이 열리고, 잠자던 성인들의 몸이 부활했다는 구절이 떠올랐다.

신의 불가사의, 그리고 신이 임하신 언어.

성모 마리아, 그리고 신의 어머니의 신비.

기독교 믿음의 신비.

인간의, 불완전한 교회의 신비. 신성하고 영원한 교회의 신비.

나에게 상자를 건넨 젊은 여인의 사랑의 신비. 나는 54번 방에서 이틀간 그 상자를 탁자에 올려 두고만 있었다. 셋째 날 포장지만 겨우 뜯어 보았다. 뚜껑이 닫힌 작은 상자였다. 오, 주여. 나는 깊은 심연에 빠지기 직전이었다.

토요일이 되기를 기다렸다. 대부분 학생들은 방에 머물렀다. 몇몇만이 방에서 나와 산책을 즐기거나 로마의 각기 다른 도서관에 흩어져 있었다. 그곳에서 학생들은 다소 분노하며 악의 근원, 화를 일으키는 악마의 존재, 경전에 대한 올바른 독해, 그레고리오와 암브로시오 성가의 네우마에 대한 답을 찾아 헤맸다. 아르데볼은 54번 방에 혼자 있었다. 책상 위에는 아무 책도 없고 모든 것이 제자리에 정돈되어 있었다. 쓰레기 같은 물건들이 지저분하게 널려 있거나 제자리에 놓이지 않은 사물들, 제대로 진열되지 않은 물건들을 바라보는 것은 아르데볼을 정말로 화나게 만들었다. 아르데볼은 자신이 미쳐 간다고 생각했다. 맞는 것 같아. 그해부터 시작된 모양이야. 아버지는 물건들의 질서를 신봉하는 사람이었다. 내가 보기에 아버지는 지적인 비논리성을 전혀 신경 쓰지 않았다. 그러나 책을 책장에 보관하는 대신 탁자 위에 놓거나 문서들을 난로 위에 두고 잊어버리는 것은 변명이나 용서의 여지가 없었다. 시야에 무언가 거슬리는 것이 있으면 참지 못했고, 모두에게 정리 정돈을 강조했다. 특히 나에게는 더 엄격해서 매일 가지고 놀던 모든 장난감을 철저히 정리해야 했고, 나와 함께 몰래 침대에서 자는 카슨 보안관과 검은 독수리만이 이를 피할 수 있었다. 아버지는 이 사실을 절대 몰랐다.

54번 방은 조금도 흐트러짐 없이 깨끗했다. 펠릭스 아르데볼은 자리에서 일어나 창밖으로 기숙사를 오가는 사제복 무리를 바라보았다. 차마 말할 수 없는 분노의 비밀을 간직한 듯 굳게 문을 닫은 마차가 코르소가를 지나고 있었다. 한 아이가 철제 양동이를 힘겹게 끌고 가는 바람에 불필요하고 불쾌한 소리가 사방에 울려 퍼졌다. 그는 겁에 질렸고, 그래서 모든 것이 그에게 화를 내는 것처럼 보였다. 탁자 위에는 아직 자리를 찾지 못한 매우 진귀한 물건 하나가 덩그러니 놓여 있었다. 카롤리나가 선물한 아프리카의 보석이 담긴 작은 초록색 상자였다. 이 상자의 운명인 거지. 그는 성 마리아 교회의 종소리가 12시를 알리기 전 상자를 버리거나 열어 보겠다고 다짐했다. 혹은 목숨을 끊거나. 세 가지 중 하나를 선택할 것이다.

왜냐하면 학문을 위해 인생을 바친다는 것은 열정을 샘솟게 하는 고문서학의 세계에서 길을 찾고, 오래된 필사본의 우주를 항해하고, 기억을 향한 유일한 창문인 썩어 문드러지는 파피루스에 갇힌 지 여러 세기가 지나 누구도 사용하지 않는 언어를 배우고, 고대와 중세의 문서를 구분하고, 세상이 한없이 넓음에 기뻐하는 것이어서 내가 지루해질 때면 산스크리트어나 아시아의 언어들을 조사해 볼 수 있고, 그리고 만일 언젠가 자식이 생긴다면…….

그런데 왜 갑자기 자식이 있으면 좋겠다는 생각이 들었을까? 마음이 불편해졌다. 아니다, 화가 치솟았다. 그는 54번 방의 잘 정리된 탁자 위에 덩그러니 놓인 작은 상자를 다시 바라보았다. 펠릭스 아르데볼은 사제복에 실이 묻기라도 한 것처럼 먼지를 털어 내고 옷깃에 쏠린 피부를 어루만진 후 탁자 앞에 앉았다. 성 마리아 교회의 종소리가 12시를 알리기까지는 삼 분이 남았다. 숨을 크게 들이마신 후 잠정적인 결론을 내렸다. 일단 자살은 하지 않는다. 매우 조심스럽게 상자를 들어 올렸다. 나무의 새 둥지를 몰래 훔쳐 풋풋한 새알이나 연약한 아기 새들을 어머니에게 보여 주고 싶어 하는 어린아이처럼. 어머니, 걱정 마세요, 제가 돌볼 거예요. 개미도 많이 주고요. 마치 목마른 사슴처럼, 오, 주여. 아르데볼은 그가 내딛는 발걸음이 영혼 속에서 무언가 되돌릴 수 없는 기운을 내뿜고 있음을 어렴풋이 느꼈다. 이 분. 그는 떨리는 손으로 상자의 붉은 리본을 풀었다. 그러나 매듭은 꼬여만 갔다. 카롤리나의 솜씨가 서툴러서라기보다 그가 긴장한 탓이었다. 안절부절못하며 자리에서 일어났다. 일 분 삼십 초. 손 씻는 그릇을 향해 다가가 면도칼을 집어 들었다. 그리고 황급히 상자를 열었다. 일 분 십오 초. 자신이 살아온 긴 시간 동안 본 것들 중에 가장 아름다운 붉은 리본을 잔인하게 잘랐다. 스물다섯 살인 그는 늙고 지친 느낌이었다. 이런 일이 그가 아니라 다른 펠릭스에게 일어났으면 했다. 그는 이 모든 걸 대수롭지 않게 처리할 수 있을 듯했다…… 일 분! 입은 바싹 타들어 갔고 손에는 땀이 났다. 볼을 타고 땀 한 방울이 흘러내렸다. 그렇게 더운 날이 아니었는데도…… 라타가에 자리 잡은 성 마리아 교회의 종소리가 정오를 알리기까지 십 초가 남았다. 베르사유에서는 몇몇 풋내기들이 종전을 선언했다. 그들은 온갖 생색을 내며 정전에 서명하면서 몇 년 후의 영광스러운 새 전쟁을 위한 장치들을 조심스럽게 심어 두었다. 더욱 많은 피를 부르고 더욱 악에 가까워질 그 전쟁을 신이라면 절대 허락하지 않았을 것이었다. 펠릭스 아르데볼 이 기테레스는 초록색 상자를 열었다. 그는 멈칫하며 붉은 리본을 걷어 냈다. 첫 번째 종소리가 울렸다. 주님의 천사가 마리아께 아뢰니.(라틴어)[9] 그는 울음을 터뜨렸다.

---

9) 그리스도교에서 대천사 가브리엘이 성모 마리아에게 예수 그리스도의 잉태를 알린 것을 기념하여 올리는 「삼종 기도」의 첫 부분이다.

신분을 숨기고 기숙사를 나오는 것은 비교적 간단했다. 모를린, 그라드니크, 그리고 친한 두세 명과 함께 수십 번을 드나들었지만 한 번도 들키지 않았다. 세속의 복장은 로마의 수많은 새로운 문을 열어 주었다. 사제복 차림이었을 때와는 또다른 문들이 활짝 열렸다. 사제복을 입었을 때 예규에 따라 입장할 수 없었던 박물관도 평복을 입고서는 마음대로 들어갔다. 콜론나 광장에서 커피를 마실 수 있었고, 좀 더 재밌었던 것은 지나가는 사람들을 쳐다보면서 모를린이 아끼는 제자인 아르데볼을 몇몇 사람들에게 데려가 두어 번 인사시킨 일이었다. 꼭 알아 두어야 할 사람들이라고 그는 말했다. 그리고 펠릭스 아르데볼, 여덟 가지 언어를 완벽히 구사하는 현자로서 그의 앞에서는 고문서의 비밀 따위는 모두 해체되어 버린다고 그를 소개했다. 그러면 학자들은 자신들이 가진 묵직한 상자를 열어 그에게 보여 주었고, 아르데볼은 원고 그 자체로 아름다운 『만드라골라』 필사본과 전율을 불러일으키는 마카베오 일가 관련 파피루스를 살펴볼 수 있었다. 그러나 오늘 유럽이 평화를 맞이하는 동안 현자 펠릭스 아르데볼은 기숙사의 관리인들뿐 아니라 처음으로 친구들의 눈길까지 피하며 혼자 기숙사를 나섰다. 그는 사제의 느낌이 들지 않는 스웨터와 모자를 착용했다. 그리고 곧장 아마토 씨의 과일 가게로 가서 그곳을 지켰고, 꽤 많은 시간이 흘렀다. 그는 주머니에 상자를 넣어 두고 있었다. 자신과 같은 열병을 앓고 있지 않은 사람들은 근심이 없고 행복한 모습으로 그곳을 다녀갔다. 카롤리나의 어머니와 여동생이 왔다. 그가 사랑하는 여인만 없었다. 메달 모양의 그 보석은 거칠었고, 기초적인 판화 기술로 만들어진 로마네스크 양식의 성모 마리아와 전나무로 보이는 거대한 나무가 아로새겨져 있었다. 뒤에는 '파르다크'라고 쓰여 있었다. 아프리카에서 왔다고? 콥트교의 메달일 수도 있지 않을까? 내가 무슨 자격으로 내 사랑이라고 말한 것인가? 신선했던 공기가 숨 막히게 바뀌었다. 종소리가 울리기 시작했고, 아직 종전 소식을 듣지 못한 아르데볼은 로마의 모든 교회가 자신의 은밀하고 비밀스럽고 죄에 물든 사랑을 찬미하는 것이라고 생각했다. 그리하여 사람들은 발걸음을 멈추고서 놀란 표정으로 아벨라르[10]를 찾아 두리번거리는 것이다. 그러나 그를 바라보며 가리키는 대신에 사람들은 왜 로마 전체의 종이 평소에 울리지 않는 오후 3시에 재촉하며 울리는지 갸우뚱하고 있었다. 무슨 일이 일어났나요? 오, 주여, 전쟁이 끝난 건가요?

그때 카롤리나 아마토가 나타났다. 짧은 머리를 찰랑거리며 집에서 나와 길을 건너더니 곧장 펠릭스가 기다리는 곳으로 향했다. 그는 여전히 자신의 변장이 완벽하다고 생각했다. 그의 앞에 다가선 카롤리나는 조용하지만 환한 웃음을 지어 보였다. 그는 간신히 침을 삼키고 주머니 속의 상자를 꽉 움켜

---

10) 피에르 아벨라르(Pierre Abélard, 1079~1142). 중세 프랑스 철학을 대표하는 철학자이자 신학자다. 스콜라 철학의 대가로 명성을 떨치던 중 로마 가톨릭 수녀 엘로이즈와 만나 사랑에 빠진다. 펠릭스 아르데볼은 여기서 예수회 학교 학생이자 예비 가톨릭 사제인 자신과 카롤리나의 관계를 아벨라르와 엘로이즈의 관계에 빗대어 상상하고 있다.

쥐었다. 입을 열었으나 아무 말도 하지 않았다.

"저도 마찬가지예요." 그녀가 대답했다. 몇 번의 종소리가 더 울린 후 "맘에 들었나요?"

"받아도 되는지 모르겠군요."

"이 보석은 제 것이에요. 제가 태어났을 때 산드로 삼촌이 선물로 주었지요. 삼촌이 직접 이집트에서 가져왔답니다. 이 제 당신 거예요."

"집에서 뭐라고 하지 않을까요?"

"보석은 제 것이고 이제는 당신 거예요. 아무 말도 하지 않을 거예요. 맹세해요."

그리고 그의 손을 잡았다. 그 순간 이후 하늘은 땅으로 무너져 내렸고, 아벨라르는 엘로이즈의 살결에 정신을 집중했다. 그녀는 지저분한 잡동사니로 가득하지만 사랑의 장미향이 퍼지는 이름 없는 골목을 지나 문이 열려 있던 인기척 없는 집으로 그를 이끌었다. 교회의 종소리는 계속되었고, 이웃의 한 여인이 창문을 열고 소리치기를 모두에게 크나큰 기쁨을 알리오니, (라틴어)[11] 엘리자베타, 전쟁이 끝났다!(이탈리아어) 그러나 사랑에 빠진 두 연인은 곧 중요한 전투를 앞두고 있었으며, 이 외침을 듣지 못했다.

---

11) 바티칸에서 새로운 교황이 선출된 직후 선포되는 라틴어 선언문「하베무스 파팜」의 첫 구절이다.

2부

어린 시절

홀륭한 전사는 마주치게 되는 부인*들과
계속 사랑에 빠져서는 안 된다.
설령 그녀들이 전사의 물감으로 치장했더라도 말이다.
— 검은 독수리

---

* 원문은 squaw로 북미 원주민 사회에서 여성 혹은 부인을 일컫는 말이다.

3

그런 표정으로 나를 바라보지 말아 줘. 내가 이야기를 지어 내는데 재주가 있다는 사실은 잘 알지. 하지만 진실 또한 끊임 없이 말한단 말이야. 예를 들자면 내 어린 시절 방에 관한 가장 오래된 기억은 역사와 지리학 서적들이 있는 가운데 침대 밑을 아지트로 꾸미고자 했던 것이다. 불편하기는커녕 무엇보다 재밌었다. 방에 들어오는 사람들의 발이 보였고, 그들이 아드리아, 아들아, 어딨니, 간식 먹어야지 말하곤 했다. 어디에 숨은 거야? 정말 재밌었다. 그렇지, 항상 나는 심심했어. 집은 어린아이를 생각하며 지은 집이 아니었고, 내 가족도 아이를 위한 가족이 아니었다. 어머니는 말이 없었고, 아버지는 물건을 사고파는 사업에 정신이 팔려 있었기 때문이다. 아버지가 판화나 섬세한 도자기 물병을 어루만지는 것을 보며 나는 질투를 느꼈다. 어머니는…… 음, 그러니까 어머니는 언제나 무엇을 경계하고, 주의하고, 여기저기를 살피는 것 같았다. 작은 롤라가 항상 주변을 돌봐 주었는데도 말이다. 지금 생각하니 아버지 때문에 어머니가 집을 당신 집처럼 여기지 못한 것 같다. 그곳은 아버지의 집이었고, 어머니를 그곳에 살도록 허락했다는 편이 맞을 것이다. 아버지가 죽었을 때 어머니는 안도의 숨을 내쉬었고 눈빛에 감돌던 경계심은 잦아들었다. 나를 바라보는 것만은 피했지만. 그리고 어머니는 변했지. 왜 그랬는지 나 스스로에게 물어보기도 한다. 부모님이 애초에 왜 결혼을 했는지도. 서로가 사랑한 적이 한 번도 없었을 것이다. 집에 사랑이 발을 들인 적이 한 번도 없다. 나는 그저 그들 삶의 상황적 결과물일 뿐이었다.

이상해. 하고 싶은 이야기가 그리 많은데 자꾸 몽상에 빠지거나 프로이트가 침 흘릴 만한 생각들로 시간을 낭비하니. 아마도 모두 나와 아버지의 관계에서 비롯되었을 거야. 어쩌면 내 잘못으로 인해 그가 죽었기 때문일지도.

내가 조금 더 자란 어느 날 아버지의 서재를 몰래 정복해서 소파 뒤와 벽 사이의 공간을 나의 추장과 카우보이를 위한 대저택으로 탈바꿈시켰을 때 어디선가 들어 본 익숙한 목소리에 이어 아버지가 방에 들어왔다. 그 목소리는 기쁨이 가득한 것 같기도 하고 화가 난 것 같기도 했다. 베렝게 씨의 목소리를 가게 밖에서 듣기는 처음이었고, 다르게 들렸다. 그 순간 이후로 그의 목소리는 가게 안에서든 밖에서든 기분 좋게 들리지 않았다. 순간 나는 얼어붙어서 카슨 보안관을 땅에 내려놓았다. 평소에 그렇게 조용하던 검은 독수리의 갈색 말이 바닥에 떨어져 작은 소리를 냈지만 나만 알아차렸을 뿐 적은 눈치채지 못했다. 아버지는 내가 설명할 필요는 없을 듯하군요라고 말했다.

"하셔야 할 것 같은데요."

베렝게 씨는 소파에 앉아 벽 쪽으로 몸을 기댔다. 나는 상상 속에서 용감하게도 발견되기 전에 전사하리라는 마음을 먹고 있었다. 베렝게 씨가 토닥거리는 소리가 들렸다. 그러자 아버지의 싸늘한 목소리가 이 집에서는 담배 피우는 것이 금지되어 있습니다라고 말했다. 그러자 베렝게 씨는 설명이 필요하다고 했다.

"당신은 내 밑에서 일하잖소?" 아버지는 다소 비꼬는 듯한 목소리로 말했다. "내가 틀렸나?"

"판화 열 점을 손에 넣은 건 접니다. 그것도 헐값에, 심지어 판매자들이 군소리를 못 하도록 하면서 말이죠. 판화 열 점 모두를 세 개의 국경을 넘어 통과시키고 감정을 하게 한 사람도 전데, 지금 그 작품들을 저와 상의도 없이 팔았단 말입니까? 그중 하나는 렘브란트의 작품이었어요, 알기나 하십니까?"

"사고, 팔고. 이게 엿 같은 인생을 살아가는 방법이지."

이때 처음으로 엿 같은 인생이라는 말을 알게 되었고, 꽤나 마음에 들었다. 아버지는 '엿'을 강조해서 말했다. 여어엇 같은 인생, 화가 단단히 난 모양이었다. 나는 베렝게 씨가 웃음을 짓고 있다는 사실을 알아차렸다. 그때 이미 나는 침묵의 의미를 해석하는 방법을 터득해서 베렝게 씨가 웃음을 짓고 있다고 확신했다.

"아, 안녕하세요, 베렝게 씨." 어머니의 목소리가 들렸다.

"펠릭스, 혹시 아드리아 못 봤어?"

"아니."

위기가 찾아오고 말았다. 어떻게 하면 소파 뒤에서 도망쳐 다른 구석으로 사라져 버린 후 아무것도 못 들은 척할까? 카슨 보안관과 검은 독수리에게 조언을 구했지만 그들이 도와줄 수 있는 것은 없었다. 그동안 남자들은 침묵을 지키면서 분명히 어머니가 문을 닫고 서재를 떠나기만 기다렸다.

"좋은 시간 보내세요."

"좋은 시간 되십시오, 사모님." 심각한 목소리의 언쟁이 이어졌다. "속았다는 느낌이 드는군요. 사례비를 좀 더 받아야겠습니다." 침묵이 흘렀다. "특별 사례비 말입니다."

사례비에 관해 나는 조금도 관심이 없었다. 마음을 가라앉히기 위해 머릿속에서 그들의 대화를 프랑스어로, 다소 말도 안 되는 프랑스어로 번역해 나갔다. 그때 내가 일곱 살 무렵이었을 것이다. 가끔 차분해질 필요가 있다는 생각이 들 때 이런 습관이 있었다. 뭔가 신경 쓰이는 것이 있으면 쉬지 않고 몸을 움직이는 버릇이 있었는데, 그 조용한 서재에서 만일 조금이라도 움직였다면 내 기척을 느낄 수밖에 없었을 것이다. 제 사례비를 달란 말입니다. 제 권리라고요. 당신은 내 밑에서 일하지 않소, 베렝게 씨. 네, 물론 그렇죠, 하지만 저도 인간으로서 자존심이 있단 말입니다!(프랑스어)

방 저쪽에서 어머니가 아드리아! 하고 목청 높여 부르는 소리가 들렸다. 작은 롤라, 혹시 아드리아를 봤어요. 아무도 내 귀

여운 아드리아가 어디 있는지 모른단 말이야!(프랑스어)

정확히 기억은 나지 않지만 베렝게 씨는 처음보다 더 화가 나서 돌아갔는데, 아버지는 어떻게든 그를 쫓아내려 했다. 베렝게 씨, 그리고 내가 번역할 수 없는 말들이 들렸다. 어머니가 정말 단 한 번이라도 나를 내 귀여운 아드리아.(프랑스어)라고 불러 주었다면 더 바랄 게 없었을 것이다.

이제 숨바꼭질을 그만하고 밖으로 나올 수 있었다는 점이 중요하다. 아버지가 손님을 문까지 바래다주러 간 동안 나는 흔적을 말끔히 치웠다. 집 안에서 영위한 게릴라 같은 삶 덕택에 나는 변신술에 능했다. 나는 어디에도 있었고, 어디에도 없었다.

"여기 있네!" 어머니는 내가 차를 내려다보고 있던 발코니로 나왔다. 당시 내 삶은 언제나 해 질 무렵과 같았다. 차들이 라이트를 켜기 시작했다. "내가 부르는 소리 못 들었니?"

"네?"

한 손에는 보안관, 다른 한 손에는 갈색 말을 들고 딴생각을 하고 있었다는 듯 대답했다.

"학교에서 쓸 작업복을 입어 봐야잖니. 어째서 내 소리를 못 들었을까?"

"작업복이요?"

"안젤레타 씨가 소매를 새로 만들었어." 어머니는 다소 강압적인 손짓을 했다. "자, 어서."

재봉실에서 안젤레타 씨는 바늘을 입에 문 채 장인의 기운을 뿜어내며 새로 만든 소매를 바라보고 있었다.

"어쩜 이렇게 빨리 크니."

어머니는 베렝게 씨에게 작별 인사를 하러 갔고, 작은 롤라는 깨끗한 셔츠를 찾으러 다림질 방에 들어갔다. 그동안 나는 어린 시절에 늘 그랬듯이 소매 없는 작업복을 입어 보았다.

"팔꿈치가 너무 빨리 닳는구나." 그 당시 벌써 천 살은 되었을 안젤레타 씨는 강조해서 말했다.

집의 문이 닫혔다. 아버지의 발걸음이 서재로 향했고, 안젤레타 씨는 눈 내린 것처럼 하얀 머리를 흔들흔들했다.

"요새 찾아오는 사람들이 많네."

작은 롤라는 입을 다문 채 아무것도 못 들은 척했다. 안젤레타 씨는 소매를 작업복에 이어 붙이면서 다시 말문을 열었다.

"가끔은 언성이 높아지는 것 같더라고."

작은 롤라는 셔츠를 챙겨 들고서 아무 말도 하지 않았다. 안젤레타 씨는 한 번 더 운을 띄웠다.

"무슨 이야기를 하는지 알게 뭐람……."

"여어엇 같은 인생에 대해서죠." 나는 생각 없이 말을 내뱉고 말았다.

작은 롤라가 들고 있던 셔츠가 바닥에 떨어졌고, 안젤레타 씨는 바늘로 내 팔을 찔렀고, 검은 독수리는 몸을 돌려 거의 감긴 눈으로 타들어 가는 지평선을 살폈다. 그는 먼지구름이 몰려오는 것을 누구보다 먼저 알아챘다. 잽싼 토끼보다도 먼저 말이다.

"세 명이 말을 타고 오는 중이군……."

그가 말했다. 아무도 대꾸하지 않았다. 이토록 가혹한 여름

더위에는 동굴 같은 그 공간이 작은 위로가 되었다. 그러나 누구도, 추장의 부인도, 어린아이도 방문객이나 그들이 찾아온 목적에 대해 관심을 가질 여력이 없었다. 검은 독수리는 미세하게 눈을 움직였다. 세 전사가 말들을 향해 천천히 걸어갔다. 그는 먼지구름을 주시하며 가까이에서 따라갔다. 그들은 조금도 거리낌 없이 곧바로 동굴 쪽을 향했다. 마치 새가 포식자를 따돌리고 여러 가지 기술을 이용해 둥지로부터 멀어지게 하듯이 그와 세 남자는 방문객들의 주의를 다른 데로 돌리기 위해 서쪽으로 방향을 틀었다. 두 무리는 다섯 그루의 털가시나무가 있는 곳에서 만났다. 방문객들은 세 명의 백인이었다. 한 명은 매우 밝은 금발이었고, 나머지 둘은 피부색이 어두웠다. 그들 중 우스꽝스러운 콧수염을 기른 자가 손을 몸에서 떼고 능숙하게 말에서 내려와 웃음을 지었다.

"당신이 검은 독수리군." 항복의 표시로 몸에서 손을 뗀 채 그가 말했다.

노란고기 와시타 해안[12] 남쪽 지방 출신인 아라파호의 대추장은 말에 앉아서 머리카락 한 올도 움직이지 않고 고개를 살짝 끄덕였다. 그리고 방문객을 맞이하는 영광을 안겨 준 그들이 누군지 물어보았고, 검은 수염의 남자는 다시 미소를 지었다. 그는 우스꽝스러운 모양새로 허리를 살짝 굽혀 인사하더니 나는 당신의 땅으로부터 걸어서 이틀 거리에 있는 록랜드 출신 보안관 카슨입니다라고 말했다.

---

12) 미국 원주민의 명명법을 흉내 내어 작가가 만들어 낸 가상의 지명이다.

"록랜드 어디에 당신들 마을이 있는지 잘 알지." 전설적인 추장은 짧게 대답했다. "포니족 영토야." 경멸의 표시로 그는 바닥에 침을 뱉었다.

"이쪽은 부하들이고." 카슨은 그가 누구를 향해 침을 뱉었는지 어리둥절했다. "우리는 어떤 도망자를 찾는 중이지." 그리고 그는 옆에 침을 뱉었다. 그리 기분이 나쁘지는 않았다.

"무슨 죄를 지었기에 범죄자가 되었나?" 아라파호의 추장이 말했다.

"그를 아나? 그를 보았단 말이야?"

"무슨 죄를 지어 범죄자가 되었는지 물었다."

"암나귀를 죽였어."

"그리고 두 명의 여성을 욕보였지." 금발 남자가 덧붙였다.

"맞는 말이야." 카슨 보안관이 맞장구를 쳤다.

"그런데 왜 이곳에서 찾는가?"

"그자가 아라파호 출신이기 때문이야."

"우리 부족 사람들은 요즘 사방에 흩어져 있네. 그런데도 굳이 이곳으로 찾아온 이유가 무엇이란 말인가?"

"당신은 그가 누군지 알고 있지 않은가. 정의의 심판을 받도록 그를 넘기지."

"카슨 보안관, 당신은 잘못 아는 것 같군. 당신이 찾는 살인자는 아라파호족이 아닐세."

"아니다? 그걸 어떻게 알지?"

"아라파호는 절대 암나귀를 죽이지 않아."

그때 불이 켜지더니 작은 롤라가 창고에서 나가라는 듯 한

쪽 손을 흔들었다. 아드리아의 앞에서 어머니는 전쟁 광경이 그려진 그림을 앞에 두고 그를 쳐다보지 않은 채 땅에 침을 뱉지도 않고 롤라에게 아이가 입을 깨끗이 헹구도록 해 줘요 했다. 물과 비누로 말이죠. 그리고 필요하다면 표백제를 몇 방울 떨어뜨려도 좋아요.

검은 독수리는 고문을 잘 참아 냈다. 비명 한마디 지르지 않았다. 작은 롤라는 아드리아를 깨끗이 씻기고 수건으로 물기를 닦아 주었다. 그는 그녀의 눈을 바라보며 작은 롤라, 여성을 욕보인다는 게 정확히 무슨 뜻인지 알아요 하고 물었다.

일곱 살인가 여덟 살 무렵 나는 내 인생에 대해 결단을 내렸다고 생각했다. 현명했다고 생각한 것 중 하나는 내 교육을 어머니의 손에 맡긴 것이었다. 그런데 뜻대로 되지 않았다. 그날 저녁 내 헛된 소망에 대한 아버지의 반응을 알고 싶어서 부엌에 도청 장치를 설치했다. 내 방과 부엌 벽이 붙어 있었기 때문에 그다지 어렵지는 않았다. 일단 일찍 잠자리에 들었고, 아버지가 돌아왔을 때 나는 이미 깊은 잠에 빠져 있었다. 가시 돋친 잔소리를 피하는 데 이보다 더 좋은 방법은 없었다. 나 스스로를 방어한답시고 여엿 같은 인생이라고 말하는 것을 들었다느니 어떻다느니 대꾸했다가는 대화의 주제가 이렇게 넘어갔을 것이다. 입이 매우 더럽다느니, 빨랫비누로 씻어 버린다느니, 내가 엿 같은 인생이라고 한 것을 어찌 알았냐느니, 뻔뻔한 거짓말쟁이군? 안 그래? 그렇지? 혹시 날 엿듣기라도 한 거야? 나는 내 스파이 카드를 절대 꺼내 보여서는 안 되었다. 곧 나는 집 안 구석구석, 모든 대화, 언쟁, 그리고 작은 롤라가 내내 울었던 그 일주일처럼 말로 표현할 수 없는 흐느낌에 대해 가장 잘 아는 사람이 되었다. 방에서 나오던 그녀는 아주 능숙하게 자신의 슬픔을 숨겼다. 엄청난 슬픔이 분명했다. 그날 그녀가 울었던 이유를 알게 되기까지는 오랜 시간이 걸렸다. 그러나 곧 일주일이나 계속되는 슬픔이 존재한다는 사실에 약간의 두려움이 몰려왔다.

나는 양쪽 방 사이를 가로지르는 벽에 장착해 둔 유리컵 아래에 귀를 갖다 대고 부모님의 대화를 엿들었다. 아버지의 목소리에서 피곤이 묻어나자 어머니는 대화 주제를 요약해 가며 내가 너무 많은 것을 한꺼번에 하고 있다고 말했다. 아버지는 내가 무엇을 하는지 자세히 알려고도 않은 채 이미 결정 났어라고 단호하게 말했다.

"뭐가 결정 났단 말이야?" 어머니가 어리둥절하다는 듯 말했다.

"아드리아를 카스프가의 예수회 학교에 등록시켰다고."

"하지만 펠릭스…… 만일…….”

그날 나는 아버지만이 전권을 행사할 수 있는 사람이라는 걸 알아차렸다. 내 교육은 전적으로 아버지의 뜻에 달려 있었다. 그리고 그 예수회라는 것이 대체 무엇인지 『브리태니커 백과사전』을 찾아봐야겠다고 마음속으로 되새겼다. 어머니의 꿰뚫을 듯한 시선에 아버지는 침묵으로 일관하자 어머니는 결심한 듯 말했다.

"왜 하필 예수회야? 당신은 신자도 아니잖아…….”

"높은 수준의 교육을 하는 곳이야. 현명한 선택을 해야 해. 우리 집안의 자식은 하나뿐이고, 교육을 망칠 수는 없다고."

음, 그렇긴 하다. 아들 하나뿐이라는 말은 맞다. 아니, 딱히 그 이유도 아니다. 분명한 것은 망치기 싫다는 거다. 그래서 아버지는 내가 언어에 대해 이야기했을 때도 그냥 두었다. 사실 그때는 기분이 좋았다.

"뭐라고?"

"열 가지 언어라고."

"우리 아들은 괴물이 아니야."

"그래도 배우는 데는 지장 없어."

"근데 왜 열 가지야?"

"그레고리오 대학의 레빈스키 신부가 아홉 개 언어를 구사했거든. 우리 아들은 그걸 넘어서야 해."

"무슨 이유로?"

"왜냐면 그 사람이 다른 학생들 앞에서 나더러 소질이 없다고 말했거든. 팔루바의 모든 수업을 들었는데도 내 아람어에 발전이 없었어."

"농담 그만해. 지금 우리 아들의 교육에 관해 이야기하고 있잖아."

"농담이라니. 나는 지금 내 아들의 교육에 대해 이야기하는 거라고."

나는 아버지가 '내' 아들이라고 말하는 것을 어머니가 달가워하지 않는다는 사실을 알고 있었다. 그러나 내가 괴물이 되는 것을 바라지 않는다는 이야기를 하기 시작했을 때 나는 어머니에게 다른 계획이 있다고 생각했다. 그리고 내가 모르는 무슨 마법을 부리더니 내 말 들려 하고 말했다. '내' 아들이 루봅스키 신부를 뛰어넘어야 하는 축제의 괴물이 되기를 바라지 않는다고.

"레빈스키야."

"괴물 레빈스키."

"위대한 신학자이자 성경 해석학자야. 지식의 괴물이라고나 할까."

"아니. 좀 더 차분하게 이야기할 필요가 있어."

이해가 되지 않았다. 내 미래에 대해 차분히 이야기하기, 바로 지금까지 하고 있었던 것 아닌가? 나는 아, 다행히 여어엇 같은 인생이라는 말이 등장하지 않는군이라고 생각했다.

"카탈루냐어, 카스티야어,[13] 프랑스어, 독일어, 이탈리아어, 영어, 라틴어, 그리스어, 아람어, 러시아어."

"그게 뭔데?"

"아드리아가 알아야 할 열 가지 언어. 카탈루냐어, 카스티야어, 프랑스어는 이미 아니까."

"아니, 프랑스어는 제멋대로 지어서 말하는걸."

---

13) 우리가 흔히 말하는 스페인어는 현재 마드리드 인근의 카스티야 지역에서 기원한 중세 카스티야 왕국의 언어 '카스티야어'를 의미한다. 스페인과 중남미 여러 지역에서는 여전히 언어가 기원한 지역을 강조하는 '카스티야어'라는 지칭어가 많이 사용되며 카탈루냐 지역도 예외가 아니다. 이러한 언어적 현실과 카탈루냐어로 글을 쓰는 작가의 배경 및 언어관을 고려해 이 작품에서는 원문에서 사용하는 '카스티야어'를 그대로 쓰기로 했다.

"어쨌든 하긴 하는 거지, 말이 통하니까. 내 아들은 시키기만 하면 다 잘해. 그리고 언어를 배우는 데는 특별한 소질이 있어. 열 가지를 시키면 열 가지를 다 해낼 거야."

"놀기도 해야지."

"이미 다 컸는데 뭘. 그리고 대학을 갈 때쯤이면 언어에 능숙해져야 하니까." 피곤하다는 듯 숨을 내쉬었다. "다음에 얘기하자고, 알았지?"

"일곱 살밖에 안 되었어, 제발 정신 좀 차려!"

"아람어를 당장 배우라는 것도 아니잖아." 이미 이야기가 끝났다는 듯이 손으로 탁자를 두드렸다. "독일어부터 시작할 거야."

아주 괜찮은 생각이었다. 나는 『브리태니커 백과사전』만 있으면 뭐든 쉽게 익혔고, 사전 한 권만 옆에 끼고 있으면 두려울 것이 없었다. 하지만 독일어는 여전히 손에 잡힐 듯 말 듯 했다. 나는 늘 어미변화의 세계, 문장 내 기능에 따라 어미가 굴절하는 언어들의 세계는 굉장하다고 생각했다. 그때 내 문장이 정확히 이런 건 아니었는데 어쨌든 거의 엇비슷했다. 꽤 밥맛이었다.

"펠릭스, 안 돼. 그런 실수를 할 수는 없어."

어디선가 마른침을 뱉는 소리가 들렸다.

"뭐라고?"

"아람어가 뭐야?" 카슨 보안관이 굵은 목소리로 물었다.

"정확히는 잘 몰라. 조사를 해 봐야 알 것 같아."

나는 괴짜 중에도 괴짜 어린아이였다. 나도 인정한다. 내 미래에 관한 부모님의 대화를 엿듣던 내 모습을 기억한다. 카슨 보안관과 용감한 아라파호 추장을 손에 꽉 쥐고서 들키지 않으려고 숨어 있던 내 모습. 그냥 이상한 정도가 아니라 괴짜도 그런 괴짜가 없었다.

"실수라니. 수업 시작하는 첫날에 독일어 선생이 올 거야. 이미 봐 둔 사람이 있지."

"안 된다니까."

"로메우라고 아주 훌륭한 친구야."

이건 꽤 걱정되는 소식이었다. 집에 교사가 방문한다니? 내 집은 전적으로 내 집이었고, 이 안에서 무슨 일이 일어나는지 구석구석 아는 사람은 바로 나였다. 나는 낯선 목격자를 들이고 싶지 않았다. 그 로메우라는 자가 집에 무슨 일이 일어나는지 이리저리 냄새를 맡아 가며 오, 일곱 살짜리에게 개인 도서관이라니 멋진데. 집에 들락거리는 어른들이 주로 내뱉는 이런 헛소리를 생각하면 마음에 들지 않았다. 정말 머리털이 곤두섰다.

"전공은 세 개를 택하게 할 거야."

"뭐라고?"

"법과 역사." 침묵이 흘렀다. "하나는 자기가 선택하도록 해야지. 무엇보다도 법은 꼭 배워야 해. 서로 먹고 먹히는 지금 같은 세상에서 가장 유용하거든."

끽, 끽, 끽, 끽, 끽, 끽. 내 발이 저절로 움직이기 시작했다. 끽, 끽, 끽, 끽, 끽. 법은 정말 싫었다. 내가 얼마나 싫어했는지 당신은 짐작도 못 할 거야. 정확히 무엇인지도 몰랐지만 죽도록 싫었다.

"당연히 맞는 말이지." 어머니가 말했다. "그런데 고메운가 하는 사람은 좋은 교육자가 맞기는 맞아?"(프랑스어)

"그렇고말고. 독일어를 완벽하게 구사한다는 비밀 정보를 이미 들었지. 독일어? 도이치어? 이 언어를 가르치는 것에 관해서는 말이야. 내 생각에⋯⋯."(프랑스어)

마음이 놓이기 시작했다. 통제가 되지 않던 다리 떨림이 잦아들었다. 그리고 자리에서 일어선 어머니가 묻는 말소리가 들려왔다. 바이올린은 어떻게 하고? 그만두어야 하나?

"아니, 우선순위에서 조금 밀릴 뿐이지."

"동의 못 해."

"잘 자, 여보." 아버지는 신문을 펼치며 말했다. 늘 이 시간이면 신문을 뒤적거리곤 했다.

그러니까 학교를 바꾼다는 거였다. 골치 아프게 생겼네. 무섭기도 하고. 카슨 보안관과 검은 독수리가 있기에 망정이지. 바이올린은 우선순위에서 밀린다? 아람어 수업은 왜 그렇게 나중에? 그날 밤 나는 한참을 뒤척이고야 겨우 잠이 들었다.

몇몇 사실들은 순서가 꽤 헷갈려. 일곱 살이었는지, 여덟 살이었는지, 아니면 아홉 살이었는지 정확히 모르겠거든. 나는 언어를 아주 빨리 배웠고, 그 사실을 알았던 부모님은 내가 이 재주를 최대한 살리기를 바랐다. 프랑스어는 이미 배우기 시작했었다. 페르피냥[14]에 있는 아우로라 숙모네서 여름을 보낸

---

14) 현재 행정상 프랑스 남서부 지역에 속하나 역사적으로 카탈루냐어와 문

적이 있기 때문이다. 그곳에서는 사람들이 조금이라도 신경이 거슬릴 때면 목청에서 나오는 굵직한 카탈루냐어 대신 프랑스어로 바꾸어 말하곤 했다. 그래서 나는 남서부 지역의 억양이 묻어나는 프랑스어를 구사하게 되었는데 꽤 자부심을 가지고 이 억양을 평생 유지했다. 그때가 정확히 몇 살이었는지 기억이 가물가물하다. 독일어는 그다음에 배웠고, 영어는 잘 모르겠다. 독일어 다음이었던 듯하다. 내가 언어들을 익혔다기보다 언어들이 나를 배워 갔다.

당신에게 이야기하려고 생각해 보니 내 유년 시절은 굉장히 지루하고 길기만 한 일요일 오후 같아. 쓸데없이 돌아다니거나, 서재를 엿보거나, 형제가 있으면 좀 더 재밌겠다는 생각을 하거나, 에니드 블라이턴[15]을 너무 많이 읽어서 독서가 지겹기 짝이 없다는 생각을 하거나, 다음 날 학교에 간다는 생각을 하거나. 사실 이게 최악이었다. 학교, 선생님, 부모님이 아니라 아이들이 나를 겁먹게 했다. 학교에 가면 나는 아이들이 무서웠다. 나를 늘 괴짜로 취급했기 때문이다.

"작은 롤라."

"왜 그러니?"

"어쩌면 좋죠?" 작은 롤라는 손을 말리던 것을 멈추고 아니 립스틱을 칠하던 것을 멈추고 나를 바라보았다.

화를 공유하는 지역이다. 스페인 내전 이후 많은 카탈루냐인들이 국민 진영의 핍박을 피해 이주한 곳이며 지금도 상당수의 카탈루냐어 화자들이 남아 있다.
15) Enid Blyton(1897~1968). 영국의 아동문학 작가.

"같이 가면 안 될까요?" 아드리아는 기대에 찬 눈빛을 하고 물었다.

"안 돼, 지루할 거야!"

"지루한 곳은 여기예요."

"라디오라도 들어."

"골치 아프기만 해요."

그러고 나서 작은 롤라는 외투를 챙기더니 언제나처럼 작은 롤라의 향기를 풍기며 방을 나갔다. 아무도 듣지 못하도록 작은 목소리로 어머니께 영화관에 데려가 달라고 해, 그리고 큰 목소리로 좋은 시간 보내세요, 이따가 봐요. 그녀는 거리로 향한 문을 열고는 나를 향해 한쪽 눈을 찡긋하고 집을 나섰다. 일요일 오후마다 그녀는 즐거운 시간을 보냈다. 어떻게 보냈는지 몰라도. 그러나 나는 고통받는 영혼처럼 집 안을 서성이는 운명이었다.

"어머니."

"무슨 일이니."

"아무것도 아니에요." 어머니는 잡지에서 눈을 떼더니 마지막 커피 한 모금을 홀짝였다. 그리고 나를 바라보았다.

"무슨 일인지 말해 봐, 아들아."

나는 영화관에 데려가 달라고 말하기가 겁났다. 무척이나 겁이 났는데 그 이유는 모르겠다. 우리 부모님은 모든 일에 지나치리만큼 신중했다.

"심심해요."

"책을 읽어. 아니면 프랑스어 복습을 같이 해도 좋고."

"티비다보 공원[16]에 가요."

"이런, 아침에 말했어야지."

일요일 아침이든 오후든 티비다보에는 한 번도 가지 않았다. 나는 상상 속에서 티비다보에 갈 수밖에 없었다. 친구들이 티비다보가 어떤지 설명하면서 리프트, 신기한 로봇, 감시탑, 범퍼카로 가득하다는 이야기를 할 때면 항상 정확히 뭐가 뭔지 그림이 그려지지 않았다. 그러나 부모가 자식을 데려가는 곳인 것은 분명했다. 내 부모님은 나를 동물원에도 방파제에도 데려간 적이 없었다. 정이라고는 없었으며, 나를 사랑하지도 않았다. 그랬던 것 같다. 궁극적으로 왜 나를 낳았을까, 그 의문은 지금도 여전하다.

"티비다보에 가고 싶단 말이에요."

"뭐가 이렇게 시끄러워?" 아버지가 서재에서 투덜거리는 소리가 들렸다. "혼 좀 나야겠구나!"

"프랑스어 복습하기 싫단 말이에요!"

"혼 좀 나야겠다고 분명히 말했을 텐데!"

검은 독수리는 이 모든 상황이 불합리한 것 같다고 보안관과 나에게 신호를 보냈다. 나는 지루함을 덜기 위해, 그리고 무엇보다도 벌을 받지 않기 위해 바이올린을 들고 아르페지오를 연습하기 시작했다. 꽤 어려운 기술이라 감미로운 소리와는 거리가 먼 것을 노렸다. 베르나트를 알기 전까지 내 바이올린 소리는 엉망이었다. 나는 중간쯤에서 연습을 관두었다.

---

16) 바르셀로나 북서쪽의 티비다보산맥에 위치한 놀이공원.

"아버지, 스토리오니를 좀 켜도 될까요?"

아버지는 고개를 들었다. 언제나 그랬듯이 돋보기를 들고서 정체를 알 수 없는 종이 뭉치를 들여다보고 있었다.

"안 돼." 그리고 책상 위에 놓인 물건들을 가리키며 말했다. "굉장하지."

아주 오래되어 보이는 고문서였다. 한 번도 본 적 없는 알파벳으로 쓰인 짧은 글이 적혀 있었다.

"어떤 문서예요?"

"「마르코복음」의 일부야."

"무슨 언어로 쓰인 거죠?"

"아람어."

검은 독수리, 들었지? 아람어래. 아람어는 아주 오래된 고대어야. 파피루스와 양피지에 쓰이던 언어지.

"배워도 돼요?"

"때가 되면." 흡족해하며 말했다. 이럴 때면 아버지는 흐뭇한 표정을 숨기지 못했다. 내가 대체로 뭐든 잘하는 편이었기 때문에 아버지는 똑똑한 아들을 둔 것을 매우 자랑스럽게 여겼다. 나는 그 자부심을 좀 이용하고 싶었다.

"스토리오니로 연주해도 돼요?"

펠릭스 아르데볼은 숨을 죽이고 아들을 바라보았다. 그는 확대경을 치웠다. 아드리아는 한 걸음 나아갔다.

"아버지, 딱 한 번만이요."

화가 난 아버지의 눈빛은 공포심을 불러일으키기에 충분했다. 아드리아는 그 눈빛을 오래 견디지 못하고 이내 고개를 숙였다.

"안 된다는 말이 무슨 뜻인지 모르겠니? 니, 나인, 노, 에즈, 농, 에이, 넴.[17] 들어 본 적 있니?"

"에이하고 넴은 무슨 언어예요?"

"핀란드어와 헝가리어로 안 된다는 뜻이야."

서재를 나온 아드리아는 옆으로 돌아서서 화가 잔뜩 난 큰 목소리로 아버지를 협박했다.

"그럼 전 아람어를 배우지 않겠어요."

"넌 내가 하라는 대로 하게 될 거야."

아버지는 아주 차갑게 아무런 동요 없이 말했다. 언제나 그가 말하는 대로 당연히 하게 될 거라는 듯. 그러고는 당신의 고문서, 아람어, 돋보기로 되돌아갔다.

그날 아드리아는 이중생활을 결심하게 되었다. 이미 숨어 지내는 곳이 있었지만 비밀의 세계를 더욱 확장하기로 했다. 그래서 아주 큰 목표를 세웠다. 금고의 비밀번호를 알아내어 아버지가 없을 때 스토리오니를 켜는 것이다. 누가 신경 쓰겠는가. 바이올린을 케이스에 잘 집어넣어 금고에 가져다 놓기만 하면 된다. 문제는 범죄의 흔적을 지우고도 남을 만큼 넉넉한 시간을 확보하는 것이다. 완전 범죄를 위해 아드리아는 아르페지오를 연습하러 갔다. 침대 옆 탁자 위에서 낮잠을 자는 보안관에게도, 아라파호 추장에게도 그 사실을 말하지 않았다.

---

17) '아니'를 네덜란드어, 독일어, 영어, 에우스케라(스페인 바스크 지방의 고유 언어), 프랑스어, 핀란드어, 헝가리어로 말하고 있다.

4

내 기억 속 아버지는 언제나 꽤 나이가 든 모습이었다. 반면 어머니는 그냥 어머니였다. 나를 소중히 여기지 않아서 아쉬울 뿐이었다. 아드리아가 아는 사실은 아드리아 외할아버지가 어머니를 키웠다는 것이다. 아주 젊은 나이에 아내를 잃은 남자들 대부분이 그렇듯 그는 팔에 아이를 안고 어느 누가 이 아이를 자기 삶의 일부로 온전히 받아들여 줄지 늘 주변을 살폈다. 비센타 외할머니는 일찍 돌아가셨다. 어머니가 여섯 살 때다. 어머니가 그 시절의 기억을 희미하게 갖고 있다면 나는 사진 두 장이 전부다. 하나는 결혼식 사진이다. 카리아 사진관에서 찍은 것인데 모두 젊고 매력적인 모습을 하고 있다. 하지만 옷차림은 사진을 의식한 듯 다들 과하게 차려입었다. 또 하나는 마치 어머니의 첫 번째 성찬식을 볼 수 없다는 것을 알고 외할머니가 어머니의 팔짱을 끼고서 왜 하필이면 내가 이

토록 일찍 죽어야만 하는지, 영재로 태어났지만 만나 보지 못
할 손주를 위해 적갈색 사진 속에만 존재해야 하는지 자문하
며 다소 쓴웃음을 짓고 있는 사진이었다. 어머니는 그렇게 혼
자 자랐다. 누구도 어머니를 티비다보에 데려가지 않았고, 아
마도 이 때문에 내가 동전을 넣으면 마술을 부린 듯 움직이기
시작하고 사람을 닮은 전동 로봇을 궁금해할 수 있다는 사실
을 짐작하지 못하는 듯했다.

어머니는 혼자서 자랐다. 1920년대, 길거리에서 사람이 죽는
일이 빈번했을 무렵 바르셀로나는 적갈색을 띠었고, 독재자 프
리모 데 리베라[18]는 바르셀로나 시민들의 시선을 쓰디쓴 색으
로 물들였다. 고문서학밖에 모르는 자신이 그와 상관없는 것들
을 가르쳐야 한다는 사실을 깨달았을 때 아드리아의 외할아버
지는 비센타 외할머니와 친했던 롤라의 딸을 집에 들였다. 롤라
는 마치 주인집 여자가 죽지 않은 것처럼 여전히 아침 8시부터
저녁 8시까지 집안일을 도맡아 했다. 롤라의 딸은 내 어머니보
다 두 살 반이 많았고, 그녀 어머니와 이름이 같았다. 사람들은
어머니 롤라를 큰 롤라라고 불렀는데, 그 가엾은 여인은 공화국
의 재건을 보지 못하고 숨을 거두었다. 죽기 직전 그녀는 딸에
게 유언을 남겼다. 카르메를 네 목숨을 아끼듯 돌보아야 한다.
작은 롤라는 어머니 옆에서 한 발자국도 움직이지 않았다. 가족

---

18) Miguel Primo de Rivera(1870~1930). 스페인의 독재자로 1923년부터
1930년까지 스페인을 통치했다. 왕당파와 산업 자본가들의 폭넓은 지지를
등에 업고서 계엄령을 선포하고 학술과 언론의 자유를 탄압했다. 바스크 지
역과 이 소설의 주요 배경이 되는 카탈루냐의 자치권을 박탈했다.

중 누가 죽었을 때 롤라들은 사라졌다 나타났다를 반복했다.

공화국에 대한 기대, 국왕의 도주, 카탈루냐 공화국의 선포, 중앙 정부와의 줄다리기 속에서 바르셀로나는 적갈색에서 회색으로 변해 갔다. 추운 날에는 사람들이 주머니에 손을 넣고 길을 걸었지만 서로 인사하고 담배를 나눠 피우고, 경우에 따라 미소를 짓기도 했다. 희망이 있었기 때문이다. 무엇에 대한 희망인지는 확실치 않지만 사람들이 어떤 기대에 부풀어 있음은 분명했다. 펠릭스 아르데볼은 적갈색이든 회색이든 신경을 끊은 채 고가의 물건을 짊어지고 하나의 목표만을 되새기며 짧은 여행을 반복했다. 그 목표란 수집가이기보다 '수확가'로서 자신의 갈증을 채워 줄 값진 골동품 수를 늘리는 것이었다. 도시 풍경이 적갈색이든 회색이든 그에게는 마찬가지였다. 그의 눈은 오직 재산 축적을 가능하게 해 주는 것들을 향하고 있었다. 그리하여 바르셀로나 대학교의 특출한 고문서학자였던 아드리아 보스크 박사의 움직임을 예의 주시했다. 알려진 바에 의하면 한 치의 망설임도 없이 사물의 정확한 연대를 알아보는 대학자였다. 이 둘은 서로에게 이득이 되는 관계였다. 펠릭스 아르데볼이 보스크 박사의 연구실을 자주 방문하자 몇몇 조교들은 따가운 눈초리를 보내기도 했다. 펠릭스 아르데볼은 학교보다 집에서 보스크 박사를 만나는 것을 선호했다. 무엇보다 학교 건물에 발을 들이는 게 불편했기 때문이다. 그레고리오 대학의 동문을 마주칠 수도 있었다. 특히 비크의 신학교에서 알게 된 두 명의 철학 교수, 두 명의 신부가 있었다. 이들은 저명한 고문서학자를 부지런히 방문하는 그의 모습을 이상하게 여길 것이 분명했다. 아르데볼, 어떤 일을 하고 지내나? 하고 악의 없이 물어볼 수도 있는 일이었다. 여자 하나 때문에 모든 것을 관둔 게 사실인가? 산스크리트어와 신학에 뛰어나 그토록 빛나던 미래를 치맛자락을 뒤쫓느라 다 포기한 건가? 정말인가? 사람들이 다 알고말고! 아르데볼, 사람들이 무슨 말까지 했는지 아나! 그 유명한 이탈리아 아가씨에게 무슨 일이 있었던 건가?

펠릭스 아르데볼이 보스크 박사에게 당신 딸에 대해 이야기하고 싶은데요 하고 운을 떼었을 때 그녀는 이미 그를 주의 깊게 관찰해 온 지 여섯 해째였다. 그가 아드리아의 외할아버지를 만나러 집에 방문할 때마다 문을 열어 주곤 했기 때문이다. 내전이 일어나기 직전, 그러니까 열일곱 살이 되었을 때 그녀는 아르데볼 씨가 자신에게 인사하기 위해 모자를 벗는 방식이 꽤 멋지다고 생각했다. 그는 항상 그녀에게 아름다운 아가씨, 잘 지내셨습니까라고 인사했다. 그렇다, 바로 이런 인사를 매우 마음에 들어 했다. 아름다운 아가씨, 잘 지내셨습니까. 이 인사가 너무 좋아서 아르데볼 씨의 눈동자 색깔마저 눈여겨보게 되었다. 짙은 밤색이었다. 그리고 항상 사랑스러운 라벤더 향을 풍겼다.

그러나 정반대의 시절이 찾아왔다. 전쟁은 삼 년간 지속되었다.[19] 바르셀로나는 적갈색도 회색도 아닌 화염, 근심, 기근,

---

19) 스페인 내전(1936~1939)을 의미한다. 공화 진영과 국민 진영으로 나뉘

폭격, 죽음의 색을 띠었다. 펠릭스 아르데볼은 조용히 여행하면서 수 주 동안 몸을 사렸고, 대학은 교실 안까지 닥친 위협에 저항하며 겨우 수업을 이어 갔다. 고요, 무거운 고요가 다시 찾아왔을 때 망명을 떠나지 않은 대부분의 정교수들은 프랑코에 의해 숙청을 당했다. 카스티야어가 대학에서 공식 언어가 되었고, 지식의 전당은 무지의 전당이 되어 버렸다. 그러나 승리자들이 보기에 무의미하다고 여겨지는 고문서학 같은 소수의 과들은 섬처럼 남아 있었다. 펠릭스 아르데볼은 더 많은 물건을 가지고 다시 학교를 방문하기 시작했다. 아르데볼과 교수는 그것들을 분류하고, 연대를 측정하고, 진위 여부를 가려냈으며, 펠릭스는 전 세계를 무대로 물건을 팔았다. 두 사람 모두 이익을 보았는데 그렇게 궁핍하던 시절에 환영할 만한 노릇이었다. 프랑코의 숙청을 피해 살아남은 교수들은 정교수인 양 학과를 왔다 갔다 하는 장사꾼 아르데볼을 여전히 의심의 눈초리로 바라보았다. 아니, 학과와 보스크 교수의 집을 왔다 갔다 한다는 편이 더 정확하겠다.

전쟁 기간에 카르메 보스크는 그를 거의 보지 못했다. 그러나 전쟁이 끝나자 아르데볼 씨가 그녀의 아버지를 다시 방문하기 시작했고, 둘은 서재를 잠근 채 일을 보았으며, 그녀가 자기 일을 계속하는 동안 작은 롤라, 지금은 샌들을 사러 나가고 싶지 않아요 하면 작은 롤라는 아르데볼 씨가 보스크 박사

어 대결한 이 전쟁에서 후자가 승리한다. 곧 군부를 위시한 프란시스코 프랑코의 독재 정권이 들어섰고, 이 체제는 독재자 프랑코가 죽음을 맞는 1975년까지 계속된다.

와 함께 고문서에 대해 이야기를 하러 왔기 때문이라는 것을 알아차리고 몰래 웃음 지으며 좋을 대로 해요, 카르메라고 말했다. 당시 아버지는 딸의 의견을 묻지도 않은 채 재건된 지 얼마 되지 않은 사서 학교에 등록시켰고, 안젤스 거리의 집 바로 옆에 위치한 이 학교에서 보낸 삼 년은 그녀 삶에서 가장 행복한 시간이었다. 그곳에서 그녀는 결혼 혹은 다른 이유로 각자 다른 길을 걷더라도 언제나 연락하고 지내기를 맹세한 친구들을 만났다. 하지만 페피타 마스리에라를 포함해 누구도 다시 만난 적이 없었다. 대학 도서관에서 일하기 시작한 그녀는 책 수레를 밀거나 비록 실패하기는 했지만 카냐메레스 씨의 시무룩한 태도에 적응하느라 애쓰며, 같이 공부하던 동기들을, 누구보다도 페피타 마스리에라를 그리워하며 하루하루를 보내게 되었다. 우연히도 평소보다 자주 도서관에 들르는 아르데볼 씨와 두세 번이나 마주쳤고 그는 아름다운 아가씨, 잘 지냈어요라고 인사했다.

"짙은 밤색이라는 색은 존재하지 않아요."

작은 롤라는 얄궂게 카르메를 바라보며 대답을 기다렸다.

"좋아요. 그럼 귀여운 밤색으로 하죠. 유칼립투스에서 나는 짙은 색의 꿀처럼 말이에요."

"아버지 또래예요."

"무슨 소리를! 칠 년 육 개월이나 젊은걸요."

"내가 말해 봐야 무슨 소용이겠어요."

숙청의 바람이 휩쓸고 지나갔지만 아르데볼은 새로 부임한 교수든 재직하던 교수든 여전히 그들을 향한 불신의 눈초리를 거두지 않았다. 그들은 어쩌면 잘 알지 못하는 아르데볼의 과거 연애사에 대해 더 이상 왈가왈부하지 않을지도 모른다. 하지만 자네는 아주 위험한 줄타기를 하고 있어라고 말할 게 분명했다. 펠릭스 아르데볼은 누군가에게 지나칠 만큼 자세히 설명한 후 상대방이 교양 있지만 비꼬는 듯한 표정으로 자신을 바라보며 설명을 요구한 적이 없다는 사실을 침묵을 통해 확실히 각인시키는 상황을 원치 않았다. 그러던 어느 날 문득 이러한 상황을 끝내야겠다고 생각했다. 내 삶은 고통을 위해 존재하는 게 아니야. 그리하여 곧장 라이에타나 대로에 있는 경찰서로 달려가 고문서학 교수 몬텔스의 이름을 댔다.

"누구라고 했습니까?"

"고문서학 전공인 몬텔스 교수요."

"고문서학의 몬텔스 교수." 경감은 천천히 받아 적었다.

"이름이 뭐요?"

"엘로이입니다. 그리고 두 번째 성은……."

"고문서학의 엘로이 몬텔스. 이름은 이제 됐소."

팔렌시아 경감의 사무실은 지저분한 올리브색이었다. 녹슨 서류 캐비닛이 놓였고, 칠이 벗겨진 벽에는 프랑코와 호세 안토니오[20]의 초상화가 걸려 있었다. 때가 낀 창문 밖으로 라이

---

20) 호세 안토니오 프리모 데 리베라(José Antonio Primo de Rivera, 1903~1936). 독재자 미겔 프리모 데 리베라의 아들. 1931년 스페인에 공화정이 들어서자 이에 위기의식을 느껴 가톨릭 및 극우 세력과 결합하여 팔랑헤당을 만들었다. 프랑코가 집권한 이후 스페인의 유일한 정당으로 등극한 팔랑헤당은 1977년 해산된다.

에타나 대로의 행렬이 보였다. 그러나 펠릭스 아르데볼은 사소한 것에 신경 쓸 때가 아니었다. 그는 엘로이 몬텔스 박사의 이름 전체를 적었다. 두 번째 성은 시우라나로 알려져 있고, 고문서학과 학장의 보조 역할을 하며, 아르데볼과 같은 시기는 아니지만 역시 그레고리오 대학에서 수학했고, 그가 일 때문에 보스크 박사를 방문할 때마다 의심의 눈길을 보내던 차였다. 제삼자가 그의 일에 관여해서는 절대 안 되었다.

"그래서 그가 어떻다는 겁니까?"

"카탈루냐주의자. 공산주의자입니다."

경감은 조롱하는 휘파람을 불며 저런, 저런저런…… 했다. 어째서 우리 감시망을 피해 갔지?

아르데볼은 아무 대답도 하지 않았다. 대답을 기대하는 질문이 아니었거니와 경찰의 느슨한 감시망 탓이라고 대답하는 것은 조심스럽지 못한 행동이었다.

"당신이 우리에게 신고하는 두 번째 교수군요. 좀 이상합니다." 모스 부호를 입력하듯이 연필로 탁자를 두드리며 말했다. "당신은 교수가 아니잖아요, 그렇잖소? 그런데 왜 신고하는 거요?"

주변을 깨끗이 정리하기 위해서죠. 미심쩍은 눈길에서 벗어나 활동하고 싶습니다.

"국가를 위해서입니다. 프랑코 만세."

사실은 몇몇이 더 있었다. 총 세 명 혹은 네 명이었다. 그들은 모두 카탈루냐주의자이거나 공산주의자들이었다. 하지만 모두 정권에 대한 무조건적인 지지를 주장하며 내가 공산주의자란 말이오 하고 반문했지만 허사였다. 경감 앞에서 프랑코 만세를 외치는 것은 아무 소용이 없었다. 무엇보다 모델 감옥[21]이 쉬지 않고 돌아가야 하기 때문이다. 헤네랄리시모[22]의 관대한 제안에 응하지 않은 타락한 자들이 들어가는 곳이었고, 그들은 자신들의 잘못된 선택을 끝까지 고집했다. 매우 시의적절한 그의 밀고가 학과를 깨끗이 청소하는 사이 주변 일에 둔감했던 보스크 박사는 자신을 매우 존경하는 듯 보이는 이 약삭빠른 남자에게 계속 정보를 넘겼다.

교수들이 체포된 직후 펠릭스 아르데볼은 한동안 혹시나 하는 마음에서 학교 연구실이 아닌 보스크 박사의 집을 찾았다. 카르메 보스크는 이 사실이 너무 기뻤다.

"잘 지내셨습니까, 아름다운 아가씨?"

소녀는 날이 갈수록 예뻐졌다. 그녀는 언제나 시선을 내리고 미소로 대답했다. 그럴 때마다 그녀의 눈은 세상에서 가장 정열적인 신비로움으로 가득 차 펠릭스 아르데볼은 얼른 정

---

21) Presó Model. 프랑코 독재정 시절에 가장 악명 높았던 감옥 중 하나이며 독재 정권에 의해 정치범과 사상범으로 지목된 이들을 주로 수용했다. 스페인 전역에 세 개의 '모델 감옥'이 운영되었고, 그중 하나가 바르셀로나에 위치했다. 이 감옥에 많은 공산주의자와 카탈루냐주의자들이 수감되어 있다. '모델'이라는 이름은 1904년 감옥이 완공될 당시 추후 스페인 범죄자 수용 시설 건설의 모델이 될 것이라는 의미에서 붙여졌다. 현재 더 이상 형벌 시설로 이용되지 않으나 그 건물과 부지가 그대로 보존되어 있다.
22) 스페인 내전 당시 프랑코는 장군에 상응하는 '헤네랄(general)'이라는 지위에 있었으나 승전 후 '위대한 장군'이라는 뜻에서 스스로를 '헤네랄리시모(generalísimo)'로 칭하게 한다. 현재 프랑코를 지칭할 때 이 용어의 사용 여부는 스페인 내전 관련 과거사 청산의 핵심 쟁점 중 하나다.

신을 차리지 않으면 안 되었다. 너무나 정열적이어서 주인 없는 괴테의 친필 원고 같았다.

"오늘은 더 많은 일감을 가져왔어요, 더 좋은 조건으로 말이지요."

보스크 교수의 서재에 들어서며 그가 말했다. 아드리아의 외할아버지는 감정을 하고, 진위에 대한 감정서를 발급하고, 그에 따른 보수를 받고, 그런데 펠릭스, 이봐요, 대체 어디서 이 물건들을 가져오는 겁니까라는 질문을 하지 않을 준비가 되어 있었다. 도대체 어떻게 가져오는 겁니까…… 네? 같은 질문도 말이다.

그가 문서들을 꺼내는 모습을 지켜보며 아드리아의 할아버지는 코안경을 슥슥 깨끗이 닦았다. 문서들이 탁자에 준비될 때까지 그의 임무는 시작되지 않았다.

"고딕 기울임체로 작성된 법률 문서군요." 박사가 말했다. 보스크 박사는 안경을 쓰고 아르데볼이 펼쳐 둔 문서를 탐욕스럽게 바라보았다. 문서를 집어 들고서 이리저리 돌려 가며 한참을 보고 또 살펴보았다.

"일부분만 있군요." 한참 동안 말이 없던 그가 침묵을 깨고 말했다.

"14세기본입니까?"

"그렇습니다. 이제 제법이시네요."

당시 펠릭스 아르데볼은 이미 유럽 어느 곳이든 기록물 보관소, 도서관, 문화 기관, 교구 선반에 먼지가 가득 쌓인 채 제멋대로 굴러다니는 어떠한 문헌, 파피루스, 양피지 한 장 혹은 묶음이라도 찾아낼 수 있는 인맥을 확보해 두었다. 진정한 너구리의 전형이라 할 법한 청년 베렝게 씨는 온종일 이러한 장소들을 찾아다니며 1차 감정을 했고, 그 시절 시원찮은 전화 너머로 감정 결과를 설명하는 데 시간을 보냈다. 통화 결과에 따라 그는 물건 주인에게 최소한의 대가를 지불했으며, 혼자서 처리하지 못 할 경우에 아르데볼에게 가져와 보스크 박사와 함께 감정하도록 했다. 이 경우 감정 평가서를 포함하여 모든 것이 만족스러운 결과가 나왔다. 다만 가능한 한 모두가 한 발짝 물러서서 일을 처리하는 편이 좋았다. 모두가. 십 년 동안 거래를 하면서 몹쓸 물건을 정말 많이 발견했다. 수없이 많이. 그러나 가끔씩 보석 같은 것들이 나왔다. 예를 들면 마네의 그림이 그려진 1876년판 「목신의 오후 전주곡」 같은 거였다. 그 안에 말라르메의 원고가 들어 있었다. 틀림없이 그가 써 내려간 최후의 원고들이 발뱅[23]의 허름한 공립 도서관 창고에 처박혀 있었던 게 분명했다. 예테보리의 한 유산 경매를 통해 조안 2세[24] 시기 공문서 보관청의 문서 일부가 좋은 상태의 양피지 완본으로 겨우 구제된 적도 있다. 매년 서너 개의 보물 같은 물건들이 나왔다. 아르데볼은 바로 이 보물들을 위해 낮이나 밤이나 열심히 일했고, 조금씩 에이샴플레 구역에 전세 낸 넓은 아파트의 고독 속에서 진정한 보석이 아닌 물건들의 종착지가 될 골동품점을 세우고자 하는 생각을 구체

---

23) 파리 근교 지역.
24) 아라곤 왕국의 조안 2세(Joan II d'Arago, 1358~1479).

화해 나갔다. 그의 이러한 결정은 또 다른 결심으로 이어졌다. 문서가 아닌 다른 유물도 취급하는 것이었다. 화병, 봉고, 치펀데일, 우산, 무기…… 만들어진 지 수많은 세월이 흘렀지만 아무런 쓸모가 없는 대부분의 것들이 그 대상이었다. 그리하여 그의 집에 첫 번째 악기가 안착하게 되었다.

세월은 그렇게 흘러갔다. 내 아버지 아르데볼 씨는 보스크 교수를 지속적으로 방문했다. 나중에 외할아버지가 될 그에 대해서는 아주 어릴 적의 기억뿐이다. 그리고 내 어머니인 카르메가 스물두 살이 되었고, 어느 날 펠릭스 아르데볼은 동업자에게 당신의 딸에 대해 할 말이 있다고 운을 떼었다.

"그 애한테 무슨 일이라도?" 다소 놀란 보스크 박사는 코안경을 벗으면서 동업자를 바라보았다.

"당신 딸과 결혼하고 싶소. 당신이 괜찮다면 말이오."

보스크 박사는 자리에서 일어나 다소 정신이 혼미해져 코안경을 문지르며 불이 꺼진 거실로 나갔다. 몇 발자국 뒤에서 아르데볼은 그를 조심스럽게 쳐다보았다. 착잡한 마음으로 몇 분을 서성이던 박사는 몸을 돌려 그의 눈동자가 짙은 밤색을 띤다는 사실을 눈치채지 못한 채 아르데볼을 바라보았다.

"당신이 몇 살이오?"

"마흔네 살입니다."

"카르메는 많아야 열여덟이나 열아홉이오."

"당신 딸은 스물둘이 조금 넘었습니다. 스물두 살하고도 반이지요."

"확실하오?"

적막이 흘렀다. 보스크 박사는 딸의 나이를 알아보려는 듯 안경을 썼다. 그는 아르데볼을 살피고 입을 벌려 보더니 안경을 벗고서 초점 잃은 눈빛으로 마치 프톨레마이오스의 파피루스를 바로 앞에서 본 듯 경외에 가득 차 카르메가 스물두 살이 되었군요라고 말했다.

"생일이 지난 지 벌써 몇 달 되었습니다."

그 순간 문이 열렸고, 작은 롤라와 함께 카르메가 집 안으로 들어섰다. 그녀는 입을 굳게 다물고 거실 한가운데에 멈춰 선 두 사람을 쳐다보았다. 작은 롤라는 장바구니를 들고 사라졌고 카르메는 외투를 벗으며 다시 그들을 바라보았다.

"무슨 일 있어요?" 그녀가 물었다.

5

성격은 매우 모질었지만 오랜 기간 아버지는 나에게 많은 영감을 주었고, 나는 아버지를 기쁘게 하고 싶었다. 무엇보다도 아버지가 나를 존중하기를 바랐다. 그는 무뚝뚝했는가 하면, 당연히 무뚝뚝했다. 그는 화를 잘 내는가 하면, 당연히 그랬다. 그리고 나를 전혀 사랑하지 않았다. 하지만 나는 아버지를 존경했다. 확실히 이런 이유 때문에 이 이야기를 풀어 나가기가 어렵다. 그를 합리화하는 것도 비난하는 것도 내가 바라는 바가 아니다.

내 말이 맞다고 아버지가 수긍한 적은 거의 없지만 몇 안 되는 가운데 한 번은 아버지가 아주 좋아, 네 말이 맞는 것 같네라고 한 적이 있다. 보석이 든 상자에 무언가를 보관하듯 아버지의 그 말은 아주 소중한 기억으로 남아 있다. 왜냐하면 대체적으로 실수를 하는 것은 우리, 그러니까 그가 아닌 남이었기 때문이다. 어머니가 발코니에 서서 인생에 대한 고민에 잠기는 것도 이해할 수 있었다. 그렇지만 나는 어렸고, 복잡한 일의 한복판에 놓이는 것을 즐겼다. 그래서 아버지가 달성하기 불가능한 목표를 설정했을 때도 나는 일단 괜찮다고 느꼈다. 비록 주요 목표는 이루지 못했지만 말이다. 나는 법학을 공부하지 않았다. 하나의 전공만 택했지만 그 대신 하루 종일 공부하며 시간을 보냈다. 그레고리오 대학의 레빈스키 신부가 가진 기록을 깨기 위해 열 개 혹은 열두 개 언어를 배운 것이 아니었다. 나는 거의 어려움 없이 그 언어들을 배워 갔다. 너무 재밌었기 때문이다. 아버지에게 여전히 많은 빚을 졌지만 그가 어디에 가든 나를 자랑스러워하는 모습을 보고 싶어서 무언가를 한 것은 아니었다. 그 어느 곳이란 존재하지 않았기 때문이다. 이러한 생각은 영생에 대해 불신했던 아버지의 영향 탓인 듯하다. 어머니의 소망은 언제나 뒷전으로 밀려나 있어야 했다. 아니다, 정확히 말하면 이것은 아니다. 어머니가 나에 대한 계획을 가지고 있다는 사실은, 아버지로부터 감추어 두었다는 사실은 한참 후에야 알게 되었다.

다시 말해 나는 영재성을 발굴하고자 하는 열성적인 부모로부터 관찰당하는 외동아들이었다. 내 어린 시절을 요약하자면 마치 높은 허들을 넘는 것과 같았다. 모든 상황에서 그 허들이 너무 높았던 나머지 식사할 때는 입을 열지 말아야 했고, 팔꿈치를 식탁 위에 올려서는 안 되었고, 어른들 대화에 끼어들지 말아야 했다. 그러나 내가 더 이상 참지 못하고 폭발할 때만은 예외였다. 가끔은 카슨도 검은 독수리도 나를 말리지 못할 때가 있었다. 그래서 나는 작은 롤라가 고딕 지구에 볼일이 있을 때 함께 따라가 구경하는 것을 좋아했다. 나는 눈이 휘둥그레져 가게에서 그녀를 기다렸다.

점점 커 가면서 나는 가게에 더욱 빠져들었다. 가게는 나에게 벅찬 경외감을 불러일으켰다. 집에서는 다들 그저 '가게'라고 불렀지만 그곳은 하나의 소우주로 인간의 삶이라는 가로막 이상을 꿈꿀 수 있는 곳이었다. 파야 거리에는 교구도 관청도 돌보지 않는 교회 하나가 우두커니 서 있는데 가게가 그 교회의 낡아 빠진 정문을 마주하고 있었다. 가게 문을 열면 아직도 그 소리가 생생한 작은 종이 댕그랑 울렸고, 세실리아와 베렝게 씨는 이내 누가 방문했음을 알아차렸다. 그리고 가게 문턱을 넘는 순간 시각과 청각을 위한 향연이 펼쳐졌다. 촉각만은 예외였는데 아드리아에게 어떤 것을 만지는 일을 절대 허용하지 않았기 때문이다. 너, 대체 왜 그래, 무엇을 보기만 하면 만지려고 들다니, 절대 만지지 마라. 안 된다면 안 되는 거야, 알겠니, 아드리아? 안 된다면 안 되는 것이었기 때문에 나는 손을 주머니에 넣은 채 물건들 사이의 좁은 통로를 서성이기 일쑤였다. 그리고 마리 앙투아네트의 것이었던 금장 세면대 옆에 놓인 화려한 색의 좀먹은 천사 인형을 바라보곤 했다. 그중에는 천문학적인 가격이 매겨진 명나라 악기 공도 있었다. 아드리아는 죽기 전에 악기 주인이 나타나기를 간절히 바랐다.

"이건 뭐예요?"

베렝게 씨는 일본에서 온 단도를 바라보고 나에게로 시선을 옮겨 웃음을 지었다.

"무사의 회검이지."

놀라서 아드리아의 입이 떡 벌어졌다. 베렝게 씨는 세실리아가 청동 화병의 먼지를 털어 내는 쪽을 바라보더니 아드리아에게 머리를 기울이고선 음흉한 기운을 풍기며 낮은 목소리로 말했다. "일본의 여성 무사들이 자기 목숨을 끊기 위해 지니고 다니던 무기란다." 그는 아드리아의 반응을 주시했다. 아드리아가 크게 동요하는 것 같지 않아 보이자 퉁명스럽게 자신의 말을 마무리했다. "에도 시대, 17세기 작품이야."

아드리아가 깊은 감명을 받은 것은 틀림없는 사실이었다. 하지만 당시 여덟 살쯤 되었을 나는 이미 감정을 숨기는 법을 알고 있었다. 마치 아버지가 서재 문을 잠그고 돋보기로 고문서들을 들여다보는 동안의 어머니처럼 말이다. 아버지가 서재에서 문서들을 읽어 내려가는 동안에는 집 안의 어느 누구도 큰 소리를 내서는 안 되었다. 저녁 식사를 위해 몇 시쯤 서재에서 나올지도 알 수 없는 노릇이었다.

"그가 아직 살아 숨 쉬고 있다는 인기척을 내기 전까지는 채소를 불에 올리지 말아요."

그러면 작은 롤라는 부엌으로 가서 입을 씰룩거리며 말하기를 나라면 저 인간의 버릇을 고쳐 놓겠어, 온 집안이 그 돋보기 하나에 따라 움직이잖아. 나는 그 인간의 바로 옆에 앉아서 그가 문서를 읽어 내려가는 소리를 듣곤 했다.

"아라곤의 선한 영주에게 이르노니/ 아마 누구인지 잘 아시겠지만/ 암포스 데 바르바스트레라는 이름으로 알려진 그에게 이르노니/ 이 이야기를 잘 들어 보시오, 영주/ 질투로 인해 생겨난 재앙의 이야기를."

"어떤 문서예요?"

"「라 레프렌시오 델스 젤로소스」.[25] 단편 소설이지."

"고대 카탈루냐어인가요?"

"아니. 오크어[26]야."

"둘이 비슷하네요."

"굉장히 비슷하지."

"젤로스가 무슨 뜻이에요?"

"라몬 비달 데 베살루[27]가 쓴 것이다. 13세기 작품."

"우와, 굉장히 오래됐네요. 젤로스는 무슨 뜻이에요?"

"카를스루에에서 발견된 프로방스 가곡집 중 132장. 같은 판본이 파리 국립 도서관에 또 하나 있어. 이것은 내 소유이지만. 네 것이기도 하지."

아드리아는 아버지의 이 말을 문서를 만져 보아도 좋다는 뜻으로 이해하고 슬쩍 손을 내밀었다. 곧 아버지의 손이 잽싸게 날아오더니 그의 손을 찰싹 때렸다. 매우 쓰라린 통증이 느껴졌다. 아무것이나 다 만지려고 들다니. 돋보기를 다시 집어 든 아버지는 요즘 사는 게 왜 이리 즐거울까라고 중얼거렸다.

---

25) 「La reprensió dels gelosos」. '질투 어린 자들의 고발'이라는 뜻이다.
26) 현재 프랑스의 옥시타니아 지방과 카탈루냐의 아란 계곡에서 쓰이는 언어. 로망어군에 속하는 독자적 언어로 카탈루냐어와 유사한 특징을 보인다. 11~12세기 음유 시인 트루바두르들의 언어였다.
27) 12세기 말부터 13세기 초 사이에 활동한 것으로 추정되는 음유 시인.

여성들이 자살하는 데 쓰는 일본 회검. 아드리아는 그것을 요약해서 머릿속에 집어넣었다. 그리고 도자기가 놓인 곳까지 어슬렁어슬렁 계속 걸음을 옮겼다. 그는 자신이 가장 경외하는 활자판과 고문서들을 제일 마지막으로 남겨 두었다.

"한번 와서 일을 좀 도와주어야겠어. 처리해야 할 게 너무 많아."

아드리아는 쓸쓸한 가게를 눈으로 훑어보며 공손한 태도로 세실리아에게 웃음을 지어 보였다.

"아버지가 허락하면요." 그가 말했다.

그녀는 무슨 말을 하려고 했으나 다시 생각에 잠겼다. 입을 벌린 채 얼마간 그대로 있었다. 갑자기 눈이 반짝이더니 음, 이리 와서 입맞춤해 주렴이라고 나에게 말했다. 나는 입을 맞출 수밖에 없었다. 그곳에서 한바탕 소동을 벌이고 싶지 않았다. 작년까지만 해도 그녀에게 푹 빠져 있었는데 지금은 입맞춤 따위가 좀 귀찮아졌다. 여전히 매우 어린 나이였지만 열두 살 혹은 열세 살 무렵에 겪는 입맞춤 혐오 단계에 이미 접어들고 있었다. 나는 인생에서 부차적인 것들에 항상 뛰어났다. 여덟 살인가 아홉 살 때쯤부터 입맞춤에 대한 정열적인 거부 반응이 언제까지 이어졌느냐면…… 음…… 그러니까 당신도 언제까지인지 이미 잘 알지. 아, 당신은 잘 모르던가. 아, 그런데 말이지, 백과사전 장수에게 "인생을 새롭게 시작했어."라고 말한 것은 무슨 뜻이었어?

아드리아와 세실리아는 쇼윈도를 가로질러 거리를 지나는 사람들을 잠시 바라보았다.

"일은 언제나 차고 넘쳐." 내 머릿속을 꿰뚫어 본 세실리아가 말했다. "내일 책이 굉장히 많은 집 하나를 통째로 비울 거야. 생각만 해도 골치가 아파."

그녀는 다시 청동을 닦기 시작했다. 금속 세정제의 고약한 냄새에 아드리아는 머리가 아파 와 한 발짝 물러섰다. 일본 여자들은 왜 자살을 해야 했을까. 그는 생각했다.

지금 다시 생각해 보니 가게를 샅샅이 뒤지러 간 것은 몇 번 되지 않는다. 사실 뒤진다는 것은 그냥 하는 소리다. 무엇보다도 악기 코너에 들어서기 시작했을 때 늘 마음이 불편했다. 조금 더 컸을 때 한번은 바이올린을 켜 보려고 시도한 적이 있다. 그러나 살짝 곁눈질하다가 베렝게 씨의 시선과 마주쳤는데 정말, 정말 무서웠었다. 그 후에는 한 번도 같은 일을 시도하지 않았다. 시간이 지날수록 그곳에 대한 기억이 생생해졌다. 플뤼겔호른 말고도 튜바, 트럼펫, 최소 열두 대의 바이올린, 첼로 여섯 대, 스피넷 세 대가 있었고, 명나라의 공뿐만 아니라 에티오피아산 북 하나, 아무 소리도 내지 않고 움직이지도 않는 거대한 뱀 모양의 물건도 하나 있었다. 나는 나중에야 세르팡인 것을 알았다. 진열된 악기들이 바뀌는 것으로 보아 분명히 물건의 거래가 이루어졌다. 그러나 수는 항상 이 정도를 유지했다. 가끔 리세우[28]의 바이올린 연주자들이 악기를 사기 위해 들르기도 했는데 대부분 실망하며 발길을 돌릴 수밖에 없었다. 아버지는 언제나 생활에 쪼들리는 음악가

---

28) 바르셀로나 람블라 거리에 위치한 오페라 극장.

들을 반기지 않았다. 내 고객은 수집가들이야. 물건을 모으는 사람들. 구매할 수 없다면 훔쳐서라도 물건을 갖고 마는. 그런 사람들이 내 고객이지.

"왜요?"

"왜냐하면 내가 부르는 대로 값을 치르고 만족하며 돌아가거든. 그리고 언젠가는 혀를 밖으로 빼고 다시 돌아오지. 더 사고 싶어서 말이야."

아버지는 이쪽 사정을 속속들이 알았다.

"음악가들은 연주를 위한 악기를 찾아. 그들은 악기를 손에 넣으면 연주하는 데 쓴단 말이야. 하지만 수집가는 꼭 연주해야 할 이유가 없어. 열 가지 악기를 소유하더라도 그저 만지기만 한단 말이지. 혹은 눈알을 굴려 살피거나. 그러고는 행복해하지. 수집가는 악기를 연주하는 게 아니라 그것을 만지는 자들이야."

아버지는 머리가 비상했다.

"수집가인 음악가? 완전히 사기라고 할 수 있지. 아직 그런 사람을 만나 본 적이 없어."

그때 아드리아가 비밀스럽게 로메우 씨는 일요일 오후처럼 지겨운 사람이라고 이야기하자 아버지는 한참이나 나를 쏘아보았다. 그 눈빛을 생각하면 예순이 된 지금도 머리카락이 곤두선다.

"뭐라고 했니?"

"그러니까 로메우 씨는……."

"아니 그게 아니라 뭐처럼 지겹다고?"

"글쎄요."

"대답해 봐."

"일요일 오후처럼요."

"음 그래."

아버지는 언제나 옳았다. 한참 동안의 침묵은 마치 그가 내 말들을 자신의 주머니에 수집하는 과정처럼 느껴졌다. 저장이 완료되면 그는 다시 대화로 돌아왔다.

"왜 지겹다는 거지?"

"이미 다 외운 변화형과 어미변화를 하루 종일 익히게 하고, 소로 만든 이 치즈가 좋다느니 어디서 샀냐느니 같은 것들을 독일어로 말해 보라고 한단 말이에요. 그게 아니면 나는 하노버에 살아, 나는 쿠르트라고 해, 너는 어디에 살아? 베를린이 마음에 드니? 이런 것들을 시켜요."

"그럼 어떤 말들을 하고 싶은 거냐?"

"글쎄요. 재밌는 이야기들을 읽고 싶어요. 독일어로 카를 마이[29]의 글을 읽고 싶어요."

"그래. 네 말이 맞는 것 같다."

그의 말을 반복해 보겠다. 그래. 네 말이 맞는 것 같다. 좀 더 정확히 말하자면 내 인생에서 처음이자 마지막으로 아버지가 내 말이 맞다고 인정한 순간이었다. 어떤 것에 페티시즘이 있는 사람이었다면 그 말을 기록하고, 사건이 일어난 순간의 날

---

29) Karl May(1842~1912). 독일의 소설가. 미국 서부를 배경으로 하는 모험 소설을 주로 쓴 것으로 알려져 있다.

짜와 시간을 적어 두었을 것이다. 그리고 흑백 사진을 한 장 찍어 두었을 것이다.

다음 날부터 나는 더 이상 로메우 씨와 수업을 하지 않았다. 아버지가 이미 그를 해고했기 때문이다. 사람들의 운명이 제 손에 달렸다고 느끼게 된 아드리아는 자신이 무엇이라도 된 듯한 기분이었다. 영광의 화요일이었다. 그때는 아버지가 모든 이들을 단호하게 대하는 것이 좋았다. 내가 아홉 살인지 열 살 때였을 텐데 인간으로서의 존엄이 한 단계 격상된 느낌이었다. 아니면 어리석다는 느낌이었던가. 무엇보다도 지금에 와서 과거를 되돌아보며 아드리아 아르데볼은 한 번도 어린 아이인 적이 없다는 사실을 문득 깨닫고는 했다. 다른 아이들이 감기에 걸리거나 아플 때 그만큼 아드리아는 조숙해져 갔다. 지금 생각하니 안됐다는 생각까지 든다. 그리고 당시에는 자세히 몰랐지만 이제야 조각을 맞추어 보면 언제나 머리치장에 바빴던 세실리아를 두고 아주 열악한 환경에서 가게를 연 아버지는 어떤 일에 관해 이야기할 것이 있다는 남자의 방문을 받은 적이 있으며, 아버지가 그를 서재 안으로 들이자 그 낯선 자가 아르데볼 씨, 저는 무엇을 구매하러 온 게 아닙니다 라고 말했고, 아버지는 그의 눈을 바라보며 잿빛 얼굴이 되어 가던 것이 생각난다.

"그렇다면 방문 목적이 무엇인지 설명해 주시겠습니까?"

"당신 목숨이 위험에 처했다는 사실을 알려 주기 위해 왔습니다."

"아, 그렇습니까?" 아버지는 슬며시 미소를 지었다. 다소 피곤한 듯 보이는 미소였다.

"그렇습니다."

"그 이유를 알 수 있을까요?"

"예를 들자면 몬텔스 박사가 감옥에서 나온 사실을 알고 계시겠죠."

"누구를 말씀하시는지 잘 모르겠군요."

"그리고 우리에게 정보가 입수되었습니다."

"당신들은 누구요?"

"우리는 당신이 그를 카탈루냐주의자이자 공산주의자로 고발한 데 대해 매우 화가 나 있다는 사실만 말해 두죠."

"내가요?"

"당신 말이오."

"나는 무언가를 떠벌리고 다니는 사람이 아닙니다. 다른 볼일이 더 있나요?"

아버지는 자리에서 일어나며 말했다.

낯선 방문객은 일어서지 않았다. 오히려 더욱 편하게 자리를 잡더니 전례 없는 솜씨로 담배를 말기 시작했다. 그리고 불을 붙였다.

"이곳에서는 누구도 담배를 피울 수 없습니다."

"나는 피우지요." 담배를 들고 있던 손으로 자신을 가리키며 말했다. "세 명을 더 신고했다는 것을 알고 있습니다. 그들 모두가 자신의 집 혹은 감옥으로부터 당신에게 안부 인사를 전해 달라더군요. 오늘부터 골목길의 후미진 곳들을 조심하시오. 당신에게는 더 이상 안전지대가 아닐 겁니다."

그는 거대한 재떨이라도 되는 양 나무 탁자에 담뱃불을 비벼 끄더니 아르데볼의 얼굴을 향해 연기를 뱉었다. 그리고 자리에서 일어나 서재를 나갔다. 펠릭스 아르데볼은 탁자의 나무가 속수무책으로 타들어 가는 모습을 그저 지켜보았다. 마치 참회라도 하듯이 말이다.

그날 저녁에 집에서 어쩌면 나쁜 기운을 떨치기 위해서인지, 혹은 격려해 주기 위해서인지, 특히 나 스스로 교사들에 대해 적극적인 요구를 하는 모습을 칭찬하기 위해서인지 아버지가 나를 서재로 불렀다. 이게 바로 내 아들이 해야 할 일이지. 아버지는 나에게 양면에 글씨가 쓰인 접힌 양피지를 보여 주며 말했다. 성 페레 델 부르갈 수도원의 건립 기념식 내용이 적힌 것이었다. 그리고 잘 봐 두어라, 아들아(나는 아버지가 '봐 두어라, 아들아.'라는 말에 이어서 '너는 내 희망이란다.'라는 말을 덧붙이기를 내심 기대했다. 이왕에 굳건한 동맹 관계를 형성했으니 말이다.), 이 문서는 천 년도 더 전에 작성된 것이란다, 그런데 지금 우리 손에 들어왔지…… . 잠깐, 잠깐만, 내가 펼치마. 아름답지 않니? 이 수도원을 지었을 때를 기록한 거란다.

"수도원은 어디에 있어요?"

"팔랴르스[30]에 있다. 거실에 걸린 우르젤[31]의 그림 알지?"

"그건 성 마리아 데 제리 수도원이에요."

---

30) 카탈루냐 북서쪽에 위치한 피레네산맥 인근 지역.
31) 모데스트 우르젤 이 앙글라다(Modest Urgell i Anglada, 1839~1919). 바르셀로나 출신 화가이자 극작가. 음울한 색채의 바다와 교회를 그린 작품들을 많이 남겼으며 파블로 피카소, 조안 미로를 가르쳤다.

"아, 그래. 부르갈은 좀 더 올라가야 해. 공기가 더 서늘한 쪽으로 20킬로미터쯤 가야 하지." 아버지는 양피지에 대해 말했다. "성 페레 델 부르갈의 건립문이야. 수도원장 델리가트가 라몬 데 톨로사 공작에게 작지만 수백 년의 역사를 이어 온 수도원에 면죄부를 적용해 달라고 한 내용이지. 그 많은 역사를 내 손안에 쥐고 있다고 생각하면 전율이 인단다."

그리고 나는 아버지의 설명을 들었다. 아버지가 성탄절이라기에는 너무나도 환하고 봄 같았던 그날을 떠올리고 있다는 사실을 짐작하기는 어렵지 않았다. 그들은 막 존경하는 수도원장 돔 조제프 데 산바르토메우를 성 페레의 보잘것없고 초라한 묘지에 안장한 참이었다. 그곳에서는 부드럽고 촉촉하게 젖은 잔디 아래를 뚫고 나온 형형색색 새싹의 생명이 얼음판에 인질로 잡혀 있었다. 수도원장은 방금 매장되었고, 그와 함께 수도원이 열어 두었던 모든 가능성 또한 묻혔다. 눈이 많이 내렸던 예전의 성 페레 델 부르갈은 외떨어지고 아주 독립적인 수도원이었다. 수도원장 델리가트가 부임한 이래 수도원은 수많은 부침을 겪었다. 물론 오랜 번영의 시기도 포함해서 말이다. 포세스 숲을 배경으로 노게라강의 물줄기가 그려내는 숨 막히는 경관을 바라보며 서른여 명의 수도사는 주님을 찬양했고, 그의 작품에 감사를 올렸으며, 그들의 육신을 파괴하고 전체 공동체의 영혼을 쪼그라들도록 만든 악을 저주했다. 성 페레 델 부르갈에도 어려운 시기는 있었다. 밀이 없는 방앗간이 돌아가지 않거나 겨우 예닐곱 명의 늙고 병든 수도사들이 항상 같은 일만을 반복할 때도 있었다. 그 일이란 누군가가 수도원에 들어올 때부터 수도원장 신부가 그랬듯이 그곳 묘지로 거처를 옮길 때까지 늘 같았다. 하지만 이제 그 오랜 기억을 거슬러 갈 수 있는 자가 단 한 명밖에 남지 않은 터였다.

간결하고 아주 작은 소리로 죽은 자를 위한 기도가 시작되었고, 이어서 성급하고 풀죽은 듯한 축복의 기도가 초라한 상자 위에 내려졌다. 그때 임시로 집전을 담당한 줄리아 데 사우 형제는 이 슬픈 의례를 돕기 위해 에스칼로³²⁾에서 수도원까지 올라온 농부 다섯 명에게 신호를 보냈다. 수도원의 폐쇄를 확인하러 성 마리아 데 제리 수도원에서 오기로 되어 있는 형제들의 모습은 아직 보이지 않았다. 이들은 한참 있어야 도착할 것이다. 그들이 필요할 때면 늘 그랬듯이 말이다.

줄리아 데 사우 형제는 성 페레의 작은 수도원으로 들어갔다. 그는 교회를 둘러보았다. 눈에 눈물이 가득 고인 채 망치와 끌을 가지고 대제단 위의 돌에 구멍을 내고는 성인들의 유물이 담긴 나무로 된 작은 유물함을 꺼냈다. 갑자기 두려움이 엄습했다. 처음으로 혼자가 되었기 때문이다. 다른 형제들은 아무도 없었다. 그의 발걸음 소리가 좁은 복도 전체로 울려 퍼졌다. 그는 식당을 슬쩍 들여다보았다. 벽에 붙은 긴 의자 하나가 삐걱삐걱 벽을 칠 때마다 때 묻은 석고가 벗겨졌다. 그는 얼른 의자 위치를 바꾸었다. 눈에서 눈물 한 방울이 떨어졌고, 그는 자신의 방으로 향했다. 그곳에서 눈을 감고도 선명하게

---

32) 카탈루냐 북부 피레네산맥 근처 마을.

나무 하나하나의 생김새까지 그릴 수 있는 그 사랑스러운 풍경을 말없이 바라보았다. 침대 위에는 수 세기 동안 그들의 성무일도와 예배를 함께해 온 성물함이 있었다. 수도원 건립문과 알 수 없는 성인들의 유물이 보관되어 있었다. 성배와 성반도 들어 있었다. 성 페레 델 부르갈의 열쇠 두 개도. 하나는 작은 교회당, 또 다른 하나는 수도원 영지를 관리하는 열쇠였다. 수많은 세월 동안 주님을 찬양해 온 찬송의 역사가 이제 단단한 향나무 상자로 축소되어 폐쇄된 한 수도원의 역사를 말해 주는 유일한 증거가 될 것이다. 짚을 넣은 매트리스 한쪽 구석에는 보자기에 옷가지 두 개와 평범한 스카프, 기도서를 꾸린 보따리가 놓여 있었다. 그리고 솔방울, 전나무, 단풍나무 씨앗이 든 작은 주머니가 있었다. 그다지 그립지 않은 오래된 기억, 그가 미켈 수사로 불리며 도미니크회 교단에서 가르치던 시절을 떠올리게 하는 것들이었다. 위대한 종교 재판소장의 궁에서 살트 출신 사팔뜨기의 부인이 그를 멈추어 세우더니 미켈 수사님, 여기요, 솔방울, 그리고 전나무와 단풍나무 씨앗을 가져왔습니다 했다.

"저에게 그것들이 왜 필요하겠습니까?"

"제가 드릴 게 없습니다."

"왜 저에게 무엇을 주셔야 합니까?" 미켈 수사가 참지 못하고 말했다.

여자는 고개를 숙이더니 거의 기어들어 가는 목소리로 종교 재판장님이 저를 강간했습니다, 그래서 차라리 제가 목숨을 끊으려 합니다. 남편이 알지 못하도록요. 그러지 않으면 남편이 저를 죽이려 들 겁니다.

미켈 수사는 놀라서 복도로 나가 회양목 벤치에 앉았다.

"어떻게 생각하십니까?" 여자가 말했다. 그녀는 쫓아와 바로 앞에 서 있었다.

이미 할 말을 다 한 그녀는 더 이상 덧붙여 말하지 않았다.

"당신을 못 믿겠습니다, 악랄한 거짓말쟁이 같으니. 당신이 원하는 건……."

"제가 썩은 기둥에 목을 매면 믿으시겠어요?" 그녀는 무서운 눈빛을 하고 그를 바라보았다.

"하지만 이보시오……."

"제 고해를 들어 주셨으면 합니다. 저는 죽어 버릴 생각이거든요."

"저는 신부가 아닙니다."

"하지만…… 제가 죽는 것 말고 무엇을 더 할 수 있겠습니까. 그리고 제 잘못이 아니니 신이 저를 용서하시지 않겠어요. 그렇죠, 미켈 수사님?"

"자살은 죄입니다. 이곳에서 도망치세요. 멀리 떠나란 말입니다!"

"여자 혼자서 어디를 갈 수 있단 말입니까? 네?"

멀리 떠나고 싶은 사람은 미켈 수사였다. 세상이 끝나는 그곳으로. 우주의 가장 잔인한 모습이 그를 위협할지라도 말이다.

성 페레 델 부르갈의 자기 방에서 줄리아 형제는 그 절망에 휩싸인 여인에게 받은 씨앗을 쥔 손을 폈다. 도무지 그녀를 어떻게 위로해야 할지 알 수 없었다. 다음 날 그들은 넓은 건초

다락 안 썩은 기둥에 목을 맨 그녀를 발견했다. 이틀 전 사라진 열다섯 가지 수수께끼를 간직한 종교 재판장의 묵주로 목을 맸다. 종교 재판장의 명령에 따라 자살자는 성스러운 땅에 묻힐 수 없었으며, 살트의 사팔뜨기는 하늘의 뜻을 거역하는 행위를 저지르도록 부인을 방기했다는 이유로 위대한 재판소장의 궁전에서 쫓겨났다. 목을 맨 부인을 아침에 발견하고 혹시나 숨쉬기를 바라는 헛된 희망으로 묵주를 뜯어 버리려 한 살트의 사팔뜨기였다. 이 사실을 알았을 때 미켈 수사는 상급 사제의 명령에도 불구하고 아주 비통한 심정으로 기도를 올리며 그 자포자기했던 영혼의 구원을 기원했고, 주님 앞에서 자신의 비겁한 침묵을 떠올리게 하는 씨앗과 솔방울들을 절대 잃어버리지 않겠다고 맹세했다. 이십 년 후 그는 손을 펴 그것들을 다시 살펴보았다. 지금 그의 삶은 완전히 달라져 성 마리아 데 제리의 수도사가 되었다. 그는 솔방울을 자신의 베네딕트회 수도복 주머니에 넣었다. 그리고 창밖을 내다보았다. 어쩌면 그들이 거의 다 도착했을지도 모를 일이지만 멀리서 움직임의 형체를 분간하기란 힘든 일이었다. 그는 짐을 꾸려 보자기를 되는대로 싸맸다. 그날 밤 부르갈의 수도원에서 편히 잠들 수 있었던 수도사는 아무도 없었다.

성물함을 단단히 쥔 그는 수도사들이 지내던 방을 하나하나 들여다보았다. 마르셀 수사, 마르티 수사, 아드리아 수사, 라몬 신부, 바실리 신부, 조제프 데 산바르토메우 신부, 그리고 좁은 복도 끝에 위치한 자신의 보잘것없는 방까지. 그 방은 작은 회랑에서 가장 가까웠고, 수도원 정문과 가장 가까웠으며, 적절한 표현인지 모르겠지만 그가 수도원에 발을 들여놓던 첫날부터 그로 하여금 파수꾼 역할을 하도록 한 방이었다. 곧 창고와 사제 회의장, 부엌, 그리고 긴 의자가 여전히 벽을 긁고 있는 식당을 거닐었다. 그다음에 회랑으로 나가서 그는 밀려오는 슬픔을 참지 못해 와락 눈물을 터뜨리고 말았다. 그것이 신의 의지라 믿고 받아들여야 한다는 사실이 너무 힘들었기 때문이다. 수년 동안 지켜 온 베네딕트 수도회 생활에 작별을 고하기 위해 마음을 가라앉히고 수도원 예배당으로 들어갔다. 그는 성물함을 붙든 채 제단 앞에 무릎을 꿇었다. 생에 마지막으로 애프스의 그림을 올려다보았다. 예언자들과 대천사들이 있었다. 성 베드로, 성 바울, 성 요한과 다른 예언자들, 그리고 성모 마리아가 다른 대천사들과 함께 장엄한 모습의 예수 그리스도를 찬양하는 모습이었다. 그는 죄책감이 들었다. 작은 수도원 성 페레 델 부르갈이 사라지는 데 대한 죄책감이었다. 빈손으로 가슴을 두드리며 말했다. 고백합니다, 주님. 고백합니다, 제 탓이옵니다.(라틴어) 그는 성물함을 내려놓고 바닥에 입을 맞추기 위해 몸을 숙였다. 그를 무심하게 지켜보던 전지전능하신 신을 경배하기 위해 수많은 세대의 수도사들이 밟고 지나간 곳이었다.

그는 다시 성물함을 집어 들고 성스러운 그림들을 마지막으로 둘러보고 나서 문을 향해 걸어갔다. 작은 교회를 나서자 그는 무심히 두 문을 닫고 마지막으로 자물쇠를 잠근 뒤 그것을 성물함에 보관했다. 이 아름다운 그림들은 파르다크 출신 자키암이 거의 300년이 지나 그 넓적한 손으로 교회의 썩고 벌레 먹은 문을 열기까지 사람들의 눈에 띄지 않았다.

이제 줄리아 데 사우 형제는 활기차지만 피로와 공포가 가득한 발걸음으로 성 페레의 문 앞에 이르러 주먹을 굳게 쥐고 문을 두드리던 날을 떠올렸다. 그곳에는 열다섯 명의 수도사들이 생활하고 있었다. 오, 주여, 영광 받으실 주여, 그날들을 얼마나 그리워했던가. 비록 그가 경험하지 못한 날들을 그리워할 권리는 없지만 말이다. 그 시절 모든 수도사들은 각기 다른 일을 맡았고, 일거리마다 각기 다른 수도사가 배정되었다. 입회를 위해 문을 두드렸을 때 그는 이미 안전지대를 떠나 도망자의 충실한 동반자인 공포의 세계로 깊이 들어간 지 오래였다. 자신이 실수를 저지르고 있을지 모른다는 의구심이 들었다. 예수는 우리에게 사랑과 신의를 이야기했는데 자신은 그것을 충실히 이행하고 있지 않다는 생각이 들었기 때문이다. 하지만 실제로 그는 이를 수행하고 있었다. 왜냐하면 종교 재판장인 니콜라우 에이메리크[33] 신부가 상관이었고, 신의 이름과 교회의 번영, 진실한 믿음을 위해 모든 일을 처리하고 있었기 때문이다. 예수는 나에게 너무나도 먼 존재였기 때문에 나는 그렇게, 그렇게, 그렇게 할 수 없었다. 그리고 미켈 수사, 감히 멍청한 세속 수도사 주제에 예수의 거처를 묻다니? 우리 주님은 우리의 아무런 조건 없는 완전한 복종 속에 존재하십니다. 주님은 나와 함께 계세요, 미켈 수사.

---

33) Nicolau Eimeric(1316~1399). 가톨릭 신학자이자 14세기 후반 아라곤 연합 왕국하에서 종교 재판소장으로 활동했다.

그리고 나와 함께 있지 않은 자는 나에게 반하는 자다. 내가 말할 때는 내 눈을 똑바로 쳐다보란 말이야! 나와 함께 있지 않은 자는 나에게 반하는 자다. 그길로 미켈 수사는 떠날 마음을 먹었다. 그는 양심의 가책으로 인해 불확실함과 어쩌면 구원 대신에 지옥을 택한 것이었다. 그렇게 도망쳤고, 도미니크 수도회복을 벗어 던졌고, 공포의 왕국에 들어섰고, 자신의 모든 죄가 사해지기를 기원하면서 신성한 땅을 찾아 나섰다. 마치 이 세상 아니면 저세상에서라도 용서라는 게 가능한 것처럼 말이다. 만일 무슨 죄라도 저질렀다면 말이다. 순례자의 복장을 한 그는 더욱 불행해 보였고, 후회를 원동력 삼아 육체를 끌고 다녔으며, 지키기 어려운 약속을 했다. 하지만 마음이 평온하지 않았으니 구원의 목소리에 불복종하는 것은 네 영혼의 안식이 영원히 주어지지 않음을 의미하기 때문이다.

"얘야, 손 좀 그만 떨어라."

"하지만 아버지…… 저도 양피지를 만져 보고 싶어요. 제 것이기도 하다고 하셨잖아요."

"그럼 이 손가락으로만 만지거라. 조심해."

아드리아는 한 손가락을 펴고서 수줍게 손을 내밀어 양피지를 만졌다. 그는 이미 수도원에 도착한 듯한 기분이 들었다.

"자, 됐다 이제, 때라도 묻으면 어떻게 하려고."

"조금만 더요, 아버지."

"됐다라는 말뜻을 모르겠니?" 아버지가 소리쳤다.

나는 양피지에서 전기라도 통한 양 화들짝 놀라 손을 뒤로 뺐고, 신성한 땅으로의 여정을 마치고 돌아왔을 때 전직 수도사의 영혼은 쪼그라들었고, 몸은 수척해졌으며, 얼굴은 탔고, 눈빛은 다이아몬드처럼 단호해져 있었다. 그리고 마음속에는 여전히 불타는 지옥이 느껴졌다. 부모님의 집 가까이에는 갈 엄두가 나지 않았다. 만일 아직 살아 계시기라도 한다면 말이다. 그는 순례자의 복색을 하고 여전히 거리를 방황하면서 돈을 구걸했고, 여인숙에서 가장 독한 술을 마시는 데 그 돈을 다 써 버리곤 했다. 하루라도 빨리 사라져 더 이상 기억을 떠올리고 싶지 않은 것 같았다. 그는 또한 육신의 죄에 빠져들었다. 참회함으로써 얻을 수 없었던 망각과 구원을 찾으려는 광적인 몸부림이었다. 진정으로 비통에 잠긴 영혼이었다. 그때 추운 겨울밤을 보내기 위해 임시로 찾은 라 그라사의 베네딕트 수도회를 돌보던 카르카손 출신 줄리아 형제의 상냥한 미소는 예상치 못하게 그의 앞길을 열어 주었다. 하룻밤 휴식은 어느새 수도원 교회에서 열흘간의 기도로 이어졌다. 그는 교회의 상석에서 가장 먼 벽 앞에 무릎을 꿇고 있었다. 그곳 성 마리아 데 라 그라사에서 그는 처음으로 부르갈에 대해 들었다. 사람들에 따르면 그 공동체는 너무나 외진 곳에 위치해 비가 그곳에 도착할 때쯤이면 이미 지쳐서 사람들의 피부를 적시지 않는다는 거였다. 그에 따른 행복감 때문이었을까, 그는 줄리아 형제의 미소를 아주 은밀한 보물처럼 잘 기억해 두었다. 그리고 라 그라사의 수도사들이 해 준 조언대로 성 마리아 데 제리 수도원을 향했다. 그는 수도원에서 얻은 음식, 은밀하지만 행복이 가득한 미소로 가방을 채워 넣고 일 년 내내 눈이 녹지 않는 산을 향해, 운이 조금 따라 준다면 구원을 찾을 수도 있는 영원한 침묵의 세계를 향해 걸어갔다. 해진 샌들을 신고서 계곡과 언덕을 헤치며 나아갔고, 방금 얼음이 녹아 내린 차가운 강물을 건넜다. 그가 성 마리아 데 제리 수도원에 도착했을 때 그들은 성 페레 델 부르갈의 수도원장은 항상 은둔해 있으며 고립된 생활을 하기 때문에 그의 의중이 잘 전달되었는지 누구도 잘 모른다고 했다. 그리고 수도원장이 그에 대해 어떤 결정을 내리든 대수도원장은 동의할 것이라고 확인해 주었다.

그리하여 수 주에 걸친 배회를 마친 그는 아직 마흔에 접어들지 않았지만 조금 더 늙수그레한 모습으로 성 페레 수도원의 문을 두드렸다. 춥고 땅거미가 내린 그 시간 수도사들은 저녁 예배를 마치고 저녁 식사를 준비하던 중이었다. 만일 뜨거운 물 한 그릇을 저녁이라고 부를 수 있다면 말이다. 그들은 그를 안으로 들이고 무엇을 원하는지 물었다. 그는 그들의 작은 공동체에 들어가고 싶다고 말했다. 자신의 고통에 대해 설명하는 대신 마치 속세 사람처럼 가장 낮은 곳에서 신의 눈을 바라보며 아주 겸손하고 존재가 드러나지 않는 일을 통해 성모의 교회를 섬기고 싶다고 했다. 이미 수도원장의 직책을 맡고 있던 조제프 데 산바르토메우 신부는 그의 눈을 바라보았고, 그 영혼 속에 어떤 비밀이 있음을 감지했다. 삼십 일의 낮과 밤 동안 그들은 그를 다 무너져 가는 헛간에 머물도록 했다. 하지만 그가 원한 것은 교단의 전통에 따른 안식처였다. 곧 교회를 믿는 자를 변화시키고 종교를 수행하는 자에게 안식을 주라는 신성한 베네딕트의 규율에 따른 안식처를 부탁했다. 그는 또 다른 여느 수도사들처럼 살게 해 달라고 스물아홉 번을 요청했고, 수도원장은 그의 눈을 들여다보면서 스물아홉 번을 거절했다. 그가 서른 번째 입회를 요청하던 어느 비오는 행복한 금요일까지.

"만지지 마, 젠장, 손을 조심하라고!"

아버지와의 동맹 관계는 언제나 아슬아슬했다. 그것이 이미 깨지지 않았다면 말이다.

"하지만 저는 그냥……."

"하지만, 그렇지만 이런 말은 하지 말란 말이야. 한 대 맞고 싶니? 응? 한 대 맞아야 정신을 차리겠어?"

그 금요일 이야기는 한참 전의 일이다. 그는 지망자로 부르갈의 수도원에 들어갔고, 세 번의 혹독한 겨울이 지나고야 평수사로서 선서를 할 수 있었다. 인생을 바꾸어 놓은 그 미소를 기리며 그는 이름을 줄리아로 택했다. 그는 영혼을 진정시키고, 마음을 편히 하고, 삶을 사랑하는 방법을 배웠다. 비록 카르도나 공작이나 우그 로제 백작의 수하들이 계곡을 돌아다니며 그들 소유가 아닌 것을 파괴하곤 했지만, 산 정상에 위치한 수도원에 있으면서 그는 이들보다 신과 평화에 더욱 가까운 느낌이 들었다. 그는 꾸준히 지혜를 얻기 위한 길을 걸었다. 행복이 찾아오지는 않았지만 완전한 평온을 찾게 되었고, 이는 차차 그에게 삶의 균형을 가져다주었으며, 그의 방식으로 웃을 수 있게 되었다. 겸손한 줄리아 형제가 성인의 반열에 오르는 중이라고 믿는 수도사들도 생겨나기 시작했다.

높이 솟은 태양이 온기를 내뿜으려 했지만 헛일이었다. 성 마리아 데 제리를 출발한 형제들은 아직 도착하지 않고 있었다. 아마 솔레에서 밤을 묵어 오는 모양이었다. 희미하게 햇볕이 내리쬐어도 부르갈의 추위는 가혹했다. 에스칼로의 농부들은 이미 몇 시간 전에 도착해 슬픈 눈을 하고 아무런 대가도 요구하지 않았다. 그는 파수꾼 형제처럼 자신이 가까이에서 수년 동안 지켜 온 큰 열쇠로 문을 잠갔고, 이제 그 열쇠를 대수도원장에게 넘겨주게 될 것이다. 500년간 끊이지 않고 이어진 부르갈 수도원의 역사가 고스란히 담긴 열쇠를 움켜쥐며 그는 여러 번 말했다. 저는 비천한 자입니다.(라틴어) 그는 성물함을 손에 들고 바깥 호두나무 아래에 혼자 앉아 제리에서 오는 형제들을 기다렸다. 저는 비천한 자입니다.(라틴어) 만일 그들이 수도원에서 하룻밤을 묵고자 한다면 어떻게 해야 하는가? 성 베네딕트의 규율이 어떤 수도원에서도 수도사 혼자 생활하지 못하도록 엄격히 금하므로 수도원장은 자신의 기력이 쇠하고 있음을 느낀 순간 제리의 대수도원장에게 서신을 보내어 적절한 준비를 하도록 조치를 해 두었다. 부르갈에 남은 수사라고는 그와 원장 사제뿐인 지 벌써 십팔 개월째였다. 수도원장이 미사를 집전하고 그는 헌신적으로 참여했으며, 둘은 매 시간 기도를 올렸다. 하지만 더 이상 찬송을 부르지는 않았는데 왜냐하면 그들의 음정이 빗나가고 초라한 목소리보다 참새의 지저귐이 더 크게 들렸기 때문이다. 전날 오후 무렵 이틀 동안 고열에 시달리던 수도원장이 숨을 거두었을 때 그는 다시 인생에서 혼자가 되었다. 저는 비천한 자입니다.(라틴어)

에스칼로에서 올라오는 가파른 길을 따라 누군가가 걸어

오는 모습이 보였다. 겨울에 에스타론으로부터 이어지는 길로 오기는 불가능한 노릇이기 때문이다. 드디어 왔군. 그는 일어나 옷의 먼지를 털더니 성물함을 꼭 껴안고 길을 따라 몇 걸음 내려갔다. 그리고 멈춰 섰다. 혹시 호의의 표시로 그들에게 성물함을 열어 보여야 하나? 수도원장이 임종을 맞이할 때 남긴 지시 사항을 제외하고 그는 오랜 역사를 간직한 성물함의 끝맺음을 어떻게 해야 할지 알지 못했다. 제리에서 온 형제들은 피곤한 기색을 하고 천천히 올라왔다. 세 명의 수도사들이었다. 그는 수도원을 향한 마지막 작별 인사를 위해 눈물을 흘리며 몸을 돌렸고, 형제들이 오르는 가파른 고개의 마지막 걸음을 조금이라도 덜어 주기 위해 길을 내려가기 시작했다. 수많은 기억으로 가득한 부르갈에서의 이십일 년은 그렇게 끝나고 있었다. 잘 있어라, 성 페레, 잘 있거라, 차가운 물의 속삭임을 품은 골짜기야. 나에게 평온을 선사해 준 얼음산이여, 안녕. 수도원 형제들이여, 수 세기 동안 이어져 온 찬양과 기도여, 이제 그만 안녕.

"형제들이여, 주님이 오신 날의 평화가 함께하기를."

"주님의 평화가 당신에게 함께하기를."

"이미 매장을 마쳤습니다."

수도사 하나가 두건을 벗었다. 고귀한 이마를 가진 그는 분명히 고해 신부이거나 아니면 교회의 행정관 혹은 신입 수도사들의 스승이 분명했다. 그는 아주 오래전 다른 줄리아 형제와 닮은 미소를 지었다. 망토 아래에는 수사복 대신 기사용 호신 갑옷을 입고 있었다. 제리 수도원의 마테우 수사, 마우르

수사와 함께였다.

"누가 죽었습니까?" 기사가 말했다.

"원장 신부님입니다. 원장 신부님이 돌아가셨지요. 말씀 들으신 바가 없는⋯⋯."

"이름이 뭡니까? 뭐였습니까?"

"조제프 데 산바르토메우입니다."

"주님을 찬미합니다. 그렇다면 당신이 미켈 데 수스케다 수사로군요."

"줄리아가 제 이름입니다. 줄리아 형제입니다."

"수도사 미켈이겠지요. 도미니크 교단의 이단자."

"저녁 준비 다 됐습니다."

작은 롤라가 서재 안으로 고개를 들이밀었다. 아버지는 조용하지만 짜증 섞인 손짓으로 대답을 대신했다. 여전히 교회 건립문을 소리 내어 읽는 중이었다. 첫 번째 독해로 그것을 이해하기란 불가능했다. 그는 작은 롤라의 말에 대답이라도 하듯 "이제 네가 나머지를 읽어 보아라."

"하지만 글씨체가 너무 이상한데⋯⋯."

"읽으라고." 주저하는 아들에게 실망하여 아버지가 참지 못하고 말했다. 아드리아는 유려한 중세 라틴어로 쓰인 델리가트 대수도원장의 말을 읽기 시작했다. 완전히 이해하지는 못했지만 또 다른 이야기를 벌써 상상하고 있었다.

"음⋯⋯ 미켈 수사는 저의 다른 생에 속했던 이름입니다. 도미니크 교단은 제 신념과 매우 거리가 멀지요. 저는 전혀 다른 새로운 사람입니다." 그는 수도원장이 그에게 했던 것처럼 그의 눈을 들여다보았다. "무엇을 원하십니까, 형제여?"

고귀한 이마를 가진 자는 땅에 무릎을 꿇더니 짧고 조용한 기도로 신에게 감사를 올렸다. 충직하게 성호를 긋자 세 명의 수도사들도 정중하게 따랐다. 남자는 자리에서 일어났다.

"당신을 찾는 데 오랜 시간이 걸렸군요. 신성한 대종교 재판장님은 당신을 이단으로 처형하라는 명령을 내렸습니다."

"뭔가 잘못 아신 것 같은데요."

"여러분, 형제님들." 함께 있던 수도사 중 하나가, 어쩌면 마테우 수도사였을까, 매우 걱정스럽게 말했다. "우리는 부르갈의 열쇠와 수도원의 성물함을 찾고 줄리아 수사를 제리로 데려가기 위해 온 것입니다."

줄리아 수사는 갑자기 기억났다는 듯 여전히 꼭 쥐고 있던 성물함을 넘겨주었다.

"그를 데려가실 필요 없습니다." 고귀한 이마의 남자가 퉁명스럽게 말했다. 그리고 줄리아 형제에게 말하기를 "내가 잘못 안 것은 없습니다. 당신에게 죄를 선고한 분이 누구인지 틀림없이 알 텐데요."

"제 이름은 줄리아 데 사우이며, 보시다시피 베네딕트회 수사입니다."

"니콜라우 에이메리크가 당신에게 처형 집행을 선고했습니다. 그리고 당신 앞에서 그의 이름을 밝히도록 했습니다."

"잘못 알고 계신 것 같습니다."

"니콜라우 사제가 죽은 지는 꽤 되었지요. 하지만 나는 여전히 살아 있고, 이제야 내 황폐한 영혼에도 휴식이 깃들겠군요. 신의 이름으로 말입니다."

제리에서 온 두 수사는 겁에 질린 눈을 하고 있었으며, 전혀 다른 몸으로 새롭게 태어나 각고의 노력 끝에 평온을 얻은 부르갈의 마지막 수사는 자신의 가슴에 내리꽂히기 전 눈부시도록 반짝이는 단검을 볼 수 있었다. 그 추운 겨울날의 희미하게 빛나던 태양은 이상하게도 점점 환해졌다. 그는 오랫동안 쌓인 원한을 한 번에 삼켜야 했다. 그리고 신성한 명령에 따라 고귀한 기사가 단검으로 수사의 혀를 베어 상자 안에 넣자 상아색 상자는 금세 붉게 물들었다. 그는 마른 호두나무 잎으로 검을 닦으며 거세고 단호한 목소리로 두 수사에게 말했다.

"이 남자는 성스러운 곳에 묻힐 자격이 없습니다."

그는 주변을 돌아보았다. 매섭도록 차가운 표정이었다. 그가 교회당 너머의 영지를 가리키며 말했다.

"저기가 좋겠군요. 십자가는 세우지 않을 겁니다. 신의 뜻입니다."

공포로 얼어붙은 채 움직이지 않는 두 수사를 바라보면서 고귀한 이마를 가진 남자는 그 앞에 서서 줄리아 수사의 생명을 잃은 육신을 거의 밟다시피 하며 경멸을 담아 소리쳤다. "이 썩은 고깃덩어리를 묻으란 말이야!"

아버지는 대수도원장 델리가트의 서명을 읽은 후 그것을 조심스럽게 접으며 이러한 양피지를 만지는 것은 곧장 그 시대를 상상하게 하지라고 말했다. 그렇지 않니?

그 말을 들은 나는 반사적으로 양피지를 만졌다. 이번에는 걱정 가득한 다섯 개의 손가락을 모두 써서 말이다. 아버지가 내 뒷덜미를 갈겼고, 그것은 아프다 못해 수치심이 느껴질 지경이었다. 눈물을 흘리지 않기 위해 갖은 애를 쓰는 동안 아버지는 무심하게 돋보기를 치우고 문서를 금고에 집어넣었다.

"저녁 먹으러 가자, 어서." 중세 라틴어를 읽을 줄 아는 아들과 동맹을 맺는 대신에 그가 말했다. 식사 자리에 도착하기 전 나는 몰래 흐르던 눈물 두 방울을 훔쳐야 했다.

6

이 가족의 한 사람으로 태어난 것은 결코 용서하지 못할 실수였다, 그렇다. 다소 심각한 일이 일어나기도 전에 이미 이런 생각을 하고 있었다.

"나는 로메우 선생이 마음에 들어."

내가 이미 잠들었다고 생각했는지 그들은 목소리를 지나치다 싶을 만큼 높였다.

"당신은 지금 스스로 무슨 말을 하고 있는지 몰라."

"암, 그렇고말고. 나야 쓸모없는 데다가 멍청하게 일만 하니까!"

"아드리아를 위해 희생하는 것은 바로 나라고!"

"그럼 내가 하는 일들은 뭔데?" 비꼬고 있지만 상처 입은 어머니의 말투였다. 그리고 목소리를 낮추며 말했다. "큰 소리 내지 않도록 조심해."

"큰 소리 내는 것은 당신이지!"

"나는 애를 위해 희생하는 게 없다는 말이지? 그래?"

무겁고 견고한 침묵이 흘렀다. 생각에 잠긴 아버지의 뇌세
포가 이리저리 움직였다.

"당신도 당연히 희생하지, 그렇고말고."

"그러게, 인정해 줘서 퍽이나 고맙네."

"그렇다고 당신이 옳다는 말은 아니야."

문득 심리적인 위안이 필요하다는 생각이 들었다. 카슨 보
안관을 얼른 집어 들었고, 혹시나 해서 검은 독수리도 소환했
다. 그리고 소리가 나지 않도록 조심스럽게 내 방문을 아주 조
금 열어 두었다. 부엌에 물컵을 가지러 가는 위험한 시도는 하
지 않는 편이 좋았다. 훨씬 기분이 나아졌다. 검은 독수리는
내 의견에 찬성했다. 카슨 보안관은 입을 굳게 다물고는 내가
풍선껌이라고 생각했지만 알고 보니 담배로 밝혀진 것을 우
물우물 씹고 있었다.

"괜찮아, 바이올린을 배우라 그래, 좋아."

"내 인생의 죄를 사면받은 느낌이네."

"왜 그렇게 말하는 거야, 이 사람이?"

"괜찮아, 바이올린을 배우라 그래, 좋아." 어머니는 아버지
를 아주 과장되게 흉내 냈다. 아주 많이 말이다. 하지만 나는
그것이 좋았다.

"당신이 그렇게 나오면 바이올린을 그만두게 하고 인생에
도움이 되는 것들을 배우도록 할 거야."

"아이의 바이올린을 뺏었다가는 후회할 줄 알아."

"협박하지 말라고."

"당신도."

다시 침묵이 흘렀다. 카슨은 바닥에 침을 뱉었고, 나는 소리 없이 손짓하며 그에게 핀잔을 주었다.

"아드리아는 실질적이고 중요한 것들을 배워야 해."

"그 실질적이고 중요한 것들이 대체 뭔데?"

"라틴어, 그리스어, 역사, 독일어, 프랑스어지. 일단 시작은 이 정도면 충분해."

"아직 열한 살밖에 안 된 아이라고, 펠릭스!"

열한 살이군. 당신에게 앞에서 여덟 살인가 아홉 살이라고 잘못 이야기한 것 같아. 시간은 이 원고에서조차 빨리 지나가 버리는구나. 어머니가 현실의 시간을 염두에 둔 것은 다행이지. 그런데 그거 알아? 나는 잘못 쓴 것을 고칠 시간도 그럴 의욕도 없어. 몹시 서두르면서 글을 쓰는 중이지. 젊었을 때 모든 것을 빨리 써 내려가던 것처럼 말이야. 다만 지금 서두른다는 것은 그 의미가 조금 달라. 글이 빨리 써진다는 건 아니니까. 그리고 어머니가 다시 말했다. "아드리아는 아직 열한 살이고, 벌써 학교에서 프랑스어를 하고 있잖아."

"숙모의 정원에서 펜을 잃어버렸어요(프랑스어)는 프랑스어가 아니야."

"그럼 뭐야? 히브리어인가?"

"라신[34]을 읽을 줄 알아야 해."

---

34) 장바티스트 라신(Jean-Baptiste Racine, 1639~1699). 몰리에르, 코르네

"오, 신이시여."

"신은 존재하지 않아. 그리고 라틴어도 훨씬 잘하게 될 거라고. 예수회 학교에서 교육받고 있잖아, 안 그래?"

이 말은 나에게 좀 더 직접적인 영향을 미쳤다. 검은 독수리도 카슨 보안관도 입을 열지 않았다. 그들은 카스프가에 있는 예수회 학교에 가 본 적이 없었다. 그것이 좋은 일인지 불행한 일인지는 알지 못했다. 그러나 아버지에 의하면 그곳은 라틴어 수업이 별로였다. 사실 맞는 말이었다. 우리는 명사 제2변화를 배우는 중이었고, 그것은 정말 지겨웠다. 학생들은 소유격이 무엇인지 여격이 무엇인지 그 개념을 도무지 이해하지 못했기 때문이다.

"이제 와서 그 학교를 관두게 하려고?"

"리세우 프랑세스[35]는 어떻게 생각해?"

"안 돼. 아드리아는 카스프에서 계속 공부하는 것이 맞아, 펠릭스. 아직 어린아이라고! 당신 형님네 소처럼 이랬다저랬다 할 수 있는 게 아니야!"

"알겠다고. 더 이상 말을 말아야지. 언제나 당신이 말하는 대로 일이 굴러가니까." 아버지는 사실과 반대로 이야기했다.

"운동은?"

"그만해. 예수회 학교에 학생들이 뛰어놀 곳이 많잖아, 안 그래?"

유와 함께 17세기 프랑스의 3대 극작가로 꼽힌다.
35) 1967년 맺어진 프랑스와 스페인의 문화 협약에 따라 3세 아동부터 고등학교 전 과정을 프랑스어로 가르치는 교육 기관.

"그리고 음악도."

"알았어. 됐다고. 하지만 우선순위라는 것이 괜히 있는 게 아니야. 아드리아는 대학자가 될 거야. 그럼 된 거야. 그러니까 카잘스가 아닌 다른 사람을 찾아볼 거야."

그렇게 해서 로메우 씨 대신 다른 사람이 왔는데 그는 형편 없었던 다섯 번의 수업을 하고 나서 아주 복잡한 독일어 통사론에 휘말려 쩔쩔매고 말았다.

"그렇게 중요한 것은 아니야. 그냥 좀 봐줘."

이틀 후 아버지는 나를 서재로 불러 의자 옆에 세워 두고 내 앞날에 대해 상세히 설명하기 시작했다. 어머니도 내가 스파이 기지를 설치해 둔 의자에 앉아 있었다. 다시 반복하지 않을 테니 잘 들어 둬. 아버지는 내가 똑똑한 아이인지라 내 지적 능력을 최대한 계발해야 하며, 학교에 있는 잘난 아인슈타인들이 이 사실을 알아차리지 못한다면 아버지가 직접 가서 설명할 거라고 이야기했다.

"지금 이상의 불만이 없고 참아 내는 것이 더 신기하구나." 아버지 당신은 어느 날 이렇게 말했다.

"왜요? 다들 제가 명석하다고 말해서요? 당연히 알고 있죠, 제가 똑똑하다는 사실. 너는 키가 크구나, 너는 뚱뚱하구나, 너는 머리색이 어두운 편이구나라고 하는 것과 마찬가지죠. 그 말에 한 번도 기분이 들뜨거나 가라앉거나 해 본 적은 없어요. 대단한 인내심을 갖고 견뎌야 했던 미사나 설교도 마찬가지였어요. 베르나트는 영향을 많이 받은 것 같지만요. 아, 아직 제가 베르나트에 대해 한 번도 이야기한 적이 없는 것 같긴

하네요."

그러자 아버지는 뜻밖의 해결책을 내놓았다.

"이제 교사다운 교사와 진짜 독일어 개인 교습을 하게 될 거야. 로메우니 카잘스니는 다 끝났어."

"그런데 저는……."

"프랑스어 보충 수업도 하고 말이지."

"그런데 아버지, 저는……."

"너는 그냥 시키는 대로 하면 돼. 내가 다 알아서 해 주마." 권총을 겨누듯 나를 손가락으로 가리켰다. "그리고 아람어도 배우게 될 거야."

나는 약간의 도움을 기대하며 어머니를 바라보았다. 그러나 어머니는 바닥 타일에 흥미라도 느끼는지 눈길을 아래로 향하고 있었다. 나 혼자 스스로를 방어해야 했다. 나는 소리를 질렀다. "나는 아람어를 배우기 싫단 말이에요!" 사실은 그 반대였다. 다만 해야 할 게 너무 많아질 것 같았다.

"배우고 싶어질 거야." 낮은 톤의 차갑고 굳은 목소리로 아버지가 말했다.

"아니요."

"내 말에 감히 대꾸를 하다니."

"아람어를 배우고 싶지 않아요. 더 이상 아무것도 배우고 싶지 않아요."

아버지는 끔찍한 편두통이라도 찾아온 듯 이마에 손을 얹었다. 책상을 바라보며 낮은 목소리로 바르셀로나에서 전례 없던 훌륭한 학생으로 키워 내려는 아비의 희생에 이게 네가 고마워하는 방식이냐라고 과장되게 소리를 질렀다. "아람어를 배우기 싫다는 게 고마움의 표시냐는 말이야?" 아버지는 악을 쓰며 말했다. "내 말이 틀렸어?"

"저는 다만 배우고 싶은 것이……."

침묵이 찾아왔다. 어머니는 고개를 들고 희망에 찬 표정을 지었다. 주머니에 있던 카슨이 호기심에 꼼지락거리기 시작했다. 나는 내가 무엇을 배우고 싶은지 알 수 없었다. 그러나 어린 나이에 너무 많은 것을 배우고 싶지는 않았다. 큰 부담이었다. 몇 초간 머릿속이 아주 복잡해졌다. 결국 나는 즉흥적으로 대답해야 했다.

"의사가 되고 싶어요."

침묵이 흘렀다. 어머니와 아버지는 서로 눈을 어디에 두어야 할지 몰랐다.

"의사라고 했니?"

몇 초 동안 아버지는 의사로서의 내 미래를 그려 보았다. 어머니도 마찬가지였다. 나는 피만 생각하면 아찔한데 말실수를 해서 큰일이라고 생각했다. 아버지는 한동안 망설인 끝에 의자를 책상으로 가까이 붙이더니 다시 하던 일을 계속하기 위한 준비를 마쳤다.

"됐어. 의사고 신부고 뭐고. 너는 더 이상 왈가왈부할 필요 없이 위대한 인문학자가 될 거야."

"아버지."

"자, 아들아, 이제 아버지는 할 일이 있단다. 가서 바이올린 소리나 좀 내 보도록 해라."

어머니는 여전히 각양각색의 바닥 타일에 흥미를 느끼며 바닥을 바라보고 있었다. 배신자.

변호사, 의사, 건축가, 화학자, 토목 기사, 치과 의사, 변호사, 산업 엔지니어, 광학 엔지니어, 약사, 변호사, 제조업자, 섬유 엔지니어, 은행가는 모든 아이들의 부모가 기대하는 직업들이었다.

"변호사를 몇 번이나 말하는 거야."

"인문학을 공부하고 나서 할 수 있는 유일한 직업이지. 그러나 어린아이들은 보통 석탄 장수, 화가, 목수, 가로등 기술자, 막노동꾼, 파일럿, 목사, 축구 선수, 야간 경비대, 등산가, 정원사, 기관사, 공수부대원, 트램 기관사, 소방대원, 로마 교황이 되고 싶어 해."

"그런데 어떤 부모도 '아들아, 너는 자라서 인문학자가 될 거야.'라고 한 적은 없단 말이지."

"없지. 우리 집 사람들이 좀 이상했어. 너네 집 사람들도 좀 그런 경향이 있기는 했지만."

"그렇긴 하지……."

마치 용서할 수 없는 결점이라도 고백하고 자세한 설명을 하기 싫은 듯이 당신은 말했었지.

며칠이 지나도록 어머니는 아무 말이 없었다. 그저 주눅이 들어 차례를 기다리기는 것 같았다. 그사이 나는 독일어 수업을 다시 시작했다. 벌써 세 번째 가정 교사였던 올리베레스 씨는 예수회 학교에서 강의를 했지만 별도의 수입이 필요했다. 올리베레스 씨는 상급 학생들을 주로 가르쳤는데 그를 알게 되기는 그리 어렵지 않았다. 돈을 몇 푼 벌 기회가 주어지면 어디든 이름을 올렸기 때문이다. 이를테면 지각 등의 이유로 목요일 오후에 벌을 받는 학생들을 감시하는 일 같은 것들이다. 우리를 감시하는 동안 그는 책을 읽었다. 그리고 그는 언어를 가르치는 데 자신만의 확고한 방법을 가지고 있었다.

"아인스."

"애인스."

"츠바이."

"스바이."

"드라이."

"드레이."

"피어."

"피아."

"퓐프."

"푼프."

"아니, 퓐프."

"퓐프."

"아니, 퓌이이이인프."

"퓌이이이인프."

"아주 잘했어!"[36]

---

36) 독일어로 숫자 1부터 5까지 발음을 연습하는 중이다.

나는 로메우 씨와 카잘스 씨로 인해 낭비한 시간을 잊기 위해 노력했고, 금방 독일어에 대한 감을 익힐 수 있었다. 두 가지 요소가 아주 흥미로웠다. 우선 로망어군에 속하지 않는 단어들은 나에게 매우 새로운 것이었고, 무엇보다 라틴어처럼 어형 변화가 존재한다는 사실이 흥미로웠다. 올리베레스 씨는 몹시 감탄하며 못 믿어하는 눈치였다. 얼마 지나지 않아 내가 통사론에 관한 숙제를 내 달라고 부탁하니 눈이 휘둥그레졌다. 나는 언어를 배울 때면 언제나 언어의 핵심 구조들을 파고드는 데 흥미를 느꼈다. 몇 시인지 시간을 물어보는 것은 대충 손짓 발짓을 동원하면 되었다. 무엇보다도 새로운 언어를 배우는 것을 좋아했다.

"독일어 수업은 잘돼 가니?" 올리베레스 씨와의 첫 수업 후에 아버지는 참지 못하고 물었다.

"그러니까 말하자면 아주 좋아요."(독일어) 나는 별로 흥미가 없는 척하며 대답했다. 곁눈질로는 아버지의 얼굴을 정확히 보기 힘들었어도 희미한 미소가 떠오르는 것을 알 수 있었고, 나는 내 스스로가 매우 자랑스러웠다. 스스로 인정한 적은 없지만 그 나이 때의 나는 아버지를 감동시키고 싶어 했다는 생각이 든다.

"거의 그런 적이 없었지."

"그럴 시간이 없었어."

알고 보니 올리베레스 씨는 다소 내향적이지만 박식한 사람이었다. 언제나 작은 목소리로 말하고 면도 솜씨가 형편없었다. 그는 숨어서 시를 썼고, 냄새가 지독한 잎담배를 피웠다. 그러나 언어를 가르칠 때는 몰입도가 굉장했다. 두 번째 수업 시간에 벌써 나에게 약변화 동사들을 가르치기 시작했다. 그리고 다섯 번째 시간에 마치 야한 사진이라도 보여 주듯 아주 조심스럽게 횔덜린[37]의 시를 알려 주었다. 아버지는 나에게 프랑스어 보강이 필요한지 알아보기 위해 올리베레스 씨에게 프랑스어 시험을 부탁했다. 시험을 치른 후 올리베레스 씨는 학교에서 가르친 내용을 충분히 잘 소화하고 있으니 보충 수업은 필요 없다고 아버지에게 설명했다. 그러자 들뜬 아버지는 잠시 생각하더니…… 올리베레스 씨, 혹시 영어 실력은 어떻습니까?

그렇다, 이 집안에 태어난 것은 여러 가지 이유로 실수였다. 아버지에게 미안한 점은 나를 아들로 만나게 됐다는 것이다. 그는 아직도 내가 어린아이에 불과하다는 사실을 알지 못했다. 어머니는 아버지와 아들의 언쟁을 모른 체하며 바닥 타일만 바라볼 뿐이었다. 아니면 그저 내 생각이 그랬거나. 카슨과 검은 독수리가 있어서 정말 다행이었다. 이 친구들은 언제나 내 편이었다.

---

37) 프리드리히 횔덜린(Friedrich Hölderlin, 1770~1843). 독일의 시인.

7

늦은 오후였다. 트루욜스는 도무지 대화가 끝날 것 같지 않
은 학생들과 함께였고, 나는 인내심을 갖고 기다리는 중이었
다. 나보다 키가 조금 큰 아이가 내 옆에 앉았다. 코밑에는 벌
써 수염이 조금씩 나고 다리에도 털이 몇 가닥 보였다. 이런.
나보다 훨씬 키가 크군. 그는 바이올린을 끌어안듯 손에 쥐고
서 나를 쳐다보지 않기 위해 똑바로 앞을 바라봤다. 아드리
아는 안녕 하고 인사를 건넸다.

"안녕." 베르나트가 그를 쳐다보지 않고 대답했다.

"트루욜스 선생님 학생이야?"

"응."

"1년차?"

"3년차야."

"나도. 같이 가자. 네 바이올린을 좀 볼 수 있을까?"

나는 당시 아버지의 영향으로 악기가 만들어 내는 음악보다 사물 자체인 악기를 좀 더 좋아했다. 베르나트는 그런 나를 의심스러운 눈초리로 바라보았다. 잠시 나는 베르나트가 과르네리를 가지고 있어 나에게 보여 주지 않으려 한다고 생각했다. 그러나 내가 바이올린 케이스를 열고 매우 짙은 붉은색의 전형적인 소리를 내는 연습용 바이올린을 보여 주자 그도 똑같이 자신의 바이올린을 꺼냈다. 나는 베렝게 씨의 행동을 흉내 냈다. "프랑스산. 금세기 초 제작." 그리고 그의 눈을 바라보며 말했다. "앙굴렘 부인에게 헌정된 악기 중 하나지."

"그걸 어떻게 알아?" 깜짝 놀란 듯 당황한 듯 베르나트의 입이 떡 벌어졌다.

그날 이후 베르나트는 나를 우러러보았다. 그 경외심은 아주 바보 같은 이유에서 비롯되었다. 사물을 기억하고 그것을 평가하고 분류하는 것은 전혀 어렵지 않은 일이었는데도 말이다. 이런 것들에 미친 사람이 아버지이기만 하면 되었다. 그걸 어떻게 알아, 응?

"바니시 칠, 형태, 그리고 전체적인 느낌이랄까……."

"모든 바이올린이 똑같아."

"전혀 그렇지 않아. 바이올린마다 고유의 역사가 있지. 바이올린을 탄생시킨 장인뿐만 아니라 그것을 거쳐 간 연주자들까지 포함해서. 따라서 이 바이올린은 네 것이 아니라고 할 수 있지."

"당연히 내 거야!"

"아니야. 그 반대야. 왜 그런지 이유를 알려 주지."

한번은 아버지가 스토리오니를 손에 쥐고서 나에게 말했다. 다소 망설이는 듯했지만 악기를 나에게 건네주었다. 그리고 무슨 말을 하는지도 정확히 모른 채 이야기하기 시작했다. 조심해, 이 세상에 하나밖에 없는 물건이야. 내 손에 들어온 스토리오니는 마치 살아 있는 듯했다. 부드럽고 친밀한 심장 박동 소리가 들려오는 것 같았다. 아버지는 눈을 반짝이며 말했다. 이 바이올린은 우리가 알지 못하는 세월을 거쳐 왔단다. 우리도 모르는 콘서트 홀, 그 누군가의 집에서 소리를 울렸을 것이고, 악기를 섬기던 모든 연주자의 환희와 고통을 함께했을 거야. 이 악기가 목격했을 대화의 순간들, 이 악기가 경험했을 음악들……. 아마도 수많은 사연을 우리에게 들려줄 수 있을 테지. 아버지는 당시 내가 이해할 수 없었던 어마어마한 비관주의로 설명을 마무리했다.

"한 번만 연주하게 해 주세요, 아버지."

"어림없는 소리. 8년차 수업을 마치기 전까지는 안 돼. 그다음에는 네 악기가 될 거야. 내 말 알겠니? 네 악기라고."

그 말을 듣는 순간 나는 맹세컨대 스토리오니의 심장이 더욱 강하게 뛰는 것을 느낄 수 있었다. 그것이 기쁨에서 비롯되었는지 걱정에서 비롯되었는지 알 수 없었지만.

"음 그러니까…… 어떻게 설명을 해야 할지. 바이올린은 살아 있는 생명체야. 그래서 너와 나처럼 고유의 이름도 있지."

아드리아는 아버지가 농담을 하는지 보려는 듯 조금 떨어져 그의 표정을 살폈다.

"고유의 이름이요?"

"그렇단다."

"이 바이올린은 이름이 뭔데요?"

"비알."

"무슨 뜻이에요?"

"아드리아의 뜻은 뭐지?"

"음…… 아드리아나라고 하면 아드리아해가 가까운 아드리아 지방에서 기원한 로마 제국 시절의 가문 이름 아닌가요."

"저런, 내가 말하는 건 그게 아니잖아."

"아드리아라는 이름이 가진 뜻을 물어본 게 아니었……."

"그래, 그래, 그런데…… 바이올린의 이름은 비알이고, 비알일 뿐이야."

"그런데 왜 비알이라고 하나요?"

"아들아, 내가 한 가지 배운 것이 있다면 말이야."

아드리아는 대답을 몰라서인지 대답하기 싫어서인지 자꾸 질문을 피해 가는 아버지를 실망한 표정으로 바라보았다. 아버지 또한 인간이었고, 무엇인가를 감추려 하고 있었다.

"무엇을 배웠어요?"

"이 바이올린은 내 것이 아니고 내가 바이올린의 것이라는 사실. 나는 바이올린이 소유해 왔던 수많은 사람들 중 하나라는 사실이지. 이 악기는 자기 생애를 통해 많은 연주자들을 소유해 왔어. 지금은 내가 이 악기를 가지고 있지만 나는 바라보는 데 만족해야 할 뿐이야. 그래서 네가 바이올린을 배우고, 이 악기의 긴 생명줄을 이어 갈 수 있다는 사실이 너무 기쁘단다. 오직 이 이유 때문에라도 너는 바이올린을 배워야 해. 오직 이 이유 때문에라도 말이지, 아드리아. 네가 음악을 좋아할 필요는 없단다."

아버지는 이처럼 고상한 태도로 이야기를 지어내면서 어머니의 의지가 아닌 자신의 열망으로 인해 내가 바이올린을 배우게 된 것처럼 말했다. 타인의 운명을 마음대로 주무르는 그의 태도가 얼마나 고상했던지. 그러나 그때 나는 아버지의 설명을 문자 그대로는 이해하면서도 음악을 좋아할 필요가 없다는 말에 소름이 돋았다.

"몇 년도에 제작된 거예요?" 내가 질문했다.

아버지는 나에게 에프 홀 속을 들여다보도록 했다. 라우렌티우스 스토리오니 크레모넨시스 메 페킷 1764.[38]

"한 번만 만져 볼게요."

"안 돼. 이 바이올린에 담긴 수많은 이야기들을 생각해 보는 것은 네 자유야. 하지만 만지는 것은 안 돼."

자키암 무레다는 카질라크 출신의 금발이 끄는 수레 두 대와 사람들을 라 그라사까지 따라오도록 했다. 그는 볼일을 보기 위해 한쪽 구석진 곳으로 숨어들었다. 잠깐의 평화가 찾아왔다. 천천히 멀어지는 나무 수레 저편으로 수도원의 윤곽과 불빛에 닮은 벽이 희미하게 보였다. 모에나 사람들의 증오를 피해 도망쳐 카르카손에 도착한 후 세 번의 여름을 보냈고, 그의 운명은 새로운 방향을 향해 막 나아가려는 참이었다. 그는

---

38) Laurentius Storioni Cremonensis me fecit 1764. 라틴어로 '로렌초 스토리오니, 크레모나, 1764년 제작'이라는 뜻이다.

부드러운 오크어에 익숙해지고 매일 치즈를 먹지 않아도 이상하지 않았다. 다만 무엇보다도 그를 힘들게 했던 것은 주변에 숲과 나무가 없다는 사실이었다. 물론 전혀 없지는 않았지만 언제나 멀리 있었고, 너무나 먼 나머지 실제가 아닌 것 같았다. 볼일을 보면서 그는 문득 파르다크의 풍경이 아니라 아버지와 무레다 집안의 모든 가족이 그립다는 사실을 깨달았다. 아그노, 옌, 막스, 에르메스, 조세프, 테오도르, 미쿠라, 일세, 에리카, 카타리나, 마틸데, 그레헨, 그리고 나에게 한시라도 외로움을 느끼지 말라고 파르다크 목수들의 성인인 성 마리아 다이 시우프의 메달을 준 어린 베티나. 그는 그들이 그리워 갑자기 눈물이 쏟아졌고, 똥을 누는 동안 목에 걸고 있던 메달을 풀어 물끄러미 바라보았다. 작은 갓난아이를 품에 안은 고고한 신의 어머니가 앞을 바라보고 있었다. 뒤쪽에 선 잎이 무성한 상록수는 고향 파르다크의 트라비뇰로 계곡을 떠올리게 했다.

벽을 보수하는 일은 복잡했다. 우선 불안정해 보이는 벽의 상당 부분을 들어내야 했다. 그리고 며칠 만에 거대한 발판을 세워야 했는데, 수도원 목수였던 가브리엘 수사는 이에 대해 칭찬을 아끼지 않았다. 그의 손은 나무를 자르고 구멍을 낼 때는 발처럼 컸고, 나무의 질을 평가할 때는 입술처럼 얇고 섬세했다. 둘은 금방 친해졌다. 타고난 수다꾼인 수사가 그저 목수로 일했을 뿐인데 나무의 생에 대해 어떻게 깊이 아는 것인지 묻자 자키암은 드디어 복수에 대한 걱정에서 해방되어 도주 생활 중 처음으로 가브리엘 수사님, 나는 목수가 아닙니다라고 밝혔다. 나는 나무를 자르고 나무를 듣는 사람이지요. 내 일은 나무가 노래하도록 하는 겁니다. 나무와 나무 둥치의 좋은 부분을 골라 현악기 장인이 비올라든 바이올린이든 질 좋은 악기를 제작하도록 하지요.

"그런데 신의 아들이여, 공사장 감독 밑에서 무얼 하고 있는 것이오?"

"별일 아닙니다. 조금 복잡해요."

"어떤 두려움으로부터 도망친 것이군요."

"음, 글쎄요."

"내가 간섭할 일은 아닙니다만 자신에게서 도망치지는 않기를 바랍니다."

"아닙니다. 아닐 겁니다. 왜 그러십니까?"

"왜냐하면 스스로에게서 도망치는 자는 언제나 적의 그림자가 뒤따르는 것을 느끼게 되고, 스스로가 폭발할 때까지 달리기를 멈출 수 없기 때문입니다."

"아버지가 바이올린 연주자셔?" 베르나트가 물었다.

"아니."

"음, 나는…… 하지만 바이올린은 내 거야." 그가 덧붙였다.

"네 것이 아니라고 말하려는 게 아니야. 네가 바이올린의 것이라는 말이지."

"이상한 소리를 하는구나."

둘은 입을 다물었다. 어긋나는 음정으로 열심히 연주하는 한 학생을 진정시키려고 목소리를 높이는 트루욜스의 목소리가 들렸다.

"너무 심하군." 베르나트가 말했다.

"그러게." 침묵이 흘렀다. "네 이름은 뭐야?"

"베르나트 플렌사. 너는?"

"아드리아 아르데볼."

"바르사를 응원하니, 아니면 에스파뇰을 응원하니?"

"바르사지. 너는?"

"나도."

"카드 모으는 거 있어?"

"자동차 카드."

"우와. 혹시 페라리 세 장을 다 모은 거야?"

"아니. 그건 아무한테도 없을걸."

"아예 존재하지 않는다는 말이야?"

"우리 아버지 말로는 그렇대."

"설마, 설마, 설마." 베르나트가 크게 실망한 듯 말했다.

"설마 그럴 리가?"

두 소년은 판히오의 페라리 카드를 생각하며 조용히 생각에 잠겼다. 세 장의 카드로 완성되는 컬렉션이 존재하지 않을 수도 있다고 생각하니 뱃속이 텅 빈 느낌이었다. 자키암과 가브리엘 수사도 자키암이 만든 든든한 발판을 타고 라 그라사의 벽이 어떻게 쌓아 올려지는지 말없이 지켜보았다. 한참이 지나서

"악기들을 만드는 데 어떤 나무들을 사용하시오?"

"나는 악기를 만들지 않고 만든 적도 없습니다. 그저 최상의 나무를 공급했을 뿐이지요. 항상 최상의 것을요. 크레모나

의 장인들이 나에게 왔었습니다. 그들은 내 아버지를 신뢰했고, 나는 재료들을 준비하곤 했어요. 송진이 묻어나는 것을 원치 않는 장인들에게는 1월 보름달이 떴을 때 베어 낸 나무를 팔았고, 좀 더 균형 잡히고 둥근 소리를 원하는 자들에게는 한여름에 자른 나무들을 팔았지요. 아버지는 수많은 나무들 사이에서 소리가 가장 좋은 나무를 고르는 법을 내게 가르쳐 주었습니다. 네, 아버지는 나에게, 그리고 아마티스가를 위해 일하던 할아버지는 아버지에게 그것을 가르쳐 주었습니다."

"나는 모르는 사람들이군요."

그렇게 해서 파르다크의 자키암은 아버지, 형제, 그리고 티롤 지방의 알프스 숲 경관에 대해 이야기하게 되었다. 남쪽 지방 사람들은 파르다크를 프레다초라고 부르지요. 자키암은 마치 평수사에게 고백이라도 한 듯 마음이 편안해지는 느낌이었다. 도주와 위험의 비밀을 털어놓은 것처럼. 그러나 모에나의 불사니가 죽은 것에 대해서는 아무런 죄책감도 들지 않았다. 그는 질투 때문에 그들의 미래를 불태워 버린 살인마였으며, 기회가 온다면 그의 배를 수만 번이고 다시 찌를 거라고 생각했다. 회개하지 않는 자키암, 그의 이름이었다.

"자키암, 무슨 생각을 하시오? 당신 얼굴에서 증오가 느껴집니다."

"아닙니다, 슬플 따름입니다. 내 기억과 내 형제들."

"형제가 많다고 했지요."

"맞습니다. 처음에는 사내아이만 여덟이었어요. 딸은 거의 포기하고 있었는데 여자아이만 여섯이 태어났습니다."

"그중에 몇 명이 살아 있나요?"

"모두요."

"기적이군요."

"글쎄요. 테오도르는 걷지 못합니다. 에르메스는 정상적인 지능을 갖지 못했지만 마음이 아주 넓지요. 베티나, 가장 어린 베티나, 나의 사랑 베티나는 앞을 보지 못해요."

"어머니가 안타까워했겠군요."

"돌아가셨어요. 사내아이를 낳다가 그 아이와 함께 죽었습니다."

가브리엘 수사는 아무 말도 하지 않았다. 어쩌면 순교자가 된 여인을 생각했는지도 모른다. 그는 좀 더 밝은 대화 주제를 꺼내고자 했다.

"악기를 만드는 나무의 종류에 대해 말해 주지 않았네요. 어떤 것들이죠?"

"크레모나의 현악기 장인들이 만들어 내는 훌륭한 악기들은 여러 나무가 섞인 판을 씁니다."

"진실을 말하기를 꺼리는군요."

"아닙니다."

"상관없습니다. 언젠가는 알아낼 테니까요."

"어떻게 말입니까?"

하루 종일 돌을 고르고 도르래를 이용해 그것을 실어 나르느라 지친 미장이와 일꾼들이 발판에서 내려와 날이 어두워지기를 기다렸다. 그들은 큰 희망을 품기보다는 얼마간의 음식과 휴식에 만족했다. 가브리엘 수사는 그 틈을 타 자키암에게 한눈을 찡긋해 보인 후 수도원으로 돌아갔다.

"언젠가는 수업 시간에 꼭 스토리오니를 들고 갈 거예요."

"너 정말 말귀를 못 알아듣는구나. 만약 정말 그러는 날에
는 신나게 맞는 게 뭔지 경험하게 될 거야."

"그럼 악기는 대체 왜 갖고 있는데요?"

아버지는 바이올린을 탁자에 올려놓고는 양쪽 허리에 두
손을 얹고 나를 바라보았다.

"대체 왜 갖고 있는데요, 대체 왜 갖고 있는데요……." 아버
지는 내 말을 흉내 냈다.

"왜 그런 거예요." 이번에는 내가 화가 났다. "항상 케이스째
로 철통같은 금고 안에 보관해 두고 보지도 못할 악기를 대체
왜 가지고 있는 거예요?"

"그냥 가지고 있기 위해 가지고 있는 거야. 알겠니?"

"아니요."

"흑단. 이곳에서는 발견할 수 없는 전나무과 식물이지요.
그리고 단풍나무."

"누가 알려 주었습니까?" 파르다크의 자키암은 놀라서 물
었다.

가브리엘 형제는 그를 수도원의 성구 보관실로 데려갔다.
한쪽 구석에 천으로 감싼 밝은색 목재로 만들어진 비올라 다
감바가 놓여 있었다.

"이 악기는 여기서 무엇을 하는 거죠?"

"휴식을 취하는 중입니다."

"수도원에서 말입니까?"

가브리엘 수사는 자세한 내용은 설명하기 싫다는 듯한 몸짓을 했다.

"어떻게 알아낸 거예요?"

"악기들이 어떤 나무로 만들어졌는지 한 번도 질문해 본 적이 없군요." 자신의 무관심에 스스로도 놀라 말했다.

"어떻게 알아낸 겁니까?"

"목재의 냄새를 맡아 보았어요."

"불가능한 일입니다. 굉장히 건조하고 바니시 때문에 냄새를 맡을 수 없어요."

그날 둘은 성구 보관실에서 시간을 보냈다. 자키암 무레다는 냄새를 통해 목재를 구분하는 법을 배웠고, 아, 정말 안타깝군, 아쉬울 따름이야, 가족들에게 이것을 설명할 수 없다니라고 계속 생각했다. 내게 무슨 일이라도 일어나면 슬픔에 잠겨 생명을 다하게 될 아버지. 집을 떠난 지 오래인 아그노, 옌, 막스. 어리숙한 에르메스, 조세프, 다리를 저는 테오도르, 일세, 에리카, 이들은 이미 결혼했지, 카타리나, 마틸데, 그레헨, 어린 베티나, 어머니의 메달이자 파르다크 집안의 일부이기 때문에 항상 몸에 지니고 다니던 메달을 내게 준 나의 어리고 눈먼 베티나.

여섯 주가 지나서야 그들은 발판 철거를 시작했다. 가브리엘 형제는 내가 알면 매우 기뻐할 만한 무언가를 알고 있다고 말했다.

"그게 뭡니까?"

발판을 해체하고 있는 인부들로부터 그를 멀리 데려간 신부는 그의 귀에 대고 버려진 지 한참이나 되어 그저 신의 처분에 맡겨진 지 오래된 수도원을 안다고 말했다. 그 수도원 옆에 전나무 숲이 있습니다. 당신이 좋아하는 붉은 기운을 띤 전나무들이지요.

"숲이라고 했습니까?"

"전나무 숲이요. 전나무가 이십여 그루 될 거고, 웅장한 단풍나무 한 그루가 있습니다. 주인 없는 나무들이지요. 지난 오년간 아무도 손대지 않았어요."

"왜 주인이 없습니까?"

"버려진 수도원 옆이거든요." 그는 낮은 목소리로 말했다. "라 그라사든 성 마리아 데 제리든 나무가 동이 날 일은 없을 겁니다."

"왜 나한테 알려 주시는 겁니까?"

"가족에게 돌아가고 싶지 않습니까?"

"당연하지요. 아버지와 함께하고 싶습니다. 아직 살아 계시면 좋겠어요. 집을 떠난 지 꽤 된 아그노, 옌, 막스도 다시 보고 싶어요. 어리숙한 에르메스도…….."

"그래요, 그렇고말고요, 잘 압니다. 조세프와 다른 형제들, 보고 싶고말고요. 그 정도 나무숲이라면 당신들 모두가 먹고 살 만큼은 될 겁니다."

파르다크의 자키암은 카르카손으로 돌아가지 않았다. 카질라크 출신의 금발, 몇몇 남자들, 짐수레를 끄는 다섯 마리의 당나귀, 도주 중에 번 돈으로 채워 넣은 꾸러미와 함께 그는 라 그라사로부터 아리에주와 살라우항을 지나 꿈의 여정을 계속했다.

칠팔 일 후 여름의 끝자락이 되어서야 그들은 성 페레 델 부르갈 수도원에 도착했다. 할아버지의 할아버지의 할아버지가 살던 추운 시절에 죽음을 알리는 사절이 지나던 에스칼로의 작은 길을 지나왔다. 수도원이 있는 위쪽에 버려진 지 오래되어 무너져 내릴 것 같은 벽이 서 있었다. 건물을 한 바퀴 둘러본 그는 놀라서 얼어붙고 말았다. 그가 보기에 불타기 전 파네베조 숲의 가장 훌륭한 부분이 눈앞에 펼쳐졌기 때문이다. 열 그루에서 열다섯 그루쯤 되는 웅장한 전나무로 이루어진 숲이었고, 그 가운데에는 아주 적당한 몸집의 단풍나무 한 그루가 마치 여왕처럼 보란 듯이 서 있었다. 동행인들이 여독에 지쳐 잠시 쉬는 동안 자키암은 라 그라사에 있는 가브리엘 수사의 기억력을 축복했다. 그리고 그가 가르쳐 준 대로 나무의 냄새를 맡아 보았다. 환희가 밀려왔다. 다른 사람들이 낮잠을 자는 사이 그는 주변의 버려진 집들을 둘러보며 굳게 닫힌 교회의 문 앞까지 천천히 걸었다. 손바닥을 대고 문을 힘껏 밀자 반쯤 썩고 벌레 먹은 문이 바스러졌다. 내부가 너무 어두워서 그 역시 낮잠을 자기 전에 슬쩍 들여다만 보았다.

그들은 고독한 수도원 내부의 벽과 녹이 슬기 시작하고 반쯤 썩어 들어간 천장 아래에 짐을 풀었다. 그리고 에스칼로와 에스타론 사람들로부터 식량을 샀다. 그 사람들은 부르갈의 폐허에서 이자들이 무엇을 찾고자 하는지 도무지 모르겠는 모습이었다. 그들은 달이 가득 차오르는 기간 내내 강 근처 아래쪽 좀 더 길이 평평한 곳에다 운송을 위한 튼튼한 수레를 만들었다. 자키암은 낮은 부분의 가지를 잘라 낸 후 모든 나무의 몸통을 안아 보았다. 손바닥으로 두드려 보고 나무에 귀를 대고 소리를 들어 보았다. 동행인들은 다소 의심과 놀라움을 안고 그를 바라보았다. 수레가 완성되었을 때 파르다크의 자키암은 단풍나무 말고 어느 전나무를 벨지 결정했다. 놀라울 만큼 균형 잡힌 목재들이었다. 자기 일에서 멀어진 지 수년이 지났지만 그것이 노래할 줄 아는 나무임을 직감했다. 자키암은 교회 애프스의 신비한 그림들을 바라보며 많은 시간을 보냈다. 그림들은 틀림없이 자키암이 알지 못하는 많은 이야기를 담고 있었다. 예언자와 대천사들, 교회의 수호성인인 성 베드로, 성 바울, 성 요한, 그리고 성모 마리아와 다른 사도들이 대천사들과 함께 경외하는 주님을 찬양했다. 그는 어떠한 죄책감도 들지 않았다.

그들은 선택한 전나무를 톱질하기 시작했다. 그의 예상이 맞았다. 나무는 균형 잡힌 성장을 했고 아주 매섭고 지난한 그곳의 추위에 따라 무늬를 형성하고 있었다. 수년이 지났는데도 해마다 같은 밀도의 두께로 성장해 왔다. 오, 주여, 이 얼마나 대단한 나무입니까. 그를 돕던 일꾼들은 잘라서 눕혀 놓은 나무를 다시 한번 의심의 눈초리로 바라보았다. 그는 나무를 느끼고, 냄새를 맡고, 어떤 부분이 좋은지 알아낼 때까지 두드려 보았다. 분필로 두 부분을 표시했다. 하나는 4미터쯤이었고, 다른 하나는 3미터쯤이었다. 목재의 울림이 가장 좋은 부분이었다. 1월의 달이 다시 차오르는 시기, 즉 좋은 바이올린을 제작하기 위해 나무를 골라야 하는 시기가 아닌 것을 알았지만 그는 인부들에게 톱질을 시작하게 했다. 무레다 집안 사람들은 나무좀만 먹지 않으면 약간의 송진이 긴 시간을 이동해야 하는 나무들을 다시 부활시킨다는 사실을 알고 있었다.

"너 지금 내가 바보인 줄 아나 본데." 베르나트가 말했다.

"네 맘대로 생각해."

둘은 침묵을 지켰다. 그러나 다 틀린 음정으로 바이올린을 켜던 학생이 여전히 다 틀린 음정으로 연주를 해서 침묵은 상황을 악화시킬 뿐이었다. 한참 있다가 아드리아가 먼저 입을 열었다.

"마음대로 생각해. 하지만 바이올린이 사람의 주인이 된다는 생각은 아주 흥미로워. 바이올린이 살아 있다는 뜻이니까."

며칠간의 휴식 후 단풍나무에 대한 작업이 시작되었다. 그 크기는 굉장했다. 어쩌면 200년이 넘어 보이기도 했다. 게다가 첫눈을 앞두고 잎은 벌써 노란색으로 물들기 시작했다. 그 잎이 오래가지는 않을 거였지만 말이다. 자키암은 밑동에 가까울수록 목재가 좋다는 사실을 알았고, 굉장히 고된 노동이었기 때문에 일꾼들이 꺼렸지만 최대한 아래쪽을 자르도록 했다. 작업을 시작하기 전에 그는 일꾼들에게 이틀의 추가 휴식을 약속해야 했다. 그들은 밑동 가까이를 잘랐다. 아래쪽 끝부분을 자르던 카질라크의 금발은 무엇인가 걸리는 느낌이

들어 뿌리 근처에 구멍을 내기 위해 곡괭이질을 시작했다.

"이리 와 보세요. 보셔야 할 게 있어요." 교회에 걸린 신비로운 그림 앞에서 서성이는 자키암의 일상에 끼어들며 그가 말했다.

인부들은 나무를 거의 들어냈다. 얽히고설킨 뿌리 사이에서 발견된 것은 뼛조각과 해골, 머리카락, 그리고 습기를 먹어 엉망이 된 짙은 색 옷이었다.

"대체 누가 나무 아래에 시신을 매장할 생각을 한 거야!" 인부 중 한 명이 크게 소리쳤다.

"굉장히 오래됐는데."

"나무 아래에 매장한 게 아닙니다." 카질라크의 금발이 말했다.

"아 그런가요?" 자키암은 이상해하는 표정으로 그를 바라보았다.

"이거 안 보이십니까? 나무는 이 남자의 몸에서 나온 겁니다. 남자인지 아닌지 확실치 않지만. 자신의 피와 살로 나무를 먹여 살린 거죠."

그랬다. 마치 나무는 해골의 배 속에서 탄생한 것 같았다. 그리고 아드리아는 아버지의 얼굴에 자신의 얼굴을 보란 듯이 바짝 갖다 대고 대답을 기다렸다.

"아버지, 소리가 어떻게 나는지 들어 보고 싶을 뿐이에요. 스케일 몇 곡만요. 조금만 켜 볼게요. 딱 한 번만요, 아버지!"

"안 돼. 안 된다면 안 되는 거야. 그런 줄 알아." 아들의 시선을 피하며 펠릭스 아르데볼이 말했다.

내 생각을 말해 볼까? 내 세계인 이 서재는 바이올린과 같아. 전 생애 동안 많은 사람이 머물다 간다는 의미에서 말이야. 내 아버지, 나…… 그리고 당신도. 당신 초상화가 이곳에 걸려 있거든. 그리고 누가 더 이곳을 거쳐 갈지. 미래는 알 수 없으니까. 그러니까 다시 한번 말하는데 안 돼. 안 된다면 안 되는 거야, 아드리아.

"안 된다가 괜찮다라는 뜻인 줄 모르겠어?" 베르나트가 몇 년 후 다소 화난 목소리로 이렇게 말했던 것 같다.

"봤지?" 아버지는 목소리의 어조를 바꾸었다. 그는 바이올린을 이리저리 뒤집더니 뒷면을 보여 주었다. 그리고 악기를 만지지 않은 채 손으로 한 부분을 가리켰다.

"이 가는 흠집 말이지…… 누가 그랬을까? 어떻게 된 거지? 누가 만진 건가? 의도적으로? 언제? 어디에서?"

그는 내게서 조심스럽게 악기를 가져가며 혼잣말을 중얼거렸다. 꿈을 꾸는 것처럼 나는 이거면 행복해라고 말했다. 바로 내가 행복한 이유지……. 그는 고개를 들어 서재 전체를, 서재 안을 가득 메우고 있는 기적들을 가리켰다. 그리고 조심스럽게 비알을 케이스 안에 보관했고, 그 케이스를 다시 묵직한 금고에 집어넣었다.

그 순간 트루욜스가 수업 중인 교실 문이 열렸다. 베르나트는 선생이 들을 수 없도록 작은 목소리로 말했다.

"무슨 말도 안 되는 소리야. 내가 바이올린 거라니. 바이올린이 내 거야. 파라몬가에서 아버지가 나한테 사 주신 거라고. 1075페세타를 내고 말이야."

그리고 그는 바이올린 케이스를 닫았다. 매우 심술궂은 태도였다. 아주 어린 나이에 벌써 신비라는 것을 불편하게 여기는 듯했다. 내 친구가 되기는 불가능하겠어. 목록에서 삭제. 가능성 없음. 나중에 알게 된 사실은 그도 카스프 학교에 다닌다는 것이었다. 나보다 한 학년 위였다. 이름은 베르나트 플렌사 이 푼소다였다. 내가 이미 이야기했던가. 누군가가 헤어스프레이 통에 통째로 담갔다가 헹구는 것을 잊어버린 양 그는 뻣뻣하고 자의식이 강했다. 그런데 십육 분쯤 지났을까, 퉁명스럽고 신비를 거부하던, 내 친구가 절대 될 수 없을 것 같았던 베르나트 플렌사 이 푼소다라는 그 아이는 파라몬가에서 1075페세타인가를 주고 산 바이올린에서 내가 한 번도 내보지 못한 섬세한 소리를 내는 알 수 없는 재주를 가지고 있었다. 트루욜스는 만족스러운 눈빛으로 그를 바라보았고, 나는 내 빌어먹을 바이올린이라고 생각했다. 그때 나는 영원히 그의 입을 다물게 해야겠다고 생각했다. 앙굴렘 부인에게 헌정된 바이올린과 그 자식을 담근 헤어스프레이. 지금 돌이켜 보니 이런 생각을 품지 않았으면 모두에게 좋았을 거라는 생각이 든다. 그러나 당장은 그저 내 모든 생각이 조금씩 조금씩 무르익기를 기다리는 때였던 모양이다. 믿기 힘들지만 가장 순수해 보이는 것에서 전혀 생각지도 못한 비극이 탄생하기도 한다.

베르나트가 계단을 반쯤 올라왔을 때 주머니 속에서 움직임이 느껴졌다. 진동하던 휴대폰을 꺼내 들었다. 테클라였다. 몇 초간 전화를 받아야 할지 말아야 할지 고민했다. 급하게 계단을 내려가던 이웃을 위해 그는 옆으로 살짝 물러섰다. 넋이 나간 것처럼 불이 들어온 휴대폰 화면을 바라보고 있었다. 마치 그 안에 테클라가 들어 있어 그에게 저주라도 퍼붓는 것처럼 말이다. 사실 이는 그에게 형언할 수 없는 기쁨을 안겨 주었다. 휴대폰을 다시 주머니에 집어넣었고, 몇 분 후 그는 진동이 멈춘 것을 느낄 수 있었다. 테클라는 메시지를 남기라는 목소리를 듣고 망설이고 있을 거였다. 어쩌면 얀사에 있는 집을 각자 반년씩 사용하자고 말하고 있을지도 모를 일이었다. 그때 전화 교환원은 그 집에 한 번도 발을 들어 본 적 없는 당신이, 아니 그곳에 발을 들이기만 하면 짜증 가득 섞인 얼굴을 하고 불쌍한 베르나트의 인생을 더욱 뒤틀리게 만드는 게 그리도 좋던가요! 그런가요? 오렌지[39] 전화 교환원 만세, 베르나트는 상상의 나래를 폈다. 그는 2층 층계참에 도착해 몇 초간 숨을 돌리고 나서 호흡이 잦아들자 초인종을 눌렀다.

"스르스르스르스르."

한참이 지나서야 안에서 인기척이 들렸다. 그동안 그는 전날 밤 테클라와 요렌스 사이에 오간 굉장히 불쾌한 대화에 대해 생각했다. 바닥에 끄는 머뭇거리는 발걸음 소리가 들렸다. 갑자기 철컥하는 소리가 나면서 문이 움직이기 시작했다. 아드리아는 독서용으로 쓰는 매우 작은 안경알 너머로 그를 바라보며 문을 열고 현관의 조명을 켰다. 불빛이 숱이 적은 그의 머리를 비추었다.

"층계참의 불이 또 나갔군." 그의 첫인사였다.

베르나트는 그를 포옹했지만 아드리아는 아무런 반응도 하지 않았다. 그는 안경을 벗더니 와 주어서 고맙다고 인사하며 그를 집 안으로 들였다.

"좀 어떤가?"

"그리 좋지는 않아. 자네는?"

"별로야."

"뭐 좀 들겠나?"

"괜찮네. 술을 끊었어."

"우리는 더 이상 술도 마시지 않고, 잠자리도 하지 않고, 과

---

39) 프랑스에 본부를 둔 세계 10위권의 다국적 통신 사업체.

식하지도 않고, 영화관에도 가지 않고, 어떠한 책도 좋아하지 않고, 모든 여자들이 이제는 지나치게 어릴 뿐이고, 거기가 더 이상 서지도 않고, 나라를 구하겠다고 외치는 자들의 말도 더 이상 믿지 않게 되었군."

"꽤 매력적인 항목들이네."

"테클라는 요새 어떻게 지내?"

그는 베르나트를 서재로 이끌었다. 그곳에 발을 들여놓을 때마다 베르나트는 감탄을 숨기지 않은 채 그 공간을 둘러보았다. 몇 초 동안 시선을 멈추고 자화상을 바라보았으나 그에 대해서는 말을 아꼈다.

"나한테 방금 뭘 물어봤지?" 그가 말했다.

"테클라는 어떻게 지내는지 물었네."

"아주 잘 지내. 매우."

"다행이군."

"아드리아."

"왜 그래."

"이봐, 농담이 지나치군."

"무슨 소리야?"

"우리가 아주 심하게 싸워서 갈라서는 중이라고 이틀 전에 말하지 않았나."

"저런……."

"기억나지 않아?"

"전혀. 내 머리가 너무 복잡해서……."

"자네는 건망증이 심한 학자로군."

아드리아는 조용해졌다. 침묵을 깨기 위해 베르나트가 우리는 갈라서는 중이야라고 말했다. 지금 이 나이에 우리가 헤어지게 될 줄이야.

"유감이군. 그렇지만 옳은 결정을 했으리라고 믿어."

"솔직히 말하자면 이제는 될 대로 되라야."

베르나트는 자리에 앉으면서 무릎을 탁탁 쳤다. 그리고 아주 부자연스럽게 흥분된 목소리로 자, 말해 봐, 뭐가 그리 급한 일이었는지라고 말했다.

아드리아는 한참 동안 그를 뚫어지게 바라보았다. 베르나트는 아드리아가 자기를 쳐다보지만 그의 마음이 멀리, 아주 저 멀리 가 있다는 사실을 깨달을 때까지 그 눈빛을 견뎠다.

"무슨 일이라도 있나?" 그가 숨을 돌리고 말했다. 아드리아는 역시 구름 위를 떠다니고 있었다. "아드리아?" 그는 조금 당황했다. "무슨 일인가?"

아드리아는 침을 삼키고 다소 걱정되는 표정으로 친구를 바라보았다. 그리고 시선을 돌렸다.

"내가 좀 아파."

"저런."

침묵이 흘렀다. 일생 동안, 우리 모두의 일생 동안 베르나트는 눈앞에서 자신이 사랑하는 사람이 아프다고 말하는 모습을 상상해 왔다. 아드리아는 반쯤 정신이 나가 있었다. 베르나트는 그의 하루, 일주일, 아니 한 달을 망쳐 버리고 있는 망할 테클라, 그 마녀를 잠시나마 잊으려 했다. 그게 무슨 말이야? 어디가 아픈 거야?

"유통 기한이 생겨 버렸어."

고요가 찾아왔다. 한참 동안 그 상태가 이어졌다.

"대체 무슨 말을 하는 거야. 말해 봐. 자네가 죽는다는 거야, 심각한 거냐고. 내가 할 수 있는 일이 있나 잘 모르겠지만 말이야, 말해 봐, 응?"

테클라와의 망할 이혼만 아니었다면 그는 이러한 반응을 보이지 않았을 것이다. 베르나트는 자신이 한 말들을 매우 미안하게 생각했다. 그러나 한편으로는 그에게 큰 영향을 미친 것 같지 않았다. 아드리아가 웃고 있었기 때문이다.

"할 수 있는 일이 있지. 부탁이 있어."

"말해 봐, 당연한 것을 가지고. 그나저나 상태가 어떤 거야? 무슨 병인가?"

"설명하기 어려워. 요양 시설 같은 곳에 들어가야 해."

"무슨 말이야, 자네는 지금 완벽하다고. 혈색이 얼마나 좋은데."

"내 부탁을 들어주게."

아드리아는 일어나서 집 안쪽으로 사라졌다. 견뎌야 할 일이 참 많군, 베르나트는 생각했다. 한편에서는 테클라와의 일이 있었고, 아드리아는 언제나 불가사의와 건강 염려증으로 가득했다.

아드리아가 커다란 원고 뭉치 사이에 건강 염려증과 불가사의를 껴안고 다시 돌아왔다. 그것을 베르나트 앞의 탁자 위에 내려놓았다.

"잃어버리지 않도록 조심해 줘."

"자, 어디 한번 보자고……. 언제부터 아팠던 건가."

"꽤 됐지."

"전혀 몰랐어."

"나도 자네에게 조언까지 몇 번 했지만 테클라와 갈라서는 중이라는 사실은 몰랐네. 항상 자네들이 문제를 해결했다 믿고 싶었던 모양이야. 내 말을 계속해도 되겠나?"

영혼의 동반자인 친구들은 싸울 줄도 화해할 줄도 안다. 그리고 모든 것을 털어놓지 않을 줄도 안다. 친구가 도움을 줄 경우를 대비해서다. 아드리아는 삼십오 년 전 이 말을 했고, 베르나트는 이 말을 완벽하게 기억하고 있다. 그리고 수많은 죽음을 선물하는 인간의 생애를 저주했다.

"미안하네, 내가……. 계속하게."

"뇌가 점점 퇴행한다는 진단을 몇 달 전에 받았어. 이제는 그 속도가 빨라지는 것 같아."

"빌어먹을."

"그렇지."

"일찍 말해 줄 수 있었잖아."

"나를 치료해 줄 수 있기라도 해?"

"나는 자네 친구야."

"그래서 자네한테 연락하지 않았나."

"혼자 살 수 있다고 생각하는 거야?"

"작은 롤라가 매일 오지."

"카테리나 말이군."

"그래. 그리고 꽤 늦게까지 머물다가 돌아가. 저녁을 해 놓고 가거든."

아드리아는 원고 뭉치를 가리키며 자네는 친구일 뿐 아니라 작가이기도 하지라고 말했다.

"실패한 작가지." 베르나트는 무미건조하게 대답했다.

"그건 자네가 하는 소리고."

"그럼 내가 하는 소리지. 그리고 자네도 항상 나에게 상기시켜 줬던 사실이고."

"자네도 알다시피 항상 자네를 비판해 왔지만 한 번도 자네에게 실패했다고 한 적은 없어."

"그게 자네가 생각하는 바이잖은가."

"이 속에 든 게 뭔지 자네는 몰라." 갑자기 신경이 곤두선 아드리아가 양손으로 이마를 짚으며 말했다.

"책을 안 낸 지 몇 년이나 됐어."

"그래도 글쓰기를 그만둔 적은 없잖아. 안 그래?"

침묵이 흘렀다. 아드리아는 계속 말을 이었다.

"공개적으로 소설을 한 편 쓰는 중이라고 밝힌 지가 얼마 안 됐지. 그런가, 아닌가?"

"또 다른 실패작일 뿐이야. 마무리를 관뒀어." 숨을 깊이 들이쉬더니 그가 말했다. "그래, 무엇을 하면 되나?"

아드리아는 종이 묶음을 손에 쥐고 마치 처음 보는 듯 잠깐 살펴보았다. 그리고 베르나트를 바라보더니 그것을 건넸다. 이번에는 자세히 볼 수 있었다. 양면 모두에 글씨가 적힌 원고 뭉치였다.

"이쪽 면만 살릴 가치가 있는 내용이야."

"초록색 잉크로 적힌 쪽?"

"그래."

"다른 쪽은?" 그는 첫 번째 페이지를 읽어 내려갔다. "'악의 문제'라……."

"아무것도 아니야. 쓸데없는 소리뿐이지. 별 가치 없는 내용이야." 아드리아가 불편한 기색으로 말했다.

베르나트는 초록색 잉크로 쓰인 부분을 뒤적여 보았다. 다소 혼란스러운 표정으로 친구의 복잡한 필체에 익숙해지기 위해 노력했다.

"이게 뭔가?" 고개를 들며 말했다.

"모르지. 나의 인생. 나의 인생과 다른 허구들."

"언제부터……. 나는 자네의 이런 면모는 모르고 있었군."

"그렇지. 아무도 모른다네."

"내 의견이 궁금한 건가?"

"아니. 좋아, 얘기해 준다면 좋지. 하지만 부탁이 있어. 그걸 꼭 컴퓨터에 옮겨 줘."

"내가 준 것을 아직 시도해 보지 않았군."

아드리아는 변명하는 듯한 몸짓을 했다.

"하지만 난 요렌스와 함께 수업을 했어."

"보아하니 자네한테는 별 소용이 없었군." 그는 종이 뭉치를 응시했다.

"초록색으로 쓴 부분에는 제목이 없네."

"뭐라고 해야 할지 모르겠어. 자네가 좀 도와주게."

"마음에 드나?" 그는 원고 뭉치를 집어 들며 말했다.

"내가 좋아하고 말고의 문제가 아니야. 더군다나 처음으로……."

"놀랍군."

"나도 놀라고 있어. 그런데 해야만 하는 일이야."

아드리아는 안락의자에 몸을 기댔다. 베르나트는 계속해서 원고를 휙휙 넘겨 보다가 그것을 탁자 위에 내려놓았다.

"상태가 어떤지 이야기해 봐. 내가 뭐라도 할 수 있는 일이 있을지."

"아닐세."

"대체 상태가 어떤데?"

"지금은 괜찮아. 그렇다고 진행이 멈추는 것은 아니지. 아마도……."

아드리아는 말을 이어야 할지 말지를 고민하면서 앞을 바라보았다. 등에 가방을 메고, 머리가 많고, 배가 전혀 나오지 않은 두 친구의 사진이 벽에 걸려 있었다. 그곳은 베벤하우젠이었다. 아직 젊었으며 사진기를 보고 미소 지을 줄도 알았다. 명예의 전당이라고 할 위쪽에는 신전처럼 자화상이 걸려 있었다. 그가 부드러운 목소리로 말했다.

"몇 달 뒤면 자네를 알아보지 못할 수도 있어."

"무슨 소리야."

"그렇대."

"빌어먹을."

"그래."

"앞으로 어떻게 하려고?"

"곧 자네에게 이야기해 주지. 걱정 마."

"알았어." 베르나트는 손가락으로 종이 뭉치를 톡톡 두드렸다. "이거라면 너무 신경 쓰지 마. 내가 자네 필체를 이해할 수 있겠지? 이걸로 무얼 할지는 생각해 봤나?"

아드리아는 그를 쳐다보지 않고 한참을 서성였다. 베르나트에게 그는 고해하는 신자처럼 보였다. 그들이 한참 침묵을 지키는 동안 날이 어두워졌다. 어쩌면 자신들의 삶을 생각하느라 마음은 전혀 평안하지 못했을지도 모른다. 서로에게 말하지 않은 것들, 다른 때에 서로를 욕했던 것이나 다투었던 것들, 서로 만나지 않고 흘러 버린 시간들을 생각했을지도 모른다. 그리고 왜 삶이란 항상 원치 않은 죽음으로 끝나는가에 대한 생각을 했을지도. 베르나트는 자네를 위해서라면 무엇이든 하겠네라고 생각했을지도 모른다. 아드리아는 자신이 무슨 생각을 하고 있었는지 알지 못했다. 베르나트의 전화기가 주머니 속에서 진동하기 시작했고, 그 순간 전화 소리는 불경스럽게 느껴졌다.

"무슨 소리지?"

"아무것도 아닐세. 내 휴대폰이야. 인간이라면 좋은 친구가 선물한 컴퓨터를 사용하지. 또 휴대폰도 가지고 있고."

"헛소리 말고 받아 봐. 전화는 받으라고 있는 거야."

"싫어, 아마 테클라일 거야. 좀 기다리라지."

그리고 다시 고요 속에 빠져들었다. 그들은 진동이 멈추기를 기다렸다. 끝없이 울리는 소리는 침묵이 흐르는 대화에 끼어든 불청객 같았다. 베르나트는 끊임없이 잔소리를 해 대는 테클라라고 확신했다. 결국 진동이 잦아들었다. 두 남자의 침묵 사이로 새로운 생각이 스멀스멀 솟아나기 시작했다.

8

"하지만 악보도 없잖아!"

베르나트가 말했다. 둘은 브루크가와 발렌시아가 사이의 음악원 앞에 서서 둘 중 누구의 집에 갈지 정하는 중이었다.

"다 방법이 있어."

"우리 집은 너네 집에 비하면 작아."

"맞아. 하지만 너네 집 베란다는 끝내주지, 안 그래?"

"남동생이 있으면 좋겠어."

"나도 마찬가지야."

그들은 입을 다문 채 발걸음을 옮겼다. 이미 아드리아의 집으로 두 번을 걸어갔다가 다시 베르나트의 집을 향하고 있었다. 그렇게 그들은 작별의 시간을 늦추는 중이었다. 두 친구는 있지 않은 형제를 말없이 그리워했다. 그리고 로치, 룰, 솔레, 파미에스에게 각각 세 명, 다섯 명, 네 명, 여섯 명의 형제가 있는 반면 정작 그들에게는 한 명도 없는 불가사의에 대해 생각했다.

"그래, 하지만 륄네 집은 완전 엉망이야. 네 명이 한방에서, 그것도 벙커 침대에서 자거든. 집이 조용할 날이 없어."

"그래, 맞아. 하지만 더 재밌잖아."

"글쎄. 언제나 널 괴롭히는 남동생이 있기 마련이야."

"그건 그래."

"아니면 형이 그러거나."

"맞는 말이야."

아드리아가 또 이야기하고 싶었던 것은 자세히는 알지 못하지만 베르나트의 집에서는 부모님이 자식 일에 하루 종일 간섭하지 않는다는 거였다.

"간섭한다니까. 오늘은 바이올린 연습을 했어, 안 했어, 베르나트. 숙제는 어떻게 하고? 숙제를 내주지 않는다는 말이니? 신발은 또 왜 이렇게 닳았어, 아주 엉망이구나, 이런 미련해 빠진 녀석 같으니라고. 하루 종일 이런다니까."

"넌 우리 집에서 한번 살아 봐야 돼."

"대체 어떤데 그래."

두 집을 왔다 갔다 하는 세 번째 여정에서 그들은 둘 중에 누가 더 불행한 아이인지 결론을 내리는 데 실패했다. 하지만 베르나트의 집에 갔을 때 나는 그 답을 알 수 있었다. 베르나트의 어머니는 문을 열어 주면서 나에게 웃음을 지었고, 아드리아 안녕이라고 인사했으며, 머리가 약간 헝클어질 정도로 어루만져 주었다. 내 어머니는 아드리아, 하루가 어땠니라고 물어보지도 않았다. 문을 여는 것은 언제나 작은 롤라였고, 볼을 살짝 꼬집는 게 다였다. 그리고 집은 언제나 조용했다.

"거봐? 너네 어머니는 양말을 꿰맬 때 노래를 부르잖아."

"그래서?"

"우리 어머니는 안 그래. 집에서는 노래를 부르지 못하게 되어 있어."

"설마."

"거의 그래. 난 정말 불행한 놈이야."

"나도. 하지만 너는 늘 시험을 제일 잘 보잖아."

"내가 잘해서 그런 게 아니야. 수업이 쉬운 거지."

"말도 안 돼."

"어쨌든. 바이올린은 어려워."

"나한테 어려운 건 바이올린이 아니야. 학교 수업이 그렇지. 문법, 지리, 물리학, 수학, 자연과학, 복잡하기만 한 라틴어. 이런 것들 말이야. 바이올린은 쉽기만 한걸."

정확한 날짜들은 모르겠지만 우리가 매우 불행했다고 하면 당신은 그 말뜻을 금방 이해할 거야. 그런데 막상 당신에게 이야기를 털어놓고 나니 유년기보다 청소년기가 더 불행했던 것 같군. 하지만 아마도 그의 집과 우리 집을 가르는 길목인 발렌시아, 유리아, 브루크, 지로나, 마요르카 거리, 즉 에이샴플레의 중심에서 교통 체증을 잊고 베르나트와 이 대화를 나누었다는 것은 기억한다. 그곳은 여행할 때만 빼면 내 세상이었으며, 오랜 기간 그랬다. 또 베르나트는 전차를 가지고 있었지만 나는 그렇지 않다는 사실도 알고 있었다. 그는 자신이 원해서 바이올린을 배웠다. 무엇보다도 그의 부모님은 베르나트, 커서 뭐가 되고 싶니 물었고, 그러면 그는 아직 모르겠어요라고 말할 수 있었다.

"차차 생각해 봐." 성격 좋은 플렌사 씨는 말했다.

"그럴게요, 아버지."

그게 끝이었다. 당신은 상상이 되는가? 그의 부모님은 베르나트에게 커서 무엇이 되고 싶은지 물었고, 내 아버지는 나에게 잘 들어, 반복할 생각 없으니까, 이제 커서 무엇이 되어야 하는지 얘기해 주마라고 했다. 아버지는 내가 가는 길목의 상세한 내용까지 일일이 정해 주었다. 어머니도 끼어들었다. 둘 중 무엇이 더 나쁜지 모르겠지만. 나는 지금 불평하는 것이 아니다. 그저 글을 쓰고 있을 뿐이다. 하지만 모든 압박이 너무 심했던지라 베르나트에게조차 이에 대해 허심탄회하게 이야기하지 못했다. 정말 그랬다. 트루욜스 선생이 첫 번째 더블 스톱 과제를 통과하고 싶으면 한 시간 삼십 분 정도 연습하라고 했기 때문에 독일어 숙제를 끝낼 수가 없었다. 그리고 나는 더블 스톱이 정말 싫었다. 현 하나만 연주하려면 세 개가 동시에 그어졌고, 두 개를 연주하려면 한 현만 연주되기 일쑤였다. 그러다 보면 어느 순간 바이올린을 벽에 대고 박살내고 싶어진다. 운지법은 복잡할 뿐 아니라 요시프 로베르토비치 하이페츠[40] 같은 연주자들의 연주를 들어 보면 너무나 완벽해서

---

40) 야샤 요시프 로베르토비치 하이페츠(Jascha Ióssif Robértovitx Heifetz, 1901~1987). 리투아니아계 유대인으로 20세기 최고의 바이올린 연주자 중 한 사람이다.

현기증이 나기까지 한다. 나는 다음과 같은 세 가지 이유로 하이페츠가 되고 싶었다. 첫째, 그의 트루예비치우스[41]는 분명히 그에게 이렇게 말할 필요가 없었을 것이다. 아니야, 야샤, 세 번째 손가락은 손과 함께 쓸어내려야지, 지판 가운데에 그냥 두면 안 된다고, 젠장, 야샤 아르데볼! 둘째, 그는 항상 잘하기 때문에 그런 말이 필요 없을 것이다. 셋째, 분명히 내 아버지 같은 사람을 아버지로 두지 않았을 것이다. 음, 넷째, 그는 신동이라는 것이 심각한 병임을 알았으며 여러 가지 이유에서 그로부터 잘 살아남았다. 나는 살아남긴 했지만 그 이유가 내가 진정한 신동이 아니었기 때문이다. 내 아버지가 뭐라고 생각하든 간에 말이다.

"하우."

"검은 독수리, 무슨 일이야."

"세 가지라고 했잖아."

"뭐가 세 가지라는 거야?"

"네가 야샤 하이페츠가 되고 싶은 이유가 세 가지라고 했다는 말이지."

가끔 내 생각은 뒤죽박죽이 되곤 한다. 그리고 이 글을 쓰는 지금 하루하루 지날수록 그 정도가 심해지고 있다. 이 글의 끝을 볼 수 있을까.

---

41) 아드리아는 자기 상황을 리투아니아계 유대인 바이올린 연주자 야샤 하이페츠에 대입하며 트루욜스 선생을 리투아니아어식 발음인 트루예비치우스로 상상하고 있다. 소설 내내 아드리아는 머릿속으로 잦은 상상극을 펼치며, 그것은 주로 외국어로의 전환, 등장인물의 해당 언어식 발음으로 나타난다.

내 어두운 유년기에도 아버지의 교육적인 능력이 대단하다는 것만은 분명했다. 어느 날 작은 롤라는 나를 도우려 한 것뿐이었다. 그때 아버지는 아니, 대체 무슨 소립니까! 독일어, 바이올린, 고작 이 둘 때문에 영어 수업을 못 한단 말입니까? 그런 건가요? 내 아들이 그렇게 약해 빠진 줄 아시오? 네? 그리고 당신이 뭐라고 참견을……. 아니, 왜 내가 당신이랑 이 이야기를 하고 있는 겁니까?

작은 롤라는 당황했기보다 화가 나서 서재를 나왔다. 모든 일은 아버지가 다음을 선언하면서부터 시작되었다. 이제부터 나의 월요일은 프라츠 선생에게 영어 수업을 받는 데 전적으로 할애된다는 거였다. 아버지는 프라츠 선생을 대단하게 평가했다. 나는 무슨 말을 해야 할지 몰라서 그저 입을 떡 벌리고만 있었다. 영어를 배우고 싶다는 생각은 하고 있었지만 아버지가……. 나는 조용히 삶은 야채를 다 먹어 갈 때쯤 어머니를 쳐다보았다. 그때 작은 롤라는 빈 접시들을 부엌으로 가져가는 중이었다. 하지만 어머니는 한마디도 없었다. 어머니가 나를 혼자 내버려 두자 나는 바이올린 더블 스톱 기법을 연습할 시간이 필요하다고…….

"핑계도 좋구나. 더블 스톱이라니……. 다른 평범한 바이올린 연주자들이 어떻게 켜는지 보거라. 네가 그저 평범한 바이올린 연주자가 될 수 없다고 생각하는 건 아니겠지."

"시간이 부족한걸요."

"못 믿겠구나, 아직 어린데 말이다. 아니면 바이올린을 그만두렴. 이렇게까지 내가 널 생각해 주는구나."

다음 날 어머니와 작은 롤라 사이에 작은 언쟁이 있었다. 다림질 방에 스파이 기지를 차려놓지 않아서 무슨 이야기가 오갔는지 정확히 알 수 없었다. 며칠 후 작은 롤라는 아버지에게 정면으로 맞섰다. 당황했다기보다 화가 나서 서재를 나온 게 그때였다. 작은 롤라는 집에서 아무런 대가를 치를 걱정 없이도 아버지에게 맞설 수 있던 유일한 사람이었다. 그렇게 베르나트와 길거리에서 만나 노는 것은 이미 크리스마스 방학이 시작되기 전 월요일로 끝이 났다.

"원."

"완."

"투."

"뚜."

"스리."

"뜨리이."

"포."

"포아."

"포."

"푸오아……."

"포오오오."

"포오오아."

"됐다!"

영어 발음은 나를 굉장히 들뜨게 했다. 쓰는 방법과 읽는 방법이 항상 예상치 못하게 달랐기 때문이다. 그리고 나는 이 언어의 단순한 형태론에 감탄했다. 독일어와의 미묘한 어휘적 관련성 또한 마찬가지였다. 프라츠 선생은 매우 소심한 사람이었다. 어느 정도였냐 하면 처음으로 교재를 읽어 보라고 시킬 때 내 눈을 쳐다보지도 못했다. 교재 내용으로 말할 것 같으면 그 훌륭한 안목에 존경을 표하는 의미에서 자세히 설명하지 않겠다. 다만 대략적인 맥락을 말하자면 주요 주제는 내 연필이 책상 위에 있는지 아래에 있는지에 관한 것이었고, 예상치 못한 이야기의 흐름을 따라가다 보면 결국 그것이 내 주머니 안에 있다는 내용이었다.

"영어 수업은 어때?" 참을성 없는 아버지는 첫 번째 영어 수업이 끝난 지 십 분도 되지 않은 저녁 식사 자리에서 물었다.

"괜찮아요."(영어) 나는 관심 없는 투로 대답했다. 하지만 화가 나기도 했는데, 왜냐하면 아버지의 물음에 태연한 척했지만 이미 마음속 깊은 곳에서 아람어로 하나, 둘, 셋, 넷을 어떻게 말하는지 알고 싶은 깊은 갈증이 솟아나고 있었기 때문이다.

"두 개 먹어도 되나요?" 언제나 요구 사항이 많은 베르나트가 물었다.

"그럼, 되고말고."

작은 롤라는 그에게 초콜릿 두 조각을 주었다. 잠시 망설이더니 나한테도 두 번째 초콜릿을 건넸다. 나의 여어엇 같은 인생에서 최초로 무엇을 훔치듯이 황급히 행동하지 않아도 되었던 순간이다.

"바닥에 부스러기를 흘리지 않도록 조심해."

방으로 돌아올 때 베르나트는 말해 봐, 대체 뭐야, 응 하고 물었다.

"아주 엄청난 비밀이지."

방에 들어가서 나는 자동차 경주 카드를 모아 놓은 앨범의 한가운데를 펼쳤다. 그리고 앨범을 보지 않고 베르나트의 표정을 살폈다. 다행히 눈이 휘둥그레졌다.

"설마!"

"그래."

"그렇다면 카드가 존재한단 말이네."

"맞아."

그것은 판히오가 페라리의 핸들을 잡고 있는 카드 세 장이었다. 말 그대로 판히오 세 장이었어, 내 사랑.

"한 번만 만져 보게 해 줘."

"조심해, 알았지?"

베르나트는 그런 아이였다. 좋아하는 것이 있으면 꼭 만져 보아야 했다. 나처럼 말이다. 언제나 그랬다. 요즘도 그렇다. 나처럼 말이다. 아드리아는 흡족해하며 친구의 질투하는 모습을 가만히 지켜보았다. 베르나트는 손가락 끝으로 판히오와 다가올 미래의 시간을 제외한 현재까지 가장 빠른 빨간색 페라리를 만지작거렸다.

"이 카드들은 존재하지 않는다고 지난번에 우리가 얘기하지 않았어? 그런데 어떻게 구한 거야?"

"알음알음으로 아는 사람을 통해서."

이것이 어린 시절 내 모습이었다. 아마 아버지를 흉내 냈던 것 같다. 아니면 베렝게 씨를 따라 했거나. 카드의 경우 산안토니 시장에서 일요일 아침마다 서는 중고물품 판매대의 아는 사람들에게 도움을 받아서 구했다. 그곳에서는 무엇이든 다 구할 수 있었다. 심지어 운명의 장난까지도. 조세핀 베이커[42]의 속옷부터 조제프 마리아 로페스피코[43]가 제로니 잔네에게 헌정한 시집까지. 그리고 소문에 의하면 바르셀로나의 어떤 아이도 갖지 못한 판히오 카드 세 장까지. 나를 데리고 그곳에 갈 때면 아버지는 늘 나를 즐겁게 해 주려고 애썼다. 아버지는 언제나 입에 담배를 물고 손은 주머니에 넣은 채 불안한 듯 주위를 살피던 몇몇 남자들과 불가사의한 이야기들을 나누곤 했다. 그리고 작은 수첩에 비밀들을 적은 후 주머니 속으로 잽싸게 집어넣었다.

크게 한숨을 쉬고 나서 앨범을 접었었다. 두 소년은 침실에 숨어 오랫동안 기다려야 했다. 둘은 무언가에 대해 이야기해야 했고, 베르나트는 머릿속에 맴돌던 것들을 물었다. 하지만 그 질문을 하지 말아야 한다는 사실을 알고 있었다. 부모님이 그것에 대해서는 파헤치지 않는 편이 나아, 베르나트라고 말했기 때문이다. 그럼에도 끝내 묻고 말았다.

"너는 왜 미사에 가지 않아?"

"허락을 받았거든."

"누구의 허락? 하느님한테?"

"아니. 앙글라다 신부님한테."

---

42) Josephine Baker(1906~1975). 미국 미주리주 세인트루이스에서 태어나 프랑스로 입양된 후 그곳에서 주로 활동한 엔터테이너, 댄서.
43) Josep Maria López-Picó(1886~1959). 카탈루냐의 시인.

"이런. 그런데 왜 안 가는 거야?"

"나는 기독교 신자가 아니야."

"맙소사!" 당황한 듯 침묵은 계속되었다. "기독교 신자가 되지 않아도 괜찮단 말이야?"

"아마도. 나는 신자가 아니야."

"그럼 너는 대체 뭐야? 불교 신자야? 일본 사람이야? 공산주의자? 응?"

"나는 아무것도 아니야."

"아무것도 아닐 수가 있어?"

어린 시절 나는 이 질문에 어떻게 대답해야 하는지 알지 못했다. 이 말 자체가 너무 거슬렸기 때문이다. 아무것도 아닐 수가 있어? 나는 아무것도 아니고 싶었다. 숫자 0처럼, 자연수도 아니고, 완전수도 아니며, 이성적이지도, 실질적이지도, 복잡하지도 않은. 하지만 완전수 전체에 더해진 중립적인 요소? 안타깝게도 이조차 아닌 것 같다. 내가 더 이상 존재하지 않게 될 때 필요한 존재가 되는 일에서 해방될 것이다. 만일 지금 내가 필요한 존재라도 된다면 말이다.

"하우. 네가 무슨 소리를 하는지 더 이상 모르겠어."

"모르는 편이 낫지."

"아니야, 내게는······."

"그럼 됐어, 그만해. 검은 독수리."

"나는 평원을 가득 메우는 들소를 지켜 주고, 우리에게 눈비를 내려 주고, 우리를 따뜻하게 하는 해를 움직이고, 우리가 잠잘 수 있도록 해를 물려 주고, 바람을 불게 하고, 강바닥으로 물을 이끌고, 먹잇감으로 독수리의 눈을 향하게 하고, 형제들을 위해 목숨을 바칠 용기를 전사들에게 내려 주는 마니투의 대영혼을 믿어.”

“응? 아드리아, 정신을 어디에 팔고 있는 거야?”

아드리아는 눈을 끔뻑이더니 여기에 있지, 너와 함께, 신에 대해 이야기하면서라고 말했다.

“가끔가다 너는 정신을 놓는다니까.”

“내가?”

“우리 집에서는 네가 너무 똑똑해서 그렇대.”

“거짓말하지 마. 정말 그랬으면 좋겠…….”

“또 시작이다.”

“네 부모님은 너를 아끼셔.”

“너네 집은 안 그렇다는 거야?”

“응. 부모님은 나를 두고 계산해. 내 지능을 측정하고, 스위스에 있는 특별한 교육을 하는 학교에 보내는 것에 대해 이야기하지. 세 학기 과정을 한 학기에 끝내는 이야기도 하고.”

“우와, 그거 정말 굉장한 거 아니야!” 그는 내 눈치를 살폈다. “아닌가?”

“아니야. 나에 대해 토론하지만 나를 사랑하지는 않아.”

“무슨 소리야. 볼에 입을 맞추는 게…….”

어머니가 작은 롤라, 로시타네 가서 앞치마를 받아다 줘요라고 말했을 때 드디어 우리의 시간이 찾아왔음을 알 수 있었다. 두 명의 좀도둑처럼, 마치 우리를 찾으러 올 때 신의 모습처럼 우리는 금지된 방으로 들어갔다. 엄중한 침묵 속에서 우리는 아버지의 서재에 숨어들어 갔다. 어머니와 안젤레타 부인이 옷을 수선하고 있는 저쪽 방에서 바스락거리는 소리가 들려왔다. 서재 안의 어둠과 무거운 공기에 익숙해지는 데는 시간이 조금 걸렸다.

"이상한 냄새가 나는데." 베르나트가 말했다.

"쉬이이이잇."

나는 조금 과장되게 속삭였다. 내 주요 목표는 이제 조금씩 친구처럼 느껴지기 시작한 베르나트에게 깊은 인상을 남기는 거였기 때문이다. 그에게 그것은 이상한 냄새가 아니라 소장품을 구성하는 물건들의 역사적 무게라고 말해 주었다. 그는 내 말을 이해하지 못했다. 나 또한 마찬가지로 내가 한 말이 진실인지 아닌지 확신할 수 없었다.

눈이 어둠에 적응하기 시작했을 때 아드리아가 처음 한 행동은 베르나트의 놀란 얼굴을 흐뭇한 모습으로 지그시 바라보는 거였다. 베르나트는 더 이상 이상한 냄새는 맡지 않았지만, 그 대신 주변의 물건들이 지니는 역사적 무게를 어렴풋이 느끼기 시작했다. 두 책상 중 하나에는 많은 원고 뭉치와 이상한 등이 놓여 있었고 또……. 이건 뭐지? 아, 확대경이네. 이런……. 오래된 책들이 한가득이야. 방의 더 깊숙한 곳에는 더욱 오래된 책들이 가득했다. 왼쪽 벽에는 작은 그림들이 빽빽하게 걸려 있었다.

"비싼 것들이야?"

"어이쿠!"

"어이쿠, 뭐?"

"바이레다[44]의 스케치야." 아드리아는 미완성 그림을 자랑스럽게 가리켰다.

"아."

"바이레다가 누군지 알아?"

"아니. 많이 비싼 그림이야?"

"굉장히. 이것은 렘브란트의 판화야. 유일작은 아니야, 만일 그랬다면……."

"아하."

"렘브란트가 누군지 알아?"

"아니."

"이 작아 보이는 작품이……."

"아주 아름다운걸."

"응. 가장 값나가는 것이기도 하지."

베르나트는 냄새를 맡으려는 듯 아브라함 미뇽[45]의 옅은 노란색 치자꽃에 다가섰다. 저런, 가격표의 냄새를 맡으려는 모양 같았다.

"얼마나 하는데?"

"수천 페세타쯤."

"설마!" 그는 얼마 동안 생각에 잠겼다. "정확히 몇천 페세

---

44) 조아킴 바이레다 이 빌라(Joaquim Vayreda i Vila, 1843~1894). 카탈루냐의 풍경화가. 초기에 바르비종파의 영향을 받았으며, 나중에 독자적인 올로트 화파를 형성한다.

45) Abraham Mignon(1640~1679). 네덜란드 화가이며 꽃을 주로 그렸다.

타야?"

"모르겠어. 하지만 엄청나게 많은 돈이야."

정확한 액수를 밝히지 않는 편이 나았다. 시작은 꽤 괜찮았고, 이제 마지막 큰 한 방이 남았다. 그래서 그를 유리 진열장으로 데려갔고 곧 그는 반응을 보이며 이런 젠장할, 이건 뭐야라고 했다.

"무사의 회검이지." 아드리아는 자랑스럽게 말했다.

베르나트는 진열장 문을 열었다. 나는 긴장하여 서재 문 쪽을 바라보았다. 그가 가게에 진열된 물건인 것처럼 회검을 집어 들었다. 그리고 강한 호기심이 깃든 눈빛으로 찬찬히 살펴보았다. 좀 더 자세히 들여다보기 위해 발코니 쪽으로 발걸음을 옮기더니 칼집에서 칼을 뺐다.

"조심해." 그가 충분히 놀란 것 같지 않아 나는 더욱 비밀스러운 목소리로 말했다.

"무사의 회검이라니 무슨 뜻이야?"

"일본의 여전사들이 자살할 때 사용하던 거야." 낮은 목소리로 말을 이었다.

"자살하는 도구라고."

"자살을 왜 한 거지?" 놀라움도 충격도 없는 반응이었다. 멍청한 자식.

"음……." 나는 상상력을 최대한 동원해서 다음과 같은 설명을 끄집어냈다. "인생에서 일이 잘 안 풀리면. 상실감을 느끼면." 마지막 한 방이 남았다. "에도 시대, 16세기의 것이야."

"우와."

베르나트는 검을 가까이 들여다보았다. 어쩌면 회검으로 자살을 시도하는 일본 무사의 여인을 상상하고 있는지도 모른다. 아드리아는 그가 쥔 검을 빼앗아 다시 칼집에 넣은 후 값진 물건들이 보관되어 있는 진열장에 돌려 놓았다. 그는 과장되게 주의를 기울이는 듯 움직였다. 그리고 소리 없이 문을 닫았다. 당시 그는 이미 친구를 놀랠 마음을 먹고 있었다. 나는 그때까지 다소 망설이고 있었지만 감정을 절제하려는 베르나트의 노력을 무색하게 만들고 싶어서 이내 조심성을 잃고 말았다. 나는 손가락을 입술에 갖다 대며 절대적인 침묵을 지시하고는 한구석의 노란색 불을 켜고 금고 비밀번호를 맞추기 시작했다. 육, 일, 오, 사, 이, 팔. 아버지는 열쇠로 금고를 잠그는 법이 절대 없었다. 언제나 번호의 조합을 선호했다. 곧 나는 투탕카멘의 보물이 가득한 비밀의 방을 열었다. 낡은 고문서 묶음들, 닫힌 상자 두 개, 봉투에 담긴 수많은 문서들, 구석에 놓인 지폐 묶음 세 개, 그리고 아래쪽 선반에 알 수 없는 얼룩이 묻은 바이올린 케이스가 놓여 있었다. 나는 매우 조심스럽게 그것을 꺼냈다. 케이스를 열자 눈부시게 빛나는 우리의 스토리오니가 나타났다. 어느 때보다도 빛이 났다. 나는 불빛 아래로 악기를 가져가 에프 홀을 그의 코앞에 갖다 댔다.

"읽어 봐." 그에게 명령을 내렸다.

"라우렌티우스 스토리오니 크레모넨시스 메 페킷." 베르나트가 놀라서 고개를 들었다. "무슨 뜻이야?"

"끝까지 읽어 봐." 나는 참을성을 발휘하며 그를 다그쳤다.

베르나트는 에프 홀을 통해 다시 안을 들여다보았다. 악기의 몸통을 적당한 각도로 기울인 후 숫자 일, 칠, 육, 사를 읽어 나갔다.

"일천칠백육십사." 결국 아드리아가 입을 뗐다.

"이런 젠······. 살짝만 만지게 해 줘. 소리가 어떤지 한 번만 들어 볼게."

"하, 그랬다간 아버지가 아마 우리를 갤리선에 팔아 버릴 거야. 딱 손가락 하나만 이 악기에 올릴 수 있어."

"왜?"

"우리 집에서 가장 비싼 물건이거든, 알겠니?"

"그 무슨무슨 알 수 없는 작자가 그린 노란색 꽃보다 더 비싸단 말이야?"

"훨씬 더. 훠얼씬 더 비싸."

만일을 대비해서 베르나트는 한 손가락으로 악기를 만졌다. 하지만 내가 부주의한 틈을 타서 D 현을 퉁겼다. 부드러운 벨벳 같은 소리가 울렸다.

"음이 조금 낮네."

"너 절대 음감이야?"

"뭐라고?"

"음이 낮다는 사실을 어떻게 알아?"

"왜냐하면 D 현이면 음이 아주 조금 더 높아야 하거든. 아주 조금, 손톱 끝만큼 말이지."

"세상에, 이렇게 부러운 일이!"

물론 그날 오후의 계획은 베르나트에게 깊은 인상을 남기는 거였는데 나도 모르게 마음속에서 감탄사가 절로 터져 나왔다.

"왜 그래?"

"너 절대 음감을 가졌구나."

"그게 무슨 말이지?"

"그냥 넘어가자." 그리고 이전 상황으로 돌아갔다. "1764년이라고. 내 말 들었어?"

"1764년……." 그가 진심으로 동경하며 말해서 나는 아주 기분이 좋았다. 그는 감각적으로, 내 사랑 마리아, 이제 끝났어라고 말했을 때처럼 다시 악기를 쓰다듬었다. 그리고 그녀는 나는 당신이 자랑스러워요라고 속삭였다. 로렌초가 표면을 쓰다듬자 악기가 몸을 떠는 것 같았고, 마리아는 약간 질투심을 느꼈다. 손으로 악기의 굴곡이 주는 리듬을 느끼며 그는 경탄했다. 공방 탁자 위에 악기를 올려 두고 전나무와 단풍나무의 강한 향이 느껴지지 않을 때까지 멀리 걸음을 옮긴 후 악기의 전체 모습을 자랑스럽게 바라보았다. 조시모 선생은 그에게 무엇이 좋은 바이올린인지 가르쳐 주었다. 훌륭한 바이올린은 소리가 좋아야 할 뿐 아니라 보기에도 좋아야 하며, 정확한 비율을 지켜야 높은 가치를 지닌다. 그는 만족스러웠다. 목재에 대한 대가로 얼마를 지불해야 할지 아직 알 수 없어 약간 걱정되기는 했다. 그러나 만족스러운 것은 사실이었다. 처음으로 혼자 만들기 시작해서 마무리 지은 바이올린이었고, 아주 훌륭한 악기였다는 것을 알기 때문이었다.

로렌초 스토리오니는 마음이 한결 가벼워진 듯 미소를 지었다. 그는 칠하는 과정에서 악기가 괜찮은 소리를 갖게 될 거

라는 사실도 알고 있었다. 조시모 선생에게 먼저 악기를 보여
줄지, 아니면 악기를 가지고 라 기테 씨에게 직행할지 망설여
졌다. 라 기테 씨는 크레모나 사람들한테 꽤나 지쳐서 곧 파리
로 돌아갈 예정이라는 말이 돌았다. 스승에 대한 의리를 지켜
야겠다는 생각이 든 로렌초 스토리오니는 아직 임시 관에 뉘
어진 시체처럼 창백한 악기를 들고 조시모 베르곤치의 작업
장으로 향했다. 그가 들어서는 소리에 작업 중이던 세 사람이
동시에 고개를 들었다. 스승은 제자의 미소를 알아채고 첼로
몸통에 윤을 내던 작업을 멈추었다. 그는 로렌초를 길을 바라
보는 창문으로 데려갔다. 악기를 살펴보기에 가장 좋은 빛을
만들어 내는 창문이었다. 로렌초는 말없이 소나무 케이스에
서 악기를 꺼내어 스승에게 건넸다. 그는 가장 먼저 악기의 앞
면과 뒷면을 쓰다듬었다. 몇 달 전 제자 로렌초에게 아주 훌륭
한 목재를 아무도 모르게 선물하며 자신의 가르침을 진정으
로 이해했는지 시험해 보게 한 그는 완성된 악기를 만지는 순
간 그 기대가 실현되었음을 알 수 있었다.

　"정말 저에게 그냥 주시는 겁니까?" 로렌초가 깜짝 놀라며
말했다.

　"그런 셈이지."

　"하지만 이 목재는……."

　"그렇다네. 파르다크의 자키암이 가져온 나무들이야. 지금
이 나무들의 상태가 제일 좋을 때라네."

　"스승님, 가격을 알고 싶습니다."

　"신경 쓰지 말라고 했네. 첫 번째 완성품을 가져오면 값을

알려 주지."

누구도 그 나무를 선물한 적이 없었다. 서기 1705년, 아주 오래전, 스토리오니가 태어나기도 전, 지구가 점차 둥글어지고 있을 무렵 회개하지 않는 자키암, 파르다크의 무레다 집안 출신인 그는 카질라크 출신 금발의 호위를 받으며 크레모나에 도착했다. 수레에는 겉보기에 아무런 가치도 없는 나무가 한가득 실려 있었고, 그 덕분에 끝나지 않을 것만 같았던 여정 동안 놀랄 만한 일이 일어나지는 않았다. 자키암은 서른이 좀 넘은 나이로 건장한 체격에 인생의 우선순위를 이해한 듯 매우 어두운 눈빛을 하고 있었다. 그는 짐과 함께 금발 머리 사내를 도시에서 다소 떨어진 곳에 남겨 두고 시내 중심까지 서둘러 발걸음을 옮겼다. 털가시나무 숲에 도착하자 그리로 들어갔다. 곧 마음 놓고 볼일을 볼 적당한 지점을 발견했다. 그가 엉거주춤한 자세로 자리를 잡고 앞을 두리번거릴 때 버려진 너덜너덜한 옷 조각이 눈에 들어왔다. 그 주인 없는 천 쪼가리는 저주받을 모에나의 불사니가 입던 꽉 끼는 상의와 파르다크의 무레다 집안에 찾아온 불운을 떠올리게 했다. 어쩌면 지금 그에게 찾아온 행운이 이 모든 것을 끝내게 해 줄지도 모를 일이었다. 그는 창자를 비우며 다소 들뜨기도 하지만 겁나는 마음을 주체하지 못한 채 울음을 터뜨렸다. 배 속이 가벼워지고 몸이 편안해지자 기름때가 묻은 옷을 정돈한 그는 다시 도시로 향했고, 젊었을 때 몇 번 그랬던 것처럼 스트라디바리의 공방으로 곧장 발걸음을 옮겼다. 그곳에서 안토니오 선생의 이름을 바로 댔다. 그는 십오 년 전쯤 있었던 파네베조의 화재로 인해 목재를 구하는 데 차질이 있으리라 예상했다고 말했다.

"다른 곳에서 나무를 구해다 쓰고 있습니다."

"압니다. 슬로베니아의 숲에서 나무를 공급받고 계시죠. 그러나 악기를 완성하면 답답한 소리가 난다는 것을 알 겁니다."

"다른 방법이 없어요."

"있어요. 나에게 있습니다."

스트라디바리가 진정으로 곤경에 처했던 모양이기는 하다. 그는 수레가 숨겨진 크레모나의 외곽까지 이 낯선 이를 따라나섰다. 가장 말수가 적은 아들 오모보노와 공방의 견습생인 베르곤치가 같이 움직였다. 셋은 함께 목재를 살피며 작은 조각을 내어 씹어 보면서 몰래 서로 눈짓을 교환하기도 했다. 무레다의 아들 자키암은 만족스러운 표정으로 그들을 지켜보았고, 그들이 자신이 마련한 목재를 보고 또 보는 동안 일이 잘되리라고 확신했다. 안토니오가 자키암에게 날카로운 질문을 했을 때는 이미 날이 어두워지고 있었다.

"이 나무들은 어디에서 난 것이오?"

"아주 먼 곳에서요. 서쪽 아주 추운 곳에서 온 겁니다."

"훔친 게 아니라는 것을 어떻게 알지요?"

"나를 믿으세요. 나무는 내 인생 전부입니다. 나는 그것을 소리 나게 할 수 있고, 냄새로 구분할 줄 알며, 좋은 것을 선택할 줄도 압니다."

"목재의 상태가 좋고 포장도 잘되었군요. 어디서 이 작업을 배웠습니까?"

"나는 파르다크 사람 무레다의 아들입니다. 내 아버지에게 물어보세요."

"파르다크?"

"여기 아래쪽에서는 프레다초라고 합니다."

"프레다초의 무레다는 죽었소."

자키암한테서 예상하지 못했던 눈물 두 방울이 흘러내렸다. 슬프구나, 아버지가 돌아가셨으니 아버지나 내 형제 자매 중 누구도 더 이상 일할 필요가 없도록 금 열 상자를 지고 돌아가 봐야 그것을 볼 수 없을 터였다. 아그노, 옌, 막스, 어리숙한 에르메스, 조세프, 다리를 저는 테오도르, 미쿠라, 일세, 에리카, 카타리나, 마틸데, 그레헨, 그리고 어머니가 숨을 거둘 때 물려준 성 마리아 다이 시우프의 메달을 나에게 선물로 준 내 어리고 눈먼 귀여운 베티나.

"죽었다고요? 아버지가요?"

"자신의 숲이 불타 버린 슬픔 때문이죠. 아들이 죽어 버린 슬픔 때문에요."

"어떤 아들이요?"

"무레다 집안에서 가장 뛰어났던 자키암 말이오."

"내가 자키암입니다."

"자키암은 당시 화재가 났을 때 부소 요새의 화마에 휩쓸려 목숨을 잃었습니다." 그는 비꼬는 듯한 눈빛을 하고 말했다. "당신이 무레다의 아들이라면 그때의 일을 기억할 텐데."

"내가 파르다크 사람 무레다의 아들 자키암입니다." 파르다크 사람 무레다의 아들 자키암이 목소리를 높일 때 카질라크의 금발은 그들의 대화를 흥미롭게 듣고 있었다. 말이 너무 빨라서 가끔씩 대화의 흐름을 놓치기도 했다.

"거짓말을 하고 있군요."

"아닙니다. 보십시오, 선생."

그는 목에 걸고 있던 메달을 풀어 장인 스트라디바리에게 보여 주었다.

"이게 무엇이오?"

"성 마리아 다이 시우프 데 파르다크. 나무꾼들의 수호신입니다. 무레다의 수호신이기도 하고요. 내 어머니가 갖고 있던 것입니다."

스트라디바리는 메달을 손에 쥐고 조심스럽게 살펴보았다. 위엄 있는 성모 마리아와 나무 한 그루가 새겨져 있었다.

"전나무입니다, 선생."

"배경에 전나무가 있군요." 그에게 메달을 돌려주며 말했다. "이게 증거입니까?"

"내가 가져온 나무가 그 증거입니다, 안토니오 선생. 원치 않으시면 과르네리 씨나 다른 사람에게 넘기도록 하지요. 난 지쳤어요. 집에 돌아가서 형제들이 모두 살아 있는지 확인하고 싶을 뿐입니다. 아그노, 옌, 막스, 어리숙한 에르메스, 조세프, 다리를 저는 테오도르, 미쿠라, 일세, 에리카, 카타리나, 마틸데, 그레헨, 그리고 메달을 선물로 준 어린 베티나까지."

과르네리가 덕을 볼 수도 있다는 생각에 안토니오 스트라디바리는 마음을 크게 먹고 값을 넉넉히 쳐 주며 나무를 사들였다. 몇 년 후 창고에서 차분히 무르익어 가공할 수 있는 상태가 되면 그의 노고를 충분히 덜어 줄 만큼 가치 있는 나무들이었다. 꽤 안심할 만한 미래가 보장되는 거였다. 그가 이십 년이 지난 후에 만들어 낸 바이올린들이 가장 훌륭한 것도 이러한 이유 때문이다. 그는 아직 알지 못했다. 하지만 장인 스트라디바리가 죽고 난 후 오모보노와 프란체스코는 그 사실을 잘 알고 있었다. 그들에게는 서쪽에서 도착한 신비로운 목재의 상당량이 여전히 남아 있었고, 그것들을 아껴 쓰기 위해 노력했다. 이 둘이 죽고 나서 공방은 한쪽 구석에 비밀을 간직한 목재와 함께 카를로 베르곤치에게 넘어갔다. 베르곤치는 다시 자식들에게 비밀을 알려 주었다. 그리고 베르곤치의 막내아들은 공방 장인인 조시모가 되어 쿠치아타의 창문을 타고 들어오는 빛 아래에서 청년 로렌초가 제작한 첫 번째 바이올린을 살펴보고 있었다. 내부를 살피던 그는

"라우렌티우스 스토리오니 크리모넨시스 메 페킷 1764."

"크리모넨시스에 왜 밑줄을 그었나?"

"그곳 출신인 사실이 자랑스러워서입니다."

"이건 서명이야. 자네가 만드는 모든 바이올린에 동일하게 서명해야 해."

"크레모나에서 태어났다는 것이 자랑스럽다는 사실은 변함이 없습니다, 조시모 선생님."

스승이 흡족해하며 시신을 주인에게 돌려주자 그는 그것을 관에 넣었다.

"나무를 어디서 구했는지 누구에게도 이야기하지 말게나. 그리고 어디든 가리지 말고 몇 년 후를 대비해 나무를 사 두

도록 하게. 값이 얼마가 나가든. 만일 미래를 계획하고 싶다면 말이야."

"그러겠습니다, 스승님."

"그리고 칠을 잘 마무리하게."

"잘 알고 있습니다, 스승님."

"자네가 잘 알고 있다는 걸 안다네. 다만 망치지 말라는 뜻 일세."

"나무에 대한 값은 얼마를 드려야 합니까, 스승님?"

"한 가지 부탁만 들어주게."

"무엇이든지요."

"내 딸에게서 멀리 떨어지게. 그 아이는 너무 어리네."

"뭐라고 하셨습니까?"

"무슨 말인지 이해했잖은가. 같은 말을 또 하고 싶지 않네." 그는 바이올린 케이스를 향해 손을 뻗었다. "그게 싫다면 그 바이올린과 남은 나무를 내게 돌려주게."

"음, 저는……."

그는 자신의 첫 번째 바이올린처럼 얼굴이 새하얘졌다. 차마 스승의 눈을 바라보지 못하고 그는 조시모 베르곤치의 공방을 조용히 빠져나왔다.

로렌초 스토리오니는 바니시를 칠하느라 몇 주 동안 꼼짝하지 않았다. 그동안 새로운 바이올린을 제작하기 시작했고, 조시모가 요구한 바이올린의 대가에 대해서도 곰곰이 생각해 보았다. 악기가 기대했던 소리를 내기 시작했을 때 여전히 크레모나에 머물고 있던 라 기테 씨는 바니시를 칠하는 과정에서 약간 어두운 색을 띠면서 스토리오니의 독자적인 특색을 지니게 될 이 악기에 관심을 나타냈다. 그가 악기를 건네자 말이 없고 비쩍 마른 소년은 활을 쥐고 연주를 시작했다. 악기 소리와 마리아에 대한 생각에 로렌초 스토리오니는 눈물을 흘리고 말았다. 그가 냈던 소리보다 소년은 더욱 아름다운 소리를 만들어 냈다. 마리아, 당신을 사랑하오. 처음 예상했던 가격보다 그가 흘린 눈물만큼 가격은 올라갔다.

"1000플로린입니다, 라 기테 씨."

라 기테 씨는 그의 눈을 뚫어지게 바라보았다. 불편하기 짝이 없는 십여 초가 흘렀다. 그는 곁눈질로 비쩍 마르고 말이 없는 소년을 한 번 바라보고 동의의 표시로 눈꺼풀을 아래로 깜빡였다. 스토리오리는 값을 좀 더 높이 받을 수 있었을 텐데 하고 생각했다. 아직 배워야 할 게 많군.

"우리가 더 이상 만나기는 힘들 것 같소, 사랑하는 마리아."

"일확천금을 바라시는군요." 라 기테 씨는 내키지 않는 듯 삐죽이며 말했다.

"신은 그 진정한 값어치를 알지 않겠습니까." 로렌초는 과감하고 자신에 찬 동작으로 바이올린을 집어 들었다. "원치 않으시면 다음 주에 악기를 사기 위해 찾아올 사람들을 기다리면 됩니다."

"무슨 일인가요, 로렌초, 내 사랑?"

"내 고객들은 스트라디바리나 과르네리를 원할 거요. 하지만 스토리오니, 아직은 당신 이름을 모르는 사람이 더 많지! 모르고말고!"

"십 년만 지나면 모두가 집에 스토리오니를 들이려고 할 겁니다."그는 바이올린을 다시 케이스에 집어넣었다.

"당신 아버지가 더 이상 당신을 만나지 못하게 했어요. 그 대가로 이 나무를 주었고."

"800." 그는 프랑스어로 값을 불렀다.

"무슨 소리예요! 나는 당신을 사랑한단 말이에요. 우린 서로 사랑한다고요!"

"950."

"그래요, 우리는 서로 사랑해요. 하지만 당신 아버지가 원하지 않는다면…… 나는 더 이상……."

"같이 떠나요, 로렌초!"

"됐소. 900으로 합시다."

"떠나자고요? 이곳에서 공방을 차리고 있는데 어떻게 크레모나를 떠난단 말입니까?"

그에게는 시간이 없는 게 분명했다. 라 기테 씨는 새로 구입한 악기를 가지고 떠나려는 마음이 한가득이었다. 크레모나에는 피부색이 짙은 열정적인 카리나의 호의 외에 그를 붙잡아 둘 만한 것들이 없었다. 그는 로렌초의 악기가 르클레르 씨에게 딱 맞는 바이올린이라고 생각했다.

"다른 도시에 공방을 차리면 되잖아요!"

"크레모나에서 먼 곳에 말인가요? 그럴 일은 없을 겁니다!"

"로렌초, 배신자! 로렌초, 겁쟁이! 더 이상 나를 사랑하지 않는 거군요."

"내년에 더 많은 주문을 받아서 돌아오면 나한테 유리하게 가격 협상을 하게 될 거요."라 기테 씨가 경고하듯 말했다.

"당신을 사랑하고말고요, 마리아. 진심을 다해 사랑해요. 하지만 당신은 나를 이해하지 못하는……."

"좋습니다, 라 기테 씨."

"다른 여자가 생긴 거군요? 배신자!"

"아니라니까! 당신 아버지가 어떤지 잘 알지 않소. 내 손발을 꽁꽁 묶어 버렸다고요."

"겁쟁이!"

라 기테 씨는 더 이상 가타부타 없이 대금을 지불했다. 파리에 있는 르클레르 씨라면 눈 하나 깜작하지 않고 다섯 배의 가격을 지불하고, 그 거래에 대해 기뻐할 거라고 확신했다. 그에게는 달콤한 카리나와 잠자리를 하는 마지막 주라는 사실이 유일한 아쉬움이었다.

스토리오니도 자신의 작품이 만족스러웠다. 또한 그때까지 악기를 판다는 것이 그 악기를 두 번 다시 볼 수 없다는 뜻이라는 사실을 미처 생각하지 못했기 때문에 슬픔을 느꼈다. 악기를 제작하는 것은 사랑을 잃는다는 의미이기도 했다. 잘 있어요, 마리아. 겁쟁이. 잘 지내요, 내 사랑. 무슨 말이라도 좀 해 봐요. 안녕, 당신을 영원히 기억할 겁니다. 로렌초, 질 좋은 목재와 나를 교환한 셈이군요. 당장 죽어 버려! 안녕, 마리아, 얼마나 내 마음이 아픈지 짐작조차 못 할 거요. 당신의 나무가 썩어 버리길. 아니면 불타 버리길. 그러나 누가 부르느냐에 따라 파리의 장마리 르클레르 씨, 혹은 첫째 르클레르, 혹은 장 삼촌이라고 불리는 그에게는 그리 좋은 일이 아니었으니, 그

에게 부른 높은 가격은 그만두더라도 베르나트가 즉흥적으로
낸 부드럽고 감미로운 소리를 이제 들을 수 없었기 때문이다.

그게 내 인생에서 정신 나간 충동에 이끌려 나를 놓아 버린
많은 순간들 중 하나였다. 나는 베르나트의 음악적 우수성을
내 이익을 위해 이용해야 했기 때문이다. 하지만 이를 위해서
는 정말 눈이 휘둥그레질 만큼 강력한 무언가가 필요하다는
것도 알았다. 새 친구가 스토리오니의 윗부분을 손가락으로
만지작거리는 동안에 나는 그에게 비브라토를 가르쳐 주면
악기를 하루 동안 집에 가져가도 좋다고 말했다.

"설마!"

베르나트는 슬며시 웃음을 지었다. 그러나 이내 심각한, 아
니 비탄에 잠긴 표정으로 변했다.

"불가능해. 비브라토는 가르쳐 줄 수 있는 게 아니야. 찾아
지는 것이거든."

"가르칠 수 있어."

"찾아지는 거야."

"스토리오니를 빌려주는 건 없던 일로 하자."

"비브라토를 가르쳐 줄게."

"지금 가르쳐 줘야 해."

"좋아. 그럼 바로 악기를 가져간다."

"오늘은 안 돼. 준비하는 데 시간이 좀 걸려. 언젠가는 빌려
줄게."

침묵, 속계산, 시선 회피, 굉장한 소리를 상상하지만 나를
믿지 못하는 상황.

"언젠가 빌려준다는 말은 절대 빌려줄 일이 없다는 뜻이지. 언제를 말하는 거야?"

"다음 주. 약속할게."

내 방에는 셰프치크 음계와 아르페지오 연습 교본의 저주받을 39번 연습곡이 보면대 위에 펼쳐져 있었다. 트루욜스 선생에 따르면 더블 스톱을 배우기 전이나 후를 불문하고 내 삶에서 배워야 할 모든 바이올린 기법이 철저하고 훌륭하게 요약된 연습곡이었다. 베르나트는 절제되고 감미로운 비브라토로 소리를 냈고, 아드리아는 그것을 지켜보며 삼십 분가량을 보냈다. 베르나트는 소리에 집중하기 시작하면서 눈을 감았다. 아드리아는 음의 떨림을 위해서는 눈을 감아야 한다고 생각해 실제로 눈을 감고 연주를 해 보았다. 그러나 그의 소리는 위축되었고, 날이 서 있었으며, 오리가 우는 소리와 흡사했다. 그는 눈을 감고 힘을 주었다. 다시 소리가 새어 나갔다.

"뭐가 문제인지 알아? 너는 너무 조급해."

"조급한 건 너야."

"내가? 무슨 말을 하는 거야?"

"그래 너야. 잘 가르쳐 주지 않으면 스토리오니고 뭐고 없으니까. 다음 주만 아니라 영원히 없을 거야."

이런 것을 심리적 협박이라고 한다. 하지만 베르나트는 비브라토란 배우는 게 아니라 찾아지는 거라는 말을 삼가는 외에 무엇을 더 해야 할지 알 수 없었다. 그는 아드리아에게 손 모양과 연속적인 움직임에 주의를 기울이라고 말했다.

"아니야, 현으로 알리오 에 올리오 소스를 만드는 게 아니라고. 힘을 빼!"

아드리아는 힘을 빼는 것이 도대체 무엇인지 이해할 수 없었다. 하지만 그는 힘을 뺐다. 눈을 감았고, 두 번째 현에서 도를 한참 길게 뺀 끝에 비브라토를 찾았다. 나는 그 느낌을 영원히 기억하리라 다짐했다. 소리를 웃고 울게 하는 방법을 알기 시작한 것 같았다. 베르나트가 앞에 있지 않고, 집에서 큰 소리를 내는 게 금지되지 않았더라면 기쁨의 소리를 질렀을 것이다.

아직까지 기억이 생생한 그 순간의 깨달음과 새로 사귀게 된 친구를 향한 무한한 감사의 마음에도 불구하고 나는 그에게 아라파호 추장과 담배를 씹어 대는 카슨에 대해 말하는 것을 자제했다. 열 살에서 열두 살쯤 되는 영재라고 알려진 어린 아이가 여전히 아라파호 추장과 강심장에 수염을 기른 보안관을 가지고 논다고 알려지면 좋을 게 없었다. 나는 그저 입을 벌리고 서서 나와 내 연습용 바이올린이 냈던 소리를 생각했다. 두 번째 현의 첫 번째 포지션이었다. 도 소리가 났고, 아드리아는 두 번째 손가락으로 음의 떨림을 만들어 냈다. 1957년 바르셀로나의 가을 아니면 겨울의 어느 날 저녁 7시였다. 세상의 중심인 에이샴플레의 심장 발렌시아 거리에 있는 언제나 나의 집일 그곳에서 일어난 일이었다. 나는 지옥이 얼마나 가까이에 있는지 알아차리지 못한 채 천국을 만지고 있다고 생각했다.

9

그 일요일은 기억에 남을 만한 날이었다. 아버지는 좋은 기분으로 잠자리에서 일어났고, 부모님이 프루네스 박사를 집에 초대했다. 아버지에 의하면 그는 현존하는 가장 뛰어난 고문서학자였다. 부모님은 커피를 대접하기 위해 세상에서 가장 훌륭한 고문서학자의 가장 훌륭한 아내를 함께 초대했다. 아버지가 나에게 한 눈을 찡긋했는데 나는 그게 무엇을 뜻하는지 전혀 몰랐다. 물론 어떤 중요한 숨겨진 메시지가 담겼다는 것을 알았지만 부족한 맥락으로 인해 알아챌 수 없었다. 앞에서도 이야기한 것 같은데 나는 좀 밥맛 떨어지는 어린아이였고, 늘 이런 식으로 사고했다.

어른들은 커피에 대해, 커피 맛을 더욱 빛나게 해 주었던 섬세한 도자기에 대해, 고문서에 대해 이야기했다. 그리고 가끔 불편한 침묵으로 대화에 생기를 불어넣었다. 아버지는 대화를 끝내야겠다고 마음먹었다. 방에 있던 내가 들을 수 있도록 아버지는 큰 목소리로 명령을 내렸다.

"애야, 이리 와 보거라. 내 말 들리니?"

아드리아는 당연히 그 소리를 들었다. 하지만 무서웠다.

"애야!"

"네?" 아주 멀리서 걸어가는 듯이 대답했다.

"여기로 와 보렴."

아드리아는 선택의 여지가 없었다. 코냑을 마신 아버지의 눈이 으리으리하게 빛나고 있었다. 프루네스 부부는 동정 어린 시선으로 아이를 바라보았다. 어머니는 계속 커피를 따르며 다가올 재앙에 대해 모른 척하고 있었다.

"네. 안녕하세요, 좋은 아침입니다."

손님들은 좋은 아침을 기대하며 우물쭈물 인사를 하고 아르데볼을 바라보았다. 아버지는 내 가슴팍을 가리키더니 명령했다.

"독일어로 숫자를 세어 보렴."

"아버지……."

"시키는 대로 해."

아버지의 눈은 코냑으로 활활 불타고 있었다. 어머니는 커피를 따르며 너무 섬세하여 커피 맛까지 좋게 하는 도자기 잔들을 쳐다보고 있었다.

"아인스, 츠바이, 드라이"

"천천히, 천천히." 아버지는 나를 중단시켰다. "다시."

"아인스, 츠바이, 드라이, 피어, 퓐프, 젝스, 지벤, 아흐트, 노인, 첸." 그리고 나는 멈추었다.

"다음은 뭐지?" 아버지가 심각하게 말했다.

"엘프, 츠뵐프, 드라이첸, 피어첸."

"등등등." 아버지는 안젤로 신부처럼 말했다. 냉정한 말투로 바꾸며 다시 명령조로 "이번에는 영어로 해 봐."

"이제 그만 됐어, 펠릭스." 드디어 어머니가 말했다.

"영어로 세어 보라고 했다." 그리고 심각한 목소리로 어머니에게 말했다. "그렇지?"

내가 몇 초간 기다렸지만 어머니는 대답이 없었다.

"원, 투, 스리, 포, 파이브, 식스, 세븐, 에잇, 나인, 텐."

"아주 잘했다, 얘야." 세상에서 가장 훌륭한 고문서학자가 열정적으로 말했다. 그 부인은 아버지가 잠시만, 잠시만, 잠시만이라고 외치며 끼어들 때까지 조용히 박수를 쳤다. 아버지는 다시 나를 가리키면서

"이제 라틴어로 해 보렴."

"설마……." 현존하는 가장 훌륭한 고문서학자는 경탄을 금치 못하며 겸손해져서 말했다.

나는 아버지를 바라보고 어머니를 바라보았다. 어머니는 나처럼 매우 불편한 기색이었지만 커피만 빤히 쳐다보고 있었다. 나는 우누스 우나 우눔, 두오 두아에 두오, 트레스 트리아, 콰투오르, 퀸퀘, 섹스, 셉템, 옥토, 노벰, 데셈이라고 읊었다. 그리고 애원하듯

"아버지……."

"조용히 해."

아버지는 퉁명스럽게 말했다. 그리고 진심으로 놀라며 세상에, 세상에를 외치는 프루네스 박사를 바라보았다.

"정말이지 보물 같은 아이군요." 프루네스 박사의 부인이 말했다.

"펠릭스……." 어머니가 말했다.

"아버지……." 내가 말했다.

"둘 다 조용히 해!" 아버지가 말했다. 그리고 손님들에게 "이건 아무것도 아니지요." 그는 나에게 손가락을 탁탁 튕기며 퉁명스럽게 말했다. "이제 그리스어로 해 보렴."

"하이스 미아 헨, 두오, 트레이스 트리아, 테타레스 테사레스, 펜테, 헥스, 헵타, 옥토, 에네아, 데카."

"굉장합니다." 쇼에 감탄한 프루네스 부부는 박수를 쳤다.

"하우."

"지금은 안 돼, 검은 독수리야."

금방 낚은 농어라도 과시하듯 아버지는 나를 가리키며 위에서 아래로 훑어 내리고 자랑스럽게 말하기를 "열두 살입니다." 그리고 나에게는 눈길을 주지 않은 채 "이제 가도 좋아."

나는 방에 들어가서 문을 잠갔다. 말도 안 되는 상황으로부터 나를 구하기 위해 한마디도 하지 않은 어머니의 태도에 마음이 몹시 상했다. 이 아픔을 잊기 위해 카를 마이를 읽는 데 집중했다. 일요일 오후는 천천히 저녁, 그리고 밤에게 자리를 내주었다. 검은 독수리도 용감한 카슨도 감히 나의 슬픔에 끼어들 생각을 하지 못했다.

어느 날 세실리아의 진짜 모습을 알게 될 때까지 계속 그랬다. 이를 깨닫는 데 상당한 시간이 걸렸다. 원래 어머니가 알기로는 학교에서 핸드볼 2군 팀과 훈련을 받게 되어 있었지만 가게의 종소리가 울렸을 때 아드리아는 고문서가 쌓인 구석에 들어가 있었다. 베렝게 씨는 그가 숙제를 하느라 그곳에 있다고 여겼는데 실제로는 13세기 양피지에 쓰인 라틴어 문서를 몰래 살펴보는 중이었다. 그는 내용을 아무것도 이해하지 못했지만 아주 강한 감정이 솟구치는 것을 느낄 수 있었다. 종소리가 울렸다. 직감적으로 아버지가 예고 없이 독일에서 돌아왔다는 생각이 들었고, 곧 큰 사단이 벌어지리라 예상했다. 마음의 준비를 해 둬, 세 가지 거짓말이 잘 맞물려 돌아가고 있으니까. 나는 문 쪽으로 고개를 돌렸다. 베렝게 씨가 외투를 걸치며 방금 가게에 도착한 세실리아에게 허둥지둥 무슨 말을 하고 있었다. 그리고 모자를 손에 쥐더니 몹시 화나고 급한 얼굴로 인사도 없이 자리를 떴다. 세실리아는 입구에서 한참을 움직이지 않고 서서 코트를 벗지도 않은 채 생각에 잠겼다. 나는 세실리아, 안녕 하고 인사를 해야 좋을지, 아니면 그녀가 나를 바라볼 때까지 기다려야 좋을지 망설여졌다. 아니야, 먼저 인사하는 게 좋겠어. 하지만 그렇게 되면 내가 더 일찍 모습을 드러내지 않은 것을 이상하게 생각하지 않을까. 그리고 이 문서들은? 기다리는 편이 낫겠어. 아니, 좀 더 숨어서…… 무슨 일이 일어날지 기다리는 게 낫지……. 프랑스어로 생각해 보아야겠어.

세실리아가 한숨을 쉬며 사무실에 들어가 외투를 벗는 동안 아드리아는 숨어서 앞으로의 일을 지켜보기로 했다. 무슨 이유에서인지 모르지만 그날따라 공기는 무척 무거웠다. 세실리아는 사무실에서 좀처럼 나오지 않았다. 갑자기 누군가가 흐느끼는 소리가 들렸다. 세실리아는 사무실 안에서 울고 있었고, 나는 사라져 버리고 싶었다. 그러지 않고서야 내가 숨어서 그녀의 우는 모습을 지켜보고 있었다는 사실을 모르게 할 방도가 없었다. 어른들도 가끔은 울보가 된다. 그녀를 달래 주러 가야 하나? 마음이 불편했다. 세실리아는 집안사람들이 언제나 높이 평가하는 사람이었고, 아버지를 자주 찾는 여성들 모두를 업신여기는 눈빛으로 바라보던 어머니조차 그녀에 대해서만은 좋게 이야기했기 때문이다. 그리고 어린이로서 어른이 우는 모습은 큰 충격으로 다가왔다. 요약하자면 아드리아는 사라지고 싶은 마음뿐이었다. 세실리아는 다이얼을 과격하게 돌려 어디엔가 전화를 걸었다. 나는 그녀가 격분하고 성이 난 모습을 상상했다. 그런데 위험에 처한 사람은 정작 나라는 것을 깨닫지 못했다. 언젠가는 가게 문을 닫을 테고 나는 안에 갇혀서 산 채로 매장될 거였기 때문이었다.

"당신은 겁쟁이예요. 아니, 아니, 나도 말 좀 해야겠어요. 비겁하다고요. 같은 말만 반복한 지가 벌써 오 년이에요. 그래, 세실리아, 다음 달에는 모든 걸 말할 거야. 정말 약속해. 겁쟁이. 오 년 동안 변명만 늘어놓았어요. 오 년이나! 나는 어린애가 아니라고요."

그건 맞는 말이었다. 나머지 통화 내용은 무슨 말인지 이해하지 못했다. 검은 독수리는 탁자 위에서 평화롭게 낮잠을 자고 있었다.

"아니, 아니에요, 아니라고요! 아직 말 덜 끝났어요. 우리가 함께 살 일은 없을 거예요. 당신은 날 사랑하지 않으니까. 조용해요, 내가 말할 차례라니까요. 입 닥치라고요! 달콤한 말들은 집어치워요. 다 끝났어요. 알았어요? 뭐라고요?"

원고가 놓인 탁자 옆에 있던 아드리아는 무엇이 끝났는지, 그게 자신에게 어떤 영향을 미치는지 알 수 없었다. 어른들은 왜 항상 사랑하지 않는다는 이유로 상대를 함부로 대하는지 이해하기 힘들었다. 그는 사랑한다는 것이, 입을 맞추거나 등등의 것이 힘들고 감정 소모가 심하다는 사실을 알아 가기 시작했다.

"아니요. 아무 말도 말아요. 뭐라고요? 내가 끊고 싶을 때 끊을 거예요. 아니요. 내가 꼴릴 때요!⁴⁶⁾"

내가 꼴릴 때요!라는 말을 듣기는 처음이었다. 'Rotar'라는 동사는 라틴어 ructare에서 온 것으로, rugere의 반복형이다. 내 주변에서 가장 예의 바른 사람의 입을 통해 그 말을 듣게 되었다는 사실이 신기했다. 시간이 흐르면서 이 단어는 ruptare가 되었고, 그 이후에도 단어는 진화를 거듭했다. 세실리아가 전화를 워낙 세게 끊는 바람에 나는 전화기를 부숴 버렸을지도 모른다고 생각했다. 그리고 그녀는 새로 들어온 물건들에 스티커를 붙이고 진지한 표정으로 두 권의 입고 장부에 나누어 기록하는 일에 착수했다. 안경을 낀 모습에서 조금

---

46) 카탈루냐어 표현 'Quan a mi em roti'에서 동사 roti의 원형 rotar는 기본적으로 '트림하다, 가스가 폭발적으로 새다'라는 뜻이다. 비속어로 '욕구가 일다'라는 뜻으로 사용된다.

전까지 감정의 회오리에 휩싸였던 어떠한 흔적도 찾아볼 수 없었다. 작은 문으로 나갔다가 거리를 향한 문으로 들어와 안녕하세요, 세실리아라고 말하는 것은 그리 어렵지 않은 일이었다. 언제나 정갈한 얼굴에 눈물 자국이라고는 없었다.

"귀염둥이, 무얼 하고 있니?" 나에게 미소를 지었다.

나는 깜짝 놀랐다. 완전히 다른 사람 같았기 때문이다.

"동방 박사에게 무슨 선물을 달라고 했어?" 그녀가 물었다.

나는 어깨를 으쓱했다. 우리 집에서는 동방 박사의 날[47]을 기념하지 않았고, 동방 박사란 결국 부모님이었기 때문에 원시적인 미신을 믿는 것은 바람직하지 않다고 생각했기 때문이다. 그래서 동방 박사에 대해 처음 들은 순간부터 동방 박사가 가져다주는 선물에 대한 기대는 아버지가 선택한 선물 혹은 선물들에 대한 기대의 체념으로 바뀌었다. 그 선물은 내가 학교에서 좋은 성적을 거두었는지 아닌지와 전혀 상관이 없었다. 좋은 결과를 내는 것이 당연하다고 여겼기 때문이다. 내가 행동거지를 바르게 했는지 아닌지와도 전혀 상관이 없었다. 이 또한 당연하게 여겼기 때문이다. 하지만 엄숙한 집안 분위기와 다르게 어린아이들이 좋아할 만한 선물을 받기는 했다.

"무엇을 부탁했느냐 하면……." 사이렌 소리가 울리는 트럭을 받게 될 거라던 아버지의 말이 생각났다. 다만 집 안에서는

---

47) 양력 1월 6일. 카탈루냐 최대의 명절이다. 카탈루냐의 성탄 휴일은 보통 12월 24일부터 시작되어 동방 박사의 날인 1월 6일에 끝난다. 카탈루냐 사람들은 12월 25일 아침이 아닌 1월 6일 아침에 성탄 선물을 주고받는다.

그 소리를 내지 않는 편이 나았다.

"사이렌 소리가 울리는 트럭이요."

"이리 와서 입맞춤을 해 주렴." 세실리아는 양팔을 벌려 나를 가까이 불렀다.

일주일 후 아버지는 미케네 양식의 화병을 가지고 브레멘에서 돌아왔다. 그 화병은 오랫동안 가게에 머물렀다. 내가 이해한 바에 따르면 수많은 유용한 고문서들과 초본 혹은 필사본의 형태로 남아 있는 진주와 같은 문서들, 현재 그가 가장 중요시하는 보석 중의 보석이 된 14세기 고문서도 함께 가지고 왔다. 아버지는 집과 가게로 그를 찾는 수상한 전화 몇 통이 걸려 왔다는 사실을 알게 되었다. 얼마 후 일어나게 될 모든 일에 괘념치 않는다는 듯 그는 나에게 이것 봐, 이걸 한번 보라고, 얼마나 귀하니 하며 몇몇 문서철을 보여 주었다. 프루스트가 마지막으로 작성한 원고들이었다. 『잃어버린 시간을 찾아서』의 일부분이었다. 복잡해서 알아볼 수 없는 작은 글씨, 종이 가장자리에 쓰인 문단들, 메모, 화살표, 클립으로 고정한 종이 쪼가리들……. 자, 이것을 읽어 봐.

"전혀 알아볼 수가 없는걸요."

"자, 읽어 봐! 결말이야. 마지막 페이지들. 마지막 문장. 『잃어버린 시간을 찾아서』가 어떻게 끝나는지 모르지는 않겠지."

나는 대답하지 않았다. 아버지는 내 목을 조일 대로 조이고 있다는 사실을 알았지만 당신의 장기를 십분 발휘하여 모른 척하며 말했다.

"아직도 프랑스어를 읽을 줄 모르는 것은 아니겠지?"

"네, 당연히 알지요.(프랑스어) 하지만 필체를 알아보지 못하겠는걸요."

바람직한 대답은 아니었다. 아버지는 더 이상 아무런 말 없이 이 집에 진귀한 물건이 지나치게 많아지고 있어, 묘수를 내야 해라고 우물거리더니 문서철을 덮고 금고에 보관했다. 나는 이 말이 우리 집에 시체가 너무 많다는 말로 들렸다.

10

"아버지가……. 이를 어째, 애야. 네 아버지가……."

"왜요? 무슨 일이에요?"

"하늘나라로 가셨단다."

"하늘나라라는 게 어디 있는데요?"

"아버지가 돌아가셨다."

내 눈에는 어머니가 전한 슬픈 소식보다 지나치게 창백해진 어머니의 얼굴이 먼저 들어왔다. 마치 죽은 사람 같았다. 청년 로렌초 스토리오니가 만든 광택제를 바르지 않은 바이올린만큼이나 창백했다. 어머니는 눈에 근심이 가득했고 어느 때보다도 목소리가 다급했다. 나 대신 침대 벽에 묻은 얼룩을 멍하니 바라보며 네 아버지가 집을 떠날 때 입맞춤을 하지 않았다고 이야기하고 있었다. 입맞춤만 했어도 네 아버지가 죽지 않았을지도 몰라. 그러고는 좀 더 낮은 목소리로 입맞춤을 받아 마땅한 사람이라고 말하는 듯했다. 정확하지는 않고 그런 것 같았다.

무슨 일이 일어나고 있는지 도대체 이해가 안 되었다. 나는 혼란스러움을 안고 방에 들어가 문을 닫았다. 그리고 동방 박사의 날에 선물받은 붉은 십자가가 그려진 트럭을 손에 꽉 쥐고서 침대에 앉았다. 아주 조용히 눈물을 흘리기 시작했다. 늘 그랬듯 집에서는 아버지가 고문서를 들여다보고 있지 않으면 독서를 하고 있었기 때문이다. 아니면 죽어 가고 있었거나.

어머니에게 자세한 것은 물어보지 않았다. 나는 아버지의 죽은 모습도 보지 못했다. 사고가 났고, 아라바사다 고속도로에서 트럭이 아버지를 치었다고 했다. 그 길은 아테네우[48] 방향이 아니었다. 안됐지만 절대 볼 수 없단다 얘야. 급히 베르나트를 찾아간 나는 마음이 불편한 채였다. 곧 하늘이 무너지고 내가 감옥에 갇힐 것 같았기 때문이다.

"얘야, 왜 네 바이올린을 가지고 있었던 거야?"

"네? 무슨 말이에요?"

"아버지가 왜 네 바이올린을 갖고 있었냐고?" 작은 롤라가 거듭 말했다.

지금 와서 모두가 알게 되면 나는 겁에 질려 죽어 버릴 것만 같았다. 그래서인지 여전히 거짓말을 할 여력이 남아 있었다.

"뭣 때문인지 달라고 하셨어요. 이유는 말해 주지 않았어

---

48) 1860년에 세워진 문화 협회. 카탈루냐 상류층, 문화 엘리트 중심의 회원제로 운영되는 문화 및 사교 클럽이다. 바르셀로나 중심가인 카누다 거리에 위치하며 각종 클래식, 시낭송, 연극 공연은 비회원들에게도 열려 있다.

요." 지푸라기라도 잡고 싶은 심정으로 덧붙였다. "아버지 행동이 좀 이상했어요."

　나는 거짓말을 할 때면 쉽게 표시가 나는 편이라 다들 금방 알아차리곤 했다. 자주 그랬다. 피가 거꾸로 솟고, 얼굴이 붉어지고, 내가 지어내는 이야기에서 예상치 못한 비논리성이 드러날까 봐 이리저리 곁눈질하게 된다. 나는 마치 그들의 손 안에 있는 느낌이고, 그들이 이것을 알아차리지 못한다는 사실이 놀라울 따름이다. 어머니는 절대 눈치챈 적이 없다. 하지만 작은 롤라는 분명히 알아챘을 것이다. 모른 척했겠지만. 지금은 좀 나이가 들었는데도 거짓말을 할 때 여전히 얼굴이 빨개지고, 안젤레타의 목소리가 들리기도 한다. 그녀에게는 초콜릿 조각을 훔친 사람은 내가 아니라고 둘러댄 적이 한 번 있다. 그녀는 내 손을 잡더니 어머니와 작은 롤라에게 부끄럽기 짝이 없는 초콜릿 자국을 펴 보이게 했다. 나는 책처럼 손바닥을 얼른 접었다. 그녀는 절름발이보다 거짓말쟁이를 잡는 것이 훨씬 쉽다고 했다. 이 사건을 항상 기억해, 아드리아. 그리고 예순 살이 된 지금 여전히 이를 기억하고 있다. 나의 그 기억은 대리석에 굳게 새겨졌죠, 안젤레타 씨, 그리고 그 기억들은 대리석이 될 겁니다. 그러나 지금은 훔친 초콜릿이 문제가 아니었다. 나는 굉장히 슬픈 표정을 지었다. 실제로 매우 슬프고 겁에 질렸기 때문에 그리 어려운 일이 아니었다. 그리고는 아무것도 모르겠어요 하며 울기 시작했다. 아버지가 돌아가셨기 때문이다. 그리고…….

　작은 롤라가 침실을 나가서 누군가와 이야기를 나누는 소리가 들렸다. 그러더니 지독한 담배 냄새를 풍기며 카스티야어를 구사하는 낯선 남자가 코트를 입은 채 손에 모자를 들고 내 침실로 들어와 이름이 뭐니 하고 물었다.

"아드리아예요."

"아버지가 왜 네 바이올린을 가지고 있었지." 피곤한 취조관처럼 물었다.

"모르겠어요, 정말이에요."

남자는 내 연습용 바이올린의 일부를 보여 주었다.

"알아보겠니?"

"네. 내 바이올린이에요. 내 바이올린이었죠."

"아버지가 너에게 달라고 했니?"

"네." 나는 거짓말을 했다.

"아무런 설명도 없이?"

"네. 아니요."

"바이올린을 연주하시니?"

"누구요?"

"네 아버지 말이다."

"아니요, 당연히 아니에요."

나는 조롱이 섞인 듯한 미소가 스며 나오는 것을 간신히 참았다. 아버지가 바이올린을 켜는 모습을 상상만 해도 웃음이 터졌다. 코트와 모자를 걸치고 담배 냄새를 풍기는 남자는 어머니와 조용히 고개를 끄덕이던 작은 롤라를 바라보았다. 그남자는 내가 쥐고 있던 적십자 트럭을 모자로 가리켰다. 아주 멋진 트럭이군. 그리고 방을 나갔다. 나는 거짓말과 함께 방에 혼자 남겨졌다. 아무것도 이해가 되지 않았다. 구급차 안에 있던 검은 독수리가 불쌍해하는 표정을 지었다. 그가 거짓말쟁이들을 하찮게 여긴다는 사실을 알고 있었다.

장례식은 침울했다. 손에 모자를 쥔 심각한 표정의 신사들과 베일로 얼굴을 가린 여성들이 자리를 메웠다. 토나에 사는 사촌들과 암포스타의 누군지 잘 모르는 보스크 쪽 육촌 형제들도 왔다. 그리고 생에 처음으로 모든 이의 관심 한가운데에 놓인 나를 발견했다. 나는 검은색 정장을 입었고, 평소보다 두 배로 스프레이를 뿌려 준 작은 롤라 덕분에 매우 정갈한 가르마를 하고 있었다. 그녀는 내가 매우 멋지다고 했다. 그러고는 이마에 어머니가 한 번도 해 준 적 없는 입맞춤을 해 주었다. 원래 입을 맞춰 주지 않았지만 아버지의 죽음 이후 어머니는 나를 쳐다보지도 않았다. 사람들은 아버지가 어두운색 상자 안에 있다고 말했는데 나는 그것을 확인하지 못했다. 작은 롤라는 아버지의 몸에 많은 상처가 남았기 때문에 보지 않는 편이 나을 거라고 했다. 책과 괴상한 물건들에 하루 종일 파묻혀 지내다가 어느 날 떠나더니 상처 가득한 채 죽어서 돌아온 불쌍한 아버지. 인생은 말이 안 된다. 만일 그 상처들이 가게에 있던 일본 무사의 회검에 의한 것이라면? 아니지. 사고가 났다고 했으니까.

며칠 동안 우리는 커튼을 닫고 지냈다. 사람들이 수군거리는 소리가 들렸다. 롤라는 나에게 더욱 신경을 썼고, 어머니는 언제나 커피를 마시던 안락의자에 앉아 시간을 보냈다. 바로 앞에는 지금은 비었지만 아버지가 살아 계셨을 때 앉아서 커피를 마시던 안락의자가 놓여 있었다. 그러나 어머니는 커피 마시는 시간이 아니라는 이유로 커피를 한 잔도 들이켜지 않았다. 모든 것이 혼란스럽기만 했다. 왜냐하면 반대쪽의 빈 안락의자에 내가 앉아도 괜찮은지 알 수가 없었다. 어머니는 나를 쳐다보지 않았고, 저기요라고 말을 붙일 때마다 내 손목을 잡았는데 여전히 벽지를 바라보며 나에게 아무 말도 하지 않았다. 그럴 때면 나도 에이 모르겠다라고 생각했지만 아버지 의자에 앉지는 않았고, 이 모든 것이 슬프게 느껴졌다. 나 또한 여전히 슬픔에 잠겨 있어서 주변 일에 신경이 예민해졌다. 어머니가 나에게 눈길을 주지 않아 번민스러운 나날이 얼마간 지속되었다. 그러다 곧 익숙해졌다. 내 기억으로는 그때 이후로 어머니가 나를 더 이상 보려 하지 않은 것 같다. 어머니는 모든 잘못이 나에게 있다고 생각해 나에 대해 아무것도 궁금하지 않은 듯했다. 가끔 나를 바라보았지만 단지 용건이 있을 때뿐이었다. 어머니는 내 삶 전체를 작은 롤라에게 맡겨 버렸다. 당분간은 말이다.

어느 날 어머니는 나한테 상의도 없이 새로운 연습용 바이올린을 들고 나타났다. 매우 균형 잡히고 좋은 소리가 나는 악기였다. 어머니는 거의 아무 말 없이 내 눈을 바라보지도 않은 채 악기를 건넸다. 혼이 나가고 기계적으로 행동하는 것 같았다. 어떤 일의 전후는 생각해도 현재는 생각하지 않는 것 같았다. 어머니를 이해하는 데 한참이 걸렸다. 그리고 며칠 동안 손을 놓았던 바이올린 연습을 다시 시작했다.

바이올린을 켜던 어느 날 나는 굉장히 화가 나서 튜닝을 하던 끝에 G현이 끊어지고 말았다. 이어 두 줄이 더 끊어졌다. 나는 거실로 가서 어머니, 베토벤의 집[49]에 같이 가 주세요라고 말했다. E현이 더 이상 남아 있지 않아요. 어머니는 나를 쳐다보았다. 저런, 나를 향해 눈길을 돌리는 듯하더니 더 이상 말이 없었다. 그래서 바이올린 줄을 새로 사야 해요라고 다시 한번 고집스럽게 말했고, 그때 작은 롤라가 커튼 뒤에서 나오더니 나하고 같이 가자고 말했다. 어떤 줄이 필요한지 말해 줘야 해, 내 눈에는 다 똑같거든.

우리는 전철을 타고 길을 나섰다. 작은 롤라는 바르셀로네타에서 태어났고, 친구들과 놀러 나갈 때면 자, 우리 바르셀로나로 가자, 그리고 십 분이면 그들은 람블라 거리 아래쪽에 도착해 실없는 바보들처럼 람블라를 오르락내리락했다고 이야기했다. 그녀는 웃을 때마다 남자아이들이 보지 못하도록 입을 가렸다고, 친구들과의 나들이가 영화관에 가는 것보다 더 즐거웠다고 했다. 그리고 그렇게 작고 어두운 가게에서 바이올린 줄을 팔 거라고는 생각해 본 적이 없다고 말했다. 나는 피라스트로사의 G현 하나, E현 둘, 그리고 A현 하나를 샀다. 작은 롤라는 크게 복잡하지 않네라고 말했다. 메모지에 적어 내가 혼자 왔어도 될 뻔했어. 나는 아니요, 어머니는 혹시라도 무슨 일이 있을까 봐 항상 같이 와 주셨어요라고 말했다.

---

49) 악기 용품, 악보 및 음악 관련 서적을 취급하는 전문 상점으로 바르셀로나 시내를 관통하는 람블라 거리에 위치해 있다.

작은 롤라가 값을 지불하고 우리는 베토벤의 집을 나왔다. 허리를 굽혀 내 볼에 입을 맞추는 동안 그녀는 그리움 가득한 눈빛으로 람블라 거리 북쪽을 바라보았다. 바보처럼 웃고 있지 않았기 때문에 입은 가리지 않았다. 그때 문득 나는 어머니도 잃어버릴지 모른다는 생각이 들었다.

장례를 치른 지 몇 주가 지나 카스티야어를 쓰는 다른 남자들이 찾아오자 어머니는 죽은 사람처럼 다시 얼굴이 창백해졌다. 어머니와 작은 롤라가 또 수군거리는 동안 나는 외톨이가 된 느낌이었고, 용기를 내어 어머니에게 무슨 일이 일어나고 있는지 물었다. 어머니가 며칠 만에 처음으로 진심을 담아 나를 바라보았다. 너무 큰일이구나, 아들아, 너무 큰일이야. 차라리……. 그때 작은 롤라가 들어와 나를 학교에 데려다주었다. 평소와 달리 수상쩍게 나를 바라보는 다른 아이들의 시선을 느꼈다. 쉬는 시간에 리에라가 다가와 그것도 매장했니 물었다. 나는, 뭐라고? 그러자 리에라는 흡족한 듯 미소 지으며 머리통만 보는 건 정말 역겨운 일이라고 했다. 그리고 그것도 같이 매장했지 하며 계속 채근했다. 아무것도 이해할 수 없었던 나는 만일을 대비해 해가 드는 구석으로 몸을 옮겨 몇몇 아이들과 카드놀이를 했다. 리에라를 피하기 위해서였다.

나에게 보통 아이들처럼 지내는 것은 언제나 어려운 일이었다. 음, 절대 그러지 못했다. 내 문제는 매우 심각해서 푸졸에 의하면 해결책이 없었다. 내 문제는 공부를 좋아했다는 것이다. 나는 역사, 라틴어, 프랑스어 공부가 좋았고, 스케일을 연습하면서 내가 청중으로 가득한 연주회장에 서 있고 나의 연주가 훌륭한 소리로 바뀌는 모습을 상상했기 때문에 음악원에 가서 트루욜스 선생님에게 연주 기법을 배우는 것도 좋았다. 훌륭한 연주의 비결은 소리에 있었다. 손의 움직임은 쉬운 일이었다. 시간을 투자하면 손은 절로 움직였다. 가끔 즉흥 연주도 했다. 나는 이 모든 것이 좋았고, 에스파사 백과사전을 집어 들고 그 항목들을 훑어보는 것도 좋았다. 학교에서 바디아 선생님이 질문을 던질 때면 푸졸은 나를 가리키며 쟤가 모든 대답을 해 줄 거예요라고 말하곤 했다. 그러면 나는 그들이 마치 아버지처럼 나를 구경거리로 여기는 것 같아 대답하기가 매우 부끄러웠다. 내 바로 뒤 책상에 앉은 에스테반은 정말 악질이어서 내가 질문에 맞게 대답할 때마다 계집애라고 놀렸고, 이것은 어느 날 바디아 선생님, 144의 제곱근이 무엇인지 기억나지 않아요라고 대답할 때까지 계속되었다. 그러고는 화장실에 가서 먹은 것을 모두 게워 냈는데, 그때 에스테반이 들어왔다. 그 광경을 본 에스테반은 넌 역시 계집애야라고 말했다. 그러나 아버지가 돌아가시자 아이들이 어떤 의미심장한 눈빛으로 나를 전과 다르게 대하기 시작해 마치 지위가 격상된 느낌이었다. 그럼에도 불구하고 공부하기 싫어하는 아이들과 가끔씩 낙제를 하는 아이들에게 나는 질투를 느꼈다. 음악원에서는 사정이 조금 달랐다. 손에 바이올린을 쥐고 좋은 소리를 내려고 하면 아니야, 안 돼, 꽥꽥거리는 오리 소리 같잖아, 이걸 들어 봐. 트루욜스 선생님이 내 바이올린을 쥐고 너무나도 감미로운 소리를 낼 때면 그녀가 다소 나이가 많고 깡말랐어도 나는 사랑에 빠질 것 같은 심정이었다. 그것은 벨벳으로 만들어 지고, 어떤 이름 모를 꽃의 향기를 더한 듯한 소리였다. 아직도 그 소리가 귓가에 맴도는 것 같다.

"나는 절대 그런 소리를 낼 수 없을 거예요. 비브라토야 이제 겨우 할 줄 알게 되었지만."

"시간이 걸릴 뿐이야."

"알아요, 하지만 절대……."

"아르데볼, 절대 절대라는 소리를 입에 올리지 마."

확실히 가장 별 볼일 없는 표현력의 음악적, 지적 조언이었지만 바르셀로나에서도 독일에서도 그것만큼 내 인생에 큰 영향을 끼친 조언은 없었다. 한 달 만에 소리가 눈에 띄게 좋아졌다. 여전히 향기가 부족했지만 벨벳과 좀 더 가까워진 소리였다. 그런데 지금 와서 생각해 보건대 나는 학교에도 음악원에도 곧장 돌아가지 않았던 것 같다. 우선 토나에서 사촌들과 며칠을 보냈다. 다시 돌아왔을 때 나는 무슨 일이 있었는지 이해해 보려고 노력하기 시작했다.

1월 7일, 펠릭스 아르데볼 박사는 집에 없었다. 도시를 방문한 포르투갈 출신 친구들을 만나기 위해 출타 중이었다.

"어디라고?"

아르데볼 박사는 아드리아에게 그가 돌아왔을 때 방이 깨끗이 정리되어 있었으면 한다고 말했다. 다음 날이면 휴가가 끝나기 때문이었다. 그리고 아내를 바라보았다.

"뭐라고 했지?" 그는 교수가 아니었지만 모자를 쓰며 교수들이 사용하는 심각한 어조로 말했다. 그녀는 학생이 아니었지만 학생처럼 힘겹게 침을 삼켰다. 그러나 그녀는 질문을 되풀이했다. "어디에서 피녜이로를 만나는데?"

거실에 들어오던 작은 롤라는 무거운 분위기를 눈치채고 다시 부엌으로 뒷걸음질을 쳤다. 펠릭스 아르데볼은 몇 초간 입을 다물었고, 작은 롤라는 이것이 다소 굴욕적으로 느껴졌다. 그동안 아드리아는 우선 아버지를, 다음에는 어머니를 바라보며 무슨 일이 일어나고 있음을 알아차렸다.

"그게 왜 궁금한 거야?"

"알았어. 그냥 없었던 일로 해."

어머니는 아버지에게 입을 맞추려다 말고 다른 쪽으로 걸음을 옮겼다. 그녀는 안젤레타 부인의 구역인 뒤뜰에 도착하기 전에 아테네우에서 만나기로 했어 하는 아버지의 목소리를 들을 수 있었다. 그는 강조하며 말했다. 혹시 당신이 이해해 준다면. 그리고 평소와 달리 자신의 행적을 캐고자 하는 아내를 벌하기라도 하듯 비난하는 어조로 언제 돌아올지는 모르겠소라고 했다.

그는 서재에 들어갔다가 곧 나왔다. 집의 현관문이 열렸다가 평소보다 더 세게 닫히는 소리가 들렸다. 집 안에 정적이 흘렀다. 아드리아는 아버지가 바이올린을 가져간 것을 알고 온몸을 떨기 시작했다. 맙소사. 바이올린 케이스와 그 안의 연습용 바이올린이 함께 사라졌다. 출정을 앞둔 로봇처럼 아드리아는 적당한 때를 엿보았다가 좀도둑처럼, 혹은 자네 집에 들어가겠네라고 외치는 기사처럼 아버지의 서재에 들어갔고, 존재하지도 않는 신에게 어머니가 갑자기 들어오는 일이 없도록 해 달라고 기도하면서 육 일 오 사 이 팔을 중얼거리며 금고를 열었다. 내 바이올린은 거기에 없었고, 나는 죽고 싶은 생각이 들었다. 당시 나는 모든 것을 제자리로 돌려놓은 후 방에 돌아와 문을 잠그고 아버지가 돌아오기를 기다렸다. 무척 화가 나서 도대체 누가 나를 엿 먹이려 드는 거지? 누가 금고를 열 줄 안단 말이야? 누구지? 작은 롤라?

"하지만 나는……."

"카르메?"

"제발, 펠릭스."

그때 아버지는 몸을 돌려 나를 보며 말했을 것이다. 아드리아? 나는 언제나 그랬듯 어설프게 거짓말을 했을 테고, 아버지는 무슨 일이 일어났는지 전부 알아챘을 것이다. 겨우 두 발자국 정도 떨어져 있을 뿐인데도 아버지는 브루크 거리에서 나를 부르듯이 이리 와 봐 소리치고, 나는 꿈쩍도 하지 않았을 테니 아버지는 더욱 큰 소리로 이리 오라고 했잖아! 가엾은 아드리아는 머리를 푹 숙인 채 그를 향해 가면서 잘못한 게 없는 듯 순진한 표정을 지을 것이고, 한 마디 한 마디가 삼키기 힘든 쓴 약처럼 느껴졌을 것이다. 그러나 이 모든 일이 일어나는 대신에 한 통의 전화가 걸려 왔고, 침실로 들어온 어머니는 네 아버지가…… 아들아……. 그는 말했다, 무슨 일이에요? 다시 어머니는 아버지가 하늘나라로 가셨대. 이에 아드리아는 하늘나라는 존재하지 않아요라고 대답했던 것이다.

"아버지가 돌아가셨단다."

이 소식에 아드리아는 가장 먼저 안도감을 느꼈다. 아버지가

돌아가셨으니 더 이상 나한테 잔소리할 사람은 없겠군. 하지만
곧 이런 생각을 한 자체에 대해 죄책감을 느꼈다. 또 하늘나라
가 존재하지 않는다 하더라도 나는 비참한 죄인 같은 마음이 들
었다. 아버지의 죽음이 내 탓이라는 사실을 알았기 때문이다.

카르메 보스크 데 아르데볼 부인은 목이 잘린 펠릭스의 신
분을 확인하는 고통스럽고 괴로운 절차를 견뎌야 했다. 모반
이 저기에…… 네, 그 모반이 맞아요. 네, 점이 두 개가 있어요.
차가워진 시신은 더 이상 누구에게도 잔소리를 할 수 없었다.
그러나 틀림없이, 그이, 내 남편, 펠릭스 아르데볼 이 기테레
스가 맞아요.

"누구라 그러던가요?"

"피녜이로. 코임브라에서 왔대요. 코임브라에서 교수를 하
고 있죠. 오라시오 피녜이로예요."

"당신은 그를 만난 적이 있나요?"

"몇 번 만났어요. 바르셀로나에 올 때면 콜론 호텔에서 묵
곤 했거든요."

플라센시아 경감이 손짓하자 수염이 듬성듬성 자란 남자가
조용히 자리를 떴다. 그때 그는 남편을 잃은 지 얼마 안 되어
상복조차 입지 않은 그녀를 바라보았다. 그들은 삼십 분 전에
찾아와서 저희와 함께 가시는 편이 좋겠습니다라고 말했다.
그녀는, 무슨 일이죠, 이에 두 남자는, 죄송하지만 그것에 대
해 설명할 권한이 저희에게는 없습니다, 이 말에 그녀는 옷자
락이 우아한 붉은색 코트를 걸치고 작은 롤라한테 아이에게

간식거리를 마련해 줘요, 곧 돌아올 테니 하고는 집을 떠났다. 그리고 지금 붉은 코트 차림으로 경감의 책상 앞에 앉아 멍한 시선으로 어떻게 이런 일이 일어난단 말인가 생각하고 있었다. 큰 목소리로 애원하듯이 물었다. 도대체 무슨 일이 일어나고 있는지 설명해 줄 수 있나요.

"흔적도 없습니다, 경감님." 수염이 듬성듬성한 남자가 말했다.

아테네우에도, 콜론 호텔에도, 바르셀로나의 어디에도 피네이로 교수의 흔적은 없었다. 사실 그들이 코임브라에 전화를 걸었을 때 오라시오 다 코스타 피네이로 박사의 겁에 질린 목소리를 들을 수 있었다. 그는 어…… 어…… 어떻게 그…… 그런…… 아르데볼 박사가…… 만일 그가…… 만일…… 아, 그런 끔찍한 일이. 만일 그가…… 그가…… 무언가 착오가 있었던 건 아닌지요? 머리가 잘리다니요? 그리고 어떻게…… 다른 게 아니라…… 절대 불가능한 일입니다.

"아버지가…… 아들아, 아버지가 돌아가셨단다."

그제야 나는 내 잘못으로 아버지가 돌아가셨다는 사실을 알아차렸다. 그러나 아무에게도 말할 수 없었다. 작은 롤라, 어머니, 안젤레타 씨가 망자를 위한 옷을 챙기며 이따금 눈물을 흘릴 때면 나는 몹시 비참한 기분이 들었고, 겁쟁이이자 살인자가 된 기분이었다. 그 밖의 많은 기억은 희미하기만 했다.

아버지의 장례를 치른 다음 날 어머니는 예민한 상태에서 손을 씻다가 갑자기 멈추더니 작은 롤라에게 플라센시아 경감의 명함을 달라고 했다. 아드리아는 어머니가 전화로 이야기하는 소리를 들었다. 우리 집에 아주 값비싼 바이올린이 있다고 어머니는 말했다. 곧 경감이 집에 나타났고, 어머니는 그들을 도울 수 있도록 베렝게 씨를 불렀다.

"아무도 금고 비밀번호를 모른다는 말씀이시죠?"

경감은 몸을 돌려 어머니, 베렝게 씨, 작은 롤라를 바라보았다. 나는 아버지의 서재 밖에서 지켜보고 있었다.

베렝게 씨는 어머니와 나의 생년월일을 묻고는 몇 분 동안 비밀번호를 조합해 보았다.

"안 되네요." 그가 걱정스러운 듯 말했다.

복도에 있던 나는 거의 육 일 오 사 이 팔이라고 말할 뻔했지만 그러지 못했다. 이 경우 나는 살인과 관련해 의심을 살 거였기 때문이다. 나는 의심을 살 일을 하지 않았다. 다만 책임이 있을 뿐이었다. 입을 굳게 다물었다. 꽤 힘든 일이었다. 우리가 뚱보 신사를 지켜보는 동안에 경감은 자신이 있던 서재에서 전화를 걸었다. 뚱보 신사한테는 무릎을 구부리는 일이 너무 힘들었는지 땀으로 뒤범벅이 되어 있었다. 그러나 그는 물건을 만지는 일에서 매우 조심스러웠고, 침묵을 지키며 청진기로 비밀번호를 알아내고는 그것을 종이에 휘갈겨 적었다. 그는 매우 만족스러운 몸짓으로 금고를 열고 주위 사람들이 들여다볼 수 있도록 안을 정리했다. 금고에는 케이스가 없는 스토리오니가 나를 비꼬듯이 바라보고 있었다. 그러고 나서 베렝게 씨의 차례가 돌아오자 그는 장갑을 끼고 책상 불빛 아래에서 아주 주의 깊게 물건을 살펴보았다. 그는 고개를 들고 눈썹을 펴더니 다소 심각한 목소리로 어머니, 경감, 이마의 땀을 닦던 뚱보 신사, 카슨 보안관, 아라파호 추장 검은 독수리, 그리고 문 반대편에 있던 나를 향해 말했다.

"이 바이올린의 이름은 비알로 알려져 있으며, 로렌초 스트리오니에 의해 제작된 것이 확실합니다. 의심할 여지가 없습니다."

"케이스가 없는데도 말입니까? 항상 케이스 없이 보관합니까?" 담배 냄새에 찌든 경감이 말했다.

"아닐 거예요." 어머니가 말했다. "케이스에 넣어 금고 안에 보관했던 것 같아요."

"케이스를 열어 바이올린을 금고에 보관한 후 그것을 닫고 아들에게 연습용 바이올린을 달래서 좋은 바이올린을 보관하던 케이스에 다시 넣었다는 건데…… 말이나 됩니까?"

그는 주변을 둘러보았다. 공포로 떠는 모습을 겨우 감추며 문가에 서 있던 나를 뚫어지게 바라보았다. 나는 무서워 떨고 있었다. 몇 초 동안 그는 의심의 실마리가 풀렸다는 눈빛을 하고 있었다. 여어엇 같은 인생 내내 프랑스어로 말하고 있는 내 모습이 눈에 선했다.

무슨 일이 일어났는지, 아버지가 무엇을 원했는지 나는 알 길이 없었다. 왜 아테네우로 갔어야 했는지, 왜 아라바사다에서 발견되었는지 도무지 이해가 되지 않았다. 그저 내가 그를 죽음으로 몰아갔다는 것을 알고, 오십 년이 흐른 지금도 이 생각에는 변함이 없다.

11

그러던 어느 날 어머니는 자신의 동굴에서 나와 주변을 똑똑히 살피기 시작했다. 나는 어머니, 작은 롤라와 함께 저녁 식사를 할 때 그 사실을 알아차렸다. 어머니는 잠시 나를 쳐다보더니 무슨 말을 하려고 했다. 나는 당연히 어머니가 다 알고 있어, 아버지가 죽은 것은 모두 네 잘못이지, 이제 경찰에 신고할 테야, 살인자라고 말할 거라 생각하며 벌벌 떨었고, 그러면 나는 보세요, 어머니, 저는, 저는 그러고 싶지 않았어요, 저는 아무런…… 그리고 이때 작은 롤라가 화해의 분위기를 만들려 애쓰는 모습이 그려졌다. 그녀야말로 대화가 없는 가족의 평화를 책임지는 이였고, 다툼을 해결할 때도 말수가 적고 절제된 몸짓을 사용했기 때문이다. 작은 롤라 당신을 영원히 내 곁에 두었어야 했다는 생각이 들어요.

어머니가 나를 계속 바라보았는데 나는 어떻게 반응해야

할지 전혀 알 수가 없었다. 내가 보기에 아버지가 돌아가신 이후로 어머니는 나를 미워하는 것 같았다. 그의 죽음 이전에 어머니는 나에게 큰 애정이 없는 정도였다. 신기한 일이었다. 왜 우리 집에서는 누구도 서로에게 살갑게 굴지 않았을까? 지금 생각해 보건대 전부 아버지가 인생을 살아온 방식에서 비롯된 듯하다. 아마 4월 혹은 5월의 저녁 식사 시간이었을 것이다. 기억을 떠올려 보면 어머니는 나에게 눈길을 주기는 했지만 말을 걸지 않았다. 자식을 쳐다도 보지 않는 어머니와 자식을 비난하는 어머니. 둘 중 어느 쪽이 더 나쁜지 알 수 없었다. 곧 그녀는 지독한 잔소리를 쏟아 냈다.

"바이올린 수업은 어떻게 되어 가니?"

사실대로 말하자면 어떤 대답을 할지 몰랐다. 다만 진땀을 흘리고 있었던 기억만은 생생하다.

"잘돼 가요. 늘 그렇듯이."

"다행이구나." 대답을 들은 어머니가 뚫어져라 내 눈을 바라보았다. "트루욜스 선생님과의 수업은 만족스럽니?"

"네. 아주 많이요."

"새로운 바이올린은 어때?"

"음⋯⋯."

"어, 그게 무슨 뜻이니? 좋다는 거야, 별로라는 거야?"

"음⋯⋯ 좋아요."

"음⋯⋯ 좋아요, 아니면 좋아요?"

"좋아요."

침묵이 흘렀다. 내 시선은 바닥을 향했고, 그 틈을 타 작은 롤라가 삶은 콩이 담겨 있던 빈 접시를 치웠다. 그녀는 부엌에 할 일이 많은 척 바삐 움직였다. 겁쟁이.

"아드리아."

나는 겁먹은 토끼의 눈으로 어머니를 바라보았다. 그녀는 굉장히 오래전에나 볼 수 있었던 눈빛으로 나를 살피더니 물었다. 괜찮은 거 맞니?

"음, 괜찮아요."

"너 기분이 별로구나."

"음, 맞아요."

곧 어머니가 내 어두운 마음을 더욱 후벼 파며 나를 끝장낼 차례였다.

"요즘 너에게 별로 신경을 못 썼구나."

"상관없어요."

"아니야, 그렇지 않아."

작은 롤라는 고등어 튀김이 담긴 접시를 들고 돌아왔다. 내가 세상에서 제일 싫어하는 음식이었다. 어머니는 그것을 보자마자 다소 차가운 미소를 보이며 고등어네, 정말 맛있겠어라고 말했다.

거기에서 대화와 잔소리는 끝났다. 그날 밤 나는 내 접시에 담긴 고등어를 모두 먹어 치웠다. 그리고 마지막으로 우유 한 잔을 비웠다. 잠자리에 들 무렵 나는 어머니가 아버지의 서재를 뒤지는 모습을 보았다. 아버지의 죽음 이후 처음 있는 일이었다. 나는 도무지 궁금하여 흘깃거리지 않을 수 없었다. 어떤 핑곗거리를 찾아서라도 서재 안을 둘러보고 싶었기 때문이

다. 만일을 대비해 카슨 보안관만 데려갔다. 어머니는 허리를
숙이고 금고를 살피는 중이었다. 이제 비밀번호도 더 이상 비
밀이 아니었다. 비알은 금고 밖에 기대어 놓았다. 어머니는 종
이 뭉치를 꺼내 무심한 눈빛으로 바라보더니 바닥에 차곡차
곡 쌓기 시작했다.

"무얼 찾으세요?"

"서류들. 가게에 관한 것들. 그리고 토나에 관한 것들."

"원하시면 도와드릴게요."

"아니다, 무엇을 찾는지 나도 모르거든."

어머니와 대화를 나누었기 때문에 기분이 날아갈 것 같았
다. 짧았지만 대화는 대화였다. 잠깐 나쁜 생각이 들기도 했
다. 어머니와 대화를 할 수 있으니 아버지가 돌아가신 것은 잘
된 일이야. 의도적인 생각이 아니라 무의식중에 든 생각이었
다. 하지만 분명했던 것은 그날 이후 어머니의 눈빛에 다시 생
기가 돌기 시작했다는 사실이다.

그때 어머니는 작은 상자 서너 개를 꺼내 탁자에 올려 놓았
다. 나는 가까이 다가갔다. 어머니가 상자 하나를 열었다. 금
펜촉이 달린 금장 만년필이 한 자루 들어 있었다.

"꺼내 보세요." 나는 감탄해서 말했다.

어머니는 상자를 닫았다.

"금이에요?"

"글쎄다. 그렇지 않겠니."

"한 번도 본 적이 없어요."

"나도 마찬가지란다."

곧 어머니는 입술을 깨물었다. 어머니는 금장 만년필이 든 상자를 치우고 다른 상자를 열었다. 좀 더 작고 초록색이었다. 떨리는 손으로 붉은 천 조각을 젖혔다.

어머니의 인생이 쉽지 않았다는 것을 알아 가는 데 오랜 시간이 걸렸다. 아버지가 우아한 몸짓으로 모자를 벗으며 안녕하세요, 사랑스러운 아가씨라고 인사했더라도 아버지와 결혼하는 것은 좋은 생각이 아니었던 듯하다. 가끔은 말도 안 되는 소리를 하거나 실수하거나, 혹은 그저 좋아서 웃을 줄 아는 다른 남자와 결혼했다면 어머니는 훨씬 행복했을 것이다. 우리 가족은 모두 한 치의 어긋남도 없이 심각함을 이마에 써 붙이고 다녔으며, 아버지의 다소 잔인하고 뒤틀린 심사를 조금씩 지니고 있었다. 나는 온종일 관찰만 하며 시간을 보냈지만 꽤 똑똑한 아이라 출처는 몰라도 집에서 일어나는 일들은 대부분 꿰고 있었다. 그래서 그날 밤의 마무리였던 어머니와의 대화로 내 어머니가 돌아왔다는 생각이 들어 나는 몹시 흥분해서 어머니, 비알로 바이올린을 연습해도 되나요라고 물어보았다. 어머니는 멈칫했다. 어머니는 잠시 벽을 바라보았고, 그때 나는 또 시작이구나, 다시는 나에게 눈길을 주지 않을 거야라고 생각했다. 그러나 어머니는 수줍은 미소를 짓더니 한번 생각해 보라고 대답했다. 나는 어쩌면 우리의 일상이 바뀔 수도 있겠구나 생각했다. 그리고 정말 그랬다. 그렇지 않았으면 당신을 만나지 못했을 테니.

당신은 인생이 이해할 수 없는 우연의 연속이라는 것을 눈치챘는지. 아버지의 수많은 정자 중 단 하나의 건강한 정자가 난자를 만나. 당신이 태어난 것, 내가 태어난 것이 모두 엄청난 우연 아니겠어. 우리가 당신이나 내가 아닌 수백만 가지 다른 생명체로 태어났을 수도 있는데 말이야. 우리 둘이 모두 브람스를 좋아하는 것도 우연이지. 당신 가족 중에 그렇게 죽은 이가 많고 살아남은 이가 적다는 사실 또한 말이야. 모든 것이 우연이야. 우리 인생 여정에서 수많은 우연이 교차하며 그 길이 달라졌다면 누가 읽을지 모르는 이 원고를 쓸 수 있었을까. 참으로 놀라운 일이지.

그날 밤 이후 일상에 조금씩 변화가 생기기 시작했다. 어머니는 굳게 문을 닫은 채 아버지처럼 서재에서 오랜 시간을 보냈다. 돋보기를 사용하지 않는다는 사실만 달랐다. 어머니는 금고에 있던 문서들을 앞에서 혹은 뒤에서부터 뒤적이기 시작했다. 육 일 오 사 이 팔이라는 비밀번호가 이미 공공연히 알려졌기에 가능한 일이었다. 어머니는 아버지의 일처리 방식이 전혀 마음에 들지 않았기 때문에 금고 비밀번호조차 바꾸지 않았다. 나는 왠지 모르지만 이것이 마음에 들었다. 그리고 어머니는 문서를 뒤적이거나 낯선 남자들과 이야기를 나누는 데 더욱 많은 시간을 할애했다. 그 남자들은 문서를 살펴보느냐 어머니를 바라보느냐에 따라 안경을 꼈다 벗었다 했다. 그들은 언제나 부드러운 목소리로, 하지만 심각한 표정으로 이야기를 나누었고, 카슨 경이나 언제나 조용한 검은 독수리나 혹은 나조차 그들이 무슨 이야기를 나누는지 전혀 알 수가 없었다. 몇 주간 웅얼거림이 계속되고 나서 그들이 거의 속삭이듯이 눈썹을 움찔할 만한 간결하고 설득력 있는 조언을 해 주자 어머니는 육 일 오 사 이 팔을 눌러 모든 문서를 금고에 넣었고, 나머지 몇몇 문서들은 짙은 색 서류철에 보관했다. 그리고 바로 그 순간 어머니는 금고의 비밀번호를 바꾸었다. 곧 어머니는 검은색 원피스 위에 검은색 외투를 걸친 후 길게 숨을 내쉬었고, 짙은 색 서류철을 들고 예고 없이 가게를 방문했다. 세실리아가 아르데볼 부인, 날씨가 좋아요라고 인사했다. 그녀는 허락도 구하지 않은 채 곧장 아르데볼 씨의 사무실로 가서 전화기에 조심스럽게 손을 올리더니 전화를 끊어 버렸다. 통화 중이던 베렝게 씨는 매우 놀란 표정이었다.

"무슨 짓을 하는……."

아르데볼 부인은 미소를 지으며 베렝게 씨 앞에 앉았다. 그는 펠릭스의 회색 의자에 앉아 불쾌해하는 표정을 짓고 있었다. 그녀는 짙은 색 서류철을 책상 위에 내려놓았다.

"잘 지내셨나요, 베렝게 씨."

"프랑크푸르트로 통화 중이었습니다." 그는 손바닥을 펴고서 화가 난 듯 책상을 쳤다. "연결에 성공하려면 꽤 시간이 걸린단 말입니다, 젠장."

"내가 막고자 했던 게 바로 그겁니다. 당신과 해야 할 이야기가 있어요."

그들은 온갖 주제에 대해 이야기했다. 어머니는 알아야 할 것보다 훨씬 더 많이 알고 있었다. 그리고 가게 물품의 절반 정도는 제 것입니다.

"당신 거라고요?"

"개인 소장용이죠. 아버지가 물려주신 거예요. 아드리아 보스크 박사 말이죠."

"나는 아무것도 몰랐습니다."

"나도 며칠 전까지는 몰랐던 사실이죠. 남편은 이러한 구체적인 것에 대해서 매우 철저하죠. 이 사실을 증명할 서류도 있습니다."

"만일 팔렸다면요?"

"그에 따른 이익은 내 것입니다."

"하지만 이 사업이라는 것이……."

"바로 내가 여기에 와서 의논하고자 했던 이유입니다. 지금부터 가게는 내가 운영하도록 하죠."

베렝게 씨는 놀라서 바라보았다. 그녀는 영혼 없이 웃음 짓더니 책들을 살펴보고 싶군요라고 말했다. 지금 당장.

베렝게 씨는 반응하는 데 몇 초가 걸렸다. 그는 자리에서 일어나 세실리아가 있는 곳으로 가 퉁명스러운 태도로 정보 교환을 위한 짧은 대화를 나누었다. 회계 장부를 가지고 돌아왔을 때는 펠릭스의 회색 의자에 앉은 아르데볼 부인을 볼 수 있었다. 그녀는 그에게 손을 흔들며 사무실에 들어와도 좋다는 허락의 표시를 했다.

어머니는 몸을 떨며 집에 돌아왔다. 문을 닫고 검은색 외투를 벗고 도저히 그 옷을 걸어 둘 힘이 없었던 나머지 입구에 놓인 긴 의자에 외투를 던져 둔 채 방으로 들어갔다. 나는 어머니가 우는 소리를 들었다. 이해하지 못하는 일에 대해서는 한 발짝 물러서 있기로 했다. 얼마 지나지 않아 어머니는 부엌에서 작은 롤라와 한참 이야기를 나누었고, 작은 롤라는 어머니의 손을 쥐며 기운을 내라는 듯한 표정을 지어 보였다. 이러한 장면들의 조각을 맞추는 데 수년이 걸렸다. 나는 아직도 그 장면들을 마치 호퍼[50]의 그림처럼 떠올릴 수 있다. 유년 시절 그 집에 관한 모든 기억은 호퍼의 그림처럼 불가사의하고 질척한 외로움으로 내 머릿속에 남아 있다. 그리고 어질러진 침대, 앙상한 의자 위에 널브러진 책들 사이에서 창밖을 내다보거나 말끔히 정리된 책상 옆에 앉아 벽을 멍하니 바라보는 사람들과 마찬가지 모습을 한 내가 그 가운데에 있었다. 집에서는 모든 것이 속삭임으로 해결되었고, 가장 분명하게 들리는 소음은 내가 바이올린으로 연음을 연습할 때를 제외하고는 어머니가 외출을 위해 굽 높은 구두를 신을 때였다. 그리고 호퍼가 말로 표현할 수 없는 것들이 있기에 그림을 그린다고 했다면 나는 글을 쓴다. 나는 그림을 볼 수 있지만 그릴 수는 없기 때문이다. 나는 항상 호퍼처럼 광경을 본다. 완전히 닫히지 않은 창문 혹은 문을 통해서 말이다. 또한 몰랐던 것을 결국에는 알게 된다. 알 수 없는 것은 이야기를 지어내고, 그럼 그것이 진실이 된다. 당신은 나를 이해하고 용서하리라고 믿어.

이틀 후 베렝게 씨는 짐을 챙겨 일본 무사의 회검 옆에 있는

---

50) 에드워드 호퍼(Edward Hopper, 1882~1967). 미국의 화가이며 주로 도시의 일상 풍경과 인물을 유화로 그렸다.

자신의 작은 사무실로 돌아갔다. 세실리아는 사무실의 사소한 것들에 신경을 쓰지 않아도 된다는 사실에 기뻐하며 흡족한 미소를 감추지 않았다. 그리고 프랑크푸르트와 통화한 사람은 어머니였다. 내 생각에는 체스의 말을 다시 움직이는 과정에서 나이트와 퀸을 동시에 움직인 것이 결정적으로 베렝게 씨가 극단적인 방법을 동원하게 된 이유인 듯하다. 예상치 못한 그 공격은 굉장한 위력을 과시했다. 파야 거리의 거물급 골동품상들이 전쟁을 선포했고, 전쟁은 전면전으로 치닫고 있었다.

어머니는 언제나 자신이 오랫동안 고통에 시달렸으며 순종적이고, 신중하고, 나를 제외한 누구에게도 소리를 지르지 않는 사람인 척했다. 그러나 아버지가 죽고 나서 완전히 변했고, 내가 의심치 않았던 지치지 않는 강인함을 갖춘 훌륭한 계획가로 다시 태어났다. 가게는 순식간에 방향을 잡아 100년이 넘지 않는 고급 물건들을 취급하는 곳으로 자리 잡으면서 매출이 늘었다. 베렝게 씨는 적에게 자신이 부탁하지도 않은 임금 인상을 해 주어 감사해야 하는 굴욕적인 상황에 처했다. 임금 인상은 당신과 할 이야기가 있다는 협박과 함께 이루어졌다. 어머니는 소매를 걷어붙이고 나를 바라보더니 큰 숨을 내쉬었다. 내 인생에 어려운 시기가 다가오고 있음을 틀림없이 직감할 수 있었다.

당시 나는 어머니의 비밀스러운 활동에 대해 전혀 알지 못했다. 집에서는 언제나 직접적인 대면을 피하기 위해 신뢰를 보여 주는 방식으로 메모를 남기는 방법을 택했고, 대화는 정말 다른 방도가 없을 경우에만 했기 때문이다. 어머니가 새로운 막달레나 지랄트[51]처럼 활동한다는 사실을 알아차리기까지 꽤 시간이 걸렸다. 그들은 머리를 찾자마자 돌려주었을 테니 그녀는 남편의 머리를 돌려 달라고 요구하지 않았다. 그녀가 원한 것은 남편을 살인한 자의 머리였다. 수요일마다 집 혹은 가게 일에 상관없이 그녀는 검은색 옷을 입고 사건을 담당하는 유리아가의 경찰서로 향했다. 어머니가 찾아가면 플라센시아 경감은 그녀를 현기증 나게 만드는 담배 연기가 자욱한 사무실로 안내했다. 그녀는 그곳에서 자신을 한 번도 사랑한 적 없는 남편의 죽음에 대한 정의를 요구했다. 인사가 끝나면 매번 아르데볼의 사건에 진전이 있는지 물었고, 그때마다 경감은 자리를 권하지도 않은 채 뻣뻣한 목소리로 아니요, 부인이라고 대답했다. 조사에 진척이 있으면 연락드리겠다고 한 것을 벌써 잊으셨습니까.

"아무런 증거도 남기지 않고 한 사람의 머리를 그렇게 잘라 버리다니 도저히 불가능한 일이에요."

"지금 우리를 무능하다고 꾸짖는 건가요?"

---

51) 스페인 왕위 계승 전쟁(1701~1714)에서 카를 6세의 편에서 싸운 조제프 모라게스 이 마스(Josep Moragues i Mas, 1669~1715) 장군의 아내. 바르셀로나가 펠리페 5세의 지배하에 놓이자 모라게스 장군은 군대를 이끌고 마요르카섬으로 가서 항전을 계획했으나 부하의 배신으로 실패한다. 그 결과 펠리페 5세는 모라게스를 처형하고 그의 머리를 철장에 넣어 바르셀로나 거리에 십이 년 동안 전시했다. 이 기간 부인은 하루도 빠짐없이 거리에서 철장을 치우도록 항의했다고 알려져 있다.

"상급 기관에 사건을 의뢰하는 것을 고려 중이에요."

"협박하시는 겁니까?"

"좋은 하루 보내세요, 경감님."

"부인도 좋은 하루 되시죠. 그리고 다시 한번 말씀드리지만, 조사에 진척이 있으면 연락드리겠습니다."

검은 옷차림의 고 아르데볼 씨의 부인이 사무실을 떠났을 때 경감은 화가 난 듯 책상 맨 위 서랍을 열었다 닫았고, 오카냐 경위는 허락도 없이 사무실에 들어와 또 그 귀찮은 여자였냐고 물었다. 경감은 그토록 우아한 여인의 카스티야어 억양이 괴상한 것이 매우 우스웠지만 차마 아무런 대답을 하지 않았다. 그렇게 이번 수요일, 다음 수요일, 또 다음 수요일을 맞이했다. 매주 수요일은 프랑코 장군이 파르도 왕궁에서 청중을 맞이하는 날이었다. 그때가 바티칸에서는 교황 비오 12세가 훈시를 하는 날이었으며, 플라센시아 경감이 상복 차림의 고 아르데볼 씨의 부인의 넋두리를 들어 주고, 그녀가 떠나고 나면 땀에 젖어 자신의 책상 맨 위 서랍을 온 힘을 다해 여닫는 날이었다.

기약 없는 소식에 지쳤을 무렵 아르데볼 부인은 사설탐정을 고용했다. 탐정 사무실이 너무 작아서 그녀는 몸이 근지러울 지경이었다. 대기실에 놓인 홍보물에 의하면 그는 세계 최고의 탐정이었다. 세계 최고의 탐정은 그녀가 방문할 때마다 한 달치 수고비와 여유 수고비와 예치금을 선지급해야 한다고 했다. 아르데볼 부인은 돈을 지불하고, 더 이상의 방문을 자제했다. 그러나 한 달이 채 지나지 않아 그녀는 불편하기 짝이 없는 대기실에서 기다린 후 여전히 세계 최고인 탐정을 두 번째로 만났다.

"앉으세요, 아르데볼 부인."

세계 최고의 탐정은 자리에서 일어나지 않았다. 그러나 고객이 자리에 편하게 앉을 때까지 기다렸다. 둘 사이에 책상 하나가 놓여 있었다.

"새로운 소식이 있나요?" 궁금증이 가득한 표정으로 그녀가 물었다.

세계 최고의 탐정은 손가락으로 책상 위를 한참 동안 두드렸다. 마음속 리듬에 따라서인지 아닌지 세계 최고 탐정의 생각을 알 길이 없었다.

"그러니까…… 새로운 소식이 있습니까?" 어머니가 안달하며 다시 물었다.

그러나 탐정은 손가락으로 책상을 두드리며 또다시 시간을 보냈다. 그녀는 기침을 하며 목을 가다듬은 다음에 심각한 목소리로 마치 베렝게 씨를 대하듯 말했다. 라미스 씨, 왜 저를 오라고 하셨지요.

라미스. 세계 최고인 탐정의 이름은 라미스였다. 방금 전까지도 그 이름이 기억나지 않았다. 이제야 당신한테 완벽하게 설명할 수 있게 됐네. 라미스 씨는 고객을 바라보더니 사건 조사를 포기하겠다고 말했다.

"뭐라고요?"

"제 말 들으셨잖습니까. 사건 조사를 포기하겠습니다."

"하지만 수락한 지 얼마나 되었다고!"

"한 달 됐습니다, 부인."

"그 결정에 동의할 수 없습니다. 저는 비용을 지불했고, 그에 따른 권리가……."

"계약서를 읽어 보시면……." 그는 통명스럽게 말을 끊었다. "별첨 12장에 보시면 양자 모두 결정을 철회할 권한이 있습니다."

"대체 이유가 무엇이죠?"

"맡은 일이 너무 많습니다."

사무실에 정적이 흘렀다. 전체가 고요했다. 보고서를 작성하는 타자기 소리도 들리지 않았다.

"못 믿겠습니다."

"뭐라고 하셨습니까?"

"지금 거짓말을 하고 계세요. 왜 조사를 관두는 건가요?"

세계 최고의 탐정은 일어나서 가죽으로 된 책상 패드 아래에 있던 봉투 하나를 꺼내 어머니 앞에 내밀었다.

"지불하신 금액을 돌려 드리죠."

아르데볼 부인은 갑자기 자리에서 일어나 경멸 섞인 시선으로 봉투를 바라보더니 그것을 건드리지도 않고 발뒤꿈치를 쿵쾅거리며 그곳을 떠났다. 그녀가 문을 세게 닫고 나가자 가운데 유리가 빠져 연신 덜그럭거리는 소리를 내다 바닥에 떨어지며 산산조각이 났다. 그녀는 잘됐다고 생각했다.

지금 기억하지 못하는 자세한 것들을 빼면 이 모든 것들은 나중에야 알게 되었다. 한편 당시 나는 이미 독일어와 영어로

224

된 복잡한 글들을 읽을 수 있었던 모양이다. 다들 내 능력이 놀랍다고 말했다. 저런. 나에게는 세상에서 가장 평범한 일들 중 하나였다. 그러나 주변을 둘러보면 확실히 나는 언어를 쉽게 배우는 편이었다. 프랑스어는 식은 죽 먹기였고, 이탈리아어는 비록 억양이 틀리기는 해도 읽을 수 있고 제2의 모국어와 다름없이 구사했다. 카탈루냐어와 카스티야어는 물론 『갈리아 전기』 수준의 라틴어도 막힘이 없었다. 러시아어나 아랍어를 시작하고 싶었지만 어머니가 내 방에 들어와 꿈도 꾸지 말라고 말했다. 이미 아는 언어만으로도 충분해. 인생에서 다른 것들도 해야지 언제까지 앵무새처럼 언어만 배울 거니.

"어머니, 앵무새는……."

"나는 내가 무슨 말을 하는지 잘 알아. 너도 마찬가지야."

"잘 모르겠어요."

"음, 그럼 좀 더 노력해 봐!"

나는 노력했다. 두려웠던 것은 어머니가 결정하고자 하는 내 인생의 방향이었다. 내 교육 면에서 아버지의 흔적을 지우고 싶어 하는 모습이 역력했다. 그래서 어머니가 한 선택은 자신만 아는 비밀번호 칠 이 팔 영 육 오로 잠가 둔 금고에서 스토리오니를 꺼내 나에게 주는 거였다. 다가오는 달부터 음악원과 트루욜스 선생의 수업을 그만두고 조안 만예우 밑에서 바이올린을 배우게 될 거라고 말했다.

"뭐라고요?"

"방금 내 말 들었잖니."

"조안 만예우가 누구예요?"

"최고지. 넌 이제 거장으로서의 길을 걷게 되는 거야."

"그것을 전문으로 하고 싶지는……."

"너는 네 자신이 무엇을 원하는지 모르는구나."

여기서 어머니의 생각은 잘못되었다. 나는 내가 무엇이 되고 싶은지……. 물론 아버지가 짠 교육 프로그램이 모두 마음에 들지는 않았다. 하루 종일 세상을 논하는 글들을 공부하고, 교양을 가까이하고, 문화를 생각하는 것 말이다. 아니, 실은 나를 만족시키지 못했다. 그러나 독서와 새로운 언어를 배우는 것은 좋아했다……. 음, 그랬다. 내가 무엇을 원하는지 몰랐다 치더라도 내가 무엇을 원하지 않는지는 알았다.

"거장의 길을 걷고 싶지 않아요."

"만예우 선생은 네가 그만한 실력이 된다고 하셨단다."

"그 사람이 어떻게 알아요? 마법이라도 쓸 줄 안다는 말인가요?"

"네 연주를 들었단다. 네가 연습하는 동안, 그것도 몇 번씩이나."

알고 보니 어머니는 그를 고용하기 전 그의 허락을 받아 내기 위해 치밀하게 계획을 세웠다. 내가 집에서 연습하는 시간에 그를 초대해 차를 대접했고, 아주 조심스럽게 최대한 대화를 적게 나누면서 내 소리를 들어 보게 했다. 만예우 선생은 자신이 원하는 것은 무엇이든 요구할 수 있겠다는 사실을 금방 눈치채고 실행에 옮겼다. 그럼에도 어머니는 흔들림 없이 그를 고용했다. 너무 서두르는 바람에 아드리아의 허락을 구하는 것을 소홀히 하고 말았다.

"트루욜스 선생님께는 뭐라고 말씀드려야 하죠?"

"트루욜스 선생님은 이미 알고 계셔."

"그래요? 뭐라시던가요?"

"너를 두고 다이아몬드 원석이라고 하셨다."

"싫어요. 잘 모르겠어요. 저는 고통받고 싶지 않아요. 싫어요. 정말 결심했어요. 하고 싶지 않아요." 몇 번 되지는 않지만 그 순간 어머니에게 고함을 질렀다. "제 말을 이해하시겠어요, 어머니? 싫다고요!"

새로운 달이 시작되었고, 나는 만예우 선생과 수업을 시작했다.

"너는 훌륭한 바이올린 연주자가 될 거야. 그렇고말고."

혹시 모르니 스토리오니를 집에 두고 파라몬에서 구입한 새 바이올린을 들고 다니겠다고 어머니를 설득했을 때 어머니는 말했다. 아드리아 아르데볼은 제2차 교육 과정을 체념과 함께 시작했다. 어느 때부터인가 그는 집을 나와 도망가겠다는 꿈을 품게 되었다.

12

아버지의 죽음 이후 이런저런 일들 와중에서 나는 며칠 동안 학교에 가지 않았다. 토나에서도 사촌들과 몇 주간 시간을 보냈는데 이상한 느낌이었다. 그들은 놀라울 만큼 조용한 편이었고, 내가 보고 있지 않다는 느낌이 들 때면 나를 의심의 눈초리로 바라보았다. 어느 순간 셰비와 키코가 작은 목소리로 목 잘린 머리에 대해 하는 이야기를 들었다. 작은 목소리긴 했지만 넘치는 에너지로 집 구석구석 그 소리가 들렸다. 한편 아침 식사 시간이면 로사가 자기 형제들이 빵을 가져가기 전에 가장 큰 조각을 나에게 주었다. 레오 숙모는 내 머리를 여러 번 쓰다듬어 주었고, 나는 토나의 레오 숙모 곁에서 눌러 살 수는 없을까 생각했다. 마치 인생이 바르셀로나를 벗어난 곳에서 영원히 여름을 보내는 것이라도 되는 양 말이다. 그 마법 같은 곳에서는 마음대로 무릎에 때를 묻힐 수 있고, 아무도 그에 대해 잔소리를 하지 않을 것이다. 신토 삼촌의 경우 탈곡기의 먼지나 진흙이나 비료 찌꺼기를 뒤집어쓴 채 집에 돌아올 때면 남자가 울면 안 된다는 생각에 시선을 아래로 깔고 있었지만 형의 죽음으로 인해 상당히 충격을 받은 게 분명했다. 죽음과 죽음을 둘러싼 정황 모두로 인해.

집에 돌아왔을 때, 그리고 대가 조안 만예우의 영향력이 내 삶을 조각해 나가기 시작했을 때 나는 학교로 돌아가 아버지 없는 고아라는 공식적인 지위를 얻게 되었다. 클리멘트 형제는 코담배 때문에 노래진 손가락으로 내 등을 아플 만큼 꼬집으며 나를 교실로 데려갔다. 이는 나름의 애정, 배려, 조의를 표하는 방식이었다. 교실에 도착하자 그는 자비로운 손짓으로 나를 들여보냈다. 교사들이 이미 상황을 알았기 때문에 학기가 시작되었지만 괜찮다고 했다. 교실에 들어가니 마흔 세 쌍의 호기심 가득한 눈이 나를 쳐다보았다. 중간에 말이 끊긴 맥락을 짐작컨대 주어와 직접 목적어의 미묘한 차이를 설명 중이던 바디아 선생님은 말했다. 아르데볼, 들어와서 앉아. 칠판에 후안이 페드로에게 편지를 쓴다라고 적혀 있었다. 내 책상에 앉기 위해 교실 전체를 지나야 해서 나는 매우 당황스러웠다. 베르나트가 나와 같은 수업을 들으면 좋겠다고 생각했지만 불가능한 일이었다. 내가 여전히 직접 목적어, 간접 목적어와 같이 라틴어 시간에도 설명을 들은 시시껄렁한 이야기를 들으며 첫 해를 보내는 반면, 그는 2학년 학생이었기 때문이다. 아직도 그것을 이해 못 하는 학생이 있다는 사실이 매우 놀라웠다. 률 학생, 직접 목적어가 뭐지?

"후안이요." 잠시 정적이 흘렀다. 바디아 선생님은 의연했다. 조심스럽고, 무언가 잘못되었다고 생각한 룰은 깊이 생각하더니 고개를 들었다. "페드로요?"

"아니. 이거 난감하군. 아무것도 이해하지 못했잖아."

"잠시만요. 쓴다!"

"앉아라. 절망적이군."

"아, 이제 알았어요! 선생님, 이제 알았어요. 편지예요! 그렇죠?"

직접 목적어에 대한 설명이 끝나고 어둡고 혼란스러운 간접 목적어의 세계로 들어갔을 때 아이들 네다섯 명이 아까부터 나를 주시하고 있다는 사실을 알아차렸다. 책상 배치로 보아 마사나, 에스테반, 리에라, 토레스, 에스카이올라, 푸졸, 그리고 아마 보렐이었는데 왜냐하면 내 뒤통수가 가려웠기 때문이다. 혹시 그 시선은…… 존경의 표시일까 생각해 보았다. 아마 여러 가지가 섞인 복합적인 감정이었을 것이다.

"이봐." 쉬는 시간에 보렐이 말을 걸어왔다. "같이 놀자." 하지만 놀이를 망치는 것이 걱정되었는지 다시 말했다. "그러니까, 중간을 막고 서 있어, 상대편에 방해가 되도록. 알았지?"

"나는 축구를 좋아하지 않아."

"봤지?" 외교 사절단 중 한 명이었던 에스테반이 날름 말했다. "아르데볼은 바이올린을 좋아해. 마리카[52]라고 말했잖아."

---

52) Marica. 카스티야어로 동성애자나 행동이 나약하고 씩씩하지 못한 남성을 비하하여 이르는 말이다.

그리고 그들은 얼른 자리를 떴다. 외교 사절단 없이 경기가 시작되었기 때문이다. 보렐은 포기하고 내 등을 몇 번 두드리더니 소리 없이 물러났다. 1학년, 2학년, 3학년은 언제나 좁은 운동장에 한데 섞여 수십 가지 놀이를 하면서도 서로 공을 헷갈리는 법이 없었고, 나는 그 무리들 사이로 베르나트를 찾아 나섰다. 마리카, 소문자가 아닌 대문자로 쓰는 마리카는 무슨 뜻일까. 러시아인들은 마리아를 마리카라는 이름으로 부르는데 에스테반이 러시아어를 알 리가 없었다.

"마리카라고?" 베르나트는 먼 곳을 바라보았고, 축구하는 아이들의 흥분한 괴성에도 불구하고 생각을 멈추지 않았다. "아니야. 러시아인들은 마리아를 마리카라고 해."

"그건 이미 알아."

"그럼 사전을 한번 봐. 내가 너에게 전부 다 설명해 줄 수는……."

"그럼 그걸 안다는 거야 모른다는 거야?"

그날따라 날씨가 더 추웠고, 많은 사람들의 손과 허벅지가 추위에 갈라졌다. 베르나트와 나를 제외하고 말이다. 우리는 트루욜스 선생님이 지시한 대로 장갑을 늘 끼고 다녔다. 동상에 걸릴 경우에 바이올린을 켜기가 참을 수 없이 고통스러웠기 때문이다. 그에 비하면 갈라진 허벅지는 그다지 문제가 되지 않았다.

아버지의 죽음 이후 학교에서의 처음 며칠은 특별했다. 무엇보다도 리에라가 아버지의 머리에 대해 공개적으로 이야기한 다음에 이것은 누구도 대신 얻어 줄 수 없는 특권적 지위를 나에게 안겨 주었다. 아이들은 내 좋은 성적마저 용서했고, 나는 그들과 같은 보통 아이가 될 수 있었다. 그리고 선생님들이 질문했을 때 푸졸이 더 이상 모든 질문에 대답해야 할 아이로 나를 지목하지 않았다. 대신 모두가 답을 모른다는 듯 행동했고, 그제야 발레로 신부님이 그 상황을 끝내기 위해 아르데볼하고 부르면 결국 내가 대답하게 되었다. 이전과 다른 현실이었다.

비록 마리카의 뜻이 무엇인지 모른다고 인정하기 싫어했지만 아버지가 돌아가신 이후로 특히 베르나트는 내 삶의 기준점이 되었다. 나와 함께했고, 삶의 편안함을 느끼게 해 주었다. 그 역시 다소 특별한 아이였기 때문이다. 베르나트는 학교에서 싸우고, 낙제하고, 4~5학년 중 몇몇처럼 학교에 숨어서 담배를 피우거나 하는 보통 아이들과 달랐다. 다른 학년이고 학교에서 자주 만나지 못한다는 사실은 우리의 우정을 더욱 비밀스럽고 비공식적인 것으로 만들었다. 하지만 그날 내 침대에 앉아 이야기를 들은 그는 매우 놀라 눈물을 글썽이고 있었다. 방금 들은 이야기는 감당하기에 너무 벅찼기 때문이다. 그는 증오에 차서 나를 바라보더니 그건 배신이야라고 말했다. 나는 아니야, 베르나트, 우리 어머니의 결정이야라고 대답할 수밖에 없었다.

"꼭 어머니의 결정에 따라야 해? 트루욜스 씨와 공부하지 않으면 안 된다고 해 볼 수 있잖아. 그러지 않으면……."

그러지 않으면, 그러지 않으면 우리는 수업에 같이 갈 수 없잖아라고 말하려 했을 것이다. 그러나 말을 끝맺지 않았다. 어린아이처럼 보이기 싫었을 것이다. 멈추지 않는 눈물이 어떤 말보다도 베르나트의 마음을 잘 설명해 주었다. 다 자란 어른인 것처럼 굴려는 어린아이로 지내기는 굉장히 힘들다. 어른이 되어서 신경 쓰는 것들에 대해 벌써 생각하기 시작하거나 자연스럽게 신경이 쓰이지만 그것이 알려질 경우 남들이 비웃거나 베르나트, 아드리아, 너희는 어린아이들이야라고 하는 경우들 때문에 관심이 없는 척하기가 쉽지 않다. 에스테반 같은 경우에 계집애, 아주 작은 계집애 같으니라고 했을 것이다. 아니, 이제는 마리카라고, 마리카보다 더하다고 했겠지. 수염이 자라는 만큼 삶 또한 쉽지 않다는 것이 분명해지고 있었다. 하지만 아직은 믿기 어려울 정도로까지 어렵지는 않았다. 아직 당신을 만나기 전이었으니까.

우리는 조용히 간식을 먹었다. 작은 롤라가 벌써 초콜릿 두 조각씩을 각각 나누어 주었다. 한참 동안 우리는 아무 말도 없이 침대에 앉아 복잡한 미래를 생각하며 빵을 씹었다. 그러고 나서 아르페지오를 연습하기 시작했고, 내 악보에 없지만 베르나트의 연주를 따라 하면서 좀 더 재밌게 연습을 하려고 했다. 그러나 우리 둘은 슬픔에 잠겨 있었다.

"이것 좀 봐. 보라고!"

베르나트는 깜짝 놀라서 활을 보면대에 놓아두고 아드리아의 방에 있던 창문으로 향했다. 세상은 변했고, 슬픔이란 더 이상 그리 나쁜 것이 아니었다. 그의 친구는 바이올린 선생님과 원하는 무엇이든 할 수 있었다. 그의 피는 다시 흐르고 있었다. 베르나트는 건물 내부의 정원을 가로질러 창문을 바라보고 있었다. 불은 켜지고 커튼은 닫혀 있었다. 아무것도 걸치지 않은 여인의 상반신이 보였다. 알몸이라고? 누구야? 누군데?

작은 롤라였다. 롤라의 방이었다. 작은 롤라의 벗은 모습이었다. 와우. 허리 위쪽으로. 옷을 갈아입고 있었다. 외출하려는 모양이었다. 옷을 다 벗었다고? 아드리아가 생각하기에…… 정확히는 보이지 않았지만 닫혀 있는 커튼이 기분을 더욱 묘하게 만들었다.

"이웃집이야. 누구인지는 나도 모르겠어." 나는 무심하게 대답했다. 그러고는 열여덟 번째 마디에 있는 업비트를 먼저 연주하기 시작했다. 이번에는 베르나트가 나를 따라오도록 하기 위해서였다. "얼른 이리 와, 되는지 한번 해 보자고."

베르나트는 롤라가 옷을 다 입을 때까지 자리로 금방 돌아오지 않았다. 연습은 순조롭게 이루어졌다. 하지만 아드리아는 친구의 격정에 마음이 상했고, 자신이 롤라의 모습을 본 것에 불편함을 느꼈다……. 여자의 가슴은……. 그때 나는 여자의 가슴을 처음 보았다. 만일 커튼을 치지 않았더라면…….

"나체의 여자를 본 적이 있어?" 연습이 끝났을 때 베르나트가 물었다.

"너는 방금 봤잖아, 그렇지?"

"음, 거의 못 본 거나 마찬가지야. 내 말은 정말로 보는 거 말이야. 그리고 전부 말이지."

"트루욜스 선생님이 벗은 모습을 상상해 보면 어때?"

나는 작은 롤라에 대한 관심을 돌리기 위해 다른 사람 이야
기를 꺼냈다.

"말도 안 되는 소리!"

사실 나는 수백 번을 상상했다. 모습이 아름다워서가 아니
었다. 그녀는 나이 들고 깡마른 데다 손가락도 길었다. 그러나
목소리가 아름다웠고, 누군가에게 말을 건넬 때면 눈을 쳐다
보았다. 다만 내가 벗은 몸을 상상한 것은 그녀가 바이올린을
켤 때였다. 그녀가 내는 악기 소리가 너무나 사랑스러웠기 때
문이었고, 그래서……. 나는 언제나 모든 것을 뒤죽박죽 섞어
버린다. 이건 자랑스러운 일이 아니다. 오히려 체념에서 나오
는 말이다. 아무리 노력해도 빈틈없는 상상의 조각을 만들어
내지 못했고, 지금 당신에게 편지를 쓰는 가운데 모든 것을 섞
듯이 내 눈물과 잉크도 한데 섞이고 있다.

"너무 걱정하지 마, 아드리아." 트루욜스 선생님이 말했다.
"만예우는 훌륭한 바이올린 연주자야." 그리고 내 머리를 어
루만져 주었다. 마지막 수업으로 브람스의 소나타 1번을 느린
템포로 연주하도록 했다. 연주를 마쳤을 때 선생님은 내 이마
에 입을 맞추었다. 트루욜스 선생님은 그런 사람이었다. 그리
고 나는 그녀가 만예우를 훌륭한 바이올린 연주자라고 했지
만 걱정 마, 그는 훌륭한 스승이야라고 말하지 않았다는 사실
을 알아차리지 못했다. 베르나트는 심각한 표정으로 터져 나
오는 울음을 간신히 참고 있었다. 나야말로 눈물을 조금 흘렸
다. 이런 일이. 분명히 지나친 슬픔 때문에 벌어진 일이었을
것이다. 베르나트의 집 앞에 도착했을 때 아드리아가 스토리

오니를 줄게 하자 베르나트는 정말이야? 아드리아는 그렇고
말고, 나에 대한 좋은 기억으로 간직해 줬으면 좋겠어. 베르나
트는 믿을 수 없다는 듯 질문을 반복했다. 정말이야? 아드리
아는 그럼, 믿어도 좋아. 너희 어머니는 어떻게 하고? 그거에
신경 쓸 여유가 없으서. 하루 종일 가게에 계시거든. 다음 날
베르나트는 콘셉시오 성당의 정오 미사 종소리처럼 두근거리
는 심장 소리를 들으며 집에 돌아왔다. 어머니, 놀랄 만한 게
있어요. 그리고 바이올린 케이스를 열었다. 플렌사 부인은 의
심할 여지 없는 골동품의 기운을 느낄 수 있었고, 감정이 격해
져서 아들아, 이 바이올린은 어디에서 났니 물었다. 그는 아무
렇지 않은 척하며 도로시의 그 말은 어디에서 구한 거예요라
는 물음에 답하는 카시디 제임스처럼 말했다.

"말하자면 길어요."

사실이었다. 유럽에는 불탄 화약과 돌무덤으로 변해 버린
장벽의 냄새가 진동했다. 로마는 상태가 더 심각했다. 그는 발
길을 재촉하는 미국산 지프가 지나가도록 물러섰다. 파헤쳐
진 길을 달리느라 차가 심하게 흔들렸지만 모퉁이에서도 속
력을 줄이지 않았다. 그리고 차는 성 사비나 성당까지 빠른 속
도로 달렸다. 그곳에서 모를린은 그에게 쪽지를 전해 주었다.
정의평화평의회.[53] 팔레그나미 씨로 불리는 관리인은 위험할
수도 있다고 경고했다.

"위험하다니 이유가 뭐지?"

---

53) 로마 교황청 소속인 열두 개의 평의회 중 하나.

"그는 보이는 게 전부가 아닌 사람이야. 많은 문제를 안고 있어."

펠릭스 아르데볼이 바티칸 외곽이자 보르고 한가운데에 위치한 그 정체불명의 바티칸 사무소를 찾는 데는 그리 오래 걸리지 않았다. 뚱뚱하고, 키가 크고, 아주 큰 코를 가진 남자가 문을 열어 주었다. 그리고 꿰뚫을 듯한 눈빛으로 바라보며 누구를 찾아왔는지 물었다.

"유감스럽게도 당신을 만나러 왔소, 팔레그나미 씨."

"유감스럽다는 이유가 뭡니까? 내가 무서운 모양이지요?"

"그냥 말이 그렇다는 거요." 펠릭스 아르데볼은 억지웃음을 지었다.

"내게 보여 줄 흥미로운 것이 있다고 들었는데."

"6시가 넘으면 사무실이 문을 닫소." 다소 우울한 빛이 새어 나오는 유리문을 머리로 가리키며 그는 대답했다. "밖에서 잠시 기다리시오."

6시가 되자 세 명의 남자가 그곳을 나왔고, 그중 한 명은 사제복 차림이었다. 펠릭스는 마치 연인과 밀회를 즐기러 온 기분이었다. 그가 여전히 희망과 꿈을 품었던, 아마토 씨의 과일 가게에 가득한 사과들이 지상낙원을 연상시켰던 몇 년 전의 로마에서처럼 말이다. 꿰뚫을 듯한 시선을 가진 남자가 다시 고개를 내밀더니 그에게 손을 흔들어 보였다.

"당신 집에 가는 것이 아니었소?"

"여기가 내 집입니다."

그들은 엄숙하게 계단을 올라갔다. 바깥은 거의 어두워졌다. 남자는 계단을 오르느라 숨을 헉헉거렸고, 그의 발소리가 사무실 전체에 메아리쳤다. 3층에 도착해 긴 복도가 나타나자 갑자기 문을 열더니 침침한 불을 켰다. 환기가 되지 않아 숨이 턱 막힐 듯한 공기가 밀려왔다.

"들어가시죠." 그가 말했다.

좁은 침대, 짙은 색 나무 옷장, 벽돌로 막힌 창문, 그리고 싱크대 하나가 놓여 있었다. 남자는 옷장을 열고 깊숙한 곳에서 바이올린 케이스를 꺼내 왔다. 침대를 책상처럼 사용했다. 그가 케이스를 열었다. 펠릭스 아르데볼은 처음으로 그 악기를 보았다.

"스토리오니입니다."

남자는 다소 긴장한 눈빛이었다.

스토리오니라. 사실 그 이름은 펠릭스 아르데볼에게 아무런 의미가 없는 것이나 마찬가지였다. 그는 로렌초 스토리오니가 악기를 완성했을 때 그것을 쓰다듬은 후 악기의 떨림을 느끼고 실력 있는 장인 조시모에게 악기를 보여 주기로 결심한 사실을 몰랐다.

불안한 눈빛을 한 남자는 책상 위 전등을 켰다. 그리고 펠릭스에게 좀 더 가까이에서 보도록 권했다. 라우렌티우스 스토리오니 크리모넨시스 메 페킷 1764. 그는 크게 소리 내어 읽었다.

"진품인지 어떻게 압니까."

"미화로 5만 달러입니다."

"그건 증거가 아니오."

"가격입니다. 내 경제 사정이 좋지 않아……."

주머니 사정이 좋지 않다는 사람은 수없이 봐 왔다. 그러나 어떤 곤궁도 전쟁의 막바지 무렵이었던 1938년 혹은 1939년에 비할 바가 아니었다. 그는 바이올린을 남자에게 돌려주고 가슴속 깊은 곳에서 밀려오는 공허함을 느꼈다. 육칠 년 전 니콜라 갈리아노의 비올라를 손에 넣었을 때와 정확히 같은 기분이었다. 사업을 해 나갈수록 그의 손에서 생명으로 고동치며 그 자체로 자신의 가치를 증명하는 물건을 입수하는 경우가 늘어났다. 그것은 물론 물건이 진품이라는 증거가 될 수 있었다. 하지만 아르데볼은 높은 가격을 지불해야 하는 상황에서 직감과 낭만적인 심장 박동에만 의존할 수는 없었다. 그는 차가운 이성을 유지하려 애쓰며 빠르게 계산했다. 그리고 미소를 띠면서

"내일 대답을 가지고 돌아오겠소."

대답이라기보다 전쟁 선포였다. 그날 밤 그는 브라만테의 자기 방에서 모를린 신부와 촉망받는 젊은이 베렝게를 만나는 데 성공했다. 청년은 키가 크고 말랐으며 진중하고 꼼꼼했다. 그리고 많은 것들에 전문가인 듯 보였다.

"아르데볼, 조심해." 모를린 신부가 거듭 강조했다.

"이봐 친구, 어떤 식으로 삶을 꾸려야 하는지 나도 이제는 좀 알게 되었다고."

"겉으로 보이는 것과 현실은 달라. 협상을 통해 수입을 올려. 그러나 그자를 욕보이지는 마. 위험해."

"내가 무슨 일을 하는지는 잘 알아. 자네도 이미 봤잖아, 안

그래?"

모를린 신부는 더 이상 채근하지 않았다. 다만 만남의 나머지 시간 동안 침묵을 지켰다. 촉망받는 젊은이인 베렝게는 로마에서만 현악기 장인을 세 명 알고 있었지만 그중에 사베리오인가 뭔가 하는 자만 믿을 만하다고 생각했다. 다른 두 명은…….

"내일 그자를 데려오게."

"제게 존대를 해 주세요, 아르데볼 씨."

다음 날 베렝게 씨, 펠릭스 아르데볼, 사베리오 아무개가 불안한 눈빛을 한 남자의 방문을 두드렸다. 그들은 동시에 미소를 지으며 들어섰고, 방 안에서 스며 나오는 악취를 인내심을 가지고 견뎠다. 사베리오 아무개 씨는 바이올린을 가지고 냄새를 맡고 돋보기로 들여다보고 의사의 진찰 가방에서 꺼낸 기구들로 알 수 없는 진찰을 삼십여 분간 계속했다. 그리고 연주를 해 보았다.

"모를린 신부님께서 당신들은 믿을 만한 사람들이라더군요." 팔레그나미 씨가 참지 못하고 말했다.

"나를 믿어도 좋아요. 하지만 바가지를 쓰고 싶지는 않소."

"결코 과장된 가격이 아닙니다. 합당한 가격이지요."

"나는 당신이 부르는 가격 말고 합당한 가격을 지불할 겁니다."

팔레그나미 씨는 '만일의 경우'라고 이름 붙여진 작은 수첩을 들더니 무언가를 적었다. 그는 수첩을 덮고서 조바심이 난 아르데볼의 눈을 바라보았다. 방에 창문이라고는 없었기 때문에 그들의 시선은 어쩔 수 없이 아무개 박사를 향했다. 그는 귀에 청진기를 꽂고 상단과 측면의 나무를 가볍게 두드려 보고 있었다.

그들은 저녁이 되어서야 그 침울한 방을 빠져나왔다. 아무개 박사는 앞을 바라보고 혼잣말을 하며 빠르게 걸음을 옮겼다. 펠릭스 아르데볼은 전혀 관심 없다는 듯 구는 베렝게 씨를 의심의 눈초리로 바라보았다. 크레센치오가에 도착했을 때 베렝게 씨는 머리를 젓더니 걸음을 멈추었다. 나머지 두 명도 따라서 멈춰 섰다.

"무슨 일이오?"

"안 됩니다. 너무 위험한 일이에요."

"진품 스토리오니에요." 사베리오 아무개 씨는 힘주어 말했다. "그리고 더 얘기드릴 것이 있습니다."

"베렝게 씨, 무엇이 위험하다는 겁니까?" 펠릭스 아르데볼은 다소 굳은 표정의 청년이 마음에 들기 시작했다.

"짐승이 궁지에 몰리면 목숨을 구하기 위해 무슨 짓이라도 합니다. 하지만 나중에 무는 수가 있죠."

"어떻게 생각하십니까, 아무개 씨?" 펠릭스는 현악기 장인을 향해 차갑게 돌아서며 물었다.

"더 얘기드릴 것이 있습니다."

"그럼 말해 보시오."

"그 바이올린은 이름이 있어요. 비알이라고 합니다."

"뭐라고 했습니까?"

"비알이요."

"무슨 말인지 도대체 모르겠군요."

"그것이 악기 이름이란 말입니다. 이름이 그래요. 어떤 악기들은 고유의 이름을 갖고 있어요."

"그러면 값이 더 비싸집니까?"

"그런 게 아닙니다, 아르데볼 씨."

"아니긴 뭐가 아닙니까. 더 비싸지는 것이지요?"

"그가 가장 처음 만든 바이올린입니다. 당연히 값을 매길 수 없을 정도로 비싸지요."

"누가 제작한 겁니까?"

"로렌초 스토리오니입니다."

"그 이름은 어디에서 온 겁니까?" 호기심이 절정에 달한 베렝게 씨가 물었다.

"장마리 르클레르를 살해한 기욤프랑수아 비알이요."

아무개 씨의 손짓은 펠릭스로 하여금 신성한 선의 무한함에 대해 설교하던 성 도미니크를 떠올리게 했다. 기욤프랑수아 비알은 마차에 탄 사람이 자신을 볼 수 있도록 어둠에서 빠져나왔다. 마부는 바로 그 앞에서 마차를 세웠다. 그는 문을 열고 비알을 태웠다.

"안녕하시오." 라 기테가 말했다.

"이제 저에게 넘기시지요, 라 기테 선생. 삼촌이 가격에 동의했습니다."

라 기테는 자신의 예지력이 자랑스러운 듯 속으로 웃었다. 그리고 거래에 쐐기를 박기 위해 다시 말했다.

"5000플로린입니다."

"5000플로린이지요." 비알은 그를 안심시키듯 말했다.

"내일이면 그 유명한 바이올린 스토리오니는 당신의 소유가 될 겁니다."

"나를 속이려 들지 마시오, 라 기테 씨. 스토리오니는 유명하지 않습니다."

"이탈리아에서도, 나폴리에서도, 피렌체에서도…… 온통 스토리오니 이야기뿐이오."

"크레모나는 어떻소?"

"베르곤치가와 다른 자들은 이 새로운 공방의 출현이 전혀 달갑지 않은 모양이더군요. 모두 스토리오니를 새로운 스트라디바리라고 얘기하고 있으니까요."

그들은 무심하게 서너 가지 주제에 대해 더 이야기했다. 예를 들면 이를 계기로 하늘로 치솟는 악기 가격이 좀 내렸으면 좋겠다는 등의 이야기였다. 맞는 말이다. 그들은 작별 인사를 했다. 비알은 이번에 거래가 성사될 거라는 확신을 가지고 라 기테의 마차에서 내렸다.

"내 사랑하는 삼촌……!"(프랑스어) 그는 다음 날 아침 일찍 그의 방을 찾으며 소리쳤다. 장마리 르클레르는 고개를 들 생각조차 하지 않았다. 그저 벽난로의 불길을 바라보고 있을 뿐이었다.

"내 사랑하는 삼촌……!"(프랑스어) 비알은 좀 더 풀 죽은 목소리로 다시 말했다.

르클레르는 반쯤 몸을 돌렸다. 눈을 바라보지 않은 채 그는 바이올린을 가지고 있는지 물었다. 비알이 책상 위에 올라앉았다. 르클레르는 곧 악기로 손을 가져갔다. 벽에 걸린 그림에서 매부리코를 한 시종이 바이올린을 손에 들고 모습을 드러냈다. 르클레르는 자신이 작곡한 소나타 세 곡 중 일부분을 연주하며 스토리오니가 낼 수 있는 모든 소리를 찾는 데 시간을 보냈다.

"굉장하구나." 연주가 끝나고 말했다. "얼마를 줬니?"

"1만 플로린이요. 그리고 이런 보물을 찾아낸 데 대한 대가로 500을 더 얹어 줘야 해요."

위압적인 태도로 르클레르는 하인을 밖으로 내보냈다. 그리고 조카의 등에 손을 얹더니 미소를 지었다.

"이 개자식. 도대체 누굴 닮았는지, 썩은 암캐 새끼. 네 어미냐, 아니면 한심한 네 아비냐. 도둑에 사기꾼 같으니."

"왜 그러세요? 저는 그저……." 시선을 받아넘기며 그가 말했다. "좋아요. 그럼 웃돈은 생략하죠."

"수년 동안 나를 그렇게 등쳐 먹었는데 내가 너를 믿겠니?"

"그럼 저한테 왜 이 일을……."

"시험해 보았다. 재수 없고 더러운 멍청한 개자식 같으니라고. 이번엔 감옥행을 면치 못할 거야." 잠시 후 그는 좀 더 힘주어 말했다. "내가 이 순간을 얼마나 기다렸는지 모를 거다."

"언제나 내 일이 잘 안 풀리기를 바랐죠, 장 삼촌. 나에 대한 질투 때문인가요."

르클레르는 그를 낯선 듯 바라보았다. 그리고 조금 있다가

"이 재수 없는 놈아, 내가 뭣 땜에 너를 질투해?"

딱따구리처럼 얼굴이 벌게진 비알은 이성을 잃고 어쩔 줄 몰

라 했다.

"자세한 이야기는 하지 않는 편이 좋겠어요." 무슨 말이든 해야겠다 싶어 던진 말이었다.

르클레르는 경멸이 담긴 시선으로 바라보았다.

"나는 자세한 이야기를 하는 게 좋아. 체격? 키? 친화력? 공감 능력? 재능? 도덕적 위상?"

"장 삼촌, 이야기를 그만 끝내죠."

"대화는 내가 끝내고 싶을 때 끝내는 거야. 지능? 교양? 재력? 건강?"

르클레르는 바이올린을 들고 즉흥으로 피치카토를 연주했다. 그는 존경심을 가지고 악기를 살폈다.

"바이올린이 아주 좋구나. 그런데 그게 무슨 대수라고? 알겠니? 그저 너를 감옥에 보내고 싶을 뿐이야."

"정말 악독한 삼촌이군요."

"너 같은 개자식의 본모습을 내가 드디어 밝혀낸 것뿐이야. 그거 아니?" 그는 조카의 얼굴에 반 뼘쯤 거리를 두고 바짝 다가가 과장되게 웃음을 터뜨렸다. "바이올린은 내가 보관하마. 그 대신 라 기테가 제시한 가격에 말이야."

작은 종이 매달린 종을 울리자 안쪽 문으로 매부리코의 하인이 들어왔다.

"경감에게 연락하게. 편한 시간에 오시라고." 조카에게 말했다. "앉아. 베자르 씨를 기다려야 하니까."

그들은 결국 자리에 앉지 않았다. 앉기 직전 기욤프랑수아 비알은 벽난로 앞을 지나 쇠꼬챙이를 집어 들더니 그것을 친애하는 삼촌의 머리에 내리꽂았다. 첫째라고도 알려진 장마리 르클레르는 아무 말을 할 수 없었다. 비명조차 지르지 못한 채 쓰러졌고, 머리에는 여전히 꼬챙이가 꽂혀 있었다. 바이올린 케이스에 피가 몇 방울 튀었다. 비알은 숨을 크게 쉬더니 깨끗한 손을 외투에 슥슥 문질렀다. 이 순간을 내가 얼마나 기다렸는지 모르시죠, 장 삼촌. 그는 주변을 둘러보고는 바이올린을 들어 피 묻은 케이스에 집어넣었다. 그리고 테라스 쪽으로 난 창을 통해 그곳을 빠져나왔다. 대낮에 도주하는 동안 그는 가까운 시일 내에 라 기테에게 형식적 방문이라도 해야 한다는 생각이 들었다.

"내가 알기로는" 여전히 길 한가운데에 서 있던 아무개 씨가 말을 이었다. "그 바이올린은 한 번도 제대로 연주된 적이 없습니다. 스트라디바리우스의 메시아처럼 말이죠. 내 말을 이해하시겠습니까?"

"전혀." 조급해진 아르데볼이 대답했다.

"내 말은 그 사실이 이 바이올린을 더 값어치 있게 만든다는 겁니다. 악기를 제작한 바로 그해 기욤프랑수아 비알은 악기를 잃어버리고 맙니다. 물론 연주되었을 수도 있겠지만 나는 그런 기록을 본 적이 없어요. 그 악기를 여기서 찾게 될 줄이야. 그 바이올린은 돈으로 환산할 수 없는 가치를 지녔습니다."

"그게 바로 내가 듣고 싶었던 말입니다, 친애하는 박사님.(이탈리아어)"

"정말 처음 보시는 겁니까?" 궁금함을 참지 못하겠다는 듯 베렝게 씨가 말했다.

"그래요."

"저라면 그냥 구매하지 않겠습니다, 아르데볼 씨. 굉장히 높은 가격이에요."

"그만한 값어치를 합니까?" 아르데볼은 아무개 씨를 쳐다보며 물었다.

"수중에 돈이 있다면 틀림없이 그 가격을 지불했을 겁니다. 소리가 정말 아름답더군요."

"나에게 소리는 그렇게 중요하지 않아요."

"그리고 아주 특별한 상징적 의미를 지녔지요."

"그건 중요하지요."

"이제 그 악기를 주인에게 돌려주자."

"하지만 나한테 선물로 준 거예요. 정말이라고요, 아버지!"

플렌사 씨는 외투를 걸치고 아주 조심스럽게 아내에게 눈짓을 해 보이더니 바이올린 케이스를 집어 들었다. 그리고 다소 강압적으로 고개를 저으며 베르나트에게 따라오라고 지시했다.

베르나트의 음울한 생각을 따라 침묵의 장례 행렬은 볼품없이 작은 관을 운반했다. 그는 어머니 앞에서 바이올린에 대해 자랑하며 진품 스토리오니라고 확인시켜 주던 순간을 저주했다. 비밀을 지킬 줄 모르는 어머니는 아버지가 도착하자마자 말했다. 조안, 얘가 뭘 가지고 있는지 좀 봐. 플렌사 씨는 악기를 쳐다보았다. 그리고 살펴보았다. 몇 초간 침묵한 후 그는 망할, 이걸 어디에서 났니?

"소리가 무척 아름다워요, 아버지."

"그래, 그런데 어디에서 났는지 물어보고 있잖아."

"조안, 제발!"

"빨리 말해, 베르나트. 농담이 아니야." 마음이 다급해진 그는 "어디에서 난 거야."

"아무 데서도 아니에요. 제 말은 누가 준 거예요. 악기 주인이 저한테 줬어요."

"그 어리석은 주인이 대체 누구냐고."

"아드리아 아르데볼이요."

"아르데볼의 바이올린이란 말이야?"

침묵이 흘렀다. 어머니와 아버지는 재빨리 눈빛을 교환했다. 아버지는 한숨을 쉬더니 바이올린을 케이스에 집어넣은 후 어서 악기를 주인에게 돌려주러 가자고 말했다.

13

나는 문을 열어 주었다. 어머니보다 한참 젊은 여성이 서 있었다. 키가 크고 부드러운 눈빛에 립스틱을 바른 입술. 그녀는 나를 보자 친절한 미소를 지었고, 나는 그런 그녀가 마음에 들었다. 아니, 마음에 든 것 이상이었다. 정확히는 되돌릴 수 없을 만큼 사랑에 빠져 버렸고, 그녀의 벗은 몸을 보고 싶은 마음이 강하게 들었다.

"네가 아드리아니?"

어떻게 내 이름을 알았지? 그런데 억양이 진짜 이상하다.

"누구야?" 집 안쪽에서 작은 롤라가 물었다.

"모르겠어요." 나는 이렇게 대답하고 천사를 보며 웃었다. 그녀는 내게 미소 지으며 눈까지 찡긋했다. 그리고 어머니가 집에 계신지 물었다.

작은 롤라가 거실로 왔다. 천사의 반응을 보았을 때 작은 롤라를 어머니로 착각한 듯했다.

"이쪽은 작은 롤라야." 나는 경고했다.

"아르데볼 부인은?" 그녀는 천사의 목소리로 말했다.

"너 이탈리아 출신이구나." 내가 말했다.

"맞아. 사람들이 너더러 똑똑하다고들 하던데."

"누가 그래?"

어머니는 아침 일찍부터 가게에서 정리를 하느라 전쟁을 치르고 있었다. 천사는 작은 롤라에게 얼마든지 기다려도 괜찮다고 말했다. 작은 롤라는 다소 무미건조한 손짓으로 소파를 가리키더니 이내 사라졌다. 그녀는 자리에 앉아 나를 바라보았다. 목에 걸고 있는 금색의 작은 십자가가 반짝거렸다. 나에게 기분이 어때?(이탈리아어) 하고 물었다. 나는 환한 웃음과 함께 좋아.(이탈리아어)라고 대답했다. 손에 바이올린 케이스를 든 채였다. 만예우 선생과 수업이 있었고, 그는 지각을 무엇보다도 싫어했다.

"안녕!"(이탈리아어)

나는 계단으로 향하는 문을 열며 수줍게 말했다. 나의 천사는 소파에 앉아 내게 손 키스를 보냈다. 그것은 내 심장에 닿으며 반향을 일으켰고 나를 흔들어 놓았다. 그녀의 붉은 입술이 무언의 안녕을 외쳐 나는 심장으로 그 소리를 들을 수 있었다. 나는 그 기적의 흔적을 지우지 않으려고 조심스럽게 문을 닫았다.

"애야, 활을 질질 끌지 마! 깜둥이들 리듬에다가 발작하는 것 같잖니. 관악기에나 어울리는 소리지."

"뭐라고요?"

"거봐, 거봐!"

만예우 선생은 바이올린을 낚아채어 매우 과장된 포르타 멘토를 켜 보였다. 나는 절대 그렇게 연주한 적이 없는데 말이다. 그리고 바이올린을 내려놓더니 네 연주는 아주 엉망이라고 말했다. 알겠니? 완전히 말도 안 되는 거야, 너 기억 상실증이니, 더럽고 지저분한 소리!

아, 나는 벌써 트루욜스 선생님이 그리워지기 시작했다. 만예우 씨와의 세 번째 수업, 겨우 십 분이 지났다. 곧 그는 자신이 잘났다고 우쭐대기 위해 내가 네 나이였을 때 말이지, 나는 정말 신동이었어. 네 나이에 나는 막스 브루흐[54]를 켰단다. 아무도 가르쳐 주지 않았는데 말이야. 그리고 다시 바이올린을 잡아채더니 소오오오오올시레솔 시이이이이라샾 파아아소오오오올. 시레솔시이이이이. 이 얼마나 아름다운 소리인지.

"이건 네가 연주하는 허접한 연습곡이 아니라 하나의 협주곡이야."

"막스 브루흐부터 시작해도 될까요?"

"아직 엉망진창인데 어떻게 브루흐를 시작한단 말이니, 얘야?" 그는 바이올린을 돌려준 후 아드리아의 얼굴에 아주 가까이 대고 고함을 쳤다. 아주 명확히 들리도록. "네가 나라면 허락하겠지만 나는 아닌 건 아니란다." 그리고 아주 무미건조

---

54) Max Bruch(1838~1920). 독일의 낭만주의 작곡가.

한 목소리로 "연습곡 22번. 너무 기대는 하지 마라, 아르데볼. 브루흐는 그저 평범했지만 운이 좋았을 뿐이야." 그는 인생이 괴로움으로 가득하다는 듯 고개를 절레절레 저었다. 만일 작곡에만 전념할 수 있다면…….

연습곡 22번. 포르타멘토. 이것은 포르타멘토를 어떻게 연주하는지 학습하도록 만들어진 연습곡이었는데, 만예우 선생은 첫 번째 포르타멘토를 듣자마자 다시 격한 반응을 보이며 다시 그의 신동 시절 이야기로 돌아가 이번에는 그때 이미 바르토크[55]의 협주곡을 틀리지 않고 연주할 줄 알았다고, 그의 나이 열다섯 살 때였노라고 말했다.

"좋은 연주자란 솔로 파트의 모든 음과 오케스트라의 모든 음을 암기하는 평범한 기억력 이외에도 특별한 기억력이 필요해. 그게 안 되면 너는 끝이야. 얼음을 배달하거나 가로등을 켜는 일을 하는 편이 나아. 그 불은 잊지 말고 꼭 끄고."

그래서 나는 포르타멘토 연습곡을 포르타멘토 없이 연주하기로 했다. 그제야 평화가 찾아왔다. 나는 집에 돌아가 포르타멘토 주법을 익힐 생각이었다. 그리고 브루흐는 범재였다.

만예우 선생과의 세 번째 수업 마지막 삼 분은 그의 거실에서 이루어졌다. 나는 자리에 선 채 목에 스카프를 두르고 연주했다. 그동안 그는 바 혹은 나이트클럽에서 연주하는 집시들을 욕하기 시작했다. 그들은 쓸데없이 과장된 포르타멘토를

---

55) 벨라 바르토크(Béla Bartók, 1881~1945). 헝가리 왕국(현재 루마니아의 영토에 해당하는 바나트 지방) 출신 작곡가.

너무 많이 사용하기 때문에 어린 연주자들에게 나쁜 영향을 미친다는 거였다. 조금만 들어 보면 그들이 여자들을 의식해서 그런 연주를 한다는 것을 알 수 있다고 했다. 금요일에 보자, 애야.

"좋은 밤 되세요, 선생님."

"그리고 오늘 말한 것들은 앞으로도 계속 듣게 될 테니 머릿속에 철저히 새겨 놓도록 해라. 모두가 나에게 바이올린 수업을 받는 특권을 누릴 수 있는 건 아니란다."

최소한 나는 마리카라는 개념이 바이올린과 긴밀한 연관이 있다는 사실을 알게 되었다. 하지만 사전에서 찾아 봐야 소용이 없었다. 사전에는 이 단어가 없었고, 궁금함은 계속됐다. 브루흐는 마리카에다 범재였을 것 같다. 내 짐작에 말이다.

당시 아드리아 아르데볼은 거의 성인군자나 마찬가지였다. 인내심은 끝이 없었고, 그 결과 만예우와의 수업은 지금 당신에게 묘사하고 있는 내가 느끼는 만큼 그에게는 그렇게 나쁘게 생각되지 않았던 모양이다. 나는 그가 시키는 대로 했고, 그의 족쇄 아래 놓여 있던 수년의 시간들이 생생하게 기억난다. 특히 두세 번의 수업 후에는 평생 답을 찾지 못한 문제가 머릿속을 맴돌기 시작했다. 바로 음악을 해석하는 자에게는 완벽함만이 허락된다는 것이었다. 지독하게 가난할지라도 연주에서만큼은 완벽해야 한다. 수많은 결점에도 불구하고 연주만큼은 완벽히 해내는 만예우 선생처럼 말이다.

문제는 그의 연주를 들을 때와 베르나트의 연주를 들을 때 나는 만예우 선생의 완벽함과 베르나트의 진실성의 차이를 느낀다는 거다. 이 사실로 인해 음악 자체에 더욱 관심을 갖게 되었다. 나는 왜 베르나트가 이 같은 천부적인 소질에 만족하지 못하고 광적일 만큼 개인적인 불만을 찾아 나서며, 자신이 규정한 무능함에 맞서기 위해 책들을 하나하나 뒤지는지 이해가 안 되었다. 우리 둘은 인생에서 불만을 찾는 데 타고난 소질이 있었다.

"하지만 너는 실수를 한 적이 없잖아!" 오십 년 전 내 의문들을 털어놓았을 때 베르나트가 펄쩍 뛰며 말했다.

"하지만 나는 나도 실수할 수 있다는 사실을 알아야 해." 그는 혼란스러운 듯 아무 말이 없었다. "이해 못 하겠어?"

결국 그런 이유 때문에 나는 바이올린을 그만두었다. 그러나 이건 다른 이야기다. 베르나트와 함께 등교하는 동안 나는 만예우 선생의 수업에 대해 미주알고주알 모두 이야기했다. 등굣길은 한없이 길어졌다. 아라곤 거리 한복판에서 건물 정면을 시커멓게 만드는 기차 연기를 맞으며 베르나트가 바이올린 없이 만예우 선생이 나에게 뭔가 시키는 모습을 흉내 내곤 했기 때문이다. 지나가던 행인들이 우리를 쳐다보았다. 그리고 집에 돌아가 베르나트는 그것을 다시 해 보았다. 이렇게 해서 그는 거장 만예우 선생의 수요일과 금요일 수업을 공짜로 수강하는 제2의 학생이 되었다.

"목요일 오후에 너희는 벌을 받을 거야. 십오 일간 벌써 세 번째 지각이군, 자네들."

학교 입구를 지키던 금발 콧수염을 기른 직원이 우리를 잡아낸 데 기뻐하며 미소를 지어 보였다.

"하지만……."

"하지만은 없어." 학생들 모두가 싫어하는 수첩을 흔들더니 그는 옷에서 연필을 꺼냈다. "이름하고 학년."

만예우 선생과 수업하던 시절 목요일 오후는 집에서 몰래 아버지의 서류를 뒤적이는 대신 그의 평안을 기원했고, 베르나트의 집에 가서 연습하거나 그를 우리 집에 불러 연습하는 대신 지각으로 걸린 다른 열댓 명의 멍청이들과 2B 교실에서 책상 위에 책을 펴 놓은 채 지각을 반성해야 했다. 올리베레스 선생이나 로드리고 씨가 지겨워 죽겠다는 얼굴을 하고 우리를 감시했다.

집에 돌아왔을 때 어머니가 만예우 선생의 수업에 대해 물었다. 어머니는 꼬리에 꼬리를 무는 질문을 하며 머지않아 화려한 리사이틀을 하게 될 수도 있지 않겠니, 최고의 곡들로 말이야, 그렇지, 아드리아? 하고 물었다. 그게 만예우 씨와 어머니 사이의 약속인 듯했다.

"어떤 곡들을 말씀하시는 거예요?"

"「크로이처 소나타」 같은 것들 말이야. 아니면 브람스나." 하루는 어머니가 이렇게 말했다.

"말도 안 돼요, 어머니!"

"불가능이란 없단다." 어머니는 아르데볼, 언제가 되었든 절대라는 말을 하지 마라라고 했던 트루욜스 선생님처럼 말했다. 그런데 거의 똑같은 조언이었지만 나에게 전혀 영향을 미치지 않았다.

"제 연주 실력은 어머니가 기대하는 만큼 훌륭하지 않아요."

"네 연주는 완벽해질 거야."

어머니는 내 대답을 피하기 위한 아버지의 기술을 완벽히 흉내 내며 내가 음악가들에게 요구되는 완벽성이 너무나 싫다고 이야기하기 전에 방을 나가 안젤레타 씨가 있는 곳으로 갔다. 나는 조금 슬퍼졌다. 비록 어머니가 다시 말을 건네기 시작했지만 내 눈을 거의 바라보지 않았고 내 학업 성취에만 오로지 관심이 있었기 때문이다. 여성의 벗은 몸을 보고 싶은 나의 참을 수 없는 욕구나 내 침구에 묻은 무엇인지 모르는 얼룩 같은 것들이 대화 주제가 되는 것을 절대 바라지 않지만 어쨌든 어머니는 이런 것에 관심이 없었다. 이제 집에서 포르타멘토 연주를 하지 않으면서 어떻게 포르타멘토 연습을 하지?

집에서? 계단에 도착할 즈음 나는 만예우 선생의 깜둥이 리듬 수업 때문에 냉정하게 혼자 두고 자리를 뜰 수밖에 없었던 나의 천사를 다시 떠올렸다. 내가 다소 꾸물거렸기 때문에 천사는 날아가 버렸을 거라고 생각하며 계단을 두 칸씩 올랐다. 그리고 그녀가 나를 절대 용서하지 않으리라고 생각했다. 내가 조급하게 초인종을 누르니 작은 롤라가 문을 열어 주었다. 나는 그녀를 옆으로 밀치고 소파 쪽을 바라보았다. 붉은색 미소를 띤 그녀가 부드럽게 안녕(이탈리아어) 하며 맞아 주어 나는 세상에서 가장 행복한 바이올린 연주자가 된 것 같았다.

천사의 놀라운 출현 이후 세 시간 정도 지나서야 어머니는 걱정스러운 얼굴을 하고 집에 도착했는데 거실에 있는 천사를 보자 어머니를 맞이하러 나와 있는 작은 롤라를 바라보았다. 어머니는 상황을 이해했다는 표정을 지었다. 특별한 소개를 요구하지도 않고 아버지의 서재로 그녀를 안내한 것이다. 삼 분이 지나 고함 소리가 들리기 시작했다.

대화 내용을 정확히 듣는 것과 그 내용을 이해하는 것은 다른 차원이다. 아버지의 서재에서 무슨 일이 일어나는지를 염탐하기 위해 아드리아가 만들었던 스파이 시스템은 복잡했다. 하지만 그의 키와 몸집이 점차 커지자 좀 더 정교한 시스템이 필요했다. 내가 더 이상 소파 뒤에 숨을 수 없었기 때문이다. 처음 고함 소리를 들었을 때 나는 어떻게 해서든 어머니의 분노로부터 천사를 보호해야 한다는 생각뿐이었다. 작은 옷방에서 문은 복도와 세탁실을 향해 열어 두고 나는 아버지의 서재 쪽으로 난 절대 열리지 않는 강화유리 창문 앞에 서 있었다. 엷은 자연광이 창문을 지나 서재를 비추었다. 나는 창문 밑에 누워서 대화를 들을 수 있었다. 마치 그들 가운데에 있는 것처럼. 집의 어디에든 내가 있었다. 거의 그랬다. 편지를 다 읽은 어머니는 창백해진 얼굴로 벽을 바라보았다.

"이게 모두 사실이라는 것을 내가 어떻게 믿죠?"

"왜냐하면 토나의 카지크네를 제가 물려받았거든요."

"지금 뭐라고 했나요?"

나의 천사는 이에 대한 대답으로 또 다른 문서를 어머니에게 내밀었다. 비크의 가롤레라 공증인이 집, 헛간, 연못, 정원, 그리고 카지크네 밭 세 마지기를 1919년 12월 25일 카롤리나 아마토와 이름 모를 아버지 사이에서 태어난 다니엘라 아마토에게 상속한다는 유언의 효력을 인정하는 문서였다.

"토나의 카지크네라고?" 어머니는 격한 반응을 나타냈다. "펠릭스 소유가 아니었어."

"그의 소유였어요. 이제는 제 것이 되었죠."

어머니는 문서를 쥔 손이 떨리는 모습을 애써 감추려 했다. 그녀는 경멸하는 몸짓으로 주인에게 서류를 돌려주었다.

"도대체 무슨 일을 꾸미는 건지. 원하는 게 뭐죠?"

"가게요. 저한테도 권리가 있습니다."

목소리 톤으로 보아 나의 천사는 달콤한 미소를 머금고 그 말을 한 게 틀림없었다. 나는 그 입에 입을 맞추고 싶었다. 내가 만약 어머니의 입장이었다면 그녀에게 가게를 내주고, 다른 것을 다 제쳐 두더라도 그 미소만은 절대 잃지 말라는 요구 조건을 제시할 것 같았다. 그러나 어머니는 무엇을 내주는 대신에 웃음을 터뜨리며 그 웃음이 진심인 것처럼 가장했다. 어머니의 레퍼토리에 최근 추가된 거짓 웃음이었다. 나는 무서워지기 시작했다. 무자비하고, 반천사의 기질이 있는 어머니의 그런 면모가 아직 너무나 낯설었기 때문이다. 나는 언제나 어머니가 아버지 앞에서 시선을 내리깔거나 최근 아버지를 잃고 내 미래를 계획하면서 무표정하게 차가운 모습을 보이는 데 익숙했다. 카지크네 소유권 관련 서류를 다시 보자고 요구하며 손가락을 부딪쳐 딱딱 소리를 내거나 잠시 입을 다물었다 이 서류가 뭐라고 엿 같은 소리를 지껄이든 나는 상관하지 않는다고 말하는 모습은 처음 보았다.

"법적 효력이 있는 서류예요. 저에게도 가게에 대한 권리가 있어요. 그래서 찾아온 겁니다."

"내 변호사가 당신의 모든 제안을 거절하는 것과 관련해 통보할 겁니다. 모든 제안을 말이죠."

"저는 당신 남편의 딸입니다."

"그건 당신이 라켈 메예르[56]의 딸이라고 하는 것이나 마찬가집니다. 거짓말이라는 거죠."

나의 천사는 아르데볼 부인, 아닙니다라고 말했다. 거짓말이 아니에요. 그리고 주변을 천천히 바라보며 다시 한번 지어낸 이야기가 아니라고 말했다. 십오 년 전 저는 이 사무실에 왔었어요. 그때 역시 누구 한 사람도 의자에 앉으라고 권하지 않았지만.

"맙소사, 카롤리나." 놀라서 당황한 펠릭스 아르데볼이 말했다. 너무나 놀란 나머지 목소리마저 갈라졌다. 여자 두 명이 들어왔고, 그는 카르메의 혼수 준비로 정신없는 작은 롤라가 이 달갑지 않은 방문을 알아채기 전에 그들을 서재로 들였다.

서재에서 세 사람은 우두커니 서 있었다. 집은 매우 부산했다. 짐꾼들이 어머니의 가구와 할머니의 서랍장과 의상실에 놓기로 펠릭스가 동의한 거실 거울을 옮기는 중이었고, 사람들이 왔다 갔다 하고, 비록 그곳에 두 시간 남짓 있었지만 벌써 아르데볼 씨네 집의 모든 타일을 다 아는 작은 롤라까지. 맙소사, 아가씨는 아주 큰 집에서 사시겠네요. 전혀 달갑지 않은 방문객들로 서재 문은 닫혀 있었지만 펠릭스 씨의 일을 꼬

---

56) Raquel Meller(1888~1962). 스페인 출신의 여배우. 1920~1930년대에 출연한 프랑스 무성 영화가 성공하면서 유럽과 미국에서 명성을 얻었다.

치꼬치 캐물을 수는 없었다.

"바쁜가요?" 좀 더 나이가 든 여자가 물었다.

"조금요." 그는 팔을 걷어 올렸다. "모든 게 엉망진창인 상황이죠." 그는 퉁명스럽게 말했다. "그래, 볼일이 뭡니까?"

그녀는 경쾌하게 웃었다. 그는 시선을 어디에 두어야 할지 몰랐다. 어색한 상황을 피하고 싶었던 펠릭스는 질문에 대한 대답을 알고 있었지만 젊은 여자를 머리로 가리키며 물었다. 이 예쁜 아가씨는 누굽니까?

"펠릭스, 당신 딸이에요."

"카롤리나, 나는……."

선한 눈빛을 한 그 예수회 학생의 손을 자신의 배로 가져가자 그가 아주 비겁하게 고개를 으쓱할 때부터 카롤리나는 대충 짐작하고 있었다.

"하지만 우리는 고작 서너 번 밤을 함께 보냈을 뿐인데!" 그는 공포가 가득한 창백한 얼굴을 하고 놀라서, 겁에 질려, 땀을 흘리며 말했다.

"열두 번이에요." 그녀가 진지하게 말했다. "한 번이면 충분히 일어날 수 있는 일이기도 하고요."

주변이 갑자기 고요해졌다. 그는 공포를 감추고 있었다. 미래를 생각해 보았다. 그리고 출입문을 바라보았다. 카롤리나의 얼굴을 바라보며 감격에 차 반짝이는 눈으로 펠릭스, 정말 흥분되지 않아요? 하는 그녀의 목소리를 들었다.

"그렇고말고요."

"펠릭스, 우리 아이가 태어날 거예요."

"정말 잘됐어요. 너무 기쁘고말고요."

다음 날 그는 공부를 그만두고 로마를 떠났다. 팔루바 신부의 마지막 수업을 듣지 못해 가장 아쉬웠다.

"펠릭스 아르데볼이?" 무뇨스 주교는 믿을 수 없다는 표정으로 말했다. "펠릭스 아르데볼 이 기테레스 말인가?" 그는 고개를 세게 흔들었다. "그럴 리가 없어."

그는 사무실 책상 앞에 앉아 있었고, 아야츠 신부는 손에 파일을 들고 서 있었다. 그의 지나치게 경건한 태도는 주교를 다소 짜증 나게 했다. 건물 밖에서 짐을 가득 싣고 가는 마차의 삐걱이는 소리와 아이에게 잔소리를 하는 여자의 악쓰는 소리가 들렸다.

"그럴 리가 있죠." 교회 서기관은 자신의 우쭐한 어조를 누그러뜨리지 않았다. "유감스럽지만 그가 일을 저지르고 말았습니다. 여자를 임신시키고……."

"자세한 것은 알고 싶지 않네." 주교가 말했다.

처음부터 끝까지 모든 이야기를 자세히 듣고 나서 주교는 기도하기 위해 자리를 떠났다. 그의 영혼은 혼란스럽기 짝이 없었다. 토라스 이 바제스 주교가 모두들 주교직의 진주라고 칭찬해 마지않던 학생의 부끄러운 행동에 대해 더 이상 말을 아낀 것이 다행이라고 생각했다. 아야츠 신부는 예상했었다는 듯 겸손하게 시선을 아래로 내렸다. 그는 아르데볼은 진주가 아니라고 꽤 오래전부터 말해 왔던 터다. 매우 똑똑하고, 매우 철학적이고, 매우 이러쿵저러쿵하지만 악질이라는 거였다.

"내일 내가 결혼한다는 사실은 어떻게 알았지?"

카롤리나는 대답하지 않았다. 딸은 아버지였던 사람의 얼굴을 뚫어지게 쳐다보기만 할 뿐 대화에 관심이 없었다. 카롤리나는 펠릭스를 바라보았다. 살이 쪘고, 예전만큼 매력적으로 보이지 않았으며, 다소 추하게 나이를 먹은 듯했다. 살빛은 어두워졌고 눈가에 잔주름이 가득했다. 그녀는 미소를 애써 감추었다.

"당신 딸의 이름은 다니엘라예요."

다니엘라. 내가 처음 만났을 때 그녀 어머니의 모습과 똑같았다.

"그날 바로 여기서였죠." 나의 천사가 말했다. "당신 남편은 카지크네를 나에게 물려준다고 맹세하는 서명을 했어요. 그리고 당신이 마요르카에서 돌아왔을 때 상속은 공식적인 효력을 가지게 되었고요."

마요르카로의 여행, 남편과 함께한 날들, 그곳에서 그는 더 이상 그녀를 만날 때마다 모자를 벗지 않았다. 하루 종일 함께 있어서 그는 기분이 어때요, 사랑스러운 여인이라고 매번 말할 필요가 없었기 때문이다. 아니, 그는 그렇게 말할 수도 있었는데 그러지 않았다. 처음에 남편은 그녀의 사소한 움직임에도 주의를 기울였지만 조금씩 조금씩 자신만의 고요한 생각에 잠기는 일이 잦아졌다. 네 아버지가 무슨 생각을 하고 있었는지 도무지 모르겠더구나, 하루 종일 아무 말도 않고, 아들아. 하루 종일 아무 말도 않고 생각에 잠겨 있었어. 가끔 가까이 있는 사람에게 소리 지르거나 그 사람을 치는 일이 있었는데 아마 그 이탈리아 여자가 생각이 나서겠지. 그 여자가 그리

웠거나, 카지크네를 넘겨줄 생각을 했거나.

"내 남편이 죽었다는 사실은 어떻게 알았나요?"

나의 천사는 그 말을 듣지 못했다는 듯 어머니의 눈을 바라보았다.

"그는 나에게 약속했어요. 아니, 유언에 내가 포함될 거라고 맹세했어요."

"그렇다면 당신이 그 유언에 포함되어 있지 않다는 사실도 이미 알겠군요."

"그는 그렇게 빨리 죽음을 맞게 될 거라고 생각하지 않았어요."

"안녕히 가세요. 어머니께도 내 안부를 전해 드리고."

"어머니는 돌아가셨어요."

어머니는 유감스럽다거나 어떻다는 이야기를 한마디도 하지 않았다. 그녀는 서재의 문을 열었다. 나의 천사는 자리를 떠난 어머니를 향해 돌아서서 여전히 힘주어 말했다.

"가게 지분의 일부는 제 것이에요. 끝까지 싸울 겁니다. 제 권리를 얻기 위……."

"조심히 돌아가길 바랄게요."

아버지가 죽음을 기다리며 집을 나선 날과 마찬가지로 거리 쪽 문이 세게 닫혔다. 사실대로 말하자면 나는 무슨 일이 일어나는지 거의 알아차리지 못했다. 이런저런 일이 벌어지고 있다는 사실만 희미하게 짐작할 뿐이었다. 당시 나는 라틴어의 절대 탈격은 완벽하게 이해했지만 인생에 대해서는 그렇지 못했다. 어머니는 서재에 돌아와 문을 잠그고 금고를 잠시 뒤적이더니 작은 초록색 상자를 끄집어내 붉은색 천을 걷고는 매우 아름다운 금색 메달이 달린 목걸이를 꺼냈다. 그것을 다시 상자 안에 넣고 쓰레기통으로 던져 버렸다. 그리고 소파에 앉아 울기 시작했다. 결혼한 이후 한 번도 터뜨리지 않았던 울음이었다. 씁쓸하면서 달콤한 그 눈물은 찌르는 듯한 통증을 낳았다. 분노와 슬픔이 섞여 있었기 때문이다.

나는 꽤 재주가 좋은 편이었다. 모두가 깊은 잠에 빠졌을 무렵 똑똑한 검은 독수리와 함께(뭐, 물론 애어른이기는 했지만 나는 가끔 정서적인 지지가 필요했다.) 아버지의 서재에 마음대로 들어가 네모난 상자를 찾기 위해 쓰레기통을 뒤졌다. 나는 상자를 집어 들었다. 단호한 성격의 아라파호 추장은 내가 섣부른 짓을 하지 못하도록 손짓했다. 그의 의견에 따라 확대경의 불을 켜고 상자를 열어 메달을 꺼냈다. 그리고 상자를 닫은 후 조용히 쓰레기통에 되돌려 놓았다. 아드리아는 불을 끄고 전리품을 손에 쥐고서 뒷걸음질을 치며 방으로 돌아왔다. 집에 있는 모든 문은 절대 닫지 말고 약간 열어 두어야 한다는 불문율을 어기며 문을 닫은 후 침대 옆 탁자의 등을 켰다. 그리고 검은 독수리에게 감사의 표시를 하고 찬찬히 메달을 바라보았다. 그는 호기심에 심장이 터져 버릴 것만 같았다. 아주 기본적인 마리아상이었다. 로마네스크 조각상의 복제품이 분명했다. 얼핏 몬세라트의 마리아상을 닮았고, 작은 아기 예수를 품에 안고 있었다. 크고 무성한 나무가 저 멀리 보이는 배경이 흥미로웠다. 수수께끼를 풀어 줄 열쇠를 기대했던 뒷면에는 아래쪽에 그저 파르다크라는 글씨만 새겨져 있었다. 그게 전부였다. 천사의 냄새가 날까 싶어 냄새를 맡아 보았다. 이유야 알지 못하지만 나는 그것이 위대하고, 유일하고, 영원한 내 사랑 그 이탈리아 여인과 밀접한 관련이 있을 거라고 확신했기 때문이었다.

14

어머니는 아침 시간을 주로 가게에서 보냈다. 한번 가게에 들어서면 눈썹을 곤두세우고 가게에서 나올 때까지 그 눈썹에 힘을 풀지 않았다. 가게에 들어서자마자 모두를 신뢰할 수 없는 적으로 대했다. 그것은 아주 좋은 전략으로 보였다. 우선 베렝게 씨를 공격했고, 승산이 있었다. 그녀는 베렝게 씨가 무장 해제하고 있던 순간을 치고 들어갔고, 그는 적절한 대꾸를 하지 못했다. 그가 나중에 아주 나이가 많이 들었을 때 직접 해 준 이야기인데, 내가 보기에 그는 적에 대해 얼마간의 존경심마저 품고 있는 것 같았다. 나는 네 어머니가 약속 어음이라든가 상아나무와 체리나무의 차이점 같은 것들을 알고 있으리라고는 전혀 짐작도 못 했단다. 그런데 알고 있더란 말이지. 네 아버지가 연루되었던 회색 공작에 대해서도 말이야.

"회색 공작이요?"

"아니 흑색 공작이라고 하는 편이 맞겠다."

그러니까 어머니는 가게의 왕좌에 올라 너는 이것을 하고 당신은 저걸 하도록 해요라고 명령하기 시작했던 것이다. 그들의 눈을 바라보지도 않고 말이다.

"아르데볼 부인." 베렝게 씨가 어느 날 아르데볼의 사무실에 들어서며 말했다. 그는 그 사무실을 베렝게 씨의 사무실로 바꾸기 위해 항상 노력했지만 결국 뜻대로 되지 않았다. 아르데볼 부인, 그는 화가 나서 퉁명스러운 목소리로 불렀다. 그녀는 눈썹을 추켜세우고 말없이 베렝게 씨를 바라보았다.

"수년 동안 이 분야에서 꽤 중책을 맡아 일해 왔습니다. 그래서 저도 어느 정도 권리가 있다고 생각합니다. 저는 이 가게에 대해서만큼은 전문가입니다. 출장을 다니고, 물품을 구매하기도 하고요. 사고파는 데 있어서 가격도 잘 압니다. 흥정을 할 줄도 알고, 필요하다면 속일 줄도 알지요. 남편분이 언제나 신뢰했던 사람이 저란 말입니다! 지금에 와서 저를…… 저는 제 일을 할 줄 안다고요!"

"그럼 열심히 하세요. 하지만 지금부터 당신 일이 무엇인지 알려 주는 사람은 바로 접니다. 예를 들자면 토리노의 서랍장 세 개 중 두 개만 구입하세요. 만일 세 번째 서랍장을 공짜로 주지 않으면 말이죠."

"세 개를 모두 구입하는 편이 좋을 것 같습니다. 그럴 경우 가격이 더."

"두 개요. 오타비아니에게 당신이 내일 그곳을 방문할 거라고 일러두었습니다."

"내일이요?"

그가 여행을 꺼리는 것은 아니었다. 사실은 매우 좋아했다. 하지만 며칠 동안 토리노를 방문한다는 것은 가게를 이 마녀의 손에 맡겨 둔다는 의미였다.

"그래요, 내일이요. 세실리아가 오늘 오후에 표를 구해 둘 거예요. 모레 돌아오시면 됩니다. 방금 이야기를 나눈 것 이외에 결정을 해야 할 사항이 있으면 저한테 전화로 의견을 구하시고요."

가게 일이 돌아가는 방식은 그렇게 바뀌었다. 베렝게 씨는 몇 주 동안 내내 놀라움으로 입을 다물지 못했다. 세실리아는 같은 기간에 의기양양한 웃음을 감추기 위해 조심스럽게 노력했다. 거의 표시가 나지 않도록 말이다. 그래도 조금은 표가 났다. 그래야 인생에서 한 번뿐일지라도 그녀가 칼자루를 쥘 수 있다는 것을 베렝게 씨가 알 터였다. 복수는 달콤했다.

그러나 베렝게 씨는 그렇게 생각하지 않았고, 그날 아침 아르데볼 부인이 가게에 도착하기 전 모든 것을 머릿속에 정리한 후 세실리아 앞에 서서 손을 책상 위에 올리고 머리를 그녀 쪽으로 기울이고는 말하길 도대체 뭣 때문에 웃는 거야?

"아무것도 아니에요. 드디어 누군가가 일을 제자리에 돌려 놓고 당신 손을 묶어 두는구나 해서요."

베렝게 씨는 따귀를 휘갈길지 아니면 목을 조를지 고민했다. 그녀는 그의 눈을 뚫어져라 쳐다보며 바로 그래서 내가 죽도록 웃고 있는 거라고 덧붙여 말했다.

좀처럼 이성을 잃지 않았던 베렝게 씨는 화를 참기 힘들었다. 그는 탁자를 빙 돌아가 세실리아의 팔을 거칠게 잡았다.
너무 세게 잡아 손목이 꺾였고, 그녀는 아파서 소리를 질렀다.
그리하여 시계가 10시를 알리고 나서 아르데볼 부인이 가게
에 들어섰을 때 날카로운 면도칼로만 벨 수 있을 것 같은 무거
운 적막감이 흘렀다. 온갖 나쁜 일들이 일어날 것 같은 분위기
였다.

"좋은 아침입니다, 아르데볼 부인."

세실리아는 가게 주인에게 신경 쓸 여유가 없었다. 손님이
찾아와 사진 속의 서랍장에 어울리는 의자 두개가 급히 필요
하다고 했기 때문이다. 보이죠? 이런 종류의 다리 말이에요.
알겠죠?

"베렝게 씨, 제 사무실로 오세요."

오 분 만에 그의 토리노 여행에 관한 준비가 끝났다. 그런
다음 아르데볼 부인은 아르데볼의 서류 가방을 열고 파일을
꺼내 책상 위에 올려놓았다. 그녀는 자신의 제물을 쳐다보지
도 않고 말했다. 이제 왜 이것, 이것, 이것이 맞아떨어지지 않
는지 설명해야 할 거예요. 구매자는 20만을 지불했는데 금고
에는 15만이 있었다.

아르데볼 부인은 손가락으로 책상을 두드리기 시작했다.
세계 최고의 탐정을 의도적으로 흉내 내는 거였다. 그리고 베
렝게 씨를 바라보며 이것, 이것, 그리고 이것을 가리켜 보였
다. 그것은 가게에서 그가 사기를 친 수백 가지 물품 목록이었
다. 베렝게 씨는 넌더리가 난다는 표정으로 바라보았다. 하지
만 처음 표정은 곧 그만하라는 표정으로 바뀌었다. 도대체 어

떻게 이 여자가…….

"세실리아가 도와줬습니다." 어머니는 나에게 했던 것처럼 마치 베렝게 씨의 속마음을 읽은 양 말했다. "혼자서는 못 했을 거예요."

저주받을 계집애들. 둘 다 말이다. 이게 다 여자들이랑 일해서 생긴 문제들이다, 젠장.

"언제부터 이 가게의 이익에 반하는 불법적인 행동들을 해온 거죠?"

장엄한 침묵을 지켰다. 빌라도 앞의 예수처럼.

"이곳에 온 날부터였나요?"

더욱더 장엄한 적막이 이어졌다. 예수를 넘어서는 수준이었다.

"신고하는 수밖에 없겠군요."

"아르데볼 씨의 허락하에 일했습니다."

"지금 그걸 믿으라는 건가요."

"저를 신뢰하지 않으시는 겁니까?"

"그렇고말고요! 남편이 무슨 이유로 우리에게 사기 치는 것을 허용하겠어요?"

"사기가 아닙니다. 가격을 조정하는 것이지요."

"그렇다면 남편이 무엇 때문에 당신에게 가격을 조정하도록 했을까요?"

"제가 이 집에서 하는 일에 비해 받는 돈이 적다는 것을 그도 인정했기 때문입니다."

"돈을 올려 주면 되지 않나요?"

"그것은 아르데볼 씨에게 물어보십시오. 아, 미안합니다. 그런데 정말 그렇습니다."

"그것을 증명할 문서라도 있나요?"

"아니요. 모든 것은 구두로 이루어졌습니다."

"그럼 고발할 수밖에 없군요."

"세실리아가 당신에게 왜 이 영수증들을 넘겨줬는지 아십니까?"

"아니요."

"나를 망칠 작정을 했기 때문입니다."

"왜일까요?" 궁금해진 어머니는 취조하는 자세로 의자에 등을 기댔다.

"아주 오래전으로 거슬러 올라갑니다."

"계속하세요. 시간이 있으니까요. 당신 비행기는 오후 늦게 출발해요."

베렝게 씨는 자리에 앉았다. 아르데볼 부인은 책상 위에 팔꿈치를 올리고 양손으로 턱을 괴었다. 그의 눈을 쳐다보며 이야기를 재촉했다.

"세실리아, 어서 시간이 없어."

세실리아는 아무도 보는 사람이 없을 때 짓는 야한 미소를 지으며 아르데볼이 그녀의 손을 잡고 사무실로 끌고 들어가도록 내버려 두었다.

"베렝게는?"

"사리아에 갔어요. 페리카스살라 씨의 아파트를 비우려요."

"코르테스를 보낸다지 않았나?"

"상속자들을 믿지 않더라고요. 우리한테서 물건들을 숨기려 드니까요."

"교활한 것들. 옷을 벗어."

"문이 열려 있어요."

"더 흥분되는데. 옷을 벗어."

시선은 아래를 향하고 그 순진한 웃음을 머금고서 알몸의 세실리아가 사무실 한가운데에 서 있었다. 나는 페리카스살라 씨의 집을 비우고 있지 않았습니다. 그의 물품 목록은 매우 구체적이었고, 압정 하나라도 사라지는 날에는 그것을 찾아내라고 할 거였죠. 저 더러운 년은 책상 위에 올라앉아 당신 남편에게 그 짓을 하더군요.

"하루가 다르게 실력이 좋아지는군."

"누가 들어오면 어떻게 해요."

"너는 네 할 일이나 해. 누가 오면 내가 알아서 하지. 더 흥분되지 않아?"

둘은 미친 듯이 함께 웃었다. 주변은 엉망진창으로 흐트러졌고, 잉크병이 바닥에 떨어져 아직도 그 흔적이 남아 있었다. 보이십니까?

"사랑해요."

"나도. 나와 함께 보르도로 가지."

"가게는 어떻게 하고요?"

"베렝게가 있으니까."

"하지만 그는 어디에 뭐가 있는지도⋯⋯."

"네 할 일이나 계속해. 너는 나와 함께 보르도에 가서 매일 밤 파티를 열게 될 거야."

그때 문에서 종소리가 울렸고 손님이 들어왔다. 그는 지난 주에 봐 둔 일본 무기를 구입하는 데 관심이 있었다. 펠릭스가 그를 안내하는 동안 세실리아는 매무새를 가다듬었다.

"세실리아, 이분을 도와줄 수 있겠나?"

"잠시만요, 아르데볼 씨."

속옷을 입지 않은 채 그녀는 온 얼굴에 번진 립스틱 자국을 지우고 있었다. 세실리아는 붉은 기가 도는 얼굴을 하고 서재를 나와 손님에게 따라오라고 손을 흔들어 보였다. 펠릭스는 그 장면을 우습게 바라보았다.

"왜 저한테 그 이야기를 하는 거죠, 베렝게 씨?"

"당신이 다 알아야 할 것 같아서요. 그 일은 몇 년간 지속되었지요."

"하나도 믿음이 가지 않는군요."

"음, 더한 것들도 있습니다. 사실 우리 모두는 변명과 거짓말에 진절머리를 느끼지요."

"계속하세요. 말씀드렸듯이 시간이야 충분하니까요."

"당신은 겁쟁이예요. 아니, 아니, 나도 말 좀 해야겠어요. 비겁하다고요. 같은 말만 반복한 지가 벌써 오 년이에요. 그래, 세실리아, 다음 달에 모든 걸 말할 거야. 정말 약속해. 겁쟁이. 오 년 동안 변명만 늘어놓았어요. 오 년이나! 나는 어린애가 아니라고요. 아니, 아니에요, 아니라고요! 아직 말 덜 끝났어요. 우리가 함께 살 일은 없을 거예요. 당신은 날 사랑하지 않으니까. 조용해요. 내가 말할 차례라니까요. 입 닥치라고요!

달콤한 말들은 집어치워요. 다 끝났어요. 알았어요? 뭐라고요? 아니요. 아무 말도 말아요. 뭐라고요? 내가 끊고 싶을 때 끊을 거예요. 아니요. 내가 꼴릴 때요."

"한마디도 믿지 않는다고 이미 말했죠. 제 말의 의미를 잘 알고 있어요."

"좋을 대로요. 아마 저는 다른 일을 찾아야 할 것 같군요."

"아니요. 매달 당신은 그동안 훔친 만큼 저한테 돈을 갚게 될 거예요. 여기에서 계속 일하면서 말이죠."

"떠나는 편이 좋겠습니다."

"베렝게 씨, 그럼 당신을 고발할 수밖에 없군요."

어머니는 서류 가방에서 숫자가 적힌 종이 한 장을 꺼냈다.

"지금부터 당신이 받게 될 월급이에요. 여기는 변제로 당신이 받지 못하게 될 금액이죠. 저는 끝자리 수까지 돈을 받아낼 거예요. 그런데 당신이 감옥에 가면 불가능하겠죠. 아닌가요, 베렝게 씨?"

베렝게 씨는 물고기처럼 입을 뻐끔거렸다. 그는 여전히 아르데볼 부인의 숨결을 느낄 수 있었다. 그녀는 자리에서 일어나 책상에 기대더니 부드러운 목소리로 말하길 어떤 예기치 못한 일들이 나에게 일어난다면 경찰한테 필요한 모든 정보와 지시 사항들이 바르셀로나에 있는 한 공증인의 금고에 보관되어 있어요. 1958년 3월 21일, 카르메 보스크 데 아르데볼이 서명했음을 나 아무개 아무개 공증인이 공증한다. 알고 계시는 편이 좋을 듯해서요. 얼마간 침묵한 후 그녀는 다시 물었다. 베렝게 씨, 그렇죠?

말이 나온 김에 일을 일사천리로 진행하며 그녀는 망설이지 않고 바르셀로나에 상주하는 주지사[57]인 혐오스러운 아세도 콜룽가와 약속을 잡았다. 카르메 보스크 데 아르데볼 부인은 모라게스 장군의 과부가 되어 감찰관의 개인 비서 앞에서 정의를 요구했다.

"무엇을 위한 정의 말씀입니까, 부인?"

"남편의 살인 사건에 대해서입니다."

"무슨 말씀을 하시는지 좀 더 정보가 필요하군요."

"제가 제출한 서류에 제 요구 사항의 의미를 설명해 두었습니다. 자세히." 침묵이 흘렀다. "읽어 보셨는지요?"

감찰관의 비서가 앞에 놓인 서류를 훑어보았다. 그는 꼼꼼하게 읽었다. 상복을 입은 고 아르데볼 씨의 부인은 숨을 고르면서 내가 대체 여기에서 무엇을 하는지, 처음부터 나를 무시하고 여어엇 같은 인생 내내 나를 사랑한 적이 한 번도 없는 남자를 위해 왜 기운을 낭비하는지 생각했다.

"그렇군요." 비서가 말했다. "무엇을 원하시죠?"

"존경하는 지역 감찰관님과 이야기하는 겁니다."

"저와 이미 말씀을 나누고 계시지 않습니까, 감찰관님과 이야기하는 것이나 마찬가집니다."

"감찰관님과 직접 이야기를 나누고 싶습니다."

---

57) Gobernador Civil. 1833년에 생겨 1997년까지 유지된 행정 직책으로 지역 선출직인 시장과 달리 중앙 정부에 소속되어 스페인의 자치주를 통치하는 최고 행정직이었다. 프랑코 독재 기간에는 경찰을 감독하고 지시하는 막강한 권한을 행사했다.

"불가능합니다. 그만두세요."

"하지만……."

"안 된다고 하지 않았습니까."

그녀는 결국 감찰관을 만나지 못했다. 그곳을 나올 때 그녀는 분노로 다리를 부들부들 떨었다. 미련을 버리기로 했다. 어쩌면 그녀는 독재정 치하 권력 기관을 경멸하기보다 내 수호천사의 깜짝 출현을 더 걱정했을지도 모른다. 혹은 펠릭스가 구제 불능의 충동적인 간통자라는 수많은 사람들의 광적인 증언을 더 걱정했을 수도 있다. 혹은 그녀를 함부로 대한 남자를 위해 정의를 요구하는 것이 별로 가치 없는 일이라는 결론에 도달했을지 누가 알겠는가. 그렇다. 혹은 아닐 수도 있다. 정말 잘 모르겠다. 왜냐하면 당신을 만나기 전 내 인생에서 가장 큰 의문은 바로 어머니였거든. 이틀 후 일상에 아주 미세한 변화가 일어났고, 그녀의 계획은 바뀌었다. 이것만큼은 거짓말을 보태지 않고 목격자로서 이야기할 수 있다.

"스르스르스르스르."

나는 문을 열었다. 어머니는 가게에서 골머리를 앓다가 방금 돌아와 욕실에 있던 차였다. 플라센시아 경감의 담배 연기가 가장 먼저 집에 들어왔다.

"아르데볼 부인은?"

그는 나름대로 미소를 지으려 했던 모양이지만 나한테는 찡그린 얼굴과 별반 차이가 없었다.

"우리 만난 적이 있지, 그렇지 않니?" 그가 말했다.

어머니는 경감과 그의 악취를 서재로 맞이했다. 어머니의 심장은 두근, 두근, 두근 뛰었고 내 심장은 쿵, 쿵쾅, 쿵거렸다. 나는 소리를 내지 않기 위해 검은 독수리와 말을 타고 있지 않은 카슨을 긴급 소집했다. 창문 옆 복도에는 작은 롤라가 서 있었다. 나는 사력을 다해 도둑처럼 소파 뒤로 숨어들었다. 아슬아슬하게 어머니와 경감이 자리를 잡고 앉아 의자를 삐걱거리기 시작했다. 이때가 소파를 스파이 기지로 이용한 마지막 순간이었다. 내 다리가 너무 길어졌기 때문이다. 어머니는 다시 자리에서 일어나 작은 롤라에게 가게에 불이 났더라도 누구를 들여 자신을 방해하지 말라고 했다. 알겠어요, 작은 롤라? 그러고는 우리 다섯이 있는 방문을 닫았다.

"말씀하시죠, 경감님."

"지역 감찰관님 앞에서 저를 욕보이려 한 것 같더군요."

"저는 욕보이거나 비판하지 않습니다. 그저 제게 주어져야 할 정보를 요구한 것뿐이지요."

"그럼 그 정보를 지금 드리지요. 상황을 이해하기 위해 노력하시는지 한번 봅시다."

"어디 한번 보죠." 그녀는 비꼬며 웃었다. 세상에서 가장 훌륭한 고문서학자의 가장 훌륭한 부인인 그녀에게 나는 마음속으로 박수를 보냈다.

"당신 남편의 생활을 캐다 보니 달갑지 않은 이야기들도 마주하게 되는군요. 유감입니다. 그래도 들으시겠습니까?"

"물론입니다."

내가 보기에 어머니는 나의 이탈리아 천사가 출현한 이후 (나는 내 목에 몰래 걸고 있던 메달을 사랑스럽게 만져 보았다.) 무엇이든 들을 준비가 되어 있는 것 같았다. 시작하세요, 경감님. 그녀가 덧붙였다.

"아마 제가 이야기를 지어냈다며 믿지 않으실 겁니다."

"한번 들어나 보죠."

"좋습니다."

경감은 잠시 쉬더니 진실을 늘어놓기 시작했다. 진실만을. 그에 의하면 펠릭스 아르데볼은 바르셀로나에서 매춘 사업을 벌여 온 범죄자로 미성년자 성매매를 포함한 여러 불법적인 사업에 연루되어 있었다. 매춘이 무엇인지 아십니까, 부인?

"계속하세요."

"부군이 이중생활을 한 지는 꽤 오래되었습니다, 아르데볼 부인. 열 개의 매춘(매춘이라고 했던가?) 사업장을 운영했고, 그중에는 열다섯 살에서 열여섯 살 소녀들을 혹사(혹사?)시킨 심각한 건도 있었습니다. 이 모든 것을 전해야 하다니 유감입니다."(프랑스어)[58]

나의 다리 떨림은 잦아들었다. 다행이란 생각이 들었다. 그 날따라 내 프랑스어가 엉망진창이었고, 경감의 어눌하고 투덜거리는 투의 카스티야어로 돌아갈 수 있었기 때문이었다. 다리 떨림이 멈춘 나를 보고 카슨은 한 눈을 찡긋했다.

"계속할까요, 부인?"

"그러시죠."

"아마 남편분이 매춘부로 고용한 소녀의 아버지가 복수를

---

58) 아드리아가 경감의 말을 엿들으며 머릿속에서 그것을 프랑스어로 번역해 보고 있다.

한 것으로 보입니다. 그들을 매음굴에 가두기 전 아르데볼이 소녀들을 강간한 것 같습니다. 이해하시겠습니까?" 약간 힘을 주어 그가 말했다. "처녀성을 범한 것이지요."

"하우."

"네."

"그렇게 두 가지입니다."

"그렇군요. 사창가 운영과 처녀성을 범한 것."

"고약하기 그지없는 데다 믿기 어렵습니다. 그 소녀들이라고 생각해 보십시오. 아니면 소녀들 아버지이거나. 담배를 좀 펴도 되겠습니까."

"절대 안 됩니다."

"원하시면 수사를 진행해 자기 손으로 정의를 집행한 후 사라져 버린 절박한 그 아버지를 찾아낼 수 있을 겁니다. 하지만 수사를 위해 움직이면 움직일수록 부군의 불명예스러운 행적들이 공개적으로 알려지겠지요."

침묵이 흘렀다. 다리 떨림이 다시 시작될 것(프랑스어)이라는 협박의 신호가 왔다. 살짝 부스럭거리는 소리가 났다. 경감이 거절당한 시가를 내려놓는 소리 같았다. 갑자기 어머니는

"그거 아세요, 경감님."

"말씀해 보세요."

"경감님 말씀이 맞았어요. 방금 이야기하신 것들을 하나도 믿을 수가 없군요. 지금 이야기를 지어내고 계신 거잖아요. 그 이유를 들을 차례인 것 같습니다."

"보셨죠? 제 말이 맞죠? 그 말씀을 하시게 될 거라고 제가

그랬지 않습니까." 목소리를 더 높이며 말했다. "제 말이 맞죠? 안 그렇습니까?"

"그것은 이유가 아닙니다."

"만일 부인이 결과를 겁내지 않으신다면 저는 수사를 더 진척시킬 수 있습니다. 하지만 우리가 알게 될 타락의 끝은······ 부군만이 알고 계실 겁니다."

"안녕히 가세요, 경감님. 좋은 시도였다고 생각합니다."

어머니는 다소 거만하게 올드 섀터핸드처럼 말했다. 나는 그게 마음에 들었다. 카슨과 검은 독수리는 너무 놀랐고 그날 저녁 검은 독수리는 자신을 비네토우[59]라고 불러 달랬다. 나는 거절했다. 어머니가 작별 인사를 했지만 그들은 아직 일어서지도 않았다! 어머니는 가게 운영을 맡은 뒤로 상황을 쥐락펴락하는 능력이 생겼다. 플라센시아 경감이 일어서서 앞뒤가 맞지 않는 소리를 중얼거리기 시작한 것이다. 나는 경감이 아버지에 대해 무슨 말을 했는지 궁금증을 풀지 못한 채 그곳에 남겨졌다. 그가 한 말이 진실인지 거짓인지 온전히 이해하지 못했기 때문이다.

"하우."

"그러니까. 사창가하고, 다른 건 뭐였지?"

"혹사시켰다 그랬는데······." 카슨이 말했다.

"잘 모르겠네. 그 비슷한 거였어."

"음, 사창가를 찾아보자. 에스파사 사전에서 말이야."

---

[59] 카를 마이의 소설에 자주 등장하는 미국 원주민 영웅.

"사창가: 매음굴, 유곽, 윤락업소."

"이런. 그럼 매음굴을 찾아봐야겠다."

"매음굴: 사창가, 유곽, 매음하는 여자들이 모여 있는 곳."

갑자기 조용해졌다. 세 명 모두 어리둥절한 모습이었다.

"그럼 유곽은?"

"유곽: 매음굴, 윤락업소, 사창가. 이런 젠장. 죄악의 소굴인 장소 혹은 집."

"그럼 윤락업소를 찾아봐."

"윤락업소: 매음굴, 유곽."

"제길."

"아, 잠깐만. 격식이 없고 소음과 혼란으로 가득한 곳."

그러니까 아버지는 소음이 잦고 모두가 이용할 수 있는 매음굴이란 것을 갖고 있었다는 말이다. 그것 때문에 그를 살해했다고?

"그럼 혹사하다를 찾아볼까?"

"그걸 카스티야어로는 뭐라고 하지?"

그들은 잠시 말이 없었다. 아드리아는 미궁에 빠졌다.

"하우."

"그래."

"이건 모두 섹스에 관한 거야. 소음이 아니고."

"확실해?"

"확실해. 전사가 어른이 되면 샤먼이 섹스의 비밀에 대해 알려 주는걸."

"내가 성인이 되었을 때는 아무도 나에게 섹스의 비밀에 대해 가르쳐 주지 않을 거야."

　다소 씁쓸한 침묵이 흘렀다. 누군가가 마른침을 뱉는 소리
가 났다.

　"말해 봐, 카슨."

　"내가 아는 몇 가지가 있지."

　"말해 봐, 제길."

　"안 돼. 아직 너희는 너무 어려."

　카슨 보안관의 말이 맞았다. 나는 언제나 내 나이에서 벗어
난 것들을 하고자 했다. 나는 너무 어리거나 너무 늙었다.

15

"손을 뜨거운 물에 담가. 그리고 꺼내서, 꺼내라고. 너무 부드러워지도록 두지 말고. 걸어 봐. 너무 긴장하지 말고. 차분하게. 걸어 봐. 숨을 깊게 쉬고. 멈춰. 그래. 좋아. 처음을 생각해 봐. 인사하면서 극장에 들어가고 있는 네 모습을 생각해 봐. 좋아. 이제 인사. 아니, 저런, 그렇게 인사하면 어떻게 해, 정말. 앞으로 숙여야지. 청중 앞에서 완전히 항복하듯이 말이야. 저기. 그렇다고 진짜 항복하는 것은 아니고. 청중으로 하여금 네가 항복한다고 믿게 하는 거지. 하지만 나처럼 정상에 오르게 되면 네가 그들보다 위에 있고 나머지가 네 앞에서 무릎을 꿇어야 한다는 사실을 알게 될 거야. 긴장하지 말라고 했잖아. 손을 말리렴. 감기 걸리면 어쩌려고 그래? 바이올린을 손에 쥐어. 악기를 쓰다듬고, 악기를 지배하란 말이야. 원하는 대로 명령하는 사람은 너라는 것을 명심해. 처음 마디들을 생각해 봐. 그렇지, 활 없이, 마치 연주하듯이 말이야. 잘했어. 이제 스케일 연습을 해도 좋아."

만예우 선생은 지쳐서 연주자 대기실을 나갔고 드디어 나는 숨을 쉴 수 있었다. 스케일을 연주하며 긴장은 누그러졌고, 실수 없이 끽끽거리지 않고 소리를 뽑아 낼 수 있었다. 송진을 타고 숨 쉬는 활은 자연스럽게 미끄러져 내려갔다. 그리고 아드리아 아르데볼은 절대, 다시는 안 하겠다고 다짐했다. 고문이었다. 그깟 얼마간의 박수로 상품처럼 살지 말지를 결정하는 식의 무대 쇼케이스에 그는 도무지 적합한 사람이 아닌 듯했다. 무대에서 매우 섬세한 쇼팽의 프렐류드가 흘러나왔다. 그는 눈부시게 아름다운 소녀가 피아노 건반을 어루만지는 모습을 상상했고, 더 이상 참지 못하고 바이올린을 케이스에 보관한 후 무대 쪽으로 향했다. 커튼을 살짝 젖히고 무대를 보았다. 어떤 소녀였다. 아름답다는 말이 모자랄 정도였고, 아드리아는 정신을 잃을 만큼 빠르게 그녀를 사랑하게 되었다. 그 순간 그는 그랜드 피아노가 되고 싶었다. 형언할 수 없는 그 소녀가 연주를 마치고 믿기 어려울 만큼 귀엽게 인사했을 때 아드리아는 광적으로 박수를 치기 시작했다. 그때 누가 신경질적인 손길로 등을 때렸다.

"도대체 여기서 뭐 하는 거야? 곧 네 차례잖아!"

대기실에 돌아가면서 만예우 선생은 의욕 없이 처음 리사이틀을 하게 된 열두 살에서 열세 살 어린아이의 부족한 프로 정신을 탓했다. 그동안 얼마나 우리가 노력해 왔니, 너희 어머니와 내가 말이야. 그런데 넌 여기서 얼이 빠져 서 있다니. 내 마음을 불안하게 만드는 데 특출한 사람이었다. 무대 출구에서 이미 대기 중이던(그녀야말로 프로 정신이 투철한 사람이지, 그렇지 않아?) 마리 선생님께 인사를 했다. 마리 선생님은 나에게 한 눈을 찡긋했다. 걱정 마, 네 연주는 아주 훌륭해, 무대에서는 더 잘할 거야. 도입부가 너무 빠르지 않게 조심하라고 했다. 내가 주인공이고, 그녀는 따라갈 거라고 했다. 빨라지지 않도록 하렴. 마지막 리허설처럼 말이야. 그리고 아드리아는 목 뒤에서 만예우 선생의 숨소리를 느꼈다.

"숨을 내쉬어. 청중을 보지 말고. 우아하게 인사하렴. 발은 서로 살짝 떼고. 연주회장의 먼 곳을 바라봐. 마리 선생님이 준비 신호를 보내기 전에 시작해 버려. 네가 주인공이야."

나는 내 앞 순서에 연주한 소녀가 누군지 알고 싶었다. 그녀에게 인사하고, 입을 맞추고, 껴안고, 머리카락 냄새를 맡고 싶었다. 그러나 연주를 마친 연주자들은 다른 쪽으로 무대를 빠져나갔고, 안토니아 마리 교수와 떠오르는 영재 아드리아 아르데볼 이 보스크의 연주 순서를 알리는 소리가 들렸다. 우리는 무대로 나가야 했다. 나는 베르나트를 발견했다. 걱정 마, 정말, 아드리아, 긴장 풀고, 나는 연주회에 가지 않을 거야, 맹세할게라고 했던 아이다. 그런데 첫 번째 줄에 앉은 그 마리카 같은 자식은 나를 비웃는 듯한 웃음을 간신히 숨기고 있는 것 같았다. 심지어 부모님과 함께 왔다. 어머니는 한 번도 본 적 없는 남자 두 명과 함께였다. 만예우 선생이 이들 쪽으로 가서 앉더니 어머니에게 무언가 속삭였다. 연주회장의 절반 이상이 낯선 사람들로 채워졌다. 나는 갑자기 너무 오줌이 마

려웠다. 마리 선생님의 귀에 대고 오줌을 누고 와야겠어요 하
자 그녀는 걱정 마, 사람들이 네 연주를 듣지 않고 자리를 뜨
는 일은 없을 거야라고 말했다.

아드리아 아르데볼은 화장실로 가지 않았다. 대기실에서
바이올린을 케이스에 넣고는 그곳에 악기를 둔 채 떠났다. 출
구를 향해 달려 나가고 있을 때 베르나트와 마주쳤다. 놀란 표
정으로 아드리아를 바라보며 이봐, 어딜 가는 거야 했다. 그는
집으로라고 대답했다. 베르나트는 너 정신 나갔니. 아드리아
는 나를 좀 도와줘야겠어. 내가 병원에 실려 갔다거나 그런 종
류의 이야기들 있잖아. 그리고 그는 의사 협회 건물을 나왔다.
라이에타나 대로의 야간 교통 체증은 대단했다. 그는 엄청나
게 땀을 흘리며 집으로 갔다. 베르나트가 친구 역할을 해 주었
다는 사실을 한 시간이 더 지나서야 알 수 있었다. 연주회장으
로 돌아가 어머니에게 내 상태가 좋지 않아 병원에 실려 갔다
고 말한 것이다.

"어디 병원이니, 얘야?"

"모르겠어요. 그건 택시 기사가 알지 않을까요."

이 장면을 목격한 낯선 사람들이 정신없이 웃어 대자 당황
한 만예우 선생은 복도 한가운데에서 횡설수설 일관성 없는
지시를 내리기 시작했다. 베르나트라는 장애물은 그들이 그
곳을 떠나 황급히 라이에타나 대로를 향해 달려 나가는 나를
보지 못하도록 결정적인 역할을 해 주었다.

한 시간쯤 지나 모두 집에 돌아왔다. 어리석기 짝이 없는 작
은 롤라가 공황 상태로 집에 도착한 나를 보고 의사 협회에 전

화를 걸어 어머니에게 알렸다. 어머니는 나를 서재에 가 있도록 한 후 만예우 선생과 함께 들어와 문을 닫았다. 최악의 순간이었다. 도대체 무슨 생각을 한 거니라고 어머니가 말했다. 나는 다시 연주하고 싶지 않았어요라고 말했다. 어머니는, 대체 무슨 마음을 먹었던 거야. 만예우 선생은 팔을 쭉 뻗더니 믿을 수가 없군, 믿을 수가 없군을 반복했다. 나는, 아니에요, 정말 진절머리가 났어요, 책을 읽을 시간이 있었으면 좋겠어요. 어머니는, 안 돼, 너는 바이올린을 해야 해. 네가 어른이 되면 그것을. 나는, 나는 결정했어요. 그러자 어머니는, 무엇을 결정하기에 열세 살인 너는 너무 어려. 나는 화가 나서 열세 살하고도 반이에요! 만예우 선생은 팔을 뻗고 믿을 수가 없군, 믿을 수가 없군을 반복했다. 어머니는 도대체 무슨 생각을 한 거니라고 두세 번 더 되풀이해 말하더니 이 수업 때문에 내가 들이는 돈이 얼만데 너는 대체…… 그러자 자기가 나서야 할 때라고 생각했는지 만예우 선생이 비싼 편은 아니라고 했다. 싼 편은 아니지만 자신이 선생인 걸 감안하면 비싸지 않다고 했다. 어머니는, 제가 한 말씀 올리죠, 비싸거든요. 매우 비싸요. 만예우 선생은, 그럼 그렇게 비싸면 당신과 당신 아들이 알아서 연습하시죠. 오이스트라흐라도 되는 줄 아나 보네. 그러자 어머니는 화가 나서 한마디만 더 해 보세요, 당신 입으로 이 아이가 재능이 있고 바이올린 연주자로 키워 내겠다고 했어요. 그동안 나는 조금 진정이 되었다. 왜냐하면 그들 사이에 언쟁이 오갔고, 따라서 나는 대화를 프랑스어로 번역할 필요도 없었다. 또 소문이라면 귀가 밝은 작은 롤라가 갑자기 나타나 의사 협회에서 급한 전화가 걸려 왔다고 해서 어머니는 곧 돌아올 테니 아무도 자리에서 움직이지 말아요 하며 서재를 나갔고, 그사이 만예우 선생이 내 얼굴에 코를 바짝 갖다 대며 빌어먹을 겁쟁이, 소나타를 다 배워 놓고선 하기에 나는 그게 뭐가 중요한가요, 전 많은 사람 앞에서 연주하고 싶지 않아요 라고 대답했다. 그가 베토벤이 무슨 생각을 하겠니? 해서 나는 베토벤은 죽었기 때문에 아무것도 알 수 없을 거예요 했다. 그가, 믿을 수가 없군. 나는, 마리카. 그리하여 그곳에 아주 무겁고 빛바랜 어두운 침묵이 흘렀다.

"방금 뭐라고 했니?"

서로 마주 보고 서서 둘 다 움직이지 않았다. 그때 어머니가 돌아왔다. 만예우 선생은 너무 놀란 나머지 여전히 아무 반응도 보이지 않았다. 어머니는 나를 벌하기 위해 학교와 바이올린 수업 이외에는 집 밖에 나가는 것을 금지한다고 말했다. 이제 네 방으로 돌아가. 오늘 저녁을 먹을지 아니면 못 먹게 될지 이따 얘기하자. 어서 가. 만예우 선생은 여전히 팔을 뻗은 채 입을 벌리고 있었다. 어머니와 내 안에 있는 분노에 반응하기에는 너무 느렸다.

반항의 표시로 문을 닫았고, 어머니는 원하면 그에 반응하리라고 생각했다. 나는 내 비밀이 간직된 보물 상자를 열었다. 자유롭게 돌아다니는 검은 독수리와 카슨만 제외하고 내 모든 보물이 들어 있었다. 마세라티 한 대를 이중 거래할 수 있는 카드가 이제야 기억난다. 꿈을 꾸게 하는 유리 총알도 있었다. 그리고 내 천사의 메달을 걸지 않을 때면 거기에 보관해 두었다. 나의 천사가 그 붉은 미소를 띠며 나에게 안녕, 아드리아노(이탈리아어)라고 한 순간을 기념하는 메달이었다. 아드리아는 안녕, 나의 천사여(이탈리아어)라고 대답하는 모습을 그려보았다.

그는 아이들이 시창청음 수업을 하는 옆 건물의 먼지 가득한 방에서 그를 만나기로 했다. 그가 어두운 복도로 들어갔을 때 공을 쫓으며 소리를 지르는 친구들의 소리는 바닥에 쌓여 있던 먼지와 고요 속에 파묻혀 버렸다. 복도 끝 교실에 희미하게 불이 켜져 있었다.

"이게 누구야, 예술가 납셨군."

바르트리나 신부님은 비쩍 마른 사람이었다. 키가 크고 젓가락같이 곯은 그에게 캐속은 짧을 수밖에 없었고, 그 아래로 낡은 바지가 삐져나왔다. 그는 늘 기대어 서 있었기 때문에 언제라도 상대를 덮칠 것 같은 인상을 주었다. 하지만 본성이 상냥한 사람이었고, 학생들이 시창에 관심이 없는 것을 당연하게 받아들였다. 음악 선생이라는 직책에 있으니 음악 이론을 가르친다는 딱 그뿐이었다. 문제는 수업의 권위를 유지해야 하는 데 있었다. 한 명도 예외 없이 모든 학생들이 음정이 틀리거나 파 음을 어디에 그려 넣는지 몰랐지만 음악을 위해 수업을 재수강하는 일은 절대 없었기 때문이다. 따라서 그는 그저 어깨를 으쓱하며 자기 일만을 묵묵히 해 나갔다. 네 개의 붉은색 오선이 그려진 커다란 칠판에 사분음표(흰색 분필로 동그라미를 채워 넣은), 이분음표(칠판 색으로 동그라미가 채워진)

의 이해 못 할 차이를 열심히 그려 나가며 말이다. 그렇게 학생들을, 수년의 세월을 계속 흘려보냈다.

"안녕하세요."

"바이올린을 연주한다고 들었는데."

"맞아요."

"의사 협회 연주회에서 무대에 서기를 거부했다고 들었다."

"맞아요."

"왜 그런 거니?"

아드리아는 연주자에게 요구되는 완벽성이라는 것에 대한 자신의 논리를 설파했다.

"완벽함에 집착하지 마라. 무대 공포증이 있구나."

"뭐라고요?"

그러자 바르트리나 신부는 연주자의 무대 공포증에 관한 자신의 이론을 늘어놓기 시작했다. 영국의 어느 음악 잡지에서 읽은 것이었다. 아니에요. 그런 게 아니에요라고 나는 생각했다. 하지만 그를 이해시키기는 쉽지 않았다. 공포심을 느끼는 게 아니었다. 나는 그저 완벽을 위해 노력하고 싶지 않았을 뿐이다. 실수나 망설임을 허락하지 않는 일을 나는 하고 싶지 않았다.

"실수와 망설임은 연주자 안에 늘 있는 거야. 그러나 연습하는 동안에만 허용되지. 청중 앞에서 작품을 해석할 때면 그 망설임은 이미 극복한 상태라야 해. 그런 거야."

"거짓말이에요."

"뭐라고?"

"죄송해요. 저는 그 말에 동의하지 않아요. 잘못된 손가락 위치에 따라 음악의 운명을 결정하기에는 제가 음악을 너무 사랑하는걸요."

"몇 살이니?"

"열세 살하고 반이요."

"네 말만 들어서는 어린아이 같지 않구나."

지금 나를 꾸짖는 것인가? 나는 그의 시선을 유심히 살폈지만 정답을 찾을 수 없었다.

"어째서 영성체를 하지 않니?"

"저는 세례를 받지 않았어요."

"설마."

"저는 가톨릭 신자가 아니에요."

"그럼 뭐지?" 아드리아는 조심스럽게 생각에 잠겼다. "개신교? 유대교?"

"전 아무것도 아니에요. 우리 가족은 아무것도 아니에요."

"좀 더 여유를 갖고 이야기해 봐야겠구나."

"제 부모님은 그런 것들에 관해 일체 이야기하지 않는다는 학교의 약속을 받아 냈어요."

"맙소사." 그리고 혼잣말을 했다. "무슨 일이 있었는지 좀 더 알아볼 필요가 있겠어."

그리고 다시 꾸짖는 어조로 돌아왔다.

"모든 과목에서 10점 만점을 받는다고 들었다."

"그렇죠. 하지만 그닥 대단한 일은 아니에요." 내 스스로에 대한 방어 기제가 작동했다.

"왜지?"

"쉬우니까요. 저는 기억력이 좋은 편이거든요."

"그래?"

"네. 모든 것을 기억하거든요."

"악보 없이도 연주할 수 있니?"

"그럼요. 한번 연주해 본 후에는 말이죠."

"엄청나구나."

"아니에요. 왜냐하면 저는 절대 음감을 가지지 못했어요. 플렌사는 절대 음감을 가졌는데."

"누구?"

"4C반의 플렌사요. 저와 함께 바이올린을 연주해요."

"플렌사? 약간 키가 큰 편인 그 금발 학생 말이니?"

"맞아요."

"그 애가 바이올린을 연주한다고?"

이 남자가 원하는 것은 무엇일까. 왜 이렇게 캐묻지? 무엇을 바라는 거야? 나는 머리를 끄덕였고, 어쩌면 이런 사실을 밝히게 되면서 베르나트를 곤란에 빠뜨리고 있는지도 모른다는 생각이 들었다.

"외국어를 많이 안다고 들었다."

"아니에요."

"아니라고?"

"음…… 프랑스어요. 수업 시간에 배워요."

"지난 일 년 동안. 하지만 벌써 말을 할 줄 안다던데."

"그러니까……." 이제 무엇을 말해 줘야 하지?

"그리고 독일어."

"네, 저는…….”

"그리고 영어?"

그는 범죄 현장에서 걸려들었다는 듯 취조하는 투로 말했다. 이에 아드리아는 방어적인 태도를 보였다. 그는 영어도 할 줄 안다고 인정해야 했다.

"혼자 익혔니."

"아니요." 다소 누그러진 목소리로 대답했다. "그건 사실이 아니에요. 수업을 받아요."

"음, 내가 듣기로는…….”

"아니에요, 이탈리아어예요." 후회가 밀려왔다. "그건 혼자 공부 중이죠."

"놀랍구나."

"아니에요. 간단해요. 로망어 단어들 말이죠. 카탈루냐어, 카스티야어, 프랑스어를 알면 식은 죽 먹기예요. 제 말은, 아주 쉽다고요."

바르트리나 신부는 믿지 못하겠다는 눈초리로 바라보았다. 마치 그가 신부에게 거짓말을 하는 것처럼 말이다. 아드리아는 마음의 짐을 조금 덜기 위해

"그런데 제 이탈리아어 발음은 아주 나쁜 편이에요."

"그래?"

"네. 늘 제가 생각하는 곳과 다른 곳에 강세가 들어가요."

꽤 긴 시간 동안 침묵이 이어졌다.

"커서 무엇이 되고 싶니?"

"글쎄요. 읽고. 공부하고. 잘 모르겠어요."

주위는 조용했다. 바르트리나 신부는 발코니를 향해 발걸음을 옮겼다. 사제복의 깊숙한 곳에서 눈부실 정도로 하얀 손수건을 꺼내더니 깊은 생각에 잠겨 입술을 닦아 냈다. 유리아 거리는 여전히 차로 가득했고, 어느 지점에서는 차가 꿈쩍도 하지 않았다. 신부는 여전히 방 한가운데에 서 있는 아드리아에게 돌아섰다. 그는 아마 그때 알아챘을 것이다.

"자리에 앉거라, 앉아."

이 남자가 무엇을 원하는지 전혀 알 수 없었지만 나는 일단 책상에 앉았다. 그가 다가오더니 내 옆 책상에 앉았다. 그는 내 눈을 바라보았다.

"나는 피아노를 친단다."

고요가 감돌았다. 수업 시간에 우리가 꾸벅꾸벅 졸며 시창을 할 때 그는 화음을 연주했고, 나는 이때 이미 그가 피아노를 친다는 사실을 알아챘다. 그의 반주 덕택에 우리는 음정을 유지할 수 있었다. 그는 무언가 말을 꺼내기 어려워하는 것 같았다. 하지만 결국 결심하고 말했다.

"학기 말에 맞춰 「크로이처 소나타」를 연습하면 어떨까. 졸업 연주회를 위해서 말이야. 어떻게 생각하니? 카탈루냐 음악당[60]에서! 카탈루냐 음악당에서 연주하고 싶지 않니?"

---

60) 바르셀로나 시내에 위치한 클래식 음악 공연장으로 건축가 유이스 도메네크 이 몬타네에 의해 1908년 완공되었다. 19세기 말에서 20세기 초 카탈루냐 모더니즘의 대표적인 건축 양식으로 손꼽히며 유네스코가 지정한 세계 문화유산이다.

나는 아무 말도 하지 않았다. 나는 모든 아이들이 나를 마리카라 부르고, 내가 무대 위에서 완벽을 기하기 위해 쩔쩔매는 모습을 상상했다. 지옥이 따로 없었다.

"의사 협회에서 연주했어야 했던 곡 아닌가. 그렇지?"

그는 내게 영감을 불어넣기 위해 처음으로 웃음을 지었다. 나를 설득하기 위해서. 내가 수락하도록 하기 위해서 말이다. 나는 조용히 있었다. 다른 번뜩이는 생각이 떠올랐기 때문이다. 음악가로서 그가 나를 도울 수 있지 않을까 생각했다. 그래서 물었다. 바르트리나 신부님, 저기, 신부님한테도 사람들이 마리카라고 하나요?

3A반의 아드리아 아르데볼 이 보스크는 알 수 없는 이유로 삼 일간 정학을 당했고, 학교는 그 이유를 어머니에게도 설명하지 않았다. 동급생들 사이에서는 목이 아파 학교를 쉬게 되게 되었다고 알려졌다. 그리고 베르나트는 음, 그러니까 내가 너도 나처럼 마리카냐고 물었을 때 불같이 화를 냈다.

"너는 마리카야?"

"알게 뭐야. 에스테반은 내가 바이올린을 켜서 그렇대. 그러니까 너도 그런 거 아니겠어. 그리고 바르트리나 신부님도 마찬가지지. 피아노 치는 것도 거기에 해당된다면 말이야."

"그럼 야샤 하이페츠도."

"응, 그런 거 아니겠어. 그리고 파우 카잘스[61]도."

---

61) Pau Casals(1876~1973). 카탈루냐어 파우(Pau)의 카스티야어식 이름인 파블로 카살스(Pablo Casals)로도 알려진 카탈루냐 출신의 첼로 연주자다. 카탈루냐 민요 「새의 노래」 솔로 연주와 바흐의 무반주 첼로 모음곡 연주로

"그렇지. 그런데 누구도 나를 그렇게 부른 적은 없어."

"네가 바이올린을 켠다는 사실을 몰라서 그럴 거야. 바르트리나 신부님도 모르던데."

음악원 건물에 도착하기 전 브루크 거리를 달리는 빠른 차들을 무시한 채 가만히 멈추어 섰다. 베르나트에게 문득 아이디어가 떠올랐다.

"너희 어머니에게 왜 물어보지 않는 거야?"

"너는 왜 너희 어머니에게 물어보지 않는 거야? 아니면 아버지에게? 너는 아버지가 있잖아. 그렇지?"

"하지만 마리카라고 말해서 정학당한 사람은 내가 아니야."

"트루욜스 선생님께 물어보면?"

그날 아드리아는 만예우 선생이 기분 나빠하는지 알아보기 위해 트루욜스의 수업에 참석하기로 했다. 그녀는 그를 보더니 매우 반가워했다. 그리고 그의 연주 실력이 늘었는지 소리를 들어 보았다. 의사 협회에서 있었던 일을 분명히 알았을 텐데 특별히 언급하지 않았다. 그들은 트루욜스에게 수수께끼와 같은 단어 마리카의 뜻이 무엇인지 묻지 않았다. 그녀는 둘다 자신의 신경을 건드리기 위해 일부러 음정을 틀리게 연주한다고 불평했지만 전혀 사실이 아니었다. 실은 우리가 그곳에 들어가기 전 우리보다 어린 어떤 아이가 하는 연주를 들었다. 이름이 클라레트라는 것 같았다. 어디에선가 방문차 왔는

유명하다.

데 실력이 스무 살쯤 되는 남자가 연주하는 것 같았다. 그 사실은 동기를 부여하기보다 나를 위축되게 만들었다.

"아, 나는 아니야. 나를 화나게 만들긴 했지. 연습을 더 할 거야."

"베르나트, 너는 훌륭한 바이올린 연주자가 될 거야."

"너도 마찬가지야."

베르나트와 아드리아의 나이 또래가 나누는 대화가 이러한 소재인 것은 정상이 아니었다. 그러나 바이올린 연주는 사람을 변화시키기도 한다.

그날 저녁 아드리아는 어머니에게 거짓말을 했다. 삼 일간 정학을 당한 게 무엇을 몰라 우물쭈물하는 어떤 선생님을 보고 웃었기 때문이라고 했다. 어머니는 가게 일과 내 눈에는 천사인 다니엘라의 책략으로 머리가 복잡해서 아들에게 기계적이고 성의 없는 설교만 늘어놓았을 뿐이다. 어머니는 신께서 너에게 매우 특별한 재능을 주셨단다라고 했다. 이건 네가 노력해서 얻었다기보다 타고난 거야. 아드리아는 아버지가 돌아가신 이후 신에 대해 더욱 자주 이야기하는 어머니의 모습을 볼 수 있었다. 비록 신을 자연과 혼동하기는 했지만 말이다. 내가 이렇게 길을 잃고 헤매는 가운데 정말 신이 존재하는지는 두고 볼 일이었지만.

"좋아요, 어머니. 다시는 그러지 않을게요. 용서해 주세요."

"아니다. 용서는 그 선생님께 구해야지."

"맞아요, 어머니."

어머니는 어느 선생인지 묻지 않았다. 그리고 아드리아가 정확히 무슨 말을 했는지, 선생이 어떤 대답을 했는지 전혀 물어보지 않았다. 어머니는 더 이상 내가 알던 사람이 아니었다. 그렇게 저녁 식사가 끝나자마자 아버지의 서재에 들어가 문을 닫았다. 고문서를 열람하는 책상 위에 그녀의 회계 장부가 펼쳐져 있었다.

작은 롤라가 설거지를 끝내고 부엌을 정리하는 동안 아드리아는 그녀의 일을 도와주려는 척하며 능장을 부렸다. 그리고 어머니가 서재에서 충분히 일에 몰입했다는 확신이 들자 부엌에 들어가 중문을 닫았다. 부끄러움으로 또 질문할 기회를 놓치기 전에 아드리아는 작은 롤라, 학교에서 왜 저한테 마리카라고 하는지 설명해 줄 수 있어요?

나는 잠자리에서 오래 뒤척였다. 우리 둘 중 학업 이외의 분야에 정통했던 것은 늘 베르나트였는데 그의 무지를 일깨울 유일한 방법을 생각하자 잠이 오지 않았다. 콘셉시오 성당의 종소리가 밤 11시를 알리고 야간 경비대가 솔라 씨네 철문을 곤봉으로 두드려 동네 전체에 메아리가 울려 퍼질 때까지 깨어 있었다. 프랑코가 여전히 건재했고, 우리에게 지구는 다시 평평해졌으며, 나는 아직 어렸고, 아직 당신을 만나지 못한 그런 시절이었다. 밤이 되면 도시 바르셀로나도 잠들어 버리는 그런 시절이었다.

3부

아르카디아에도 나는 있다*

젊었을 때 나 자신이 되기 위해 싸웠다.
시간이 흐른 지금 나 자신을 받아들이기로 했다.

— 조제프 마리아 모레레스**

---

* Et in Arcadia ego. 이상향인 아르카디아에도 나, 즉 죽음은 있다는 뜻의 라틴어 경구다. 일명 게르치노로 불리는 볼로냐 출신 화가 조반니 바르비에리가 1620년경 죽음을 주제로 그린 작품의 제목으로 처음 알려졌다. 베르길리우스가 그리스의 아르카디아를 풍요와 축복의 땅으로 처음 묘사하면서부터 아르카디아는 많은 서양 예술가들의 작품에서 이상향으로 그려졌고, 서구인들의 전반적인 인식 속에 지상 낙원의 상징으로 자리 잡는다. 훗날 니콜라 푸생이 그린 두 그림의 제목으로 더욱 잘 알려지게 되었다. 작품 속 석관에 '아르카디아에도 나는 있다.'라고 쓰여 있으며 보통 '죽음을 기억하라.'라는 의미로 해석된다.

** Josep Maria Morreres(1952~). 카탈루냐의 작가. 대표작으로 『비단의 아들』, 『악마의 수도원』이 있다.

16

아드리아 아르데볼은 꽤 성숙해졌다. 시간은 헛되이 흐르지 않았다. 그는 이제 마리카가 무슨 뜻인지 알고, 신정론의 의미 또한 간파하게 되었다. 아라파호의 추장 검은 독수리와 용감한 보안관 카슨은 사막의 먼지를 모아 살가리,[62] 카를 마이, 제인 그레이,[63] 쥘 베른[64]이 놓인 선반에 올려 두었다. 하지만 어머니의 엄격한 보호를 벗어나지는 못했다. 타고난 복종 능력은 나를 기교적으로 훌륭하지만 영혼 없는 바이올린

---

62) 에밀리오 살가리(Emilio Salgari, 1862~1911). 이탈리아 출생으로 모험 소설을 주로 썼다.
63) Zane Grey(1872~1939). 미국의 소설가. 서부 개척 시대를 무대로 한 소설로 알려져 있다.
64) Jules Verne(1828~1905). 프랑스의 소설가. 공상과학, 모험 분야의 소설을 주로 썼다.

연주자가 되도록 했다. 말하자면 2등급의 베르나트가 되었다. 만예우 선생은 첫 번째 공연에서 도망쳐 버린 부끄러운 사건 조차 결국 내가 천재적인 기질을 타고난 징후로 해석했다. 우리 둘 사이의 관계는 좀처럼 변하지 않았다. 그 사건 이후 그가 필요하다고 생각할 때마다 나에게 모욕을 주는 것이 자기 권리라고 생각하는 것만 빼면 말이다. 만예우 선생과 나는 한 번도 음악에 대해 이야기해 본 적이 없었다. 그저 바이올린 레퍼토리에 대한 이야기뿐이었다. 비에니아프스키, 나르디니, 비오티, 에른스트, 사라사테, 파가니니, 그리고 누구보다도 만예우, 만예우, 또 만예우라는 이름들뿐이었다. 선생님, 진짜 음악은 언제 연주하게 되는 건가요? 하고 말할 뻔했다. 이 말을 했다가는 그의 심기를 폭발시켜 나에게 심각한 상해를 입힐 게 뻔했다. 그는 레퍼토리에 대해서, 아니 그의 레퍼토리에 대해서만 이야기했다. 혹은 손 모양. 혹은 발 모양. 혹은 연습할 때 적절한 복장이 무엇인지에 대해서. 그리고 발 모양이 사라사테-소레식인지, 비에니아프스키-빌헬미식인지, 이자이-요아힘식인지, 아니면 선택받은 소수만의 자세라는 파가니니-만예우식인지 하는 것들에 대해서만 이야기했다. 파가니니-만예우의 자세를 시도해 보면 좋겠구나. 왜냐하면 네가 선택받은 소수가 되었으면 하는 소망이 있기 때문이다. 내가 네 인생에 너무 늦게 등장하는 바람에 신동이 될 수 없다는 사실은 안타깝지만 말이다.

아드리아가 도망친 사건 이후 아르데볼 부인이 만예우의 수업료를 두둑이 올려 주면서 재개된 수업은 극도로 힘들었다. 수업은 침묵의 연속이었다. 약해 빠진 성격 때문에 방황하는 아이를 준 천재로 만들고자 하는 한 천재의 심기 불편한 침묵을 의도적으로 보여 주고자 했다. 조금씩 조금씩 연주에 대한 지시 사항과 수정 사항을 말하면서 다시 말이 많은 본모습을 찾아가더니 어느 날 그는 스토리오니를 가져오라고 했다.

"왜요?"

"소리를 들어 보고 싶구나."

"어머니께 허락을 받아야 해요." 아드리아가 수많은 곤경 끝에 배운 게 있다면 신중함이라는 법칙이었다.

"내가 원한다고 말씀드리면 허락해 주실 거다."

어머니는 네가 정신이 나갔구나, 대체 무슨 생각을 한 거니라고 말했다. 네 파라몬이나 가져가. 아드리아가 다시 한번 고집을 피워 보았지만 어머니는 안 된다면 안 되는 줄 알아 하고 다그치며 단호한 태도를 보였다. 그제야 만예우 선생이 특별히 부탁한 거라고 말했다.

"처음부터 말했어야지." 그녀는 심각하게 말했다. 왜냐하면 어머니와 아들은 수년간 전쟁 중이었고, 어떤 상황이든 싸움의 소재가 되어 어느 날 아드리아가 나는 열여덟 살이 되면 집을 떠날 거예요라고 말하는 지경까지 이르렀다. 그녀는 말했다. 무슨 돈으로 말이냐? 아드리아가 대답했다. 내 돈으로요. 아버지께서 물려주신 게 있으니. 잘은 모르겠지만요. 그녀가 다시 말했다. 네가 떠나기 전에 그 물려받은 돈에 대해 알아보는 게 우선이겠구나.

그다음 금요일에 나는 스토리오니를 들고 나타났다. 선생

은 그것을 연주하기보다 비교해 보고 싶어 했다. 그는 내 스토
리오니로 비에니아프스키의 타란텔라[65]를 연주했다. 대단한
소리였다. 눈을 반짝거리며 내 반응을 살폈다. 그리고 비밀 하나
를 알려 주었다. 이건 펠릭스 멘델스존이 가지고 있던 1702년
과르네리우스란다. 그는 같은 타란텔라를 연주했다. 이것 역
시 엄청난 소리를 뿜어 냈다. 그는 승리의 표정을 짓더니 그의
과르네리우스가 내 스토리오니보다 소리가 열 배쯤 더 훌륭
하다고 말했다. 그리고 의기양양하게 내 바이올린을 돌려주
었다.

　"선생님, 저는 바이올린 연주자가 되기 싫어요."
　"입 다물고 연습이나 하렴."
　"선생님. 싫다니까요."
　"네 경쟁자들이 뭐라고 생각하겠니?"
　"저한테는 경쟁자가 없어요."
　"얘야." 음악 감상용 의자에 앉으며 그는 말을 이었다. "현재
너보다 높은 단계의 곡을 연습하고 있는 모든 이들이 네 경쟁
자야. 그들은 너를 침몰시키기 위한 온갖 방법을 찾고 있을 거
라고."
　그러고는 비브라토, 트릴에 비브라토 넣기, 하모닉스, 마르
텔레, 트레몰로를 다시 연습하기 시작했다. 날이 지날수록 나
는 지쳐 갔다.

―――――――――
65) 화려하고 정렬적인 느낌을 자아내는 아주 빠른 이탈리아 춤곡.

"어머니, 저는 바이올린 연주자가 되고 싶지 않아요."

"애야. 너는 바이올린 연주자란다."

"그만두고 싶어요."

그녀는 파리에서 리사이틀을 여는 것으로 이에 대한 대답을 대신했다. 너에게 펼쳐질 삶이 얼마나 화려한지 알 수 있을 거야, 아들아.

"여덟 살에 말이지." 만예우 선생은 생각에 잠겼다. "나는 첫 번째 리사이틀을 했어. 너는 열일곱 살까지 기다려야 했구나. 절대 나를 따라잡을 수 없을 거야. 하지만 내 위대함에 근접하도록 노력은 해 봐야지. 그리고 내가 무대 공포증을 극복하도록 도와줄 거다."

"저는 바이올린 연주자가 될 생각이 없어요. 그저 책이나 읽고 싶어요. 무대 공포증도 없고요."

"베르나트, 나는 바이올린 연주자가 되고 싶지 않아."

"그런 말 하지 마. 화낼 거야. 연주를 그렇게 잘하면서. 겉보기에 힘을 하나도 들이지 않고. 무대 공포증만 극복하면 된다니까."

"바이올린 연주는 좋아. 하지만 바이올린 연주자가 되고 싶지는 않아. 싫어. 그리고 무대 공포증 같은 것은 없어."

"어쨌든 수업을 그만두지는 마."

베르나트는 내 심리적 건강이나 미래를 걱정하는 게 아니었다. 그는 여전히 나와 만예우 선생의 수업에 참여했다. 연주 기술이 점점 늘었다. 그리고 만예우를 상대하지 않으니 수업에 질리거나 악기에 피로를 느끼거나 속상한 일을 겪지 않아도 되었다. 동시에 그는 트루욜스 선생님에게 강력히 추천받은 마시아한테 수업을 받고 있었다.

수년 후 무대라는 총살형 집행대 앞에 선 아드리아 아르데볼은 바이올린 연주자가 되는 데 대한 혐오가 어머니와 만예우 선생에게 대항할 유일한 수단으로서 시작되었다는 것을 깨달았다. 제어할 수 없이 갈라지는 목소리로 그는 음악을 하고 싶어요라고 만예우 선생에게 말했다.

"뭐라고 했니?"

"저는 브람스, 바르토크, 슈만을 연주하고 싶어요. 사라사테는 너무 싫어요."

만예우 선생은 몇 주 동안 말이 없었다. 레슨하면서 거의 손을 움직이지 않았다. 금요일이 되자 두 뼘 정도 높이의 악보를 피아노 위에 올려놓더니 자, 레퍼토리를 다시 골라 보자라고 말했다. 만예우 선생의 인생에서 처음으로 아드리아의 말이 맞다고 인정하는 순간이었다. 아버지도 아드리아의 말이 맞다고 고개를 끄덕인 적이 한 번 있지만 그는 그것을 말로 인정했다. 그러나 선생은 어서 레퍼토리를 다시 정하자고 말했을 뿐이다. 내 말이 맞다고 인정하는 대신에 그 복수로 검은 바지에 묻은 비듬을 털더니 다음 달 20일, 파리의 드뷔시 극장이야.「크로이처」, 세자르 프랑크, 그리고 브람스 소나타 3번이다. 앙코르는 가볍게 비에니아프스키와 파가니니로 하자. 이제 됐니?

나는 굉장한 무대 공포증이 있었고 무대 공포증이라는 유령은 음악에 대한 내 열정 이것저것을 가로막고 있다는 듣기 좋은 이론으로 교묘히 자신을 위장했다. 무대 공포증의 유령은 다시 나타났고, 아드리아는 땀을 흘리기 시작했다.

"누가 피아노를 치나요?"

"어떤 반주자라도 있겠지. 내가 구해 보마."

"아니요. 반주자는…… 피아노는 나를 따라오는 게 아니에요. 피아노는 나와 똑같은 역할을 해야 해요."

"헛소리하지 마. 네가 주인이야. 내 말이 맞니 틀리니? 적당한 피아노 연주자를 구하마. 세 번의 리허설이면 충분해. 이제 악보를 읽어 보자. 브람스부터."

아드리아는 어쩌면 바이올린 연주를 할 줄 아는 게 인생, 고독이라는 수수께끼, 자신의 욕망이 절대 현실과 합치할 수 없다는 분명한 증거, 아버지의 죽음이 무엇 때문인지를 밝혀 내고자 하는 갈망을 이해하는 방법이라고 느끼기 시작했다.

적당한 피아노 연주자는 카스텔스 선생이었다. 실력이 좋았고, 내성적이었으며, 만예우 선생의 지독하게 민감한 지시에도 자신을 건반 아래에 숨길 줄 알았다. 그리고 아드리아가 금방 파악했듯이 아들이 파리에서 연주할 수 있도록 하기 위해 천문학적인 액수의 돈을 쏟아붓는 아르데볼 부인의 광범위한 경제 작전의 일부가 되었다. 100석 규모의 플레옐 실내악 공연장은 마흔여 명의 청중으로 채워졌다. 음악가들은 자신의 연주에 집중하기 위해 혼자 여행했다. 카스텔스 씨와 아드리아는 삼등석을 이용했다. 만예우는 자신이 맡은 다방면의 역할을 잘해 내기 위해 일등석을 이용했다. 음악가들은 협주곡을 연습하느라 불면증과 싸웠고, 아드리아는 카스텔스 선생이 허밍으로 도입부를 시작하는 모습이 재밌다고 생각했다. 그는 허밍을 하면서 연주하는 척하며 그를 따라갔다. 도입부를 맞추어 나가는 환상적인 방법이었다. 그때 승무원이 침구를 정리하러 들어왔고, 그는 나가면서 미친 사람들 천지라고 생각했다. 리옹을 지나갈 무렵 자정이 지나 카스텔스는 만예우 선생이 자기 목줄을 꽉 쥐고 있다고 고백하더니 아드리아에게 부탁이 있다고 말했다. 연주가 시작되기 전에 산책을 할 수 있도록 만예우 선생에게 말해 줄 수 있는지 물었다. 내 여동생을 만나야 하는데 만예우 선생은 공과 사를 섞는 거라며 탐탁히 여기지 않더구나. 무슨 말인지 알겠니?

파리 연주회는 내가 바이올린 공부를 계속하도록 하기 위한 어머니의 작품이었다. 하지만 어머니는 이게 내 인생을 바꾸리라고는 짐작하지 못했다. 그곳에서 당신을 만나게 된 것이다. 어머니의 작품 덕택이었다. 그러나 공연장에서는 아니었고, 그 전에 비밀 여행이라 할 수 있는 카스텔스 씨와의 여행 중에 일어났다. 카페 콩데로 가는 길이었다. 그의 여동생을 거기에서 만나기로 했다. 그녀는 조카를 데려왔다. 바로 당신이었다.

"사가[66] 볼테스엡스타인이라고 해."

"아드리아 아르데볼보스크야."

---

[66] 본명은 사라(Sara)인데 프랑스어를 모국어로 하는 사라가 r 발음을 /ㅎ/ 혹은 /ㄱ/에 가깝게 내는 것을 생생히 묘사하고 있다.

"그림을 그려."

"책을 읽어."

"바이올린 연주자라고 하지 않았어?"

"아니."

당신이 웃음을 터뜨리자 카페 안으로 하늘이 스며들었지. 당신 이모와 삼촌은 이야기를 나누면서 자신들만의 세계에 빠져 있어 무슨 일이 일어나는지 눈치채지 못했어.

"연주회에 오지 마, 부탁이야."

나는 사정했다. 처음으로 정직하게 낮은 어조로 정말 무서워 죽을 것 같다고 했다. 그리고 당신이 정말 연주회장에 오지 않아서 당신이 정말 좋아졌다. 그것으로 나는 당신에게 완전히 마음을 빼앗겨 버린 모양이야. 이 이야기는 당신에게 한 적이 없는 것 같지만.

연주회는 무사히 끝났다. 아드리아는 긴장하지 않고 평정심을 유지하며 연주했다. 그는 인생에서 다시는 청중을 보지 않게 되리라고 짐작이라도 하는 듯했다. 카스텔스 선생은 굉장한 파트너였다. 연주하는 동안 몇 번의 망설임과 함께 아슬아슬한 순간이 있었는데 그때마다 아주 섬세하게 감싸 주었다. 아드리아는 그가 선생이 되어 준다면 음악을 계속할 수 있을지 모르겠다는 생각마저 들었다.

우리는 삼십사 년 전에 만났다. 사라와 나. 내 인생의 빛이며, 가장 처절하게 울었던 이유이기도 한 그 사람. 짙은 색 머리카락을 두 갈래로 땋고 마치 루시용 출신인 것처럼 프랑스어 억양으로 카탈루냐어를 말했던 소녀. 사라 볼테스엡스타인. 내 인생에 돌발적인 방문을 일삼았고, 언제나 내가 그리워했던 사람. 1960년대 초반 9월 20일에 있었던 일이다. 카페 콩데에서의 짧은 만남 이후 이 년 동안 우리는 만나지 못했다. 그다음에 우리가 만난 것도 예상치 못한 우연이었다. 어떤 연주회에서였다.

그러자 셰니아는 그의 앞에 서서 좋은 생각이에요라고 말했다.

베르나트는 캄캄한 밤을 떠올리게 하는 그녀의 짙은 눈동자를 바라보았다. 셰니아. 그럼 좋아요, 집으로 올라가도록 하죠라고 그는 대답했다. 원하는 만큼 이야기할 수 있을 거예요. 셰니아.

베르나트와 테클라가 갈라선 지 이미 수 개월이 되었다. 그 과정은 양쪽 모두에게 매우 섬세하고 많은 노력을 필요로 했다. 둘 다 아주 소란스럽고, 대단히 충격적이고, 무익하고, 고통스럽고, 아주 사소한 것들로 가득한 분노의 이별을 원하는 것 같았다. 특히 테클라가 그랬어. 내가 어떻게 해서 이런 여자에게 관심을 갖게 됐는지 알다가도 모를 일이야. 특히 인생에서 공유할 부분이 거의 없었지, 참 놀라운 일이야. 테클라

는 함께했던 기간 중 마지막 몇 달은 지옥이나 마찬가지였다
고 말했다. 왜냐하면 베르나트는 하루 종일 거울만 보며 시간
을 보냈으니까요. 아니, 그러니까 무슨 말이냐면. 베르나트는
언제나 그랬듯 늘 자기밖에 모르는 사람이었어요. 집에서 일
어나는 일들 중 자신에게 관련된 것들만 중요했죠. 연주회에
서 자기 연주가 훌륭했는지에만 민감했고요. 요즘 음악 평론
가들은 갈수록 수준이 떨어진단 말이야. 이것 봐, 우리의 섬
세한 해석에 대해서는 전혀 언급이 없네. 그리고 바이올린은
금고에 잘 보관되었는지, 혹시 금고를 바꾸어야 하는지. 왜냐
하면 바이올린은 우리 집에서 가장 중요한 거거든. 알았지,
테클라? 그것을 이해하지 못하면 후회할 거야. 무엇보다 나
를 아프게 했던 것은 요렌스를 향한 따뜻한 손길, 애정이 절대
적으로 부족했다는 거예요. 그것만은 잘 받아들일 수가 없더
라고요. 그때부터 나는 단호해진 것 같아요. 몇 달 전 크게 싸
우고 이별을 고할 때까지 말이죠. 위대한 예술가라고 생각하
지만 실제로는 지독한 이기주의자였어요. 아무짝에도 쓸모없
는 멍청이였죠. 바이올린 연주 말고도 자신이 세상에서 제일
잘난 글쟁이라고 믿었거든요. 나에게 원고를 보여 주며 읽고
나서 어떻게 생각하는지 말해 달라고 얼마나 떼를 쓰는지. 내
가 말이죠, 가엾은 내가 한마디라도 부정적인 말을 했다가는
며칠 내내 내가 완전히 틀렸다는 것을 증명하려고 갖은 노력
을 했어요. 오직 자기만 그것을 안다는 듯이 말이에요.

"글을 쓰는지 몰랐어요."

"아무도 몰라요. 그의 출판사도 말이죠. 글이 워낙 형편없

거든요. 지루하고, 잘난 척이 심하고…… 아무튼. 어떻게 해서 그런 인간한테 내가 흥미를 느꼈는지 모르겠어요. 더군다나 인생의 한 부분을 함께했다니 말이죠!"

"피아노는 왜 그만둔 거예요?"

"나 스스로도 알게 모르게 관두게 됐어요. 아마 그 이유 중 하나는……."

"베르나트는 바이올린을 계속했는데."

"우리 집에서는 베르나트의 미래가 가장 우선이었으니까요. 알겠어요? 아주 오래전 일이에요. 요렌스가 태어나기도 전이요."

"흔한 일이죠."

"나를 페미니스트 취급하지 말아요. 그저 친구로서 털어놓는 것뿐이니까. 나를 힘들게 하지 말아 줘요. 알았죠?"

"하지만 당신 나이에 이혼은 말이죠……."

"뭘 어떻게 하라고요? 만일 지금보다 훨씬 젊으면 너무 어리다고 할 거고. 나이가 많으면 너무 늙었다고 할 거 아닌가요. 뭣보다도 우리 나이가 그렇게 많지도 않아요. 아직 한참을 살아갈 인생인데. 앞길이 구만리라고요. 알겠어요?"

"너무 예민하게 굴지 말아요."

이해할 만한 상황이었다. 그렇게 잘 짜인 헤어짐의 과정에서 베르나트는 자신이 아닌 그녀가 집을 떠나도록 했다. 그녀는 베르나트의 바이올린을 창밖으로 집어 던짐으로써 그에 대한 대답을 대신했다. 네 시간 후 그녀는 남편이 손괴죄로 고소한 사실을 알고 황급히 변호사를 찾아가야만 했다. 그는 왜 어린 계집애처럼 구느냐고 잔소리를 하더니 성급하게 행동하지 마세요, 플렌사 부인, 이건 심각한 일입니다. 원하시면 변호를 맡을 수 있습니다만 제가 시키는 대로 하셔야 합니다.

"그 빌어먹을 바이올린을 다시 보게 되면 전과 똑같이 창밖으로 던져 버릴 거예요. 감옥에 간다고 해도 상관없어요."

"그렇게 해서는 결코 좋을 일이 없을 겁니다. 제가 사건을 맡기를 바라시나요?"

"그럼요. 그래서 찾아온 거예요."

"그럼 한 말씀 올리지 않을 수 없군요. 서로 얼마든지 싸우고 미워해도 좋습니다. 그리고 머리에 접시를 집어 던졌다면 훨씬 좋았겠죠. 접시 말이에요. 바이올린이 아니라. 큰 실수를 하신 거예요."

"그가 상처를 입길 바랐어요."

"그 목표는 달성하셨을지 모릅니다. 하지만 자신을 멍청한 방식으로 어려움에 처하게 만들었어요. 너무 솔직히 말씀드려서 죄송합니다."

그리고 그녀가 앞으로 어떻게 처신해야 하는지에 대한 전략을 설명했다.

"이제 내가 처한 비극에 대해 설명할 차례야. 너는 내 가장 친한 친구니까."

"뭐든 털어놔. 울고 싶으면 울어도 좋아. 그게 낫더라고. 나는 늘 그러거든."

"판사가 여자였어. 그녀의 말이 모두 옳다고 판결하더군. 불의가 정의로 바뀌는 것을 보았지. 바이올린을 망가뜨린 데 대해 벌금을 물리는 것이 끝이었어. 아직 그 돈을 구경하지 못했고, 앞으로도 영원히 못 할 거야. 바게 클리닉에서 사 개월 간 치료를 선고받았는데 뭔가 충분하지 않은 느낌이야."

"좋은 악기였나?"

"그럼. 19세기 말 미르쿠르에서 제작된 투베넬이었어."

"왜 벌금을 내라고 공식적으로 독촉하지 않았지?"

"테클라에 대한 소식을 더 이상 듣고 싶지 않아. 요즘은 진절머리가 나도록 미워. 아들한테도 나에 대해 나쁘게 말했더라고. 바이올린을 망가뜨린 것만큼이나 용서 못 할 일이야."

침묵이 흘렀다.

"아니, 내 말은 그 반대라는 거지."

"무슨 말인지 이해했네."

아주 가끔 대도시에서 맞닥뜨리게 되는 작은 골목길, 조용한 산책로에서는 발걸음 소리가 밤의 침묵을 가로질러 공명을 일으킨다. 그럴 때면 문득 사람이 매우 적었던 과거로 시간을 거슬러 서로가 서로를 모두 알고 거리에서 함께 인사하던 때로 돌아간 것 같다. 바르셀로나가 밤이 되면 잠에 빠지던 시절 말이다. 베르나트와 셰니아는 고독하게 전혀 다른 세계의 페르마네가[67]를 걷고 있었다. 잠시 그들의 발걸음 소리만이 들릴 뿐이었다. 셰니아는 하이힐을 신고 한껏 차려입었다. 거의 즉흥적인 만남이었지만 최대한 멋을 내고 나왔다. 그녀의

---

67) 바르셀로나 에이샴플레 구역 파우 클라리스가와 로제 데 유리아가 사이에 위치한 아담하고 조용한 거리.

구두 소리가 그녀의 짙은 눈동자 속 밤 한가운데에 울려 퍼졌다. 그녀는 그저 사랑스러웠다.

"당신의 아픔을 이해해요." 로제 데 유리아가에 접어들었을 때 세니아가 말했다. 급히 달리는 택시의 경적 소리가 그들을 반겼다. "하지만 잊어버려야 해요. 그것에 대해 말하지 않는 편이 나을지도요."

"당신이 물었잖아요."

"내가 어떻게 알았겠어요……."

베르나트는 그의 아파트 문을 열었다. 그리고 이제 제자리로 돌아왔군, 보른으로 돌아왔어라고 말했다. 그는 어릴 때 보른에서 자랐다고 했다. 그리고 이혼을 하는 지금 이 시점에 우연하게도 그곳에 돌아가게 되었다. 아주 많은 기억이 서린 곳이죠. 그만큼 돌아와서 기분이 좋아요. 뭐 좀 마실래요? 위스키라도?

"술을 안 한 지 오래됐어요."

"나도요. 하지만 손님용 술은 늘 구비해 두죠."

"그럼 물 한 잔만요. 혹시라도."

"그 망할 여자는 내가 내 집에도 머물지 못하도록 조치를 취했어요. 모든 것을 바닥부터 시작해야 했지." 그는 집 전체를 한 번에 보여 주려는 듯 두 팔을 활짝 펼쳐 보였다. "그래도 이 동네로 돌아와서 기뻐요. 이쪽으로."

그는 그녀가 갈 방향을 가리켰다. 그는 선반의 불을 켜기 위해 발걸음을 옮겼다.

"내 생각에는 말이죠. 인간이란 계속 직진하다가 시작점을 향해 발걸음을 되돌리게 되는 것 같아요. 인간 생애에서 만고불변의 진리 아니겠어요. 처음으로 되돌아가는 것. 그 사이에 죽지 않는다면 말이죠."

제법 큰 방이었다. 거실을 염두에 두고 마련한 공간이 틀림없었다. 소파, 둥근 탁자 앞의 흔들의자, 악보가 놓인 두 개의 보면대, 세 개의 악기를 보관 중인 장식장, 컴퓨터가 놓인 둥근 탁자, 그리고 그 옆에는 종이 뭉치가 잔뜩 쌓여 있었다. 맞은편 벽은 책과 악보들로 가득했다. 마치 베르나트의 인생 요약본 같았다.

셰니아는 가방을 열더니 녹음기를 꺼내 베르나트의 앞에 놓았다.

"어때요? 좀 지저분하기는 하지만 거실로 쓰려고요."

"꽤 안락한걸요."

"망할 테클라가 가구의 털끝 하나도 건드리지 못하게 했어요. 이케아에서 몽땅 새로 샀죠. 내 나이에 이케아라니. 아니, 무얼 녹음하고 있는 겁니까?"

셰니아는 녹음기를 껐다. 저녁 내내 그가 한 번도 들어 보지 못한 어조로 그녀는 말했다.

"당신은 그 망할 부인에 대해 얘기하고 싶은 건가요? 아니면 당신 책에 대해 얘기하고 싶은 건가요? 이 녹음기를 켜 둘지 말지 결정해야 하거든요."

깊은 침묵 속에서 그들은 자신의 발소리마저 들을 수 있을 지경이었다. 막다른 골목길을 걷는 것도 아닌데 말이다. 베르나트는 자기 심장 박동 소리를 들으며 스스로가 너무 바보 같다고 생각했다. 유리아가로 올라가는 오토바이 소리가 지나가기를 기다렸다.

"한 방 먹었군요."(프랑스어)[68]

"프랑스어는 몰라요."

베르나트는 당황하여 모습을 감추었다. 그리고 그녀가 한 번도 본 적 없는 물병을 가지고 나타났다. 이케아 컵 두 개가 손에 들려 있었다.

"태즈메이니아 구름에서 받은 물입니다. 당신도 좋아할 겁니다."

그들은 베르나트의 단편 소설과 글쓰기의 진행 과정에 대해 삼십 분 남짓 이야기를 나누었다. 3부, 4부 모음집이 제일 낫지요. 장편 소설 말입니까? 아니, 아니에요. 전 짧은 이야기가 좋습니다. 그는 점차 안정을 되찾아 갔다. 그리고 망할 전 부인에 대해 이야기하며 난리를 피운 데 대해 부끄럽게 생각한다고 말했다. 하지만 여전히 그에 대한 생각이 머릿속에서 떠나지 않으며, 변호사한테 그렇게 많은 돈을 지불했는데도 전적으로 테클라에게 유리한 판결이 나온 것을 이해 못 하겠다고 이야기했다. 아직도 충격이에요. 이 모든 것을 당신에게 주절주절 털어놓다니 정말 미안합니다. 하지만 작가도, 대부분의 예술가들도 사람입니다. 당신이 보셨다시피.

---

68) 펜싱에서 '한 번 찌르기'를 가리키는 프랑스어 touché는 '급소를 찔리다, 졌다, 한 대 맞았다' 등의 의미로 쓰인다.

"그 사실에 대해서는 한 번도 의심한 적이 없습니다."

"또 한 방 먹었군요."(프랑스어)

"프랑스어를 모른다고 말씀드렸을 텐데요. 당신의 창작 과정에 대해 좀 말씀해 주시겠어요?"

그들은 한참 동안 이야기를 나누었다. 베르나트는 어떻게 수년 전 느긋한 마음으로 글쓰기를 시작했는지 설명했다. 책한 권을 끝내는 데 꽤 오래 걸리는 편입니다. 『플라즈마』는 삼년이 꼬박 걸렸어요.

"세상에!"

"그래요. 책이 스스로를 써 나간 겁니다. 어떻게 설명해야 할지⋯⋯."

고요가 찾아왔다. 몇 시간이 그렇게 흘렀고, 그들은 태즈메이니아 구름에서 얻은 물을 다 마셔 버렸다. 세니아는 그의 이야기에 완전히 몰입했다. 유리아가로 가끔 차가 지나갔다. 집이 편안하게 느껴졌다. 몇 달 만에 베르나트는 집이 집처럼 느껴졌다. 누군가가 자신의 말을 들어 주었고, 불쌍한 아드리아가 평생 그런 것처럼 그를 비난하지 않았다.

오랜 시간 동안의 긴장된 대화가 끝나자 갑자기 피로가 몰려왔다. 세월이 그냥 흐르지 않는다는 말이 맞다고 생각했다.

세니아는 이케아 안락의자에 편히 앉았다. 그녀는 녹음기를 끄려는 듯 팔을 뻗다가 중간에 멈추었다.

"이제 나는⋯⋯ 그 두 가지 다른 자아에 대해 이야기해 보고 싶어요. 음악가로서, 그리고 작가로서."

"피곤하지 않아요?"

“피곤하죠. 하지만 이렇게…… 이런 식의 인터뷰를 오랫동안 하지 않은 것도 사실이에요.”

“고맙습니다. 하지만 이 이야기는 내일로 미루면 어떨까요. 나는…….”

그는 자신이 그 순간의 마법을 깨고 있다는 것을 알았지만 더 이상 어쩔 수가 없었다. 그들은 얼마간 자리에 앉아 침묵을 지켰다. 그녀는 짐을 챙겼고, 두 사람은 상황을 더 진척시키는 편이 좋을지, 아니면 조심하는 편이 좋을지 제각기 머리를 굴리고 있었다. 베르나트가 먼저 물밖에 대접하지 못해서 미안합니다라고 말문을 열었다.

“아주 훌륭했어요.”

사실은 당신을 침대로 데려가고 싶군요.

“그럼 내일 만날까요?

“내일은 힘들겠어요. 모레가 좋아요.”

당장 침대로 가면 어떨까요.

“그렇게 하지요. 괜찮으면 이리로 오시죠.”

“좋아요.”

“필요하신 만큼 이야기를 나누죠.”

“필요한 만큼.”

둘은 더 이상 말을 잇지 않았다. 그녀는 웃음을 지었고, 그도 미소로 답했다.

“잠깐만요, 택시를 불러 드리죠.”

그들은 아주 가까이 서 있었다. 아무 말도 하지 않고 서로를 바라보았다. 그녀의 눈빛에 고요한 밤이 깃들어 있었다.

그의 눈에는 고백할 수 없는 비밀이 주는 모호한 회색빛이 감돌았다. 그러나 그 모든 것에도 불구하고 그녀는 언제나 일을 망치고 마는 빌어먹을 택시를 타고 그곳을 떠났다. 떠나기 전 셰니아는 그의 볼에 은밀한 입맞춤을 했다. 입술과 매우 가까운 부분이었다. 입을 맞추기 위해 발을 살짝 들어야 했다. 발끝으로 선 그녀는 정말 귀여웠다. 길로 통하는 아래층 층계참에 선 그는 며칠 동안이지만 자기 인생에서 셰니아를 데려가 버리는 택시를 바라보았다. 그의 얼굴에 미소가 떠올랐다. 이 년 만에 처음으로 짓는 미소였다.

두 번째 만남은 훨씬 수월했다. 셰니아는 허락을 구하지 않고 외투를 벗더니 녹음기를 탁자에 올려 두고는 휴대폰을 들고 집 한구석으로 잠시 사라진 베르나트를 참을성 있게 기다렸다. 아마 변호사와 끝을 알 수 없는 이야기를 끝내려는 모양이었다. 그는 낮은 목소리로 화를 참아 가며 이야기했다.

셰니아는 책 무더기를 바라보았다. 한쪽에 베르나트 플렌사가 출판한 다섯 권의 책이 놓여 있었다. 그녀는 초기작 두 권을 읽지 않은 상태였다. 가장 오래된 책을 꺼냈다. 첫 번째 장에 이 이야기들을 만드는 데 힘이 되어 준 나의 뮤즈, 나의 사랑하는 테클라에게 이 책을 바친다, 바르셀로나, 1977년 2월 12일이라고 적혀 있었다. 셰니아는 저절로 웃음이 나왔다. 그녀는 책을 베르나트 플렌사의 다른 책들 옆에 다시 돌려놓았다. 책상 위에 검은 화면의 컴퓨터가 잠자고 있었다. 마우스를 움직이자 모니터가 다시 켜졌다. 문서 하나가 열려 있었다. 70쪽 남짓 되어 보였다. 베르나트 플렌사는 소설을 쓰는 중이었다. 며칠 전에 그 사실을 부정했지만 말이다. 그녀는 거실 쪽을 바라보았다. 여전히 조용히 이야기 중인 베르나트의 목소리를 멀리서 들을 수 있었다. 그녀는 컴퓨터 앞에 앉아 읽기 시작했다. 티켓을 산 후 베르나트는 주머니에 티켓을 보관했다. 콘서트를 홍보하는 포스터 앞에서 그들은 하품을 했다. 옆에 서 있던 젊은이는 얼굴을 다 가리다시피 하는 모자를 쓰고 스카프를 둘렀다. 그는 추위를 이기기 위해 발을 동동 구르고 있었다. 그날 밤 연주회 프로그램이 매우 흥미롭다고 생각하던 찰나였다. 뚱뚱한 몸을 얇은 코트에 겨우 구겨 넣은 어떤 남자는 무슨 문제 때문인지 티켓을 환불하고 있었다. 그들은 산페레 메스 알트를 따라 한참을 걷느라 이 모든 상황을 놓치고 말았다. 그들이 카탈루냐 음악당 앞에 돌아왔을 때 모든 상황은 끝나 있었다. 프로코피예프 바이올린 협주곡 2번 사단조, 야샤 하이페츠 연주, 에두아르트 톨드라[69] 지휘라고 인쇄된 포스터에는 매우 과격하게 '유대인은 떠나라'라는 글과 하켄크로이츠가 타르로 휘갈겨져 있었다. 전반적인 사회 분위기는 더욱 어두워졌고, 사람들은 시선을 마주치기를 꺼렸으며, 지구는 더욱 평평해지던 때였다. 그때 사람들이 라이에타나 대로에 위치한 경찰서에서 보낸 팔랑혜당[70] 무리와 경

___

69) 에두아르트 톨드라 솔레르(Eduard Toldrà Soler, 1895~1962). 카탈루냐의 지휘자이자 작곡가.
70) 1933년 창당한 스페인의 파시스트 정당. 프랑코가 집권한 이후 스페인의 유일 정당이 되었으며, 1977년 해체되었다.

찰 몇 명이 우연하게도 커피 타임을 갖느라 음악당 앞 근무 위치를 비웠었다는 이야기를 전해 주었다. 아드리아는 유럽에 나가 살고 싶은 주체할 수 없는 욕망이 밀려들었다. 들려오는 바에 의하면 저 북쪽 유럽 사람들은 매우 청결하고 교양 있고 자유롭고 활기차고 행복했으며, 자식을 사랑하는 부모들이 있었고, 그들이 자녀의 잘못으로 인해 죽는 일은 없었다. 정말 저질인 나라에 태어났군. 그는 증오가 묻어나는 낙서를 보며 말했다. 그때 경찰이 도착해서 말하길 음, 어서, 빨리 움직여, 무리 짓지 말고, 어서, 각자 위치로, 그래서 아드리아와 베르나트는 나머지 구경꾼들과 마찬가지로 그 자리를 떠났다. 혹시라도 무슨 일이 있을지 몰랐다.

카탈루냐 음악당의 객석은 가득 찼지만 무거운 침묵이 흘렀다. 빈 객석 두 개를 찾아 들어가는 것은 꽤 고생스러운 일이었다. 1층의 거의 한가운데였다.

"안녕."

"안녕." 아드리아는 작은 목소리로 말했다. 옆에는 눈부시게 아름다운 어떤 여인이 미소 지으며 그를 바라보고 있었다.

"아드리아? 아드리아 뭐였더라?"

그 순간 나는 당신을 알아보았다. 양 갈래 머리를 하지 않았던 당신은 진정한 숙녀의 모습을 하고 있었다.

"사라 볼테스엡스타인!" 나는 경이로운 표정으로 말했다. "너 정말 여기에 있는 거야?"

"그럼 내가 어디에 있는 것 같아?"

"아니, 내 말은……."

"그래." 그녀는 내 손 위에 손을 가볍게 올리며 웃음 지었다. 강력한 전기 충격이 느껴졌다. "요즘 바르셀로나에서 지내."

"저기." 옆을 살피며 말했다. "내 친구 베르나트야, 사라."

베르나트와 사라는 서로 공손하게 인사를 건넸다.

"포스터 사건, 정말 놀랍지 않니." 아드리아는 언제나 그러 듯 말실수에 재주가 있었다. 사라는 알 수 없는 표정을 짓더니 프로그램 북을 읽어 내려가기 시작했다. 사라가 프로그램 북 에서 눈을 떼지 않은 채 물었다.

"네 연주회는 어떻게 됐어?"

"그때 파리에서 했던 거?" 조금 부끄러웠다. "잘 끝났어. 그 럭저럭."

"여전히 책은 읽고?"

"응. 너는, 여전히 그림 그리고?"

"응. 전시회를 열 예정이야."

"어디에서?"

"음, 어떤 교구인데 말이지……." 그녀는 웃음 지었다. "안 돼, 안 돼. 네가 오지 않으면 좋겠어."

그 말이 진심인지 농담인지 알 길이 없었다. 아드리아는 긴 장한 탓에 그녀의 얼굴을 똑바로 바라보지 못했다. 그는 매우 수줍게 절제된 미소를 지었다. 조명이 어두워지자 청중은 박 수를 치기 시작했다. 거장 톨드라가 무대에 나왔고 반대편에 서 걸어 나오는 베르나트의 발자국 소리가 들렸다. 셰니아는 컴퓨터를 잠시 두고 자리에서 일어났다. 쌓여 있던 책을 읽는 척하며 그녀는 베르나트가 서재로 들어왔을 때 지루해하는 표정을 지었다.

"미안합니다." 그는 휴대폰을 만지며 말했다.

"새로운 문제가 생겼나요?"

그는 눈썹을 찌푸렸다. 더 이상 그에 대해 말하고 싶지 않은 게 분명했다. 아니면 세니아와 나눌 적절한 이야기가 아니란 것을 깨달았는지도 모른다. 그들은 자리에 앉았다. 몇 초간의 침묵이 그들한테 매우 불편하게 느껴졌다. 어쩌면 그래서 서로를 보지 않고 웃음 지었는지도 모른다.

"음악가로서 작가 활동을 하는 기분이 어떠신지요?" 세니아는 앞에 놓인 작고 동그란 탁자에 녹음기를 올려놓으며 물었다.

그는 그녀를 보지 않고 그녀를 상상하며 지난번 그녀와의 은밀한 입맞춤을 떠올렸다. 그의 입술과 정말 가까웠다.

"글쎄요. 서서히 일어난 일이라서 말이죠. 필연적이었던 것 같군요."

이야말로 거짓말이었다. 그 모든 것은 너무나도 천천히, 때로는 너무 미적지근하게, 때로는 변덕 속에서 진행된 일이었다. 그러나 어느 순간 한꺼번에 불안이 밀려왔다. 베르나트가 글을 쓴 지 여러 해가 되었지만 아드리아는 그의 글이 전혀 흥미롭지 않다고 했기 때문이다. 매력 없고, 예측 가능했으며, 불필요한 것들로 가득하다고 했다. 결정적으로 전혀 중요한 글이 아니야. 내 말이 거슬리면 그저 흘려들어.

"그게 끝이에요?" 세니아가 다소 화난 듯 말했다. "점차적으로, 불가피하게 일어난 일이라고요? 그게 전부란 말이에요? 녹음기를 끌까요?"

"무슨 말인지?"

"정신이 어디에 가 있었던 거죠?"

"여기, 당신과 함께 있었잖습니까."

"아니에요."

"음, 그럼 연주회 후의 외상인가?"

"그게 뭔데요?"

"내 나이가 이미 예순이 넘었어요. 나는 전문 바이올린 연
주자이고, 그럭저럭 연주를 하기는 하지만 오케스트라와 연
주하는 것에 크게 흥미가 없지요. 나는 작가가 되고 싶단 말입
니다, 아시겠어요?"

"이미 작가이시잖아요."

"내가 원하는 방식의 작가는 아니에요."

"다른 글을 쓰고 있나요?"

"아닙니다."

"아니라고요?"

"아니오. 왜 그러시오?"

"아니에요. 원하는 방식이 아니라는 게 무슨 말이지요?"

"푹 빠지고 싶다는 말입니다."

"하지만 바이올린을……."

"우리는 모두 쉰 명입니다. 단독 공연이 아니지요."

"하지만 가끔 실내악도 하시잖아요."

"가끔 하지요."

"왜 단독 공연을 안 하시죠?"

"원한다고 모두가 할 수 있는 것은 아닙니다. 나는 그럴 만한 기교도 없고 성격도 아닙니다. 작가는 솔리스트지요."

"자아의 문제인가요?"

베르나트 플렌사는 세니아의 녹음기를 손에 들고 살펴보더니 버튼을 찾아 기계를 껐다. 그리고 책상 위에 다시 내려놓으며 말했다. 나는 범재의 전형입니다.

"그 얼간이……."

"아주 친절하게도 내 작품에 대해 왈가왈부한 그 얼간이와 신문사 놈들은……."

"아시잖아요, 비평가들은 그저……."

"그저 뭐요?"

"마리카들이죠."

"나는 진지합니다."

"이제 당신의 히스테리적인 면모가 이해되네요."

"이런. 정확하군요."

"당신은 완벽주의자예요. 그런데 그렇게 될 수 없으니…… 짜증을 내는 거고요. 혹은 주변 사람들에게도 완벽을 요구하거나."

"테클라 밑에서 일하시오?"

"테클라는 금지된 대화 주제입니다."

"당신 무슨 일 있소?"

"당신으로부터 반응을 이끌어 내려는 것뿐이에요." 세니아가 말했다. "당신은 내 질문에 대답해야 하니까요."

"무슨 질문이오?"

베르나트는 셰니아가 녹음기를 다시 켜고 그것을 가볍게 탁자 위에 올려놓는 모습을 지켜보았다.

"음악가로서 작가 활동을 하는 기분이 어떠신지요?"

그녀가 질문을 되풀이했다.

"글쎄요. 서서히 일어난 일이라서 말이죠. 필연적이었던 것 같군요."

"이미 하셨던 대답이잖아요."

그 모든 것은 너무나도 천천히, 때로는 너무 미적지근하게, 때로는 변덕 속에서 진행된 일이었다. 그러나 어느 순간 한꺼번에 불안이 밀려왔다. 베르나트가 글을 쓴 지 여러 해가 되었지만 아드리아는 그의 글이 전혀 흥미롭지 않다고 했기 때문이다. 매력 없고, 예측 가능했으며, 불필요한 것들로 가득하다고 했다. 분명히 아드리아의 탓이었다.

"당신과 모든 관계를 끊어 버리려는 중이에요. 처음이자 마지막 경고예요."

첫 만남 이후 처음으로 베르나트는 셰니아의 고요한 밤과 같은 시선을 견뎠다.

"참기 힘든 것을 참지 못하는 성격이에요. 용서하세요."

"일이나 할까요?"

"좋아요. 경고해 줘서 고맙습니다."

"처음이자 마지막입니다."

당신을 사랑하오, 그는 생각했다. 그러니까 그 완벽한 눈을 몇 시간 더 보고 싶다면 그는 완벽해야만 했다. 사랑하오, 그는 또 생각했다.

"음악가로서 작가 활동을 하는 기분이 어떠신지요?"

당신의 완강함에 점점 빠져들고 있소.

"음…… 그것은…… 마치 두 세계에 사는 것 같아요. 그리고 무엇이 더 중요한지 모르겠다는 생각이 나를 계속해서 괴롭히죠."

"그게 중요한가요?"

"잘 모르겠어요. 문제는……."

그날 저녁 그들은 택시를 부르지 않았다. 그러나 이틀 후 베르나트 플렌사는 용기를 내어 친구의 집을 방문했다. 이미 옷을 입고 떠날 채비를 하던 카테리나가 문을 열어 주었다. 그가 먼저 입을 열기 전 카테리나는 상태가 좋지 않아요라고 말했다.

"무슨 말인가요?"

"어제 신문을 감춰야 했어요."

"왜요?"

"내가 알아차리지 못하면 같은 신문을 세 번도 읽어요."

"저런……."

"아무리 그가 부지런하다고 해도 말이죠, 신문을 다시 읽으면서 시간을 낭비하는 모습을 보면 신경이 쓰이거든요. 무슨 말인지 알죠?"

"잘했어요."

"어이, 거기 무슨 일을 꾸미고 있는 거야?"

그들은 몸을 돌렸다. 서재에서 막 나오던 아드리아는 그들이 낮은 목소리로 이야기하는 것을 보았다.

"스르스르스르스르."

카테리나는 플라시다에게 문을 열어 주는 것으로 대답을 대신했다. 아드리아는 베르나트를 서재로 불렀다. 두 여자는 교대 상황을 신속히 주고받더니 카테리나가 내일 봐요, 아드리아! 하고 큰 소리로 외쳤다.

"어떻게 되어 가?" 아드리아가 말했다.

"시간 날 때마다 타이핑을 하고 있어. 아주 천천히."

"이해하는 덴 무리가 없나?"

"그럼. 아주 맘에 들어"

"왜 목소리에 자신이 없지?"

"자네 필체가 의사들 것 같단 말야. 매우 작은 데다 말이지. 똑바로 이해하려면 모든 문단을 몇 번이고 다시 읽어야 해."

"아, 미안하네."

"아니야, 아니야. 즐거울 따름이야. 그런데 이 일을 매일 하는 건 아니고."

"자네에게 너무 부담을 주는 것 같네, 그렇지?"

"아니야. 전혀 그렇지 않아."

"안녕하세요, 아드리아." 낯선 여자가 미소를 띠며 서재로 고개를 내밀었다.

"안녕하세요, 좋은 저녁이에요."

"누군가?" 여자가 서재를 나가자 베르나트는 놀란 듯이 속삭이며 물었다.

"이름이 뭐더라. 이제 나를 한시도 혼자 두지 않아."

"이런."

"그렇다네. 어떤 느낌인지 자네는 모를 거야. 이 집은 람블라 거리처럼 되어 버렸어."

"혼자보다는 낫지 않은가, 안 그래?"

"그렇지. 작은 롤라가 일을 잘해 주고 있어. 모든 것을 챙기거든."

"카테리나 말인가."

"뭐라고?"

"아, 아닐세."

그들은 잠시 말이 없었다. 그러더니 베르나트가 그에게 무엇을 공부하고 있는지 물었다. 주위를 둘러보고는 책상 위에 놓인 책을 훑어보며 베르나트는 이해하기 힘든 모호한 표정을 지었다. 자리에서 일어나 책을 집어 들었다.

"이건 시집이잖아?"

"응?"

베르나트는 책을 흔들어 보였다.

"시를 읽고 있군."

"늘 읽었지."

"그래? 나는 아니야."

"그러니 지금 자네가 그 모양이지."

아픈 아드리아에게 화를 낼 수가 없어서 베르나트는 크게 웃음을 터뜨렸다. 그러고는 더 이상은 못하겠네, 더 빨리는 안 되겠어라고 말했다.

"알겠네."

"전문인을 고용하겠나?"

"안 돼!" 갑자기 그의 얼굴과 머리에 생기가 돌았다. "절대 안 돼! 이건 친구만이 할 수 있는 일이야. 게다가 나는 그걸 원하지 않아…… 잘 모르겠네. 굉장히 개인적인 이야기들이고……. 어쩌면 일단 입력을 하더라도 출판은 원치 않아."

"바우사에게 주라고 하지 않았던가?"

"때가 되면 말이지. 차차 얘기하자고."

침묵이 방을 짓눌렀다. 누군가가 문을 지나거나 집의 어딘가를 돌아다니며 소리를 내고 있었다. 부엌인 듯했다.

"플라시다, 그렇지! 그녀 이름은 플라시다라네." 그는 매우 기뻐했다. "이제 알겠나? 저들이 아무리 뭐라고 해도 내 기억력은 여전히 좋은 편이야."

"아!" 베르나트는 무언가가 떠오른 듯 말했다. "자네 원고 뒤편에 쓴 글 말이야. 검은 잉크로 쓴 것, 그거 아냐? 아주 흥미롭게 읽었다네."

아드리아는 잠시 망설였다.

"그게 뭔데?" 다소 걱정하는 말투로 물었다.

"악에 대한 고찰 말일세. 음, 그러니까. 악의 역사에 대한 소고. 자네는 '악의 문제'라고 했지."

"아, 안 돼. 깜빡하고 있었네. 아니야. 그것은 정말…… 모르겠어. 영혼이 없는 글이야."

"아니야. 자네는 그것도 출판해야 해. 자네가 원하면 그것도 입력하겠네."

"형편없는걸. 사상가로서 내 실패작일세." 그는 꽤 오랫동안 아무 말이 없었다. "내 머릿속 생각의 절반도 털어놓지 못했을 거야."

그는 시집을 집어 들었다. 불편한 기색으로 그것을 펼쳤다 덮었다. 책을 다시 책상 위에 올려 두고는 마침내 말했다. 그 것을 책 뒤편에 적은 이유가 있지. 없애 버리려고 그랬어.

"왜 버리지 않았나?"

"난 어떤 종이도 절대 버리지 않거든."

느리고 긴 침묵이 일요일 오후의 서재와 두 친구 위를 맴돌 았다. 아무런 의미도 없는 침묵이었다.

17

고등학교를 끝마치자 마음의 평화가 찾아왔다. 베르나트는 벌써 일 년 전에 졸업해 건성으로 교양 과목을 듣는 것을 빼고 모든 것을 바이올린에 쏟아붓고 있었다. 아드리아는 인생이 좀 더 쉽게 풀리지 않을까 하는 기대를 품고 대학에 진학했다. 하지만 앞에는 여전히 많은 가시밭길이 놓여 있었다. 베르길리우스에 놀라고 오비디우스를 두려워하는 학생들의 낮은 목소리가 그중 하나였다. 경찰이 학교 강당을 들락거렸고, 강의실에서 혁명에 관한 이야기가 오갔다. 나는 잠시 무슨 무슨 젠사나라는 녀석과 친구가 되었다. 그는 문학에 매우 깊은 관심이 있었는데 나에게 무엇을 연구하고자 하는지 물었을 때 내가 관념사와 문화사라고 대답하자 놀라서 입을 다물지 못했다.

"아르데볼, 여기서는 누구도 관념사를 연구하는 역사학자가 되고 싶어 하지 않아."

"그게 내 꿈인걸."

"내가 아는 사람들 중에 네가 처음이야. 우와. 관념사와 문화사라니." 다소 의심이 섞인 눈초리로 나를 바라보았다. "너 농담하는 거 아니야?"

"아니야. 난 세상의 모든 것을 알고 싶어. 지금 알려진 것과, 이전에 알려진 것. 그리고 왜 지금 알려져 있으며, 왜 아직 알려지지 않았는지. 무슨 말인지 알겠어?"

"아니."

"그럼 네가 하고 싶은 건 뭐야?"

"모르겠어." 젠사나가 대답했다. 그는 자기 이마 위로 알 수 없는 손짓을 했다. "머리가 너무 복잡해. 하지만 뭐라도 할 거야. 한번 지켜보라고."

예쁜 소녀 세 명이 그들 옆을 지나갔다. 그리스어 수업에 가는 길이었다. 아드리아는 손목시계를 확인한 후 젠사나에게 작별 인사를 했다. 그는 여전히 관념사와 문화사를 연구하는 역사학자에 대해 곱씹는 표정이었다. 나는 웃음을 터뜨리며 지나가는 예쁜 여자아이들을 따라갔다. 교실에 들어가기 전에 뒤를 돌아보았다. 젠사나는 여전히 아르데볼의 미래를 생각하고 있는 듯했다. 몇 달이 흐른 어느 추운 가을날 바이올린 칠 년차 과정에 접어든 베르나트가 야샤 하이페츠의 연주를 들으러 카탈루냐 음악당에 함께 가자고 했다. 아주 드문 기회였다. 마시아 선생에 의하면 하이페츠는 파시스트 정권이 들어선 국가에서 연주하기를 꺼렸는데 거장 톨드라가 마침내 설득했다고 했다. 여전히 인생에서 많은 것을 처음 경험하는 아드리아는 만예우 선생의 유니즌에 대한 장황한 설명을 들은 후, 하이페츠의 연주에 대해 이야기를 나누었다. 만예우 선생은 야샤 하이페츠보다 더 냉랭하고, 거만하고, 끔찍하고, 멍청하고, 젠체하고, 경악스럽고, 혐오를 불러일으키고, 콧대가 하늘을 찌르는 바이올린 연주자는 본 적이 없다고 말했다.

"그렇지만 연주는 잘하나요, 선생님?"

만예우 선생은 초점 없이 악보를 쳐다보고 있었다. 바이올린을 쥐더니 마음에도 없는 피치카토를 연주하며 앞을 멍하니 바라보았다. 한참이 지나

"그는 완벽해."

어쩌면 그는 마음속 깊은 곳에서 무엇이 솟아나는 것을 느끼며 그것을 억누르려 했는지도 모른다.

"나를 제외하고 그는 현존하는 최고의 바이올린 연주자야." 그는 활로 보면대를 가볍게 톡톡 쳤다. "자자, 다시 연습하자."

연주회장은 박수로 가득 찼다. 평소보다 따뜻한 분위기가 물씬 느껴졌다. 독재 정권하에서는 사람들이 행간이나 박수 사이로 은밀한 손짓을 하며 하고 싶은 말을 전달하는 일이 흔했기 때문이다. 콧수염을 기르고 레인코트 차림을 한 사내를 흘깃거리면서 말이다. 이들은 대개 비밀 요원일 가능성이 높았다. 조심해, 박수를 거의 치지도 않아. 그리고 사람들은 이러한 공포에서 비롯된 말들이 또한 공포에 대항해 싸우기 위한 것이라는 사실도 깨달았다. 나는 그것을 그저 느낌으로 알아챘을 뿐이다. 나에게는 아버지도 없었고, 어머니는 가게 일

에 푹 빠져 내 바이올린 진도에 대해서만 관심을 가졌기 때문이다. 작은 롤라는 전쟁 통에 무정부주의자였던 사촌이 죽음을 당한 이후 이러한 것들에 대해 일체 말하고 싶어 하지 않았다. 길거리 정치의 가시 돋친 영역에 전혀 발을 들여놓고 싶지 않은 눈치였다. 조명이 점점 어두워지고 청중이 박수를 치자, 거장 톨드라가 무대로 나와 천천히 지휘대 앞에 섰다. 어둠 속에서 나는 사라가 프로그램 북에 무얼 적어 나에게 건네는 것을 보았다. 잊어버리지 않도록 나의 연주곡목을 적어 달라고 써 있었다. 그리고 숫자가 적혔다. 전화번호였다! 나는 곡목을 적은 후 바보처럼 내 전화번호는 적지 않은 채 프로그램 북을 돌려주었다. 박수 소리가 그쳤다. 베르나트는 반대편에 앉아 말없이 내 행동 하나하나를 모두 지켜보았다. 연주회장에 다시 침묵이 찾아왔다.

톨드라는 「코리올란 서곡」을 연주했다. 나는 한 번도 들어 본 적이 없는 곡이었는데 정말 즐겁게 들었다. 곧 그가 야샤 하이페츠의 손을 잡고 다시 무대 위로 나왔다. 자신의 심정적 지지 같은 것을 보여 주려 했던 모양이다. 하이페츠는 냉랭하고, 거만하고, 끔찍하고, 멍청하고, 젠체하고, 경악스럽고, 혐오를 불러일으키고, 콧대가 하늘을 찌르는 듯한 얼굴로 고개를 끄덕였다. 거슬리는 심기를 감출 생각이 전혀 없어 보였다. 그가 삼 분이라는 긴 시간 동안 화를 가라앉히는 사이 톨드라 선생은 좌우를 살피며 협주자의 시작 신호를 기다리고 있었다. 그리고 그들은 연주를 시작했다. 연주가 끝날 때까지 나는 입을 다물지 못했던 듯하다. 오케스트라의 셋잇단음표 반주에 맞추어 울리는 바이올린의 2박자 리듬에 내 몸은 흥분했고, 안단테 아사이 악장이 연주되는 동안 부끄러운 줄도 모르고 눈물을 훔쳤다. 그리고 오케스트라의 해석, 마지막의 호른과 아주 겸손한 피치카토까지. 아름다움이란 바로 이런 거였다. 하이페츠는 따뜻했고, 겸손했고, 아름다움에 봉사하기 위해 자신을 바친 심성이 고운 사람으로 나를 사로잡았다. 아드리아는 하이페츠의 눈이 수상쩍게 반짝인다고 생각했다. 베르나트가 깊은 흐느낌을 참고 있다는 사실을 나는 알았다. 중간 휴식 시간에 그가 자리에서 일어나더니 하이페츠를 만나야겠다고 말했다.

"무대 뒤로 들어가지 못하게 할 거야."

"시도는 해 봐야지 않겠어."

"잠깐만." 그녀가 말했다.

사라는 자리에서 일어나더니 따라오라고 손짓했다. 베르나트와 나는 어리둥절하여 서로를 바라보았다. 우리는 측면의 작은 계단을 따라 올라가 어떤 문을 지났다. 안에 있던 경호원이 우리더러 나가라고 손짓했지만 사라는 미소를 띠면서 어떤 연주자와 이야기하고 있던 톨드라 선생을 가리켰다. 그러자 사라의 신호를 알아채기라도 한 듯 그가 돌아서서 우리를 보고 말했다. 안녕, 공주님, 어떻게 지냈니? 어머니는 어떠셔?

그리고 그는 그녀에게 다가와 볼에 입을 맞추었다. 톨드라 선생은 하이페츠가 음악당 곳곳에 보이는 낙서들 때문에 무척이나 기분이 상했으며, 내일 예정된 공연을 취소하고 스페인을 떠날 예정이라고 말했다. 그를 방해하기에 아주 좋은 순간은 아니야, 이해하겠니?

연주가 끝나고 거리로 나왔을 때 우리는 그 말이 사실임을 확인할 수 있었다. 타르로 된 낙서가 포스터와 벽에 가득했다. 유대인은 떠나라고 카스티야어로 사방에 적혀 있었다.

"내가 만일 하이페츠라면 내일 연주를 할 것 같아."

미래의 관념사학자 아드리아는 인류 역사에 대해 아무것도 모른 채 말했다. 사라가 얼른 가 봐야 한다고 그의 귀에 속삭였다. 그리고 말했다. 연락해. 아드리아는 거의 반응을 보이지 않았다. 머릿속이 여전히 하이페츠로 가득했기 때문이다. 응, 응, 그래, 고마워. 이게 대답의 전부였다.

"바이올린을 관두겠어."

욕설이 가득 적힌 포스터 앞에서, 쉽사리 믿지 않는 베르나트 앞에서, 그리고 나 자신 앞에서 말했다. 나는 평생 동안 음악당 출구에서, 욕설이 가득 적힌 포스터 앞에서, 쉽사리 믿지 않는 베르나트 앞에서, 그리고 나 자신 앞에서 바이올린을 관두겠다고 말하는 내 모습을 두고두고 떠올렸다.

"하지만…… 하지만……."

베르나트는 더 합당한 반대 이유를 말하려는 듯 음악당을 가리켰다.

"바이올린을 관둘 거야. 나는 절대 저렇게 연주할 수 없을 거야."

"연습하면 되잖아."

"말도 안 되는 소리야. 그냥 관둘 거야. 불가능해. 7학년을 끝내고, 시험을 보고. 그게 다야. 그만하면 됐어. 아세. 슐로스. 바스타.[71]"

"그 여자애는 누구야?"

"누구?"

"쟤 말이야!" 그는 아직도 좀처럼 사라지지 않는 사라의 기운을 가리켰다. "아리아드네[72]처럼 우리를 톨드라 선생에게 데려간 애 말이야, 젠장. 너한테 아드리아 뭐더라라고 했던 애 말이야, 참 나. 너한테 전화하라고 했던……."

아드리아는 입을 벌리고서 친구를 바라보았다.

"내가 이번에는 너한테 무슨 잘못을 한 거지?"

"뭘 잘못했냐고? 바이올린을 관두겠다고 협박하잖아."

"그래, 맞아. 끝났어. 하지만 너에 대한 반항심으로 포기하는 건 아니야. 그냥 바이올린을 관둔다는 거지."

프로코피에프 협주곡을 끝낸 하이페츠는 완전히 다른 사람이었다. 키는 훨씬 커지고 심지어 힘도 더 세진 것 같았다. 그리고 내가 보기에 다소 거만한 자세로 유대인 춤곡 세 곡을 연주하고 나자 그의 키는 더 커 보였고, 그가 뿜어내는 오라도 한층 강력해진 것 같았다. 하이페츠는 다시 힘을 모아 바흐 파르티타 2번 중 샤콘을 우리에게 선물했다. 우리가 연습해 본 것을 제외하고 이자이가 연주한 엘피판 녹음밖에 들어 본 적이 없는 곡이었다. 완벽한 순간이었다. 나는 수많은 연주회를

---

71) "그만하면 됐어."를 프랑스어, 독일어, 카스티야어로 되풀이해 말하고 있다.
72) 그리스 신화에 나오는 크레타 왕 미노스의 딸로 테세우스가 미노타우로스를 무찌르고 크레타의 미궁을 빠져나오도록 도왔다.

다녔지만 이번 연주회는 아름다움을 향한 길을 열어 주었고, 바이올린을 향한 문을 닫도록 했으며, 나의 연주자로서 짧은 경력을 마무리하도록 하는, 내 인생을 완전히 바꾸어 놓은 그런 연주회가 되었다.

"멍청한 자식." 이게 베르나트의 생각이었다. 그는 팔 년차 과정을 모두 혼자 견뎌야 했다. 일 년 뒤를 따라오던 나라는 존재 없이 말이다. 마시아 선생을 혼자 상대해야 했다. "멍청한 자식."

"행복해지는 법을 배운다면 이야기가 달라지지. 나는 빛을 보았어. 더 이상 고통도 없고 음악을 연주할 줄 아는 사람들의 음악을 즐기기만 하면 되는 거야."

"멍청한 자식. 겁쟁이."

"맞아, 그럴지도 모르지. 이제 특별히 더 스트레스를 받지 않고 공부에만 집중하면 돼."

집으로 돌아갈 때 사람들이 존케레스 거리를 따라 찬 바람을 맞으며 걸어가는 길 한복판에서 나는 베르나트가 폭발했던 세 번 중 한 번을 목격하게 되었다. 최악이었다. 그는 소리를 지르고 독일어, 영어, 카탈루냐어, 카스티야어, 프랑스어, 이탈리아어, 그리스어, 라틴어를 손가락으로 꼽기 시작했다. 열아홉 살인 네가 하나, 둘, 셋, 넷, 다섯, 여섯, 일곱, 여덟 개 언어를 알면서 이제 팔 년차인 바이올린을 겁낸단 말이지, 멍청아? 내가 네 머리를 가졌다면, 젠장!

조용히 눈발이 날리기 시작했다. 나는 바르셀로나에서 눈을 본 적이 없었다. 그렇게 화가 난 베르나트도 본 적이 없었다. 그토록 무기력한 모습도 처음이었다. 눈 때문이었는지 나 때문이었는지는 모를 일이지만.

"이봐." 내가 말했다.

"눈이 내린다고 이러는 게 아니야. 넌 실수하는 거야."

"너는 나 없이 마시아 선생을 상대하는 게 겁나서 그러는 거야."

"그래, 그래서 어떻다는 거야?"

"너는 바이올린 연주자가 될 자질을 갖췄어. 하지만 나는 아니야."

베르나트는 목소리를 낮추더니 그렇게 생각하지 마, 나는 언제나 한계에 도달했다고 생각해. 연주할 때 웃는 얼굴을 하는데 그건 결코 행복해서가 아니야. 공포를 쫓아내기 위해서지. 하지만 바이올린은 호른처럼 배신을 밥 먹듯이 해. 언제든지 음정이 틀릴 수 있다고. 그렇다고 해도 너처럼 포기하지 않아. 겁쟁이처럼 말이지. 십 년을 채우고 싶어. 그다음에 계속할지 그만할지 생각해 볼 거야. 십 년은 하고 포기할 거라고.

"그때가 되면 네가 기쁨의 웃음을 지으며 연주할 순간이 올 거야, 베르나트."

마치 예수 그리스도가 예언을 하듯이 내가 말하고 있다는 사실을 알아챘다. 그 결과를 생각해 보자면…… 음, 사실 무슨 말을 해야 할지 잘 모르겠다.

"십 년이 지나고 그만둬."

"아니야. 6월 시험 후에 그만둘 거야. 그래야 마무리가 깔끔하잖아. 나를 화나게 하면 지금 당장 그만두고, 깔끔한 마무리니 뭐니 다 집어치울 거야."

눈은 쉬지 않고 계속 내렸다. 우리는 집까지 말없이 걸었다. 어두운 색 나무문 앞에서 그는 아무런 작별 인사도 애정의 표시도 없이 떠났다.

인생을 통틀어 베르나트와 다툰 것은 손에 꼽을 정도다. 이번은 처음으로 심각하게 싸웠고, 처음으로 상처를 남긴 다툼이었다. 그해 크리스마스에는 특히 눈이 많이 왔다. 집에서 어머니는 여전히 침묵했고, 작은 롤라는 모든 것에 주의를 기울였다. 나는 아버지의 서재에서 시간을 보내는 일이 점점 많아졌다. 학기 말에 받은 훌륭한 성적으로 얻어 낸 특권이었다. 이 공간은 날이 갈수록 주체할 수 없는 마력을 발휘하며 나를 끌어들였다. 성 에스테반의 날73)이 지나고 나는 하얀 거리를 걸으러 나갔다가 베르나트를 보았다. 그는 브루크 거리 북쪽에 살았는데 바이올린을 등에 메고 미끄럼을 타며 거리를 내려오고 있었다. 나를 보았지만 아무 말도 하지 않았다. 솔직히 말하면 질투가 났다. 그 모습을 보는 순간 곧장 누구네 집에 가서 연습을 하는지 궁금해졌기 때문이다. 나쁜 자식, 나한테 아무 말도 없이 말이다. 열아홉 살 혹은 스무 살쯤 되었을 아드리아는 유치한 질투심에 사로잡혀 그를 뒤쫓기 시작했다. 하지만 미끄럼을 타는 속도를 따라잡지 못해 베르나트는 곧 크리스마스트리의 장식물만 하게 작아졌다. 어쩌면 벌

---

73) 크리스마스 다음 날인 12월 26일, 카탈루냐에서는 가족끼리 모여 카넬로니와 투론을 주로 먹는다.

써 그란비아에 다다랐을지도 모를 일이다. 매우 어리석은 짓이었다. 그는 헐떡이며 목도리 사이로 거친 숨을 몰아쉬면서 친구가 떠나는 것을 지켜보았다. 나는 그날 그가 어디로 가 버렸는지 도무지 알아낼 수가 없었고, 나는 만일……. 내가 하고 싶었던 말은 그가 간 곳을 알아낸다면 인생의 절반을 주겠다는 건데, 요즘 같은 시대에 이런 표현은 아무 의미가 없다. 제기랄, 그래도 나는 그 크리스마스 휴일에 그가 누구네 집에 연습하러 갔는지 알 수 있다면 인생의 절반을 줄 것이다. 바르셀로나가 예상치 못한 아주 두꺼운 눈옷을 입은 그날 말이다.

그날 밤 나는 절망적인 심정으로 저주를 퍼부으며 코트, 재킷, 바지 주머니를 미친 듯이 뒤졌다. 연주회 프로그램을 찾을 수 없었기 때문이다.

"사라 볼테스엡스타인? 글쎄. 들어 본 적이 없는데. 베틀렘 교구에 알아봐요, 아마 그 비슷한 뭔가를 하는 것 같으니."

나는 스무 군데쯤 되는 교구를 돌아다녔다. 점점 지저분해지는 눈을 밟으며 포블레 세크 교구의 허름한 교회에서 그녀를 발견할 때까지 말이다. 더 허름하고 텅 빈 느낌인 내부는 벽이 진귀한 목탄화로 가득했다. 초상화 예닐곱 점과 풍경화 몇 점이 걸려 있었다. '하임 삼촌'이라고 제목이 붙은 작품의 슬픈 시선이 인상 깊었다. 그리고 개 한 마리가 그려진 멋진 작품이 있었다. 바다 옆에 집 한 채가 있는 그림은 '포르틀리가트[74]의 작은 바다'라는 제목이 붙어 있었다. 그 그림들을 몇

---

[74] 카탈루냐 브라바 해안의 작은 마을. 살바도르 달리가 살았던 곳으로 알

번이나 봤는지, 사라. 그 소녀 사라는 진정한 예술가였어. 나는 당신이 마치 잔소리를 하듯 내 귀에 대고 오지 말라고 했잖아라고 이야기할 때까지 입을 다물지 못한 채 한참 동안 구경을 하고 있었다.

어떠한 변명이라도 지어내야겠다고 생각했지만 결국 수줍어하며 근처를 지나던 길이라고 말하는 게 고작이었다. 그녀는 미소를 지으며 나를 용서해 주었다. 그리고 당신은 낮은 목소리로 머뭇거리며 말했지.

"작품은 어떤 것 같아?"

려져 있다.

18

"어머니."

"왜 그러니?" 책상 위 서류에서 눈을 떼지 않은 채 그녀가 말했다.

"제 말 들리세요?"

하지만 그녀는 카투를라로부터 받은 재정 보고서를 열심히 읽어 내려가는 중이었다. 카투를라는 가게 경영을 제자리에 되돌려 놓기 위해 그녀가 직접 고른 사람이었다. 그녀가 정신을 딴 데 두고 있다는 것을 알았지만 지금이 아니면 영원히 말을 못 할 것 같았다.

"바이올린을 그만두려고요."

"알겠어."

그녀는 여전히 카투를라의 보고서를 읽고 있었다. 결과가 아주 좋은 모양이었다. 영혼에 차가운 땀을 흘리며 서재를 떠났을 때 아드리아는 어머니가 딸깍딸깍하고 안경을 접는 소리를 들었다. 그를 지켜보고 있었던 게 틀림없다. 아드리아는 다시 돌아섰다. 역시 그랬다. 한 손에는 안경을, 한 손에는 서류 다발을 들고 아드리아를 바라보고 있었다.

"방금 뭐라고 했니?"

"바이올린을 그만두겠다고요. 칠 년차 과정은 마칠 거예요. 하지만 그러고 나서 관두려고요."

"어림도 없는 소리."

"이미 결심했어요."

"이런 중대한 결정을 내릴 나이가 아직 아니야."

"그런 나이이고말고요."

어머니는 카투를라의 보고서를 내려놓더니 자리에서 일어났다. 아버지라면 이 반란을 어떻게 해결했을지 생각하는 것이 분명했다. 처음에는 낮고, 은밀하고, 협박하는 어조로 말했다.

"칠 년차 시험을 봐야지. 팔 년차 시험도 마치고. 그다음에 이 년간의 최고 연주자 과정을 거쳐서 때가 되면 줄리아드 음악원이나 만예우 선생이 가라는 곳으로 가면 돼."

"어머니. 음악을 해석하는 데 내 인생을 바치고 싶지 않다고요."

"어째서?"

"행복하지가 않아요."

"우리는 행복하려고 태어난 게 아니야."

"저는 그래요."

"만예우 선생은 네가 자질을 갖추었다고 했어."

"만예우 선생님은 저를 경멸해요."

"만예우 선생은 네가 좀 더 잘하도록 하려는 거야. 네가 가끔 무기력하니까 말이다."

"저는 이미 결심했어요. 어머니가 받아들이셔야 할 거예요."나는 용기 내어 말했다.

전쟁 선포였다. 하지만 다른 방법이 없었다. 나는 뒤도 돌아보지 않고 아버지의 서재를 나왔다.

"하우."

"무슨 일이야?"

"전쟁이 시작됐으니 이제 얼굴에 위장 크림을 좀 바르는 게 어때. 입부터 귀까지 검은색과 흰색으로 말이야. 위에서 아래로 노란 줄을 두 개 긋고 말이지."

"농담하지 마, 나 지금 떨고 있는 거 안 보여."

아드리아는 방문을 잠갔다. 한 발자국도 물러설 생각이 없었다. 만약 전쟁이라면 전쟁을 할 준비가 되어 있었다.

며칠 동안 집에서는 작은 롤라의 목소리밖에 들을 수 없었다. 그녀만이 집안이 정상적으로 돌아가고 있다고 애써 보여 주려 했다. 어머니는 언제나 가게에서, 나는 학교에서 시간을 보냈고, 저녁 시간은 둘 다 접시만 바라보며 아무 말도 하지 않았다. 작은 롤라는 이쪽저쪽 한 번씩 눈길을 주었다. 너무 힘들고 긴장된 시간을 보내느라 당신을 다시 찾은 기쁨도 바이올린 때문에 찾아온 위기에 묻혀 버렸다.

만예우 선생과 수업하는 날 일은 터지고 말았다. 그날 아침에 가게로 나가기 전 그 주 내내 침묵을 지키던 어머니가 나에게 처음으로 말을 걸었다. 나를 바라보지 않고 마치 방금 아버지가 돌아가신 것처럼 말했다.

"스토리오니를 수업에 가져가거라."

나는 비알을 들고 만예우 선생의 집에 갔다. 연습실로 통하는 복도에 들어서자 그의 목소리가 들렸다. 그는 아주 부드러운 목소리로 내가 원하는 다른 레퍼토리를 살펴보자고 했다. 맘에 드니, 얘야?

"칠 년차 과정이 끝나면 바이올린을 그만둘 거예요. 다들 이해하셨죠? 제 인생에는 더 우선적인 다른 것들이 있어요."

"그랬다가는 네 인생의 매일매일이 후회로 가득할 거야." (어머니)

"겁쟁이."(만예우)

"나를 혼자 두고 떠나지 마, 친구야."(베르나트)

"깜둥이."(만예우)

"하지만 넌 나보다 연주를 더 잘한다고!"(베르나트)

"마리카."(만예우)

"네가 그동안 투자한 시간은 모두 어떻게 할래, 그건 어떻게 할 거냐고? 그냥 하수구에 흘려보낼 거니?"(어머니)

"변덕스러운 집시 같으니라고."(만예우)

"그럼 앞으로 무얼 하고 싶은 거니?"(어머니)

"공부하고 싶어요."(나)

"바이올린이랑 같이 할 수 있잖아."(베르나트)

"무슨 공부?"(어머니)

"개자식."(만예우)

"마리카."(나)

"조심해, 아니면 당장 이곳을 나가 버릴 거야."(만예우)

"정말 무얼 공부하고 싶은지 확신이 선 거니?"(어머니)

"하우."(용감한 아라파호 추장 검은 독수리)

"애야, 무엇을 공부하고 싶은지 물었잖니. 의학?"(어머니)

"재수 없어."(만예우)

"정말, 아드리아, 다시 생각해 봐!"(베르나트)

"역사학이요."(나)

"저런!"(어머니)

"왜요?"(나)

"굶어 죽으려고 작정했구나. 그리고 지루해 죽으려고 말이지."(어머니)

"역사학이라고요?!"(만예우)

"그렇다네요."(어머니)

"하지만 역사학은……."(만예우)

"하하, 저한테 무슨 설명이 더 필요하겠어요."(어머니)

"배신자!"(만예우)

"그리고 철학도 공부하고 싶어요."(나)

"철학이라고?"(어머니)

"철학?"(만예우)

"철학?"(베르나트)

"더 심각하구나."(어머니)

"왜 더 심각한 거죠?"(나)

"최악의 둘 중에 선택해야 한다면 변호사를 해라."(어머니)

"싫어요. 인생을 법칙 안에 가두어 일반화하는 것은 싫어요."(나)

"반항아."(베르나트)

"넌 그저 반대를 위한 반대를 하고 싶은 거야. 너는 그런 인간이잖아, 안 그래?"(만예우)

"문화의 진화를 공부해서 인간에 대해 이해하고 싶을 뿐이에요."(나)

"반항아, 그게 바로 너야. 영화나 보러 갈까?"(베르나트)

"그러자. 어디로?"(나)

"푸블리로."(베르나트)

"너를 이해할 수 없구나, 아들아."(어머니)

"무책임한 놈."(만예우)

"역사학, 철학…… 쓸모없는 학문이라고 생각하지 않니?"(만예우)

"당신이 뭘 안다고!"(나)

"거만한 놈."(만예우)

"그럼 음악은요? 어디에다 써먹나요?"(나)

"돈을 많이 벌 수 있지. 그렇게 생각해 봐."(만예우)

"역사학, 철학…… 대체 쓸모가 없다는 걸 아직도 모르겠어?"(베르나트)

"피장파장의 오류인가."(나)

"뭐라고?"(베르나트)

"아무것도 아니야."(나)

"영화 재밌었어?"(베르나트)

"음, 그런 것 같아."(나)

"음, 그렇다는 거야 아니란 거야?"(베르나트)

"그렇다고."(나)

"쓸모없다고!"(어머니)

"내가 좋다고요."(나)

"그럼 가게는? 가게에서 일하는 건 어때?"(어머니)

"나중에 이야기하죠."(나)

"하우."(용감한 아라파호 추장 검은 독수리)

"지금은 아니야, 귀찮은 녀석."(나)

"그리고 언어를 공부하고 싶어요."(나)

"영어만 하면 됐지."(만예우)

"어떤 언어 말이니?"(어머니)

"라틴어와 그리스어를 완벽하게 하고 싶어요. 그리고 히브리어, 아람어, 산스크리트어를 시작하려고요."(나)

"이런! 정말 답이 없구나……."(어머니)

"라틴어, 그리스어, 또 뭐라고?"(만예우)

"히브리어, 아람어, 산스크리트어요."(나)

"정신이 나갔구나, 너."(만예우)

"그럴 수도, 아닐 수도 있죠."(나)

"비행기에 탄 여자들은 영어를 한단다."(만예우)

"뭐라고요?"(나)

"연주를 위해 비행기로 뉴욕에 갈 때 아람어를 할 필요가 없다고 말하는 거야."(만예우)

"우리는 서로 다른 이야기를 하는 것 같네요, 만예우 선생

님."(나)

"역겨운 놈!"(만예우)

"저한테 욕은 그만하셨으면 해요."(나)

"이제 알겠네! 네가 본받기에 나는 너무나 과한 모델이야."
(만예우)

"그런 게 아니에요."(나)

"그런 게 아니라니? 무슨 말이야? 그런 게 아니라는 게 무
슨 말이냐고?"(만예우)

"이미 뱉은 말은 주워 담을 수 없죠."(나)

"냉랭하고, 거만하고, 끔찍하고, 멍청하고, 젠체하고, 경악
스럽고, 혐오스럽고, 콧대가 하늘을 찌르는 놈!"(만예우)

"그래요, 마음대로 생각하세요."(나)

"이미 뱉은 말은 주워 담을 수 없지."(만예우)

"베르나트."(나)

"뭐?"(베르나트)

"방파제로 산책이나 나갈까?"(나)

"그러자."(베르나트)

"너희 아버지가 지금 너를 본다면!"(어머니)

미안한 말이지만 한바탕 전쟁 중인 그날 어머니가 이 말을
했을 때 나는 너무나 크고 과장된 웃음을 터뜨릴 수밖에 없었
다. 부엌에서 모든 대화를 듣고 있던 작은 롤라도 웃음을 참았
다. 창백해진 어머니는 방금 무슨 말을 내뱉었는지 너무 늦게
깨달았다. 모두 지쳐 그쯤에서 언쟁을 그만두었다. 전쟁이 시
작된 지 칠 일째였다.

"하우."(용감한 아라파호 추장 검은 독수리)

"피곤해, 제발."(나)

"알았어. 하지만 지금 모두가 소모전을 하고 있다는 사실을 알아야 해. 참호전 말이야. 1차 세계 대전처럼. 그리고 넌 지금 세 개의 전선에서 싸우고 있다는 사실을 기억해."(용감한 아라파호 추장 검은 독수리)

"무슨 말인지 알겠어. 다만 난 엘리트 음악가가 되고 싶지 않다는 사실만은 분명히 밝혀 둘게."(나)

"그리고 무엇보다 전술과 전략을 혼동하지 마."(용감한 아라파호 추장 검은 독수리).

카슨 보안관은 담배를 바닥에 뱉더니 그저 참아, 넌 할 수 있어라고 말했다. 책을 읽으면서 사는 게 네 인생의 낙이라면 그렇게 해야지. 너와 네가 읽고 싶은 책들. 그리고 다른 사람들은 꺼지라고 해.

"카슨, 고마워."(나)

"무슨 말씀을."(카슨 보안관)

칠 일째인 그날 우리는 지나친 긴장 탓에 지쳐서 잠을 자러 갔다. 모두 휴전을 바랐다. 그날 밤은 사라에 대한 꿈을 꾼 많은 날들 중 첫 번째 날이었다.

전략적 관점에서 보자면 삼국 동맹의 군대가 서로 싸우는 것은 아주 바람직했다. 만예우 선생 집에서 터키는 독일에 맞섰다. 그리고 그것은 삼국 협상을 생각하면 긍정적인 일이었다. 상처를 치유하고 건설적인 방식으로 사라에 대해 생각할 수 있었기 때문이다. 전투 기록은 오랜 동맹들 사이의 전투가 살벌하고 잔인했으며, 그들의 비명 소리가 만예우 선생의 앞뜰을 가로지르며 퍼졌다고 말한다. 어머니는 수년 동안 참아 온 이야기를 털어놓았고, 다소 엉뚱하기는 하지만 놀라운 지적 능력을 가진 아이를 지켜 내지 못했다고 그를 비난했다.

"과장하지 마세요."

"제 아들은 천재예요. 몰랐습니까? 충분히 이야기하지 않았나요?"

"이 집에서 천재는 한 명뿐입니다, 아르데볼 부인."

"우리 아들에게는 앞날을 이끌어 줄 사람이 필요해요. 만예우 씨, 당신의 자만은……."

"거장 만예우입니다."

"방금 보셨죠? 당신의 자만이 현실을 직시하는 것을 방해하지 않습니까. 우리의 금전 계약을 다시 논의해야겠군요."

"그것은 공정하지 않습니다. 이건 당신의 그 천재적인 아들 때문에 일어난 일이에요."

"웃기는 소리 마세요. 궁색하기 짝이 없군요."

그리고 곧장 서로를 모욕하기 시작했다.(한쪽에서 깜둥이, 집시, 겁쟁이, 마리카, 냉혈한, 건방진, 토할 것 같은, 멍청한, 잘난 체하는, 역겨운, 혐오스러운, 콧대 높은 같은 말들이 나왔다. 다른 한쪽에서는 안타깝군요라는 말뿐이었다.)

"방금 뭐라고 하셨습니까?"

"안타깝다고 했습니다." 그리고 어머니는 그의 얼굴에 바짝 얼굴을 갖다 댔다. "안-타-깝-습니다!"

"참을 만큼 참았습니다. 저를 모욕하시다니! 고소할 겁니다……."

"당신에 대항해서 변호사를 고용하는 것만큼이나 기쁜 일이 어디 있겠어요. 다음 달부터 당신에게 더 이상 돈을 지불하지 않겠습니다. 그리고 저는…… 예후디 메뉴인[75]을 알아보아야겠군요."

싸움은 절정에 달했다. 그는 메뉴인이 음흉한 성격이며 돈을 그보다 열 배는 많이 부를 거라고 했다. 그녀는 문으로 향했다. 화가 난 만예우는 뒤를 따라가며 말했다. 메뉴인이 어떻게 수업하는지 아십니까? 아세요?

화가 나서 만예우의 집 문을 박차고 나오며 그녀는 뒤에서 문이 세차게 닫히는 소리를 들었다. 그때 카르메 보스크는 아드리아를 세계에서 가장 훌륭한 바이올린 연주자로 만들려던 자신의 꿈이 끝났음을 알았다. 애석한 일이에요, 작은 롤라. 나는 베르나트에게 곧 익숙해질 거라고, 그가 원할 때마다 함께 연주할 거라고 약속했다. 우리 집이든 그의 집이든 그가 원하는 곳에서 말이다. 그제야 나는 숨을 쉬며 아무런 걱정 없이 당신에 대해 생각할 수 있었다.

---

75) Yehudi Menuhin(1916~1999). 미국 출생의 바이올린 연주자이자 지휘자. 바이올린 연주로 신동이라고 불렸으며 주로 영국에서 활동했다.

19

아르카디아에도 나는 있다.(라틴어) 비록 푸생이 그림을 그릴 때 이 문장의 주어는 죽음이며, 따라서 도처에 죽음이 있고, 심지어 행복의 공간에도 죽음이 있다고 생각했지만 나는 언제나 문장의 주어가 '나'로 해석되는 쪽으로 마음이 기운다. 나는 아르카디아에 있었으며, 아드리아는 자신의 아르카디아가 있었다고 말이다. 슬픔에 잠기고, 머리가 벗어지고, 절망적이고, 배가 나오고, 겁을 집어먹은 아드리아는 아르카디아에 산 적이 있다. 왜냐하면 나에게는 여러 가지 아르카디아가 있었기 때문이다. 그중에도 최초의 아르카디아가 있었고, 그것은 바로 당신의 존재였다. 그 아르카디아는 이미 잃어버린 지 오래였다. 나는 그곳에서 불의 검을 든 천사에게 쫓겨났고, 아드리아는 부끄러움을 감추고 이제 홀로, 당신 없이, 나의 사라 당신 없이, 혼자 생계를 책임지며 인생을 살아가야만 했다. 역시 어떤 장소인 내 다른 아르카디아는 바로 토나였다. 세상에서 가장 못생겼으면서 가장 귀여운 마을이었다. 나는 그곳에서 카지크네 들판을 뛰어다니며 열다섯 번의 여름을 보냈다. 셰비, 키코, 로사를 피해 숨느라 곡식 더미에서 나온 간지러운 쭉정이로 몸이 뒤덮이기도 했다. 이 세 명은 바르셀로나를 벗어난 팔 주 동안의 여름휴가와 뗄 수 없는 친구들이었고, 그곳에서의 여름은 콘셉시오 성당 종소리, 검정과 노랑이 섞인 택시, 학교생활을 상기시키는 그 무엇과도 멀리 떨어져 있었다. 우선 부모님에게서 멀리 떨어졌고, 그다음에는 어머니에게서 그리고 아드리아가 가져오지 못한 책들과도 멀리 떨어져 있었다. 우리는 제스네를 내려다보기 위해 성으로 잽싸게 올라갔다. 집은 컸고, 정원이 있었고, 멀리 농장이 보였다. 마치 성탄 구유 같은 모습이었다. 좀 더 가까운 들판에는 수확한 곡식 더미와 카지크네가 보였다. 오래되고 벌레 먹은 건초 더미가 쌓여 있는 작은 집이었다. 역시나 성탄 구유 같았다. 그리고 조금 더 멀리 코르크나무가 자라는 산이 있었다. 북동쪽으로는 콜사카브라산맥이, 동쪽으로는 몬세뉴산맥이 뻗은 형태였다. 우리는 고함을 질렀고, 세상의 왕이 된 기분이었다. 특히 나보다 여섯 살 위인 셰비는 소를 돌보는 아버지를 돕기 위해 우리와 그만 어울릴 때까지 무엇이든 나보다 잘했다. 키코도 언제나 나를 이겼다. 그런데 하루는 흰 벽까지 가는 시합에서 내가 이겼다. 음, 사실대로 말하자면 키코가 발을 헛디며 넘어졌다. 하지만 나는 정정당당하게 이겼다. 로사가 굉장히 예뻤는데, 그 아이도 언제나 나를 이겼다. 레오 숙모네 집에서는 삶이 달랐다. 불평과 침묵이 없었다. 사람들의 이야기가 끊이지 않았고, 서로 눈을 맞추었다. 그곳은 레오 숙모가 정갈한 베이지색 앞치마를 두르고 다스리는 거대한 집이었다. 아르데볼 가문의 집인 제스네는 열세 개가 넘는 방이 있는 넓은 저택이었다. 여름에는 사방으로 통풍이 원활했고, 겨울에는 모든 최신식 난방 시설이 갖추어져 있었다. 소들이 머무는 헛간과 마구간에서 적당히 떨어진 그 집의 남쪽 측면에는 세상에서 책을 읽기 가장 좋은 현관이 미관을 더했다. 바이올린을 연습하기에도 최적의 장소였다. 사촌들 셋이 가끔씩 내 연주를 들으러 왔다. 그럴 때면 나는 기법을 연습하기보다 연주 레퍼토리들을 연주했다. 그편이 언제나 더 즐거웠다. 어느 날 찌르레기 한 마리가 현관으로 날아들어 기름 등불이 걸린 옆 난간에 앉았다. 새는 르클레르의 「소나타 2권」 중 소나타 2번을 연주하는 내 모습을 바라보았다. 장식음이 많은 그 곡을 매우 좋아하는 것 같았다. 트루욜스 선생이 어느 해 브루크 음악 학교의 새 학기 연주회 때 연주하도록 한 곡이었다. 마지막 음을 그려 넣었을 때 건조용 분말이 부족했던 르클레르 삼촌은 악보에 대고 입김을 크게 불었다. 만족한 그는 일어나 바이올린을 집어 들고 악보를 보지 않고서 연주를 해 나갔다. 더 이상 덧붙일 게 없다고 생각했다. 스스로가 대견스러워 혀를 쩝쩝거렸다. 그리고 다시 자리에 앉았다. 비어 있던 마지막 장의 끝부분에 그는 엄중한 글씨체로 다음과 같이 적어 넣었다. "이 소나타를 내 사랑하는 조카, 내 사랑하는 여동생 아네트의 아들 기욤프랑수아에게, 그가 태어난 날 헌정한다. 눈물의 계곡을 지날 그의 앞길에 좋은 일만 가득하기를." 그는 글귀를 읽고 또 읽었다. 그리고 필기구를 제대로 갖추어 놓지 못한 집안 하인들을 저주하며 악보를 다시 후후 불었다. 제스네에서는 다들 무슨 일을 해야 하는지 잘 알고 있었다. 모두가, 이제는 나까지 포함해서 자신이 맡은 일을 잘해 내기만 하면 환영받았다. 여름에는 실컷 먹는 일 빼고는 특별히 할 일이 없었다. 이 도시의 젊은이들은 쭉정이처럼 비쩍 말랐기 때문이다. 혈색을 봐, 불쌍한 것들. 사촌들은 나보다 나이가 많았다. 가장 어린 로사도 나보다 세 살이 많았다. 나는 말하자면 든든한 소젖과 소시지로 살찌워야 할 응석받이 막내였다. 올리브유를 적신 빵으로, 와인에 푹 담근 빵에 가루설탕을 뿌린 간식으로 살찌워야 할 막내였다. 지방으로 가득한 돼지고기 덩어리도. 신토 숙부가 걱정했던 것은 아드리아가 방에 몇 시간이고 처박혀 삽화 하나 없이 글자만 가득한 책을 읽는 다소 건강에 해로운 습관이 있다는 사실이었다. 일곱 살, 열 살, 혹은 열두 살짜리가 이런 습관을 갖는 것은 솔직히 걱정되는 일이긴 했다. 하지만 레오 숙모가 작은아버지의 팔에 부드럽게 손을 올리자 대화의 주제를 바꾸며 셰비에게 그날 오후 프루덴시가 소들을 보러 오기로 되어 있으니 함께 가야 한다고 말했다.

"나도 가고 싶어요." 로사가 말했다.

"안 돼."

"저는요?"

"그러자."

로사가 폭발했다. 제일 어린 아드리아가 가는데 왜 나는 안 된다는 거예요.

"별로 좋지 않은 구경거리란다, 애야." 레오 숙모가 말했다.

나는 프루덴시가 어떻게 주먹과 팔 전체를 블랑카의 엉덩이에 집어넣는지 지켜보았다. 그는 내가 알아듣지 못한 무슨 말을 했고, 셰비와 작은아버지는 그것을 종이에 급히 휘갈겨 적었다. 블랑카는 되새김질을 하느라 우리의 걱정에 무관심했다.

"조심해요, 조심하라고, 조심, 오줌을 쌀 모양이에요!" 아드리아는 신나서 말했다.

그들은 여전히 이야기를 나누며 한 걸음 물러섰다. 하지만 나는 앞줄에 머물러 있었다. 소가 헛간에서 똥과 오줌을 싸는 모습은 토나에서 즐길 수 있는 인생의 구경거리 중 하나였기 때문이다. 카지크네 노새였던 파로트가 오줌 싸는 모습을 보는 것도 마찬가지였다. 정말 볼만한 광경이었는데 그래서 더욱 숙모와 작은아버지가 불쌍한 로사에게 허락하지 않았던 것 같다. 또 있었다. 마타몬제스 도랑을 건너 올챙이 낚시를 가는 것 같은 일들 말이다. 우리는 유리병에 여덟 마리에서 열 마리의 제물을 담아 돌아오곤 했다.

"불쌍한 생물들."

"숙모, 아니에요, 매일 밥을 줄 거예요."

"불쌍한 생물들."

"빵을 줄 거예요, 정말로요."

"불쌍한 생물들."

나는 그들이 어떻게 개구리로 변하는지, 아니면 죽은 올챙이로 변하는지 보고 싶었다. 우리는 물을 갈아 주거나 올챙이가 병 안에서 무엇을 먹는지에 대해 전혀 생각하지 않았기 때문에 죽는 일이 더 잦았다. 그리고 별채에 붙어 있던 제비집. 갑자기 쏟아지던 소나기. 카지크네서 더 이상 키질을 하지 않고 기계로 곡식을 우수수 털어 내어 짚단이 일사천리로 쌓여 가던 그날들. 그날의 지푸라기 먼지로 가득한 내 기억들. 내 기억은 지푸라기 먼지로 가득했다. 아르카디아에도 나는 있다.(라틴어) 아드리아 아르데볼. 누구도 그때의 기억을 나에게서 앗아 갈 수는 없다. 지금 생각건대 레오 숙모와 신토 숙부는 형제간의 싸움이 있은 후에도 아무 일 없었던 것처럼 행동한 것 같다. 아주 강철 심장을 가졌음이 분명했다. 그 싸움은 아주 오래전 일이었다. 아드리아는 아직 태어나지 않았을 때다. 내가 스무 살이 되던 해 여름에 그 일을 알게 되었다. 어머니와 둘이 바르셀로나에 있기 싫었던 나는 토나에서 서너 주 동안 머물 생각이었다. 괜찮으시다면요. 외로움도 그 이유 중 하나였다. 당시 나는 이미 사라와 만나는 중이었는데 우리는 양쪽 집안에 이 사실을 알리지 않고 있었다. 사라는 부모님과 함께 울며 겨자 먹기로 카다케스에 가야 했고 나는 너무나, 너무나 외로웠다.

"괜찮으시다면요라니. 그게 무슨 소리냐? 다시는 그렇게 말하지 마라." 레오 숙모는 화를 내며 말했다. "언제 올 거니?"

"내일이요."

"네 사촌들은 여기 없단다. 아니지, 셰비가 있기는 해. 하지만 하루 종일 농장에 있다."

"이미 예상했어요."

"카지크네 조제프와 마리아는 지난겨울에 죽었어."

"오, 저런."

"그리고 비올라도 슬픔을 견디지 못하고 죽었지." 전화 너머로 침묵이 흘렀다. 그리고 위로라면 위로의 말을 꺼냈다. "그들은 나이가 많았어. 둘 다. 조제프는 허리가 완전히 직각으로 꼬부라졌었지, 불쌍한 인간. 개도 나이가 많이 들었고."

"아무튼 안됐네요."

"바이올린이나 가져와라."

그래서 나는 어머니에게 레오 숙모가 나를 초대했고, 나는 거절할 수 없었다고 이야기했다. 어머니는 좋다고도 싫다고도 하지 않았다. 우리 사이는 이미 많이 멀어져서 이야기도 별로 하지 않는 상태였다. 나는 공부하고 책을 읽으며 시간을 보냈고, 어머니는 하루 종일 가게에서 머물렀다. 내가 집에 있을 때면 어머니의 시선은 여전히 앞길이 창창했던 바이올린 연주자로서의 길을 변덕스럽게 포기한 나를 비난했다.

"제 말 들으셨어요?"

언제나 그랬듯이 가게에는 내가 모르는 무슨 문제가 있는 것 같았다. 그래서 어머니는 나를 바라보지도 않은 채 작은 선물을 가져다 드리렴이라고 말했다.

"뭐 어떤 거요?"

"내가 알겠니. 작은 것으로, 네가 고르렴."

토나에서의 첫날 나는 주머니에 손을 넣고서 선물을 사러 시내의 베르다게로 향했다. 광장에 도착했을 때 나는 그녀가

엘 라코의 테이블에 앉아 오르차타[76]를 마시고 있는 모습을 보았다. 마치 나를 기다리던 것처럼 나에게 미소 지었다. 알고 보니 나를 기다리고 있었다. 처음에는 그녀를 알아보지 못했다. 그리고 아니, 잠깐, 내가 아는 사람인데, 누구지, 저 여자는 누구지, 누구지. 눈에 익은 웃음인데.

"안녕."(이탈리아어) 그녀가 말했다.

그때 나는 알아보았다. 그녀는 더 이상 천사가 아니었지만 천사의 미소를 짓고 있었다. 이제 성숙한 여인이었고, 그저 사랑스러울 따름이었다. 그녀가 옆에 앉으라고 손짓해 나는 그 말에 따랐다.

"내 카탈루냐어는 여전히 삐걱대."

나는 이탈리아어로 대화하면 어떤지 물어보았다. 그러자 그녀는 사랑스러운 아드리아, 나 누군지 알지, 그렇지?(이탈리아어)라고 말했다.

나는 베르다게에서 레오 숙모에게 드릴 선물을 사지 않았다. 처음 한 시간은 그녀와 오르차타를 마시며 보냈다. 음료수가 잘 넘어가지 않았다. 그녀는 쉬지 않고 이야기하며 아드리아가 모르던 것이나 알더라도 모르는 척하는 모든 것을 설명해 주었다. 스무 살이 되었지만 집에서는 서로 이야기하지 않는 것들이 있었기 때문이다. 토나의 광장에서 그녀는 나의 천사와 내가 남매라는 사실을 말해 주었다.

---

76) 기름골 뿌리에 설탕, 향신료 등을 넣고 물이나 우유와 갈아 만든 음료. 스페인 발렌시아 지방에서 기원한 음료로 알려져 있다.

나는 놀라서 바라보았다. 누군가가 그 사실을 말로 내뱉기는 처음이었다. 그녀는 내가 혼란스러워하고 있다는 것을 알아챘다.

"사실이야."(이탈리아어) 그녀가 말했다.

"소설 속에서나 일어날 일이지." 나는 당혹감을 감추기 위해 말했다.

그녀는 눈도 하나 깜짝하지 않았다. 자신이 내 어머니뻘 되는 연배이지만 절반의 피가 섞인 남매라고 말했다. 그리고 출생증명서인지 아니면 우리 아버지가 다니엘라 아마토인가의 아버지임을 증명하는 서류를 보여 주었다. 다니엘라 아마토라는 이름이 적힌 그녀의 여권도 보여 주었다. 그녀는 대화와 서류를 준비하고 나를 기다렸던 것이다. 그러니까 내가 대충은 알고 있었지만 아무도 확인해 주지 않은 그 사실은 진실이었다. 나, 그러니까 머리가 뛰어난 외동아들인 나에게는 나이가 많은, 나보다 나이가 훨씬 많은 누나가 있었다. 나는 아버지에게, 어머니에게, 작은 롤라에게, 그리고 그 수많은 비밀들에 속았다는 느낌을 지울 수 없었다. 카슨 보안관이 이 사실을 암시조차 하지 않았다는 데 상처를 입었다. 누나라니. 나는 그녀를 다시 한번 보았다. 우리 집에 천사의 모습을 하고 나타났을 때처럼 여전히 예뻤다. 하지만 마흔여섯 살 먹은 내 누나였다. 우리는 무료한 일요일에 함께 논 적이 한 번도 없었다. 그녀는 작은 롤라와 실컷 웃고 떠들며 어떤 남자가 그들을 쳐다보는 게 느껴질 때면 입을 가리고 계속 웃었을 것이다.

"하지만 우리 어머니 나이랑 비슷하잖아." 나는 그저 무슨 말이라도 해야겠다는 생각에서 입을 열었다.

"조금 더 어려." 그녀의 목소리에 심술이 약간 묻어났다.

그녀의 이름은 다니엘라였다. 그녀가 말하기를 자기 어머니는……. 그렇게 그녀는 아주 아름다운 사랑 이야기를 풀어 놓기 시작했다. 아버지가 사랑에 빠진 모습을 상상하기 힘들어 나는 그저 입을 다문 채 듣기만 했고, 그녀가 하는 말을 들으며 상상해 보려 했다. 그리고 그녀가 갑자기 두 형제 이야기를 시작했는데 왜 그랬는지 모르겠다. 아버지는 비크에서 학교를 다니기 전 밀을 고르는 법, 곡식을 잘 털고 에스트레야가 새끼를 뱄는지 배를 어루만지는 법을 배워야만 했다. 아르데볼의 할아버지는 노새에 광주리를 꽉 매는 법을 두 아들 모두에게 가르쳤고, 구름이 짙더라도 콜수스피나에서 넘어올 때는 비를 뿌리지 않고 지나간다는 것도 알려 주었다. 후계자였던 신토 숙부는 좀 더 정성 들여 농장을 돌보았다. 그리고 땅과 추수, 일꾼들을 관리했다. 반면 우리 아버지는 틈만 나면 구름을 타고 생각에 잠기거나 구석에 숨어 책을 읽었어. 너처럼 말이야. 그들이 다소 필사적으로 아버지를 비크의 학교에 보냈을 때 그는 그동안의 무관심에도 불구하고 이미 어느 정도 훈련된 농부가 되어 있었다. 그곳에서 그는 동기를 부여받아 라틴어와 그리스어를 배우고 훌륭한 선생들로부터 역사 수업을 들었다. 베르다게의 그림자는 여전히 생생했고 복도를 거닐었다. 학생들 세 명 중 둘은 시 짓기에 관심이 있었다. 하지만 우리 아버지는 아니었다. 그는 가끔 열리는 철학과 신학 수업을 듣고자 했다.

"이 사실을 어떻게 다 아는 거야?"

"어머니가 이야기해 줬지. 아버지는 어릴 때 꽤나 말이 많은 축에 속했나 봐. 나중에는 닫힌 우산처럼, 미라처럼 입을 닫아 버렸지만 말이야."

"더 아는 게 있어?"

"아버지는 아주 똑똑해서 로마로 보내졌대. 거기에서 어머니를 임신시키게 되었고. 겁쟁이였기 때문에 로마를 떠나 버렸지. 그리고 내가 태어난 거야."

"우와…… 정말 소설 같은 이야기네." 나는 한 번 더 말했다.

다니엘라는 짜증 난다는 기색 없이 활기찬 미소를 지으며 이야기를 이어 나갔다. 아버지가 형과 싸운 이야기를 했다.

"신토 숙부랑 말이야?"

"그 멍청한 여자애랑 결혼하라는 이야기를 또 하기만 해 봐." 펠릭스는 화가 나서 사진을 돌려주며 말했다.

"하지만 너는 손 하나 까딱할 필요가 없어! 가만히 둬도 그냥 척척 돌아가는 집안이야. 내가 잘 살펴봤어. 그냥 공부나 하면 된다고. 대체 뭘 더 원해?"

"왜 내가 결혼하기를 바라는 거야?"

"부모님이 부탁하셨어. 만일에 신부의 길을 접을 생각이라면…… 결혼해야 해. 나더러 너를 꼭 결혼시키라고 하셨어."

"형도 결혼하지 않았잖아? 그런데 나한테……."

"할 거야. 지켜보는 여자가……."

"여자들이 무슨 소라도 된단 말이야."

"나를 화나게 만들 수는 없을 거야. 어머니도 널 설득하는 게 쉽진 않을 거라고 하셨어."

"내가 원할 때 결혼할 거야. 만일 결혼을 한다면 말이야."

"인물이 더 나은 여자를 찾아봐 줄 수도 있어." 신토는 푸치가 상속녀의 흑백 사진을 집어넣으며 말했다.

그때 우리 아버지는 신토에게 자신의 상속분을 내놓으라고 아주 싸늘하게 요구했다. 바르셀로나로 떠나고 싶었기 때문이다. 그때부터 형제간에 바위처럼 상처 주는 말들이 오갔다. 그들은 서로를 증오에 가득 찬 눈으로 바라보았다. 주먹다짐을 주고받지는 않았다. 펠릭스 아르데볼은 자기 몫을 받았고, 몇 년 동안 서로 거의 연락을 하지 않았다. 레오가 채근한 덕분에 아버지는 그녀와 신토의 결혼식에 모습을 나타냈다. 하지만 그 이후로 두 형제는 완전히 등을 돌리게 되었다. 한 명은 주변 땅을 사들이고 가축을 키우며 꼴을 만들었고, 다른 한명은 자신의 지분을 수수께끼가 가득한 유럽 여행에 털어 넣고 있었다.

"수수께끼 같은 여행이라니 그게 무슨 말이야?"

다니엘라는 남은 오르차타를 후루룩 마시더니 더 이상 말이 없었다. 아드리아는 돈을 내고 자리로 돌아와서 함께 걷는 게 어떻겠냐고 제안했다. 엘 라코의 종업원 토리는 입이 나와서 테이블을 닦으며 제길, 저 프랑스 여자는 한 입 거리인데, 아니, 이러면 안 되지라고 생각하는 듯한 얼굴을 하고 있었다.

여전히 둘은 광장에 서 있었다. 다니엘라는 그 앞에 서서 세련되고 어쩔 수 없이 외국인 분위기를 풍기는 어두운 안경을 썼다. 매우 가까운 사이인 듯 그녀는 그에게 다가와 그의 맨 위 단추를 풀었다.

"미안해."(이탈리아어) 그녀가 말했다.

엘 라코의 토리는 제기랄, 저 꼬맹이가 어떻게 저런 프랑스 여자를 만나는 거지. 그리고 고개를 절레절레 흔들며 세상이 빨리 돌아가는 것이 놀랍다는 표정을 지었다. 그사이 다니엘라의 시선은 메달 목걸이에 고정되어 있었다.

"종교가 있는 줄 몰랐어."

"없어."

"파르다크의 여신은 성모 마리아야."

"누구를 기리기 위한 것뿐이야."

"누구?"

"잘 모르겠어."

다니엘라는 미소를 참으며 메달을 손으로 문질렀다. 그리고 아드리아의 가슴에 그것을 놓았다. 그는 사적인 부분이 침해당한 데 화가 나서 메달을 숨겼다. 그러고는 상관할 바가 아니라고 이야기했다.

"그건 알 수 없지."

그는 그녀의 말을 이해하지 못했다. 그들은 말없이 걸었다.

"사랑스러운 목걸이야."

자키암은 그것을 꺼내 보석상에게 보여 주며 금으로 된 거라고 말했다. 목걸이 부분도 마찬가지입니다.

"훔친 것은 아니겠지요?"

"아니에요! 어린 베티나, 내 눈먼 여동생이 절대 외로워하지 말라며 선물로 준 겁니다."

"그런데 왜 팔려고 하시오?"

"이상하게 보입니까?"

"이봐요…… 가족의 소중한 물건인데……."

"가족이라…… 살아 있는, 죽은 내 가족이 얼마나 보고 싶은지. 어머니, 아버지, 그리고 무레다 집안의 모든 사람들. 아그노, 옌, 막스, 에르메스, 조세프, 테오도르, 미쿠라, 일세, 에리카, 카타리나, 마틸데, 그레헨, 그리고 눈먼 베티나. 파르다크의 풍경도 그립습니다."

"왜 돌아가지 않습니까?"

"왜냐하면 그곳에 아직 나를 해치려는 사람들이 있어 내 가족은 내가 돌아가는 게 안전하지 않다고……."

"그래요……."

금장이는 메달을 자세히 보기 위해 고개를 숙이며 말했다. 그는 파르다크의 무레다 가족이 처한 곤경에는 큰 관심이 없어 보였다.

"가족을 돕기 위해 많은 돈을 보냈어요."

"그랬군요."

그는 메달을 돌려주기 전에 계속 유심히 살폈다.

"파르다크가 프레다초인가요?" 그가 눈을 바라보며 말했다. 무슨 생각이 떠오른 표정이었다.

"평원 출신 사람들이 프레다초라고 부르지요, 맞아요. 하지만 파르다크예요. 그걸 사시겠습니까?"

보석상은 고개를 저었다.

"저는 돈이 필요합니다."

"겨울을 저와 지내신다면 제 사업을 가르쳐 드리죠. 눈이 녹으면 언제든지 떠나도 좋습니다. 하지만 메달만은 팔지 마십시오."

자키암은 제련한 금속을 반지, 메달, 귀걸이로 바꾸는 사업에 대해 배웠다. 몇 달간 그 친절한 남자의 집에 머무르며 고향에 대한 그리움도 사그라들었다. 그러던 어느 날 중단됐던 대화를 다시 시작하듯 그가 물었다.

"돈은 누구에게 맡긴 거요?"

"무슨 돈 말씀이십니까?"

"가족에게 보내는 돈 말입니다."

"어떤 믿을 만한 사람에게요."

"혹시 옥시타니 출신입니까?"

"네, 왜 그러십니까?"

"아닙니다, 아니에요."

"아는 바가 있으신지요?"

"그 남자 이름이 무엇입니까?"

"나는 금발이라고 불러요. 카질라크 출신의 금발. 정말 금발이에요."

"내 생각에 그는 목적지에 잘······."

"뭐라고요?"

"살해당했습니다. 가진 것들을 다 털어 갔어요."

"누가 말입니까?"

"산사람들이요."

"모에나 출신들인가요?"

"아마 그럴 겁니다."

그날 아침 겨울치의 급료를 손에 쥔 자키암은 보석상에게 행운을 기원해 달라고 말한 후 무레다의 돈과 불쌍한 금발에게 무슨 일이 일어났는지 알아보기 위해 북쪽으로 향했다. 그는 발걸음을 재촉했다. 걷잡을 수 없는 분노에 조심성 없이 발걸음을 마구 옮겼다. 그렇게 걸은 지 닷새째 되어 모에나에 도착했고, 광장에 이르러 울분으로 소리를 치기 시작했다. 브로치아 사람들은 다 나와라, 그가 말하자 그것을 들은 브로치아 집안 사람 중 하나가 사촌에게 이를 전했고, 그 사촌은 또 다른 사촌에게 전했다. 열 명의 남자들이 광장에 내려왔을 때 그들은 자키암을 낚아채어 강으로 데려갔다. 그는 공포에 질려 비명을 질렀지만 파르다크까지 그 소리가 전해지지 않았다. 성 마리아 다이 시우프가 새겨진 메달은 그를 만난 데 대한 보상으로 브로치아가 사람들이 보관했다.

"파르다크는 트렌토에 있어." 아드리아가 말했다.

"하지만 우리 집에서는 말이야." 다니엘라가 곰곰이 생각하며 말했다. "나는 한 번도 만나 본 적이 없는 배를 타던 삼촌이 아프리카에서 가져왔다고 들었어."

둘은 공동묘지를 지나 루르데스 예배당을 향해 걷는 동안 아무 말도 하지 않았다. 걷기에 매우 좋은 날씨였다. 삼십 분쯤 침묵이 흐른 후 그들은 예배당 정원에 앉았다. 그녀에게 좀 더 믿음이 생긴 아드리아는 자기 가슴을 가리키며 이거 가질래? 하고 물었다.

"아니야. 그건 네 물건이잖아. 절대 잃어버리지 마."

해가 지나가는 길을 따라 정원의 그림자 방향이 바뀌었다. 아드리아는 아버지의 수수께끼 같은 여행이 어떤 것이었는지 물었다.

그는 보르고의 작은 호텔에 짐을 풀었다. 바티칸의 성 베드로 대성당에서 오 분가량 떨어져 파세토와 닿아 있는 곳이었다. 조용하고, 소박하고, 저렴한 브라만테라는 호스텔이었다. 수년 동안 거친 손길로 거위를 길러 온 듯 보이는 로마 출신의 나이 지긋한 부인이 운영하는 곳인데 그녀는 마치 율리우스에서 아우구스투스 시대로 넘어가는 시대에서 온 사람 같았다. 비콜로 델레 팔리네가 보이는 작고 축축한 방에 짐을 풀고 그가 첫 번째로 맞이한 사람은 모를린 신부였다. 그는 처음에 성 사비나 수도원의 회랑을 응시하며 그 남자가 누구인지 기억해 내려는 듯 한참을 서 있었다.

"펠릭스 아르데볼레!"[77] 그는 소리를 높였다. "나와 이름이 같은 사람! 맞지?"(이탈리아어)

펠릭스 아르데볼은 고개를 끄덕이며 복종의 뜻으로 신부의 손에 입을 맞추었다. 그는 두꺼운 사제복 탓에 땀을 흘리고 있었다. 모를린은 그의 눈을 바라보고 나서 잠깐 망설이는 듯하더니 그를 방에 들이거나 회랑을 안내하지 않고 아래층의 텅빈 복도로 보냈다. 흰 벽에 아무짝에도 쓸모없는 그림들이 불규칙하게 걸려 있었다. 긴 복도에는 거의 출입문이 없었다. 본능적으로 예전처럼 목소리를 낮춘 그는 원하는 게 뭐지 라고

---

77) 이탈리아식 발음으로 '펠릭스 아르데볼'을 부르고 있다.

말했고, 펠릭스 아르데볼은 연락망, 단지 연락망만 알려 주면 돼라고 대답했다. 내가 가게를 차리려 하는데 최상품의 물건들을 구할 연락책을 찾는 일에 자네의 도움이 필요해.

그들은 적막이 흐르는 가운데 발걸음을 옮겼다. 공간은 매우 척박했다. 하지만 신기하게도 그들의 발걸음 소리나 말소리가 울리지 않았다. 모를린 신부는 그곳이 아주 신중하게 선택된 장소임을 짐작했을 것이다. 두 점의 그림 앞을 지날 때 신부는 화려하지 않은 수태고지화 앞에 서더니 눈썹을 훔치며 아르데볼의 눈을 바라보았다.

"지금 전쟁 중인 줄 알았는데? 어떻게 빠져나온 거야?"

"그렇게 어렵지 않았어. 나만의 방법이 있지. 아는 사람들도 있고."

모를린 신부는 더 이상 알고 싶지 않다는 표정을 지었다.

그들은 꽤 오랫동안 대화를 나누었다. 펠릭스 아르데볼의 계획은 아주 명확했다. 지난 몇 년간 수많은 독일인, 오스트리아인, 폴란드인이 히틀러의 계획을 탐탁지 않게 여기기 시작해 정세를 바꿀 방법을 찾아 왔다는 것이다.

"자네는 돈 많은 유대인들을 찾고 있군."

"도주하는 사람들은 언제나 골동품상에게 거저먹을 기회지. 미국으로 건너가고 싶어 하는 망명자들에게 나를 안내해 주게. 나머지는 내가 알아서 할 테니."

그들은 마침내 복도 끝에 다다랐다. 작고 소박한 수도원 회랑을 바라보는 창문이 하나 있었다. 바닥의 그릇에 담긴 붉은 핏빛을 띤 제라늄꽃이 장식의 전부였다. 아르데볼은 도미니크회 수사가 제라늄에 물을 주는 장면을 상상하기 어려웠다. 회랑의 다른 쪽 측면에는 마치 의도한 것처럼 성 베드로 성당의 아치형 지붕이 딱 맞게 담기는 액자틀 같은 창문이 나 있었다. 잠깐 동안 펠릭스 아르데볼은 그곳의 창문과 창문으로 보이는 풍경을 떼어 가고 싶다는 생각을 했다. 공상에서 깨어난 그는 모를린이 창문 너머의 광경을 보여 주기 위해 자신을 그곳으로 데려갔다고 확신했다.

"도피 상황에 처한 사람들 서너 명의 주소가 필요하네."

"아르데볼레, 내가 자네를 도울 수 있다는 것을 어떻게 알았나?"

"내 나름의 정보망을 갖추었지. 나는 내 일에 충실한 편이고, 자네가 인맥을 넓히는 데 소홀하지 않았다는 것을 알아."

모를린 신부는 크게 놀랐지만 겉으로 드러내지 않았다.

"다른 사람들 물건에 왜 갑자기 관심이 생긴 건가?"

내 일에 대해 진정한 열정을 느끼기 때문이지라고 그는 말할 뻔했다. 왜냐하면 내가 관심 있는 물건을 발견하면 전 세계가 그 물건으로 압축되는 느낌이 들거든. 그게 작은 조각상이든 그림이든 종이든 직물이든 말이야. 그리고 세상은 별다른 설명이 필요 없는 물건들로 가득해. 그 물건들은…….

"수집가 일을 하게 되었어." 그는 콕 집어 말했다. "나는 수집가라네."

"무엇을 수집하나?"

"그냥 수집가야." 성 도미니크가 성좌에서 설교를 하듯이 양팔을 벌리며 말했다. "아름다운 물건들을 찾고 있지."

당연히 모를린 신부는 차고 넘치는 정보를 가지고 있었다. 성 사비나 수도원을 떠나지 않고도 세상 돌아가는 모든 일들을 꿰고 있는 유일한 사람이 있다면 바로 펠릭스 모를린 신부였다. 친구들의 친구였던 그는 그들에 의하면 그 적들이 두려워하는 사람이었다. 아르데볼은 친구였으므로 곧 합의에 이르렀다. 우선 아르데볼은 우리가 누구도 원하지 않는 얼마나 어려운 시기를 살고 있는지에 대한 장시간의 설교를 견뎌야 했다. 좋은 인상을 남기기 위해 아르데볼은 그럼, 그렇고말고를 거듭 말했다. 멀리서 보면 그들은 마치 호칭 기도[78]를 하는 듯했다. 그리고 유럽이 겪고 있는 광기의 시간들은 많은 사람으로 하여금 미국으로 눈을 돌리도록 했다. 모를린 신부 덕택에 펠릭스 아르데볼은 화마가 휩쓸기 전 몇 달간 유럽을 여행할 수 있었고, 어떠한 대격변의 가능성으로부터 귀한 가구들을 지켜 내고자 했다. 첫 번째 후보는 빈의 구시가지인 티퍼 그라벤에 살고 있었다. 넓지는 않았지만 틀림없이 무언가가 많이 나올 아주 좋은 집이었다. 그는 초인종을 울리고, 자신에게 문을 열어 준 여성에게 선한 웃음을 지어 보였다. 그녀는 다소 달갑지 않은 듯 문을 열었다. 첫 번째로 연락이 닿은 이 집에서 그는 가구들을 모두 사들일 수 있었다. 가장 값나가는 다섯 개를 제외하고 나머지 모두를 그는 빈을 떠나지 않고서, 더구나 중심가에서 두 배 가격으로 되팔았다. 대성공이었다. 그것은 자만심을 불어넣기에 충분했으나 펠릭스 아르데

---

78) 여러 성인의 이름을 부르며 하는 기도.

볼은 머리가 좋을 뿐 아니라 빈틈이 없는 사람이었다. 그는 신
중하게 일을 진행해 나갔다. 뉘른베르크에서는 17~18세기
그림들을 사들였다. 프라고나르[79] 두 점, 점점 사라져 가는 와
토[80] 한 점, 리고[81] 석 점이었다. 노란색 치자꽃 그림은 자신을
위해 별도로 보관했다. 그리고 페라라에서 멀지 않은 폰테그
라델라에서 처음으로 악기를 손에 쥐게 되었다. 나폴리 출신
의 니콜라 갈리아노가 제작한 비올라였다. 물건을 살지 말지
고민하면서도 그러한 종류의 악기 연주를 배워 두지 않은 사
실을 후회했다. 그는 판매자가 입을 열 때까지 가만히 침묵을
지켰다. 입수한 정보에 의하면 비올라 연주자 다비데 피오르
달리소는 새로운 인종법에 의해 빈 필하모니에서 쫓겨나 페
라라의 카페에서 연주를 하며 근근이 살아가고 있었다. 그는
매우 여린 목소리로 200만입니다라고 걱정스럽게 말했다. 아
르데볼은 확대경으로 한 시간 동안 비올라를 들여다보고 있
던 아라우 씨를 쳐다보았다. 그는 좋다는 뜻의 눈짓을 해 보
였다. 펠릭스 아르데볼은 불만족스러운 표정으로 물건을 주
인에게 돌려주며 말도 안 되게 낮은 가격을 불러야 한다는 사
실을 알고 있었다. 그리고 그렇게 했다. 하지만 비올라를 손에

---

79) 장오노레 프라고나르(Jean-Honoré Fragonard, 1732~1806). 프랑스 로
코코 양식의 화가다.

80) 장앙투안 와토(Jean-Antoine Watteau, 1684~1721). 프랑스 로코코 양
식의 대표적인 화가.

81) 이아생트 리고(Hyacinthe Rigaud, 1659~1743). 프랑스 바로크풍의 대
표적인 화가. 루이 14세의 초상으로 유명하다.

넣을 기회를 놓치고 싶지 않았던 그는 자리에 앉아 전략을 다시 생각해 보았다. 냉정하게 물건을 사고파는 것도 중요하지만 가능하다면 가게를 차리고 싶었다. 그는 비올라를 20만 리라에 사들였다. 그리고 격렬하게 손을 떨고 있던 판매자와 커피 마시기를 거절했다. 전쟁은 피해자의 눈을 절대 쳐다보지 말아야 한다는 사실을 가르쳐 주었기 때문이다. 예를 들면 갈리아노 같은 사람의 눈 말이다. 아라우 씨는 아르데볼에게 악기는 자신 있는 분야가 아니지만 조심스럽게 소문을 흘리면 세 배는 더 받을 거라고 용감하게 말하며 급히 처분하지 말라고 했다. 또 원한다면 다른 카탈루냐 사람인 베렝게 씨를 소개할 수 있노라고 했다. 그는 놀라울 만큼 정확하게 물건을 감정하는 교육을 받은 떠오르는 신예였고, 언젠가 스페인에서 전쟁이 끝나면 고향으로 돌아갈 마음을 먹고 있는 자라고 했다.

모든 것을 아는 듯한 모를린 신부의 조언으로 그는 취리히 근처 마을에 창고를 빌려 소파, 서랍장, 프라고나르의 그림, 치펜데일 의자, 와토의 그림을 보관했다. 갈리아노의 비올라도 그곳에 보관되었다. 그때만 해도 어느 날 겉보기에 비슷하게 생긴 또 다른 현악기가 자신을 파멸시키리라고 상상하지 못했다. 하지만 그때부터 그는 가게로 갈 물건들과 자신의 카탈로그에서 가장 진귀한 물건들로 구성된 개인 컬렉션을 철저히 구분하기 시작했다.

그는 가끔 로마로 돌아와 브라만테 호스텔에 묵으며 모를린 신부와 만났다. 그들은 거래 가능성이 있는 고객들에 대해, 미래의 사업에 대해 이야기했다. 모를린은 유럽이 현재 격동의 시간을 지나고 있으며, 모든 것이 쉽지 않은 상황이기 때문에 스페인에서 전쟁은 영원히 끝나지 않을 것이라고 강조했다. 세계 지도가 다시 그려져야 하고, 이를 위한 가장 빠른 방법은 폭탄과 참호라고 무심한 듯 체념한 듯 말했다.

"그걸 어떻게 다 알고 있어."

나는 다른 질문이 떠오르지 않았다. 다니엘라와 나는 성으로 가기 위해 바리의 길을 따라 걸었다. 노인들이 더 경사진 길을 걷고 싶어 하지 않는 것처럼 말이다.

"대단한 경치야." 그녀가 말했다.

성의 예배당 앞에 서서 그들은 플라나를 바라보았다. 아드리아는 자신의 아르카디아를 생각했다. 하지만 아주 잠깐 동안이었다.

"우리 아버지에 대해 어떻게 그렇게 많이 아는 거야?"

"왜냐하면 내 아버지니까. 저 멀리 보이는 산 이름이 뭔 줄 아니?"

"몬세뉴야."

"성탄 구유 같지 않아?"

우리 집에서는 한 번도 만들지 않았던 나의 성탄 구유에 대해 네가 뭘 알겠어. 나는 속으로 생각했다. 하지만 다니엘라가 옳았다. 토나는 어느 때보다 성탄 구유와 닮은 모습을 하고 있었다. 아드리는 산 아래를 가리키고 싶은 마음을 참지 못했다.

"제스네야."

"맞아. 그리고 카지크네."

그들은 토레 델스 모로스까지 걸어갔다. 그 안은 똥오줌이 가득했다. 바깥에는 바람과 풍광뿐이었다. 아드리아는 경치를 좀 더 잘 감상하기 위해 절벽에서 약간 물러났다. 그때까지 아드리아는 제대로 된 질문을 하지 못했다.

"그런데 이 이야기를 다 나에게 해 주는 이유가 뭐야?"

그녀는 아드리아 옆에 앉더니 그를 외면하며 우리는 남매이기 때문에 서로를 이해할 필요가 있다고, 그녀가 카지크네의 주인이라고 말했다.

"그건 이미 알아. 어머니가 말씀해 주셨거든."

"집을 헐어 버릴 생각이야. 오물에 연못, 거름, 썩은 짚 냄새까지. 새 집을 지으려고."

"할 일이 많겠구나."

"곧 적응되겠지 뭐."

"비올라는 슬퍼서 죽은 거야."

"비올라가 누군데?"

"카지크네 재수 없는 여자야. 어두운 다갈색 피부에 입술이 검고 귀는 축 늘어졌어."

다니엘라는 이해하지 못한 게 분명했지만 아무 말도 하지 않았다. 아드리아가 몇 초간 말없이 그녀를 바라보았다.

"나에게 이 이야기를 전부 들려주는 이유가 뭐야?"

"우리 아버지가 어떤 사람이었는지는 알아야지."

"그를 싫어하는구나."

"아드리아, 우리 아버지는 돌아가셨어."

"하지만 그를 미워하잖아. 토나에 온 이유가 뭐야?"

"네 어머니가 없는 곳에서 이야기하고 싶었어. 가게에 대해서도 이야기하고. 그 가게가 너에게 넘어가면 나도 동업자로 운영에 참여하고 싶어."

"하지만 왜 이걸 모두 나에게 말하는 거야? 우리 어머니랑 이야기해."

"네 어머니랑은 말이 안 돼. 너도 잘 알다시피."

해가 콜수스피나로 넘어간 지 꽤 시간이 흘렀다. 나는 내 안에서 깊은 공허를 느꼈다. 불빛은 점차 어두워졌고, 귀뚜라미 울음소리가 들리는 것 같았다. 창백한 달은 졸음을 쫓으며 다소 일찍 콜사카브라를 위로 깨어났다. 가게가 내 것이 된다고…… 내가 제대로 들은 건가?

"결국은 네 소유가 될 거야, 언젠가는 말이야."

"쓸데없는 소리 마."

마지막 말은 카탈루냐어로 했다. 그녀의 입가에 엷은 미소가 번졌다. 그녀는 눈도 깜짝하지 않았지만 나를 완벽히 이해한 게 틀림없었다.

"이야기해 줄 게 더 많아. 그나저나 어떤 바이올린을 가져왔니?"

"그렇게 열심히 연습할 생각은 없어. 사실대로 말하자면 바이올린을 관뒀어. 레오 숙모를 위해 가져왔을 뿐이야."

날이 곧 어두워질 거라 그들은 내려갈 준비를 했다. 복수한다는 심정으로 아드리아는 일부러 가파른 길을 따라 낭떠러지 쪽으로 성큼성큼 걸었다. 그녀는 몸에 붙는 치마를 입었지만 별 문제 없이 그를 뒤따랐다. 묘지 가장자리의 나무가 보이기 시작했을 때 달은 이미 하늘 높이 떠 있었다.

"어떤 바이올린을 가져왔다고?"

"연습용이야. 왜?"

"내가 알기로는." 여전히 길 한가운데에 서 있던 아무개 씨가 말을 이었다. "그 바이올린은 한 번도 제대로 연주된 적이 없습니다. 스트라디바리우스의 메시아처럼 말이죠. 내 말을 이해하시겠습니까?"

"전혀." 조급해진 아르데볼이 대답했다.

"내 말은 그 사실이 이 바이올린을 더 값어치 있게 만든다는 겁니다. 악기를 제작한 바로 그해 기욤프랑수아 비알은 악기를 잃어버리고 맙니다. 물론 연주되었을 수도 있겠습니다만 나는 그런 기록을 본 적이 없어요. 그 악기를 여기서 찾게 될 줄이야. 그 바이올린은 돈으로 환산할 수 없는 가치를 지녔습니다."

"그게 바로 내가 듣고 싶었던 말입니다, 친애하는 박사님.(이탈리아어)"

"정말 처음 보시는 겁니까?" 궁금함을 참지 못하겠다는 듯 베렝게 씨가 말했다.

"그렇소."

"저라면 그냥 구매하지 않겠습니다, 아르데볼 씨. 굉장히 높은 가격이에요."

"그만큼 값어치를 합니까?" 아르데볼은 아무개 씨를 쳐다보며 물었다.

"수중에 돈이 있다면 틀림없이 그 가격을 지불했을 겁니다. 소리가 정말 아름답더군요."

"나한테 소리는 그렇게 중요하지 않아요."

"그리고 아주 특별한 상징적 의미를 지녔지요."

"그건 중요하지요."

곧 비가 오기 시작해 그들은 서로 작별 인사를 나누었다. 거리 한가운데에서 아무개 씨에게 수고비를 지급한 후 헤어졌다. 수백만 명의 사망자가 나오고 도시가 파괴되었을 뿐 아니라 전쟁의 잔혹함은 사람들을 평소 예절에서 벗어나게 만들었다. 사람들은 오래된 골목길 구석에서 중요한 일들을 처리하는 데 익숙해졌다. 그게 한 명 이상의 생명에 중대한 영향을 미칠지도 모르는 거래라도 말이다. 펠릭스 아르데볼이 이제 됐소라고 말하자 그들은 작별 인사를 했고, 그는 베렝게 씨의 조언을 받아들여 그렇지, 5만 달러는 너무 큰 돈이야라고 여기게 되었다. 그리고 둘에게 고마웠노라고 인사했다. 다음에 봅시다, 다음이 있을지는 모르겠지만. 베렝게 씨는 거리의 모퉁이를 돌기 전에 아르데볼을 살피기 위해 뒤돌아섰다. 좀 더 자세히 보려고 손에 들고 있지도 않은 담배에 불을 붙이는 척했다. 펠릭스 아르데볼은 뒤에서 어떤 남자의 시선을 느꼈지만 돌아보지 않았다.

"팔레그나미 씨가 누군가?"

그는 성 사비나 수도원으로 돌아왔다. 그들은 다시 울림이 없는 조용한 복도에 들어섰다. 모를린 신부는 시계를 확인하더니 강제로 아르데볼을 거리로 떠밀었다.

"제기랄, 모를린, 비가 오잖아!"

모를린 신부는 시골 농부들이 쓰는 큰 우산을 폈다. 그리고 아르데볼의 팔을 잡고 수도원 앞을 걷기 시작했다. 그들은 깊이 양심의 가책을 느끼는 불쌍한 한 인간에게 도미니크회 수사가 위로하며 조언을 해 주는 모습을 하고 있었다. 성 사비나의 정면을 지나며 욕망에서 비롯된 부정, 죄책감을 들게 하는 질투와 분노에 대해 이야기하는 것 같았다. 신부님, 마지막 고해 성사를 한 지 너무 오래되었습니다. 이는 거리를 오가는 사람들에게 행복감을 주는 장면이었다.

"정의평화평의회의 관리인일세."

"그건 잘 알지." 둘은 흠뻑 젖어 성큼성큼 걸었다. "그는 누구인가, 어서. 누구기에 그렇게 값나가는 바이올린을 가지고 있는 건가?"

"말도 안 되게 비싼 물건이지."

"도와준 사례는 분명히 할 걸세."

"그가 얼마를 원하는지 이미 알고 있다네."

"그럴 거라 생각하네. 하지만 내가 얼마를 지불할지는 자네도 모르지."

"팔레그나미가 이름이 아닐세. 짐머만이라네."

그는 의심이 가득한 눈빛으로 바라보았다. 조용히 몇 걸음을 옮기고 나서 모를린 신부는 다시 한번 눈치를 살폈다.

"자네 그 사람이 누군지 모르지, 그렇지?"

"진짜 이름이 짐머만이 아니라는 사실만은 확실하군."

"계속 팔레그나미라고 부르는 편이 좋을 걸세. 그가 부르는 가격의 4분의 1만 제시해도 될 거야. 다만 그를 너무 옥죄지는 말고. 왜냐하면……."

"왜냐하면 위험하니까."

"그래."

미국산 군용 지프 한 대가 코르소가를 급히 지나가며 그들의 겉옷과 바지에 물을 튀겼다.

"빌어먹을." 아르데볼은 목소리를 낮게 유지한 채 말했다. 모를린은 언짢은 표정으로 고개를 저었다.

"이보게 친구." 그는 미래를 내다보듯 희미한 미소를 띠며 말했다. "자네는 파멸을 맞게 될 거야."

"무슨 말인가?"

"자네 생각처럼 자네가 그렇게 강하지 않다는 것을 깨달아야 해. 특히 요즘 같은 시절에는 더욱 그렇고."

"그 짐머만이라는 자가 대체 누군데?"

펠릭스 모를린은 친구의 팔을 잡았다. 우산 위로 떨어지는 빗방울 소리에도 불구하고 목소리는 똑똑히 들렸다.

밖에서는 매서운 추위가 몰아쳐 무섭게 퍼붓던 비가 조용한 눈으로 바뀌었다. 눈이 끊임없이 내렸다. 건물 안에서 그는 와인 잔을 들고 거기에 비친 무지갯빛을 바라보며 중얼거렸다. 부유하고 매우 종교적인 가정 환경과 도덕적으로 엄격했던 가정 교육은 내가 막중한 임무를 수행하는 데, 즉 조국 내부의 적에 대항하는 충실한 파수꾼이 되는 데, 그리고 힘러[82]

---

82) 하인리히 힘러(Heinrich Himmler, 1900~1945). 나치 친위대의 친위대장이자 유대인 학살의 최고 책임자다.

의 명확한 지침을 통해 전달되는 총통의 직접 명령을 수행하는 데 큰 역할을 하는 것 같습니다. 박사, 굉장한 와인입니다.

"감사합니다." 의사 보이트는 지나친 대화에 약간의 경계심을 품으며 대답했다. "제 어설픈 집에서 이렇게 한잔할 수 있다니 영광입니다." 그는 말했다. 날마다 괴상하고 최소한의 교육도 받지 않은 사람들을 상대하는 것이 구역질 나던 차였다.

"어설프지만 안락한 집이에요." 친위대 중령이 말했다.

그는 두 번째 모금을 들이켰다. 바깥은 이미 눈이 추위라는 수수하고 두꺼운 침대보로 지구의 치부를 덮고 있었다. 루돌프 회스[83]가 말을 이었다.

"저에게 명령은 신성한 것입니다. 아무리 수행하기 어려운 임무라도 말이지요. 친위대 대원으로서 조국을 위한 임무 완수를 위해 제 개인을 기꺼이 희생할 수 있습니다."

어쩌고, 저쩌고, 어쩌고, 저쩌고…….

"물론이지요, 회스 중령."

그러자 회스 중령은 브루노인가 하는 병사에게 일어난 꼴사나운 사건에 대해 큰 소리로 설명하기 시작하더니 베를린 극장의 디트마르 켈만처럼 이 썩은 고기를 가져가시오라는 유명한 대사로 이야기를 마무리했다. 그는 이 이야기를 스무명에게 했고, 보이트 박사가 알기로는 언제나 이 강렬한 대사로 끝냈다.

---

83) Rudolf Höss(1901~1947). 나치 친위대 중령이자 아우슈비츠의 총책임자였다.

"대체로 칼뱅주의보다 루터교 경향이 짙었던 독일에서 열렬한 가톨릭 신자였던 부모님은 제가 신부가 되기를 바랐지요. 꽤 오랫동안 저도 고민을 했습니다."

질투심 많은 비천한 놈.

"좋은 신부가 되었을 겁니다, 회스 중령."

"그랬을 겁니다."

그리고 거만하기까지.

"제가 장담합니다. 무엇을 하든 잘하시니까요."

"제 미덕처럼 말씀하신 것이 제 치명적인 약점일 수도 있습니다. 특히 친위대장 힘러가 방문하는 지금 같은 때는 말이죠."

"그 이유가 무엇입니까?"

"저는 수용소장으로서 시스템의 허점에 책임이 있습니다. 예를 들면 마지막 치클론 B 가스 충전 때 예비 비축량이 많아야 둘 혹은 세 통만 남았는데도 장교는 제게 보고하거나 추가 주문을 넣을 생각조차 하지 않았습니다. 그래서 저는 다른 곳에 가 있는 트럭을 불러오도록 특별히 부탁을 해야 했지요. 장교에게 소리를 지르고 싶은 마음이 굴뚝같았지만 참았습니다. 이곳 아우슈비츠에서는 모두가 제한된 조건하에서 일하니까요."

"아마도 다하우 수용소에서의 경험이⋯⋯."

"심리적인 측면에서 그 차이가 매우 큽니다. 다하우에는 죄수들이 있었어요."

"제가 알기로는 그들 중 많은 수가 죽었고, 여전히 죽어 가고 있다던데요."

이 의사는 멍청한 놈이군. 회스는 생각했다. 말을 가릴 줄 모르는 놈이야.

"그래요, 보이트 소령. 하지만 다하우는 죄수들 수용소요. 아우슈비츠 비르케나우는 쥐새끼들을 박멸하기 위해 고안되고, 만들어지고, 계획된 곳이란 말이오. 만일 유대인이 인간이 아닌 게 사실이 아니었다면 우리는 지옥에 사는 느낌이었을 겁니다. 가스실과 소각로와 그 불길, 혹은 타고 남은 것들을 다시 태우기 위해 숲에 파 놓은 구덩이들로 통하는 문이 달린 지옥이지요. 그들이 보내오는 잔해는 양이 너무 많아 어떻게 처리할 수가 없단 말이오. 수용소 일에 직접 관련이 없는 사람에게 이 이야기는 처음으로 털어놓습니다, 의사 선생."

그럼 이 멍청한 자식은 자기가 무슨 짓을 한다고 생각하는 건가?

"가끔 속 시원히 털어놓는 것도 필요하지요, 회스 중령."

아무리 거만하고 멍청한 의사에게라도 한 번쯤은 속내를 털어놓는 편이 좋다고 회스 중령은 생각했다.

"비밀 유지에 관한 당신의 직업 윤리를 믿겠습니다. 왜냐하면 친위대장이……."

"물론입니다. 기독교인으로서 당신은……. 말하자면 정신과 의사는 고해 신부와 마찬가지입니다. 당신이 될 수도 있었던 그 고해 신부 말입니다."

"자신들에게 믿고 맡겨진 임무를 수행하려면 제 병사들은 강인해야 합니다. 그런데 어느 날 십 대도 아닌 서른이 넘은 병사가 막사 안 동료들 앞에서 울음을 터뜨리더란 말입니다."

"그래서 어떻게 됐습니까?"

"브루노, 브루노, 정신 차려!"

믿기 힘든 일이었지만 수용소의 총책임자이자 친위대 중령인 루돌프 회스는 두 번째 와인을 들이켜자마자 이야기의 처음과 끝을 연결 지으려 했다. 네다섯 잔째에는 눈이 흐릿해졌다. 그리고 이야기에 일관성이 사라지더니 만나는 유대인 여자가 있다고 실수로 털어놓고 말았다. 의사는 충격을 받았지만 입을 다물었다. 어려움이 닥쳤을 때 유용하게 써먹을 만한 정보라고 스스로 되뇌었다. 다음 날 그는 헨슈 상병과 이야기를 나누며 중령이 말한 사람이 누구인지를 정중하게 물었다. 대답은 아주 간단했다. 하녀였다. 곧 의사는 '만일에 대비한' 공책에 그것을 적어 넣었다.

며칠 후 그는 상품을 고르는 귀찮은 일을 다시 해야 했다. 보이트 박사는 군인들이 아이들을 뺏어 가기 위해 어떻게 여자들을 강제로 설득하는지 무장한 채 지켜보았다. 자신의 주문에 따라 부덴 박사가 골라 놓은 소년 소녀 십여 명이 앞에 있었다. 그리고 어떤 나이 든 여자가 콧물을 흘리며 울고 있는 모습을 보았다. 그는 그녀에게 다가갔다.

"이게 뭡니까?"

그는 손으로 케이스를 만졌다. 성질 괴팍한 노파가 재빠르게 뒤로 물러섰다. 이 여자는 대체 무슨 생각을 했던 거야, 그는 생각했다. 노파는 케이스를 빼앗지 못하도록 단단히 쥐고 있었다. 보이트 소령이 권총을 꺼내 여자의 주름지고 칙칙한

목 뒤에 겨눈 후 쏘았다. 모두가 흐느끼는 중에 팡! 하는 소리
는 거의 들리지 않았다. 역겨운 노파의 피가 바이올린 케이스
에 튀었다. 박사는 에마누엘을 불러 케이스를 닦아서 자기 사
무실에 가져다 두게 했다. 그동안 그는 총을 집어넣고 자리를
떴다. 겁에 질린 수많은 눈이 그를 지켜보았다.

"여기 말씀하신 것을 가져다 두었습니다." 얼마 뒤에 에마
누엘이 말했다. 그는 책상 위에 케이스를 올려놓았다. 훌륭한
케이스였다. 보이트 박사가 그것을 눈여겨본 이유이기도 하
다. 좋은 케이스는 결코 나쁜 악기를 보관하기 위한 것이 아니
다. 누가 비싼 악기도 없이 케이스에 돈을 들이겠는가. 그리고
악기가 훌륭하면 평생 동안 지니고 다니게 된다. 설령 아우슈
비츠에 가게 되더라도.

"잠금 장치를 푸시오."

"어떻게 말입니까, 소령님?"

"상상력을 발휘해 봐요." 그리고 갑자기 놀란 표정으로 말
했다. "총을 쏘아서는 안 됩니다!"

그는 규정에 어긋나는 칼로 케이스를 열었다. 보이트는 '만
일에 대비한' 공책에 그것을 적어 넣었다. 그는 에마누엘에게
나가라고 손짓하고 다소 들뜬 마음으로 바이올린 케이스를
열었다. 안에는 역시 악기가 들어 있었다. 하지만 한눈에 그것
이 특별하지 않다는…… 아니지, 잠깐. 그는 악기를 들어 안쪽
라벨을 살폈다. 라우렌티우스 스토리오니 크레모넨시스 메
페킷 1764. 알 게 뭐람.

망할 회스 자식이 3시에 그를 호출하더니 코를 씰룩이며 말

하길 수용소에 잠깐 동안 초대받아 아무것도 아닌 주제에 죄수들을 받아 선별하는 곳에서 죄수를 처형하고 구경거리를 만들다니, 보이트 박사.

"제 말을 들으려 하지 않았습니다."

"무엇을 가지고 있던가요?"

"바이올린입니다."

"볼 수 있을까요?"

"별로 값나가는 물건이 아닙니다, 중령."

"별 상관 없습니다, 그래도 한번 보고 싶군요."

"정말입니다, 특별한 구석이 없습니다."

"이것은 명령이오."

보이트 박사는 약장 문을 열었다. 그리고 비굴한 웃음을 지으며 낮은 목소리로

"얼마든지요, 중령."

악기와 악기에 난 흠집을 살펴보는 동안 루돌프 회스는 악기 가격이 얼마나 나갈지 감정해 줄 음악가를 알지 못한다고 말했다.

"제가 그 악기를 먼저 발견했다는 것을 꼭 상기시켜 드리고 싶군요, 중령?"

루돌프 회스는 보이트 박사의 지나치게 퉁명스러운 말투에 놀라 고개를 들었다. 그는 중령이 무슨 일인지 알아채도록 몇 초간 침묵을 지켰다. 그는 무슨 일이 일어나고 있는지 여전히 몰랐지만 말이다.

"값나가는 물건이 아니라고 하지 않았소?"

"그렇습니다. 하지만 마음에 듭니다."

"음, 내가 보관하겠소, 보이트 박사. 그 보상으로……."

그는 무엇에 대한 보상인지 전혀 몰랐다. 그래서 악기를 케이스에 집어넣으며 머릿속으로 말줄임표를 콕콕 찍었다.

"너무 역겹더군요." 그는 팔을 뻗어 핏자국을 바라보았다. "그 피가 맞지요?"

그는 악기를 벽에 기대어 세웠다.

"당신의 변덕 때문에 케이스를 바꿔야 하게 생겼군요."

"제가 할 겁니다, 왜냐하면 제가 보관할 테니까요."

"잘못 안 것 같군요, 친구. 내가 보관하겠소."

"당신이 보관하지 않을 겁니다, 중령."

루돌프 회스는 손으로 칠 준비라도 된 듯 케이스의 손잡이를 잡았다. 그때 그는 악기가 값나가는 물건이라는 사실을 알아챘다. 박사의 거침없는 행동으로 미루어 볼 때 굉장히 비싼 물건이 틀림없었다. 그는 미소 지었다. 하지만 보이트 박사가 넓적하고 두툼한 코를 회스의 얼굴에 가까이 갔다 댔을 때 그는 더 이상 웃음 짓지 않았다.

"내가 당신을 고발할 테니 당신은 못 가져갑니다."

"무슨 이유로 말입니까?" 당황한 회스가 말했다.

"615428번."

"뭐라고?"

"엘리사베타 메이레바."

"뭐라고 하는 거야?"

"죄수 번호 615428. 육, 일, 오, 사, 이, 팔, 엘리사베타 메이레바. 당신 하녀 말이오. 유대인 계집애랑 육체 관계를 가졌다는 사실을 친위대장 힘러가 알면 당신을 사형에 처할 거요."

그의 얼굴이 토마토처럼 빨개졌다. 회스는 픽 소리를 내며 바이올린을 책상 위에 놓았다.

"고해 성사에 대해서 잘도 이야기하더니, 개자식."

"나는 신부가 아닙니다."

바이올린은 보이트 박사의 손에 들어왔다. 그는 부덴 박사의 실험을 엄격히 감독하기 위해 아우슈비츠를 지나는 길이었다. 이 부덴이라는 중위는 어느 날 빗자루라도 삼키고 아직 똥을 싸지 않았는지 자세가 항상 거만했다. 그리고 세 명의 의사 대리인이 진행하는 실험도 포함되었다. 그가 보기에 인간이 고통을 어디까지 견디는지 실험한 것 중 가장 높은 수준의 연구였다. 회스는 나름대로 극한의 긴장 속에서 며칠을 보냈다. 저 약삭빠른 도둑에 호모 같은 아리베르트 보이트가 약삭빠른 산적에 호모일 뿐 아니라 입이 싼 놈이면 큰일이라는 생각이 들었다.

"5000달러로 하죠, 팔레그나미 씨."

두려움에 질려 차차 멍한 눈빛을 띠던 그가 펠릭스 아르데볼의 눈을 바라보았다.

"지금 농담하시는 겁니까?"

"아닙니다. 이봐요, 그거 아십니까? 3000달러면 사겠습니다, 짐머만 씨."

"정신 나갔군요."

"아닙니다. 그 가격에 저에게 넘기시든지…… 아마도 당국은 아리베르트 보이트 박사, 친위대였던 보이트 소령이 살아서 바티칸의 높은 분과 공모하여 바티칸시로부터 몇 킬로미터 떨어진 곳에 숨어 있다는 사실을 알면 매우 흥미로워할 겁니다. 그가 아우슈비츠에서 빼돌린 바이올린을 팔려고 한다는 사실까지 알게 되면 말이죠."

팔레그나미 씨는 날렵하게 생긴 권총을 꺼내 긴장하며 펠릭스 아르데볼을 겨누었다. 펠릭스 아르데볼은 눈도 깜짝하지 않았다. 그는 미소를 참는 척하며 불쾌한 듯 고개를 절레절레 흔들었다.

"당신은 여기 혼자입니다. 시신을 어떻게 치우려고요?"

"그런 일이라면 기꺼이 하겠소."

"더 큰 문제가 있지요. 만일 내가 두 발로 걸어 이곳을 나가지 못하면 밖에서 나를 기다리는 사람들은 무엇을 해야 하는지 이미 알고 있거든요." 그는 단호한 표정으로 총을 가리켰다. "그리고 2000달러로 합시다. 당신은 연합군이 가장 원하는 열 명의 전범 가운데 한 사람이라는 사실을 잊지 않았을 테죠?" 그는 즉흥적으로 마지막 부분을 지어냈다. 마치 버르장머리 없는 아이를 혼내는 것 같았다.

보이트 박사는 아르데볼이 돈뭉치를 꺼내어 책상 위에 올려놓는 모습을 바라보았다. 그는 눈을 크게 뜨고 믿을 수 없다는 표정을 지으며 총을 내려놓았다.

"그건 1500달러도 안 되지 않소!"

"내가 인내심을 잃도록 만들지 마십시오, 보이트 소령."

이것이 물건을 사고파는 일에서 박사 학위를 받았다고 해도 좋을 펠릭스 아르데볼의 면모였다. 삼십 분 후 그는 이미 바이올린을 들고 거리를 걷고 있었다. 심장 박동은 다소 빠르고 걸음도 급했다. 하지만 일을 훌륭하게 처리한 데 대한 만족감으로 가득했다.

"자네는 방금 가장 신성한 외교 관계 중 하나를 깨뜨렸어."

"무슨 말인가?"

"보헤미아 유리 가게의 코끼리처럼 처신했단 말이지."

"무슨 말인지 모르겠네."

펠릭스 모를린이 얼굴과 목소리에 분노가 가득하여 말을 토했다.

"나는 사람을 판단할 처지에 있지 않다네. 팔레그나미는 내 비호 아래 있던 사람이야."

"하지만 피도 눈물도 없는 개자식 아닌가."

"내 비호 아래 있었다고 하지 않았나!"

"왜 살인자를 두둔하는 건가?"

펠릭스 모를린은 펠릭스 아르데볼을 면전에 두고 문을 닫았다. 아르데볼은 여전히 그의 반응을 이해할 수 없었다.

성 사비나에서 나오는 길에 그는 모자를 쓰고 외투의 깃을 세웠다. 경악으로 가득한 그 도미니크회 수사를 다시 못 보게 되리라고는 생각조차 하지 못했다.

"무슨 말을 해야 할지 모르겠어."

"우리 아버지에 대해 아직 해 줄 이야기가 많아."

어느새 밤이 되었다. 불이 꺼진 컴컴한 길을 따라 걸으며 진흙에 새겨진 깊은 바큇자국에 빠지지 않도록 조심해야 했다. 다니엘라는 제스네 앞에서 그의 이마에 입을 맞추었다. 아드리아는 잠시 그녀가 천사였던 순간을 떠올렸다. 지금은 날개도, 아무런 오라도 없는 그런 존재일 뿐이었지만. 그제야 그는 모든 가게가 문을 닫았고, 레오 숙모에게 줄 선물이 없다는 사실을 깨달았다.

20

슬픔으로 팬 주름이 가득한 얼굴이었다. 하지만 나는 그의 총명한 눈빛에 강렬한 인상을 받았다. 마치 무언가를 고발하는 듯한 느낌이었다. 혹은 어떻게 보느냐에 따라 나에게 용서를 구하는 눈빛이었다. 사라가 자세한 이야기를 들려주기 전에 나는 이미 많은 불행을 짐작할 수 있었다. 그 불행은 두껍고 하얀 종이 위에 목탄으로 그려진 선의 터치에도 묻어났다.

"이 작품이 가장 인상적이야." 그녀에게 말했다. "그를 만나 보고 싶어."

사라는 아무 말이 없었다. 카다케스의 풍경이 그려진 목탄화 앞에 가만히 서 있을 뿐이었다. 우리는 아무 말 없이 오래 그림을 바라보았다. 집 전체가 조용했다. 사라가 사는 큰 저택에 우리는 거의 몰래 들어가다시피 했다. 오늘은 우리 집에 부모님도, 그 누구도 없어. 부유한 집이었다. 우리 집처럼. 도둑처럼, 마지막 심판의 날처럼, 도둑처럼 밤에 너의 집에 들어갈 것이다.

　나는 왜 우리가 아무도 없는 그날 그녀의 집에 가는지 물어볼 용기가 나지 않았다. 아드리아는 날마다 마음이 깊어져 가는 그녀의 주변 환경을 볼 수 있다는 사실에 들떴다. 그녀는 이전에 누구에게서도 본 적 없는 슬픈 미소와 섬세한 몸짓을 지니고 있었다. 사라의 방은 내 방보다 두 배 정도 컸다. 그리고 매우 사랑스러웠다. 토나의 제스네하고는 다른 농장과 거위가 그려진 벽지가 눈에 들어왔다. 더 예쁘고 깨끗했으며 파리나 지독한 냄새도 없었다. 좀 더 그림책 같은 느낌이었다. 성인이 되고 나서도 벽지를 바꾸지 않은 어린 소녀의 방 같았다. 네가 몇 살인지 몰라, 사라.

　"열아홉이야. 너는 스물셋이고."

　"내가 스물셋인지 어떻게 알아?"

　"얼굴이 그렇게 보여."

　그녀는 카다케스 그림 위에 새로운 그림을 올려놓았다.

　"그림 솜씨가 정말 훌륭해. 그 남자를 한 번만 더 보여 줘."

　그녀는 하임 삼촌의 초상화를 가장 위로 놓았다. 그의 시선, 주름, 그리고 슬픈 기운.

　"삼촌이라고 했지?"

　"응. 지금은 돌아가셨어."

　"언제?"

　"사실은 어머니의 삼촌이야. 나는 직접 만나 본 적은 없어. 응, 아주 어릴 적에……."

"그런데 어떻게……."

"사진이 있지."

"왜 그의 초상을 그린 거야?"

"그의 이야기를 지켜 내고 싶어서."

그들은 샤워실에 들어가기 위해 줄을 섰다. 우마차를 타고 이동하는 동안 의지할 곳이라고는 없던 두 소녀를 따뜻하게 대해 준 가브릴로프가 엡스타인 박사를 향해 돌아서서 저들은 우리를 죽음으로 데려가고 있어요라고 말하자 엡스타인 박사는 다른 사람들이 들을 수 없도록 우물거리며 불가능한 일이에요, 당신 정신 나갔군요라고 대답했다.

"정신 나간 것은 저들이에요, 박사님. 대체 언제 깨달으실 거예요!"

"모두 안으로. 좋아, 남자들은 이쪽으로. 애들은 여자들 쪽으로."

"아니, 아니. 옷은 가지런히 개어 두고 옷걸이 번호를 기억해. 샤워실에서 나올 때를 대비해서 말이야. 알겠나?"

"어디 출신이시오?" 하임 삼촌은 지시를 내리고 있는 사람의 눈을 들여다보며 물었다.

"우리는 당신과 대화할 수 없습니다."

"당신은 누구요? 당신도 유대인이오, 그렇지 않소?"

"하면 안 된다니까, 제기랄. 나를 곤란하게 만들지 마시오." 그리고 소리쳤다. "옷걸이 번호를 잊지 말도록."

발가벗은 남자들이 천천히 샤워실로 향했을 때 그곳에는 이미 발가벗은 여자들이 도착해 있었다. 콧수염을 기른 친위대원이 마른기침을 하며 탈의실에 들어와 여기 의사 있소? 하고 물었다. 하임 엡스타인 박사는 샤워기 앞으로 한 걸음 더 다가갔다. 그 옆에 있던 가브릴로프가 의사 양반, 바보같이 굴지 마시오, 당신에게 기회가 될 수도 있어요.

"입 다물어요."

그때 가브릴로프는 몸을 돌려 하임 엡스타인의 창백한 등짝을 가리키며 말했다. 이 남자가 의사입니다, 중위님.(독일어) 엡스타인은 들뜬 눈빛을 하고 휘파람으로 조용히 로자뵐지[84]의 차르다시[85]를 부는 동료에게 저주를 퍼부었다.

"당신이 의사요?" 엡스타인 앞에 선 친위대 장교가 물었다.

"그렇소." 포기한 듯, 무엇보다도 피로한 듯 말했다. 그는 쉰살밖에 되지 않았다.

"옷을 입으시오."

엡스타인은 나머지 남자들이 회색의 지친 눈빛을 한 사람을 뒤따라 샤워실로 향하는 가운데 천천히 옷을 입었다.

유대인이 옷을 입는 동안 장교는 조바심 내며 서성거렸다. 그리고 기침을 하기 시작했다. 어쩌면 샤워실에서 나오는 숨막히는 공포의 비명 소리를 감추기 위해서였는지도 모른다.

"무슨 소리입니까? 무슨 일이 일어나고 있는 겁니까?"

"서둘러요, 그만하면 됐소."

---

84) 마르크 로자뵐지(Márk Rózsavölgyi, 1787~1848). 헝가리 음악에 큰 공헌을 한 유대계 작곡가이자 바이올린 연주자다.
85) 헝가리의 민속 무곡. 19세기 중엽 헝가리에서 음악에 국민주의 운동이 대두했으며, 이 운동과 더불어 차르다시가 유럽 전역에 전파되었다.

여전히 단추가 풀린 셔츠 위로 바지를 끌어 올리는 것을 본 장교는 긴장한 목소리로 말했다.

그는 의사를 오시비엥침[86]의 추위가 몰아치는 밖으로 데려 갔다. 그리고 정찰소로 들어가며 안에 있던 대원 두 명을 내보 냈다.

"진찰을 좀 부탁하오." 그는 청진기를 내밀며 명령했다.

엡스타인은 그가 원하는 게 무엇인지 뒤늦게 이해했다. 장 교는 이미 단추를 풀고 있었다. 그는 느긋하게 청진기를 귀에 꽂고 드랑시 이후 처음으로 어떤 권위 같은 것을 행사하게 되 었다.

"자리에 앉아요." 이제 의사로 돌아온 그가 명령했다.

장교는 정찰소의 의자에 앉았다. 하임은 그의 가슴에서 나 는 소리를 세심하게 듣고는 구멍에서 분비물이 나와 주머니 를 형성하는 모습을 상상했다. 그는 자세를 바꾸도록 하고 장 교의 가슴과 등의 소리를 들었다. 장교를 다시 일으켜 세웠다. 그저 친위대 장교에게 이것저것 명령하는 게 재밌었다. 진찰 을 하는 동안에는 공포의 비명 소리가 들리는 샤워실로 자신 을 보내지 않으리라는 생각이 잠시 들었다. 가브릴로프가 맞 았다.

하임은 환자의 눈을 보며 좀 더 정밀한 진찰이 필요하다고 말하는 순간 만족감을 완전히 감출 수 없었다.

"무슨 말인가?"

---

86) 폴란드 남부 도시. 이 도시를 독일어로 발음한 것이 아우슈비츠다.

"생식기 검사 말이죠. 콩팥 주변을 만져 보는 겁니다."

"아, 그래, 그렇군……."

"혹시 이곳에 설명하기 힘든 통증이 느껴집니까?" 그는 강철 같은 손가락으로 신장을 꾹꾹 눌렀다.

"조심해, 빌어먹을!"

엡스타인은 걱정된다는 듯 고개를 흔들었다.

"무엇인가?"

"결핵입니다."

"확실한가?"

"분명합니다. 병이 좀 진행된 듯합니다."

"여기서는 아무도 내 증상을 심각하게 생각하지 않았어. 심각한가?"

"꽤 그렇습니다."

"어떻게 해야 하지?" 청진기를 손에서 내려놓으며 말했다.

"저라면 요양원에 보냈을 겁니다. 유일하게 할 수 있는 일이지요." 그리고 누렇게 변한 그의 손가락을 가리켰다. "담배를 끊어야 합니다, 무슨 일이 있더라도."

장교는 정찰대원들을 불러 이 남자를 샤워실로 데려가라고 했다. 하지만 그중 한 명이 오늘은 끝났고, 방금 전이 마지막 순서였다고 손짓을 해 보였다. 그는 외투를 입고 기침을 하며 건물로 내려가며 소리쳤다.

"26번 막사로 데려가."

그렇게 그는 목숨을 구했다. 그러나 목숨을 구한 것이 그에게는 죽음보다 더한 벌이었다고 자주 말하곤 했다.

"그렇게 끔찍한 고통을 상상해 본 적이 없어."

"이야기가 더 남았어."

"말해 줘."

"싫어. 못 하겠어."

"얼른."

"이쪽으로 와, 복도의 그림들을 보여 줄게."

사라는 복도에 걸린 그림들을 구경시켜 주었고, 가족사진을 보여 주고, 한 명 한 명 누구인지를 묻는 질문에 참을성 있게 대답했다. 그러나 집에 누가 올지 모른다는 생각이 들자 이제 가야 한다고 말했다. 그거 알아? 내가 좀 같이 걸어 줄게.

그렇게 해서 나는 그녀의 가족을 만나지 못했다.

21

수사학만큼이나 철저하게 소피스트들에 의해 발달한 예술은 없을 것이다. 사라. 수사학적으로 소피스트들은 남자를 지배할 완벽한 도구가 무엇인지 알고 있었다. 사라, 왜 당신은 아이를 갖고 싶어 하지 않았지? 소피스트들과 그들의 수사학 덕분에 대중 연설은 기록이 되었다. 그들이 연설을 기록으로 남길 만한 가치가 있는 예술 작품으로 보았기 때문이다. 사라. 그러한 관점에서 연설 연습은 정치인의 길을 걷고자 하는 이들에게 필수가 되었다. 다만 영향력 측면에서 수사학에는 모든 산문과 특히 역사적 지식이 포함되었다. 사라, 당신은 나에게 수수께끼 같은 존재야. 그리하여 인간은 14세기 문학에서 지배적인 위치를 차지하는 것은 운문이 아닌 산문이라는 사실을 알 수 있다. 이상하긴 하다. 하지만 결과적으로 당연하다.

"어디 가 있었어, 널 아무리 찾아도 없던데."

아드리아는 한참 읽고 있던 네슬레[87]의 책 15장 「이소크라테스와 새로운 교육」에서 눈을 떼고 고개를 들었다. 눈의 초점을 맞추는 데 문제라도 있는 사람처럼 대학 도서관의 초록색 램프가 만들어 내는 그림자 속으로 들어오는 얼굴이 누구인지 알아차리는 데 한참이 걸렸다. 누군가가 그들에게 조용히 하라고 해서 베르나트는 앞쪽 의자에 앉으며 목소리를 낮추어 말했다. 아드리아가 이곳에 오지 않은 지 벌써 한 달이야. 아니야, 어디 간 게 분명해. 아드리아 말이야? 언제나 밖으로 돌지. 젠장, 너……. 너네 식구들도 네가 어디 갔는지 모르던데!

"이제 알겠지, 공부하고 있잖아."

"헛소리 마. 난 하루 종일 여기 있다고."

"네가?"

"그래. 예쁜 여자애들이랑 친구 하려고."

기원전 4세기로부터 빠져나오기는 꽤나 힘들었다. 베르나트가 그곳에서 잔소리할 준비를 하고 있을 때는 더욱 그랬다.

"어떻게 지냈어?"

"너랑 그렇게 붙어 다닌다는 그 여자애는 대체 누구야?"

"누가 그래?"

"모두들. 젠사나가 그 여자애가 어떻게 생겼는지 얘기해 줬

---

87) 빌헬름 네슬레(Wilhelm Nestle, 1865~1959). 독일의 고전 철학자. 대표작으로 『그리스 사유의 기원』이 있다.

어, 그리고 전부 다. 어두운 빛깔의 직모에 말랐고, 짙은 눈동자, 미술 전공 학생이라고."

"음, 그럼 너도 다 아네……."

"카탈루냐 음악당에서 본 여자애야? 너한테 아드리아 뭐더라라고 한?"

"나를 생각한다면 너에게도 기쁜 일이겠지?"

"당연한 소리, 네가 드디어 사랑에 빠졌는데."

"조용히 좀 해 줄래요?"

"미안합니다." 그리고 베르나트에게 말했다. "나갈까?"

그들은 회랑을 따라 걸었고, 아드리아는 처음으로 누군가에게 완전히, 절대적으로, 헌신적으로, 무조건적으로 당신, 사라를 사랑하게 되었다고 털어놓았다. 우리 집에는 절대 말하지 마.

"아, 그러니까 이건 작은 롤라도 모른단 말이지."

"제발 그러기를."

"하지만 언젠가는……."

"그게 언제가 될지는 두고 봐야 알겠지."

"이런 상황에서는 한때 너의 가장 친한 친구였다가 지금은 그저 아는 사람이 되어 가고 있는 사람에게 도움을 주기가 어렵겠는걸. 지금 네 세상은 그 달콤한 여자애로 가득…… 이름이 뭐더라?"

"미레이아."

"거짓말 마. 사가 볼테스엡스타인이잖아."

"다 알면서 왜 묻는 거야? 그리고 사가가 아니라 사라야."

"그러니까 넌 왜 나한테까지 거짓말을 하는 거야? 뭘 숨기는 거야? 응? 나야, 베르나트, 아니야?"

"괜히 과민 반응이야."

"과민 반응이라도 어쩔 수 없어. 사라 이전의 네 삶은 아무것도 아닌 것처럼 행동하잖아."

베르나트가 손을 내밀자 아드리아는 조금 놀라 손을 잡고 흔들었다.

"만나서 반갑습니다, 아르데볼 씨. 베르나트 플렌사 이 푼소다라고 합니다. 몇 달 전까지만 해도 당신의 가장 친한 친구였지요. 제 말 좀 들어 보시겠습니까?"

"이런 세상에."

"뭐."

"너 정신 나갔구나."

"아니야. 화가 났지. 친구가 최우선이지. 그게 다야."

"그 둘은 서로 별개야."

"그게 바로 네가 뭘 모른다는 거야."

이소크라테스에게서 무언가 철학적인 구조를 찾기는 쉽지 않다. 이소크라테스는 자신에게 좋아 보이는 것이면 무엇이든 취했다. 논리적인 철학과 전혀 거리가 먼 순수한 혼합주의였다. 사라. 베르나트는 앞에 길을 가로막고 서서 아드리아를 바라보았다.

"무슨 생각을 하는 거야?"

"모르겠어. 머리가 아주 그냥……."

"사랑에 빠진 놈을 바라보는 건 정말 고역이야."

"내가 사랑에 빠진 건지 아닌지 모르겠어."

"젠장, 네 입으로 완전히, 절대적으로, 헌신적으로, 무조건적으로 사랑하게 되었다고 말한 거 기억 안 나? 빌어먹을, 겨우 몇 분 전에 말해 놓고서는."

"하지만 마음속 깊은 곳에서 내가 정말 어떤지 모르겠어. 이런 느낌을…… 그러니까…… 가져 본 적이…… 음, 뭐라고 해야 할지 모르겠어."

"내가 보기에 넌 그런 거야."

"뭐가 그렇다는 거야?"

"사랑에 빠졌다고."

"넌 그런 적 없잖아."

"네가 어떻게 알아?"

그들은 회랑 모퉁이에 있는 긴 의자에 앉았다. 아드리아는 이소크라테스가 소피스트들한테 관심이 있었지만 아주 특별한 질문에만 주의를 기울인 것 같다고 생각했다. 예를 들면 크세노파네스나 그의 문화적 진화에 관한 사상 같은 것들 말이다.(크세노파네스를 꼭 읽어야지.) 그리고 마케도니아의 필리포스 2세에 관한 관심은 역사에서 인물의 성격이 중요하다는 사실을 발견한 이후부터 시작되었다. 이상한 일이다.

"베르나트."

베르나트는 못 들은 척하며 다른 곳을 바라보았다. 아드리아가 다시 불렀다.

"베르나트."

"뭐."

"뭐가 문제야?"

"화가 나 죽겠어."

"왜 그러는데?"

"6월이면 구 년차 과정 시험이 있는데 하나도 준비가 안 됐거든."

"네 연주를 들으러 갈게."

"오호라, 최근에 널 독차지하고 있는 그 여자애 때문에 너무 바쁘지 않겠어?"

"그리고 원하면 우리 집에 와, 아니면 내가 가든가. 같이 연습하면 좋잖아."

"네가 꿈속의 미레이아와 사귀는데 방해하고 싶지 않아."

결정적으로 이소크라테스의 아테네 학파는 철학을 넘어 로마에서 인문학이라 부르던 것의 토대를 만들었다. 오늘날 우리가 '일반교양'이라고 하는 것들, 즉 플라톤과 그의 학파가 생각하지 못했던 것들 말이다. 아, 이런. 열쇠 구멍으로 좀 들여다보고 싶군. 사라와 사라의 가족을 보게 말이지.

"네 연주를 들으러 간다고 약속할게. 그리고 네가 원하면 그 여자애랑 같이 갈게."

"싫어. 친구들만 부를 거야."

"나쁜 놈."

"하우."

"뭐?"

"장담해."

"뭘 장담한단 말이야?"

"네가 사랑에 빠졌단 사실 말이야."

아라파호 추장은 준엄하게 침묵을 지켰다. 저 꼬마가 자신의 이야기와 감정을 설마 몽땅 털어놓으려던 건가? 카슨은 땅에 침을 뱉고 하던 이야기를 계속했다.

"네 표정에 다 드러나. 어머니도 알아챘을 거야."

"어머니는 가게 일밖에 몰라."

"과연 그럴까."

이소크라테스. 크세노파네스. 사라. 베르나트. 혼합주의. 바이올린 시험. 사라. 마케도니아의 필리포스. 사라. 사라. 사라.

사라. 당신 곁에 있은 지 하루, 이틀, 몇 주, 몇 달이 지났고, 당신 주변을 자주 맴돌던 오래된 침묵을 나는 존중하려 했어. 당신은 슬프지만 평온한 눈빛을 가진 아이였어. 그리고 수업이 끝나면 당신을 볼 수 있다는 생각에, 당신 눈을 보며 풀어질 수 있다는 생각에 힘을 내어 공부했지. 우리는 언제나 거리에서 만났어. 산자우메 광장에서 핫도그를 먹거나 시우타데야 공원을 걸었고. 기쁨으로 가득 찬 비밀스러운 만남이었어. 우리 집 혹은 당신 집에 아무도 없다는 게 확실하지 않은 이상 우리는 서로의 집에서 만나지 않았어. 우리의 비밀을 가족들로부터 지켜야 했으니까. 나는 왜인지 정확히 몰랐지만 당신은 알고 있었던 것 같아. 나는 그 행복이 영원하도록 질문을 하지 않은 채 그렇게 날들을 보냈어.

22

아드리아는 『그리스 사유의 기원』 같은 책을 쓸 수 있으면 좋겠다고 생각했다. 그것은 정말 불가능한 미래의 모델이었다. 네슬레같이 생각하고 글을 쓰는 것 말이다. 아드리아는 생각이 너무 많았다. 왜냐하면 그 몇 달 동안은 강렬하고, 생생하고, 영웅적이고, 인생에 유일하고, 극적이고, 대단하고, 엄청난 발견의 기간이었기 때문이다. 사라를 생각하고 사라를 위해 살았던 몇 달이었다. 그것은 그의 공부, 또 공부에 대한 욕구와 에너지를 몇 배 이상 북돋아 주었다. 매일매일 학생 비슷한 것이면 걸고넘어지는 경찰 사건으로부터도 나는 다소 떨어져 있었다. 학생이란 공산주의자, 프리메이슨, 카탈루냐주의자, 유대인과 거의 동의어로서 프랑코주의가 곤봉과 총탄으로 제거하는 데 혈안이 되어 있는 상대였다. 이처럼 당신과 나 사이에 어둠은 존재하지 않았고 우리는 공부하며, 미래를 그리며, 서로의 눈을 바라보며, 사라 너를 사랑해, 너를 사랑해, 사라, 너를 사랑해, 사라라고 말하며 하루하루를 보냈다.

"하우."

"또 뭐야?"

"계속 말을 되풀이하잖아."

"너를 사랑해, 사라."

"나도, 아드리아."

이제와 항상 영원히.(라틴어) 아드리아는 만족하며 숨을 크게 쉬었다. 만족스러웠던가? 나는 가끔 삶이 나를 만족시키는지 물었다. 그 몇 달 동안 사라를 기다리던 시간은 행복하기만 했다. 나는 살아 있음이 너무 기뻤다. 조금만 기다리면 검은 생머리에 마르고 짙은 눈동자를 가진 미술을 공부하는 여학생이 빵집 모퉁이를 돌아 나타날 거였기 때문이었다. 그녀는 체크무늬 치마를 입은 모습이 매우 귀여웠고, 마음을 누그러뜨리는 미소를 지으며 늘 안녕 하고 인사했다. 거리의 모든 사람들이 우리를 쳐다볼 걸 알기 때문에 우리는 길에서 입을 맞추기를 망설였다. 그들은 우리를 보며 손가락질을 하고, 저 둘 좀 봐, 다 커서 집을 떠나더니 몰래 연애나 하고…… 라고 말할 게 뻔했다. 날은 흐리고 구름이 가득했지만 그는 밝게 빛났다. 8시 10분이었다. 뭔가 이상한 기분이 들었다. 그녀는 나만큼 시간관념에 철저한 사람이었다. 십 분을 기다렸다. 아픈가. 목감기에 걸렸나. 택시 뺑소니를 당한 건 아닌지. 6층에서 그녀한테로 화분이 떨어졌을까, 맙소사, 바르셀로나의 모든 병원을 뒤져야 하나. 아, 저기 온다! 아니네. 검은 생머리에 말랐지만 밝은색 눈동자에 립스틱을 바르고, 스무 살은 더 많아 보이는군. 트램 정류장을 지나는 그녀의 이름은 사라가 아닐 거야. 그는 다른 생각을 하려고 애썼다. 고개를 들었다. 그란비아의 플라타너스에 새잎이 돋고 있었지만 지나가는 차들은 신경 쓰지 않았다. 나는 아니다! 생명의 주기가 돌아가고 있다! 봄이 왔다……. 새로운 잎들과 함께. 다시 시계를 보았다. 생각조차 못 한 일이었다. 약속 시간에서 이십 분이나 지났다. 트램이 벌써 서너 대나 더 지나갔고, 불길한 예감이 엄습하는 것을 느낄 수 있었다. 사라. 내 주변에 무슨 일이 일어나고 있는 거지? 내가 모르는 무슨 일이 일어난 거지?(갈리시아어)[88] 불길한 전조에도 불구하고 아드리아 아르데볼은 트램 정류장 한쪽에 있는 그란비아의 돌 벤치에 앉아 몇 시간을 기다렸다. 눈은 빵집 모퉁이에 고정되어 있었다. 사라에게 닥쳤을지도 모르는 온갖 불행에 대한 생각으로 머릿속이 복잡했기 때문에 『그리스 사유의 기원』은 생각조차 하지 않았다. 그는 무엇을 해야 할지 몰랐다. 위대한 왕의 딸 사라가 아프다. 의사들이 그녀를 방문한다. 의사와 다른 사람들이. 계속 기다리는 것은 의미 없는 짓이었다. 하지만 달리 무엇을 해야 할지 몰랐다. 사라가 나타나지 않은 이후의 삶을 어떻게 꾸려야 할지 알지 못했다. 그는 사랑하는 사라가 늘 만류해 왔음에도 그녀의 집으로 향했다. 응급차가 그녀를 싣고 떠나는 순간 그는 그곳에 있어야

---

88) 갈리시아 시인 로살리아 데 카스트로(Rosalía de Castro, 1837~1835)의 시 선집 『새로운 잎사귀들』의 일부. 알 수 없는 것들에 대한 두려움을 그리고 있으며, 많은 비평가들이 갈리시아어로 쓰인 최고의 시로 뽑는다.

만 했다. 문은 굳게 닫혀 있었고, 안에서 경비원이 우편함들에 편지를 찾아 넣고 있었다. 키 작은 여자는 중앙 카펫 위로 청소기를 돌리는 중이었다. 경비원이 자기 일을 끝내고 문을 열었다. 진공청소기 소리가 욕설같이 들렸다. 터무니없는 앞치마 차림을 한 경비원은 하늘을 보며 비가 내릴지 맑을지를 가늠했다. 아니면 응급차를 기다리나? 딸아, 내 딸아, 너를 아프게 하는 것이 무엇이니? 어머니, 나의 어머니, 잘 아시리라 생각해요. 그는 저기 보이는 발코니가 그녀의 것인지 확신할 수 없었다. 경비원은 어떤 소년이 건물을 쳐다보고 있다는 사실을 알아챘다. 그는 소년을 의심스러운 눈길로 쏘아보았다. 아드리아는 택시를 기다리는 척했다. 어쩌면 그녀를 친 택시일지도 모른다. 그는 길 아래로 몇 발자국 내려갔다. 살아 있지만 보이지 않는 그 무엇이 두렵구나. 어디에서 오는지 절대 알 수 없는 예상치 못한 불운이 두렵구나. 사라, 어디에 있는 거야?(갈리시아어)

"사라 볼테스?"

"누구십니까?" 자신에 넘치고, 우아하고, 잘 차려입은 여인의 목소리가 들렸다.

"아, 네. 이곳은 교구…… 그림 전시가 있는…….."

젠장, 거짓말할 때는 말을 꺼내기 전에 모든 것을 생각해 놓아야 한다. 말을 시작해 놓고 거기에 서서 입을 벌린 채 가만히 아무 말도 못 하다니, 이 멍청이. 어리석기 짝이 없다. 슬플 정도로 어리석기 짝이 없다. 우아하고 자신감에 찬 여인이 전화 잘못 거신 것 같군요 하고 전화를 조심스럽고, 공손하고,

부드럽게 끊어도 전혀 이상한 일이 아니다. 나는 일을 제대로 못 해낸 데 대해 스스로를 저주했다. 그녀 어머니였을 것이다. 나에게 주신 독약, 어머니, 나를 죽이려 하는군요. 딸아, 내 딸아, 이제 너는 고백해야만 한다. 아드리아는 전화를 끊었다. 집에 돌아갔을 때 작은 롤라가 침대 시트를 갈기 위해 옷장을 살피고 있었다. 아드리아는 아버지 서재의 큰 책상 위에 책을 쌓아 두었다. 하지만 쓸모없는 전화기에만 온통 신경이 가 있었다. 사라의 행방을 알려 주지도 못하는데 말이다.

순수미술학과라니! 그는 그곳에 가 본 적이 없었다. 어디에 있는지도, 심지어 진짜 존재하는지도 알 수 없었다. 그들은 언제나 중립 지대에서 만났다. 당신이 원했던 대로, 해가 지평선 위에서 지글지글 끓을 때를 기다리며 말이다. 자우메 1세 전철역에서 내렸을 때 비가 내리기 시작했는데 나는 우산이 없었다. 바르셀로나에서 나는 우산을 가지고 다니지 않아 재킷의 깃을 세우는 바보 같은 동작을 할 수밖에 없었다. 나는 베로니카 광장에 도착해 그때까지 존재하는지조차 몰랐던 기괴한 신고전주의 건물 앞에 섰다. 안쪽에도 바깥에도 사라의 흔적은 없었다. 복도에도, 교실에도, 작업실에도. 그 어디에도 없었다. 나는 시장 건물로 갔다. 그 건물은 수산물 시장이었던 예전 기능이 이름에 남아 있었다. 하지만 그곳에는 수산물도, 미술품도 없었다. 그때 나는 이미 완전히 젖은 상태였다. 곧 마사나 학교에 가 봐야겠다는 생각이 들었고, 그곳 입구에서 검은 우산을 쓰고 어떤 청년과 이야기하며 웃고 있는 그녀를 보았다. 호박색 스카프를 한 그녀는 갑자기 까치발을 하고 그의 볼에 입을 맞추었다. 아드리아는 처음으로 아주 강렬한 질투와 가슴 답답함을 느꼈다. 청년은 학교로 들어가고 그녀는 몸을 돌려 나를 향해 걸어오기 시작했다. 내 심장은 몸 밖으로 뛰쳐나가 주인을 바꾸고 싶어 하는 것 같았다. 몇 시간 전 내가 느꼈던 기쁨의 감정이 실망의 눈물로 바뀌어 갔기 때문이다. 그녀는 안녕이라고 말하지 않았다. 나를 알아채지도 못했다. 사라가 아니었다. 마르고 검은 생머리를 하고 있었지만 눈 색깔이 밝았다. 무엇보다 사라가 아니었다. 그러자 비에 흠뻑 젖은 나는 다시 세상에서 가장 행복한 남자가 되었다.

"음…… 아니요. 미술 학교 반 친구예요."
"사라는 바르셀로나에 없단다."
"뭐라고 하셨어요?"
"도시를 떠났다고."
그녀 아버지였을까? 그녀에게 오빠나 그들과 함께 살던 하임 삼촌 말고 다른 삼촌이 있었는지 알지 못했다.
"하지만…… 도시를 떠났다는 게 무슨 말씀이신가요?"
"사라는 파리로 갔어."
세상에서 가장 행복한 남자였던 그는 전화를 끊었을 때 어떻게 자기 의지와 상관없이 두 눈에서 저절로 거침없이 눈물이 흐르는지 알게 되었다. 아무것도 이해할 수 없었다. 어떻게 사라가 나에게 아무 말도 하지 않았단 말인가. 사라, 그동안 아무런 내색이 없었다. 금요일 우리가 만났을 때 트램 정류장에서 다시 만나기로 하지 않았던가! 47번 트램, 그래, 늘 그랬듯이……. 대체 무얼 하자는 건지, 파리라고? 응? 왜 떠나 버린 거야? 내가 무슨 짓을 했는데?

아드리아는 열흘 동안 비가 오나 해가 뜨나 매일 아침 8시가 되면 트램 정류장으로 갔다. 기적이라도 일어나 사라가 파리에 가지 않았길 바라며. 그리고 그녀가 정말 그곳으로 돌아왔으면 했다. 아니면 네가 정말 나를 사랑하는지 한번 시험해 본 거야 하고. 아니면 정말 잘 모르겠지만 트램 다섯 대가 지나가기 전에 제발 나타나라. 그렇게 십일 일째, 그는 트램 정류장에 도착했으나 트램이 지나가기를 하염없이 기다리는 데 진절머리가 났고, 둘이 함께 그것을 타는 일은 없을 거라는 생각이 들었다. 그리고 사라, 나는 그 트램 정류장을 더 이상 찾지 않았어. 절대.

이리저리 방법을 동원해 음악 학교에서 카스텔스 선생의 주소를 알아내는 데 성공했다. 그는 예전에 얼마간 거기서 수업을 한 적이 있었다. 그들은 친척이니 사라의 파리 주소를 알지 모른다고 생각했다. 그녀가 파리에 있다면 말이다. 그녀가 살아 있다면. 카스텔스의 초인종은 도-파 소리가 났다. 나는 조급해져 도-파, 도-파, 도-파를 눌러 댔고, 갑자기 내 감정을 스스로 통제하지 못하고 있다는 생각에 무서운 기분이 들어 황급히 손가락을 뗐다. 하지만 무엇보다도 카스텔스 선생이 화가 나서 너한테 알려 주지 않을 거야, 그게 무슨 버릇없는 태도야라고 말하는 상황을 만들고 싶지 않았다. 누구도 문 앞에 나타나 사라의 주소를 주며 행운을 빌어 주지 않았다.

"도-파, 도-파, 도-파."

아무 일도 일어나지 않았다. 몇 분 더 시도해 보던 아드리아는 무엇을 해야 할지 몰라 주변을 두리번거렸다. 그리고 건너편 이웃집의 초인종을 눌렀다. 매우 특색 없고 못난 소리였다. 우리 집 초인종처럼 말이다. 마치 오랫동안 기다리기라도 한 듯 뚱뚱한 여자가 잽싸게 문을 열고 나왔다. 하늘색 헐렁한 원피스 위에 꽃이 그려진 앞치마 차림이었다. 악마의 눈을 하고 있었다. 허리 위에 손을 올리고 시비조로 말했다.

"뭐죠?" 그녀가 말했다.

"음…… 혹시……?" 내 뒤에 있던 카스텔스 선생의 현관문을 가리켰다.

"피아니스트 선생이요?"

"네."

"오, 다행히도 신이 도왔는지 얼마 전에 죽었……." 그녀는 뒤돌아보며 소리쳤다. "얼마나 됐지, 타이오?"

"여섯 달하고도 열이틀하고도 세 시간!" 멀리서 쉰 목소리가 들려왔다.

"여섯 달하고도 열이틀하고도……." 다시 집 안쪽으로 소리를 질렀다. "몇 시간이라고?"

"세 시간!" 쉰 목소리가 대답했다.

"그리고 세 시간이랍니다." 여자가 아드리아에게 전했다. "아 정말 조용하고 편안한 생활을 주신 신께 감사드려요. 이제야 우리는 방해받지 않고 라디오를 들을 수 있거든요. 그가 어떻게 그 피아노를 하루도 쉬지 않고 매일, 하루 종일 쳐 댔는

418

지 모르겠어요." 여자는 갑자기 무슨 기억이 떠올랐다는 듯 말했다. "그런데 그에게 무슨 볼일이죠?"

"그에게……."

"가족이 있냐고요?"

"그렇습니다."

"아뇨, 혼자 살았어요." 집 안쪽을 향해 "가족이 없었지?"

"없었어. 그 썩을 피아노뿐이었을 거야!"

"그럼 파리에는……."

"파리라니요?"

"네. 파리에 있는 부모님……."

"잘 모르겠어요." 의심하는 듯한 표정이었다. "그 남자 부모님이 파리에 있던가?"

"그럴 거야."

"아니에요." 그리고 대화의 결론을 대충 얼버무렸다. "우리에게는 그냥 죽었을 뿐이에요. 죽었고말고."

그녀는 현관의 깜박거리는 전등불 밑에 그를 혼자 두고 들어가 버렸다. 아드리아는 남은 기회가 많지 않다는 사실을 알았다. 집에 돌아왔을 때 삼십 일간의 적막과 후회가 시작되었다. 밤에 그는 파리로 날아가 길 한가운데에 서서 그녀를 불렀지만 복잡한 차 소리들이 그의 절망적인 고함을 삼켜 버리는 꿈을 꿨다. 땀을 흘리며 울면서 잠을 깼고, 얼마 전까지 그렇게 평온해 보이던 세상을 전혀 이해할 수 없었다. 몇 주 동안 집 밖을 나가지 않았다. 그는 스토리오니를 연주했고, 슬픈 소리를 끌어내게 되었다. 하지만 손가락이 뻣뻣해진 느낌이었다. 네슬레를 다시 읽고 싶었는데 그럴 수 없었다. 에우리피데스의 여정이 수사학에서부터 진실 갈구에까지 이르렀다는 사실이 그 책을 처음 읽자마자 깊은 감명을 주었건만 이제 아무런 느낌이 없었다. 에우리피데스는 사라였다. 에우리피데스가 꿰뚫은 사실이 있다면 인간 이성이란 영혼의 감정이 갖는 비이성의 잠재적 힘을 절대 이기지 못한다는 것이었다. 공부도 못 하고 깊이 생각할 수도 없었다. 울어야만 했다. 베르나트, 좀 와 줘.

베르나트는 친구가 그토록 망가진 것을 처음 보았다. 마음의 상처가 그렇게 깊을 수 있다는 사실이 매우 인상적이었다. 마음속 깊은 상처를 치료한 경험이 많지 않았지만 친구를 돕고 싶었다. 아드리아, 이렇게 한번 생각해 봐. 그는 말했다.

"어떻게?"

"그러니까 아무 말 없이 수용소로 끌려갔다고 말이지."

"뭐라고?"

"양성애자여서 말이……."

"걔를 모욕할 생각은 하지도 마. 알겠어?"

"알았어. 좋을 대로 해." 그는 팔을 뻗으며 서재를 둘러보았다. "하지만 어떻게 널 버리고 떠났는지 아직도 모르겠어? 아드리아, 이봐, 다른 더 멋진 남자애가 나타났어. 이런 슬픈 메시지 하나도 남기지 않았다고. 누구도 이러지는 않아."

"더 잘생기고, 더 똑똑하고, 그래, 이미 생각해 봤어."

"너보다 더 잘생긴 남자들이야 널렸지. 하지만 더 똑똑한 애들은……."

주위가 조용해졌다. 이따금 아드리아는 아무것도 이해하지 못하겠다는 듯 고개를 흔들었다.

"그 애 부모님 집에 가자. 가서 말하는 거야. 볼테스엡스타인 씨 계십니까, 대체 무슨 일이 벌어지는 거죠, 무얼 감추시는 겁니까? 사가는 어디 있습니까 등등. 어떻게 생각해?"

둘은 한때 아버지의 서재였다가 지금은 내 서재가 된 곳에 있었다. 아드리아는 자리에서 일어나 벽 쪽으로 다가갔다. 몇 년 후 당신의 자화상이 걸릴 벽이었다. 그는 미래를 상상해 보는 듯 벽에 기댔다. 고개를 절레절레 저었다. 베르나트의 생각은 별로 좋지 않았다.

"샤콘이라도 한번 켜 줄까?" 베르나트가 물었다.

"좋아. 비알로 켜."

베르나트의 연주는 훌륭했다. 아픔과 번민이 가득했지만 아드리아는 친구의 연주를 집중해서 들었다. 그가 생각하기에 연주는 완벽했는데 가끔 베르나트에게는 한 가지 문제가 있었다. 음악의 깊은 영혼에까지 이르지 못했다. 정확히 모르지만 그의 진실한 모습을 드러내는 것을 가로막는 무언가가 있었다. 나는 고통 속에서도 미적 대상을 분석하는 데 빠져 있었다. 그게 나였다.

"좀 나아졌어?" 연주를 마치고 그가 물었다.

"응."

"연주는 맘에 들었고?"

"아니."

아무 말도 하지 말아야 했다. 나도 잘 안다. 하지만 그러지 못했다. 이런 것들은 어머니에게 물려받았다.

"아니라니 무슨 뜻이야?"

그의 목소리 톤까지 바뀌었다. 더욱 날카로웠고, 더욱 방어적이었으며, 더욱 눈을 크게 뜨고 말했다…….

"아니야, 잊어버려."

"안 돼, 궁금하단 말이야."

"좋아, 알았어."

작은 롤라는 집 뒤편에 있었다. 어머니는 가게에 나갔다. 아드리아는 소파에 털썩 주저앉았다. 베르나트는 스토리오니를 손에 들고 그 앞에 서서 심판을 기다렸고, 아드리아는 으으으음…… 그러니까 말이지, 기교적으로는 완벽한 연주, 아니 거의 완벽한 연주였어. 다만 그 깊이가 말이야, 깊은 곳까지 도달하지 못해. 네가 진실을 두려워한다는 느낌을 받았어.

"너 정신 나갔구나. 진실이 대체 뭔데?"

그러자 예수는 대답하는 대신 입을 다물었다. 참을성이 부족했던 필라트는 방을 떠났다. 하지만 무엇이 진실인지 나도 정확히 알지 못했기 때문에 대답을 해야 한다는 의무감이 들었다.

"모르겠어. 그냥 들으면 느낌이 와. 그런데 네 연주를 들으면 느낌이 오지 않아. 나는 음악과 시에서 그걸 느껴. 이야기에서도. 그림에서도. 하지만 아주 가끔씩 있는 일이야."

"여어엇 같은 질투심이군."

"그래. 인정해. 넌 이것을 켤 수 있잖아."

"하. 이제 와서 상황을 되돌리려 해 봤자 소용없어."

"하지만 그런 식으로 연주하는 것은 부럽지 않아."

"젠장, 한 방 먹이려고 아주 작정을 했군."

"네 목표는 그 진실이란 놈을 포착해 표현해 내는 거야."

"워워."

"그래도 너는 목표가 있잖아. 나는 없어."

결국 베르나트가 괴로워하고 있는 친구를 위로하기 위해 방문했던 우정의 밤은 쓰디쓴 전투로 끝을 맺었다. 미적 진실을 두고 격양된 목소리들이 오갔고, 꺼져 버려, 내 말 안 들려, 꺼지라고. 사가 볼테스엡스타인이 왜 너랑 헤어졌는지 이제 알겠네. 그리고 베르나트는 문을 쾅 닫고 나가 버렸다. 몇 초 후 작은 롤라가 서재에 들어와 물었다. 무슨 일이야?

"아니에요. 베르나트에게 급한 일이 생겨서요. 그 애가 어떤지 알잖아요."

작은 롤라는 아드리아를 바라보았다. 아드리아는 멍하게 고통을 바라보지 않기 위해 바이올린을 유심히 살피고 있었다. 작은 롤라는 무슨 말을 하려 했지만 참았다. 그때 아드리아는 그녀가 마치 무슨 이야기라도 나누려는 듯 아직 문가에 서 있다는 사실을 깨달았다.

"왜요?" 대화라고는 한마디도 나누고 싶지 않은 표정으로 내가 말했다.

"아니야. 그거 알아? 저녁 준비를 해야겠어. 어머니가 곧 오실 거야."

그녀가 방을 나가자 나는 바이올린에서 송진을 닦아 냈다. 그리고 깊은 시름에 잠겼다.

23

"정신이 나갔구나, 아들아."

어머니는 커피를 마실 때 이용하는 안락의자에 앉았다. 아드리아가 대화를 이끌어 가는 방법은 그리 현명하지 못했다. 가끔은 어머니가 왜 그냥 꺼져 버리라고 하지 않았는지 의문이 들 정도다. 왜냐하면 어머니, 튀빙겐에서 바이올린 공부를 계속해 보고 싶어요라고 대화를 시작했더라면 어머니가 독일? 여기에서는 별로니? 하고 대답했을 것이다. 하지만 그 대신 나는 어머니, 드릴 말씀이 있어요라고 대화를 시작했다.

"무슨 일이니?" 갑자기 심각해진 그녀는 커피를 마시기 위해 안락의자에 앉았다. 우리가 함께 지낸 몇 년간 서로에게 말을 건넨 일이 없었고 갑자기 어머니, 드릴 말씀이 있어요라는 말을 할 필요는 더더욱 없었기 때문이다.

"실은 얼마 전에 다니엘라 아마토라는 사람하고 이야기를 나누었어요."

"누구랑 이야기했다고?"

"배다른 누나요."

무언가에 찔린 듯 그녀는 벌떡 일어났다. 이미 나머지 대화를 위해 어머니의 환심을 사기는 글렀다. 멍청한 놈, 정말 어리석은 놈, 어떻게 세상을 살아가야 하는지 모르는 놈.

"너한테 배다른 누나가 어딨어."

"감춘다고 해서 배다른 누나가 없어지는 건 아니에요. 다니엘라 아마토, 로마 출신. 주소와 전화번호도 있어요."

"무슨 음모를 꾸미고 있는 거니?"

"아, 정말. 왜 그렇게 생각하세요?"

"그 도둑의 말을 절대 믿지 마라."

"가게 운영에 참여하고 싶다던데요."

"너한테서 카지크네를 훔쳐 간 사실을 알고 있니?"

"무슨 일인지 잘 알아요. 아버지가 그녀에게 주었죠. 나한테서 아무것도 훔쳐 가지 않았어요."

"흡혈귀 같은 여자야. 가게를 자기 것으로 만들려고 하지."

"아니에요. 그저 참여하고 싶어 하는 것 같아요."

"왜 그걸 원하는지 생각 안 해 봤니?"

"그건 모르겠어요. 아버지 때문이 아닐까요?"

"음, 어쨌든 가게는 내 명의고, 화장을 떡칠한 그 엿 같은 여자의 어떠한 제안에 대해서도 내 대답은 안 된다는 거야."

이런. 시작이 참 좋군. 어머니가 여어엇 같은이라고 하지 않은 것은 그것을 형용사가 아닌 명사로 사용했기 때문이다. 예전에 욕을 할 때도 같은 표현을 들은 적이 있다. 나는 어머니의 그런 섬세한 언어 사용이 좋았다. 여전히 어머니는 말없이 부엌을 서성이고 있었다. 더 이상의 저주를 계속 퍼부을지 말지를 생각하는 듯했다. 그녀는 그러지 않기로 했다.

"하고 싶은 말은 그게 다니?"

"아니요. 집을 떠난다는 것도 말씀드리고 싶었어요."

어머니는 커피를 마시던 안락의자로 돌아가 앉았다.

"네가 아주 제대로 정신이 나갔구나." 다시 조용해졌다. 그녀의 손이 긴장했다. "여기 네가 원하는 것이 다 있잖아. 내가 무슨 잘못이라도 했니?"

"아니에요. 왜 그렇게 생각하세요?"

어머니는 초조하게 손을 꼭 쥐었다. 그리고 숨을 깊게 들이마시며 마음을 가라앉힌 후 양손을 치마 위에 가지런히 올려놓았다.

"그럼 가게는 어떻게 하고? 물려받을 생각을 한 번도 안 해 본 거니?"

"별로 관심 없어요."

"거짓말 마. 네가 가장 좋아하는 공간이잖니."

"아니에요. 가게 안의 물건들을 좋아하는 것은 맞아요. 하지만 그 일을 하는 것은……."

그녀는 나를 뚫어지게 바라보았다. 화가 난 듯했다.

"네가 원하는 것은 그저 나에게 반대하는 거야. 늘 그랬지."

왜 어머니와 나는 한 번도 서로를 사랑한 적이 없을까? 그것은 언제나 수수께끼였다. 나는 일생 평범한 아이들을 부러

위했다. 그들은 그저 어머니, 아, 제 무릎 좀 보세요, 다쳤어요 했고, 그러면 입맞춤 한 번으로 통증을 잊게 해 주는 것이 보통의 어머니들이었다. 내 어머니는 그런 능력이 없었다. 내가 무릎을 다쳤다고 용기를 내어 말하던 날 어머니는 내게 기적을 행하는 대신 나를 작은 롤라한테 보내고 조급하게 나의 천부적인 재능이 또 다른 기적을 만들어 내기만을 기다렸다.

"이곳에서의 생활이 행복하지 않니?"

"튀빙겐에서 공부를 계속하려고요."

"독일에서? 여기가 별로야?"

"빌헬름 네슬레 밑에서 공부하고 싶어요."

정확히 말하자면 네슬레가 튀빙겐에서 여전히 학생을 가르치는지 아닌지 나는 전혀 몰랐다. 그리고 그가 아직 살았는지 아닌지도 확실하지 않았다. 사실 우리가 대화하던 순간 그는 여든이 조금 넘은 나이로 세상을 떠났다. 그리고 내 말이 맞았다. 그는 튀빙겐에서 학생들을 가르치고 있었다. 내가 튀빙겐에서 공부하고 싶었던 데는 다 이유가 있었다.

"그게 누구니?"

"철학사를 연구하는 역사학자예요. 그리고 코셰리우[89]도 만나고 싶어요."

이건 정말이었다. 모두 다 그는 성질이 괴팍하지만 천재라고 입을 모아 이야기했다.

---

89) 에우젠 코셰리우(Eugen Coșeriu, 1921~2002). 루마니아 태생의 언어학자. 튀빙겐 대학교에서 언어학을 가르쳤으며 구조의미론을 집대성했다.

"그건 또 누구야?"

"언어학자예요. 세기의 문헌학자예요."

"그러한 학문으로 네가 행복해진다고 생각하면 착각이란다, 애야."

이를 어쩐담. 어머니의 의견을 객관적으로 생각해 보면 틀린 말이 아니다. 당신이라는 존재 이외에 나를 행복하게 한 것은 없었고, 당신이라는 존재로 인해 가장 극심한 고통을 겪었다. 나는 언제나 행복에 가까이 있었고 많은 기쁨을 느끼기도 했다. 나는 평화와 이 세상에 대해, 그리고 몇몇 사람들에 대해 무한한 감사의 마음을 느껴 보았다. 나는 아름다운 사물과 관념 가까이에 머물러 보았다. 값비싼 물건들을 소유함으로써 얻을 수 있는 전율도 느껴 보았다. 이것은 아버지가 마주했던 도전이 무엇인지 이해하도록 해 주었다. 하지만 당시 내 나이가 나이였던지라 나는 흡족한 듯 웃고는 내가 행복해야 한다고 아무도 말해 준 적이 없다고 받아쳤다. 그리고 나는 만족하며 입을 다물었다.

"네가 얼마나 한심한지 잘 생각해 보렴."

나는 완전히 무장 해제가 되어 바라보았다. 어머니가 고작 다섯 마디의 말로 나를 완전히 쓸모없는 인간처럼 느끼게 만들었기 때문이다. 그래서 작심하고 모진 소리를 했다.

"저를 이렇게 만든 것은 당신들이에요. 저는 행복하든 말든 공부를 하고 싶다고요."

아드리아 아르데볼은 이처럼 상대를 환장하게 만드는 데 재주가 있었다. 지금이라도 인생을 다시 시작할 수 있다면 나는 가장 먼저 행복의 영역을 찾을 것이다. 그리고 그것이 언제나 내 인생에서 젠체하지 않고 함께하도록 영구히 보존할 수 있는지 알아볼 것이다. 만일 내 자식이 내가 어머니에게 하듯 대답했다면 한 대 갈겼을 것이다. 하지만 나는 자식이 없었다. 나는 인생 내내 누군가의 자식이기만 했다. 사라, 왜 아이를 원하지 않은 거야?

"넌 그저 나에게서 멀어지고 싶을 뿐이야."

"아니에요." 빈말이었다. "왜 공부를 하고 싶어 하면 안 되는 거죠?"

"네가 원하는 건 도망치는 거야."

"무슨 소리를!" 다시 거짓말을 했다. "왜 제가 굳이 도망을 치고 싶겠어요?"

"네가 말해 보지 그러니?"

술에 취하더라도 나는 절대 사라에 대해, 사라지고 싶은 욕구, 다시 시작하고 싶은 마음, 파리를 아래위로 샅샅이 뒤지고 싶은 충동, 볼테스엡스타인네 집 방문에 두 번 실패한 이후 세 번째 방문에서 그녀 부모님이 나를 맞이하여 매우 정중하게 당신들의 딸이 자발적으로 파리에 갔으며, 나한테서 멀리 떨어지고 싶어 한다고, 그녀에게 매우 큰 상처를 주었다고 이야기한 사실을 말하지 않을 것이다. 그러니까 당신은 이 집에서 환영받지 못한다는 사실을 이해할 거라 믿어요.

"하지만 저는……."

"이봐, 젊은이, 너무 고집부리지 말게. 자네한테 특별히 나쁜 감정이 있는 것은 아니야." 그는 거짓말을 했다. "다만 딸을 지켜 주는 것이 우리 의무라는 점만은 이해해 주길 바라네."

절망적이었고 나는 아무것도 이해할 수가 없었다. 볼테스씨는 자리에서 일어나더니 그만 가 보라는 몸짓을 했다. 나는 천천히 그 말에 따랐다. 울보였던 나는 눈물을 막을 수 없었다. 눈물은 황산이라도 되는 듯 굴욕적인 내 광대를 따라 따갑게 흘러내렸다.

"뭔가를 오해하신 것 같아요."

"우리가 보기에 오해는 없는 것 같은데요." 사라의 어머니 (키가 크고 원래 어두운 색이었지만 이제 약간 희끗해진 머리카락과 짙은 눈동자를 지닌 그녀는 삼십 년 후 사라의 모습을 보는 듯했다.)가 매우 깊은 발성의 카탈루냐어 억양으로 말했다.

"사라는 자네에 대해 아무것도 알고 싶어 하지 않아. 아무것도."

나는 볼테스의 손짓에 방을 나서다가 멈추어 섰다.

"저에게 아무런 메모도 남기지 않았나요?"

"없네."

나는 그 집을 나왔다. 사라가 나를 사랑했을 때 몰래 방문한 곳이었다. 부모님은 매우 교양 있었지만 가혹했고, 나는 인사도 없이 그곳을 떠났다. 울음을 참으며 나왔다. 뒤로 조용히 문이 닫히는 소리가 들렸다. 나는 마치 사라에게 조금이라도 가까이 갈 수 있는 방법인 양 잠시 층계참에 머물렀다. 그때 참았던 울음이 터지더니 눈물은 멈출 줄을 몰랐다.

"저는 도망치고 싶지도 않고 그럴 이유도 없어요." 나는 이 사실을 강조하기 위해 잠시 멈추었다. "제 말 이해하시겠어요,

어머니?"

세 번째로 어머니에게 거짓말을 했다. 맹세컨대 그즈음 닭이 우는 소리를 들었던 것 같다.

"완벽하게 이해했다." 어머니는 내 눈을 보며 말했다. "아드리아, 들어 보렴."

어머니가 처음으로 아들아 대신에 아드리아라고 부른 순간이었다. 내가 태어난 이래 처음 있는 일이었다. 일천구백육십 혹은 일천구백칠십 몇 년 4월 12일에 일어난 일이었다.

"말씀하세요."

"네가 원하면 일을 하지 않아도 좋아. 그저 바이올린과 책 읽기로 시간을 보내. 내가 죽고 나면 가게에는 관리인을 두면 된다."

"죽는다는 이야기는 하지 마세요. 그리고 바이올린은 이미 끝난 이야기예요."

"어디에 가고 싶다고 했지?"

"튀빙겐."

"거기가 어디야?"

"독일."

"거기에 뭐가 있다고 했지?"

"코세리우."

"누구라고?"

"도서관에서 시간을 보내는 이유가 여자애들 뒤꽁무니를 쫓는 거였구나? 체계, 법칙, 발화."

"됐고, 어서 말해 봐, 누구라고?"

"루마니아 출신의 언어학자야. 내가 밑에서 공부하고 싶어 하는 교수지."

"아, 네 말을 들으니 얼핏 이름이 생각나네."

화가 난 듯 말을 잇지 않았다. 그러나 오래가지 않았다.

"이곳에서 공부하고 있잖아? 벌써 과정을 절반이나 마쳤고, 전부 A+를 받으면서 말이야, 왜 그래?"

네슬레의 수업을 듣고 싶다는 이야기는 하지 않았다. 왜냐 하면 베르나트와 내가 고함, 밀치기, 재촉, 그리고 카페라테를 사이에 두고 학교 바에서 만났을 때 나는 빌헬름 네슬레가 이미 죽은 지 꽤 됐다는 사실을 알고 있었기 때문이다. 그 말을 했다면 각주 하나를 조작한 셈이나 마찬가지였을 것이다.

이틀 동안 연락이 없던 베르나트가 시험에 대비한 연습을 위해 우리 집에 왔다. 내가 선생이라도 되는 듯이 말이다. 아드리아가 문을 열어 주자 베르나트는 인사로 비난을 담아 손가락을 내밀었다.

"튀빙겐에서는 모든 수업을 독일어로 해야 한다는 사실을 잊었어?"

"네가 원할 때 스토리오니를 맘대로 켜도 좋아."(독일어) 아드리아는 차가운 웃음을 지으며 대답했다. 그리고 악기를 건네주었다.

"무슨 말인지는 모르겠지만, 그래."

활에 송진을 조금 집중하여, 그렇지만 악기에 무리가 가지 않도록 칠하는 동안 그는 함께 이야기해 봤더라면 좋았을 거라고 중얼거렸다.

"왜?"

"이봐, 난 네 친구라고."

"그래서 지금 이야기하잖아."

"친한 친구라고, 이 재수 없는 놈아! 튀빙겐에서 몇 주 동안 지내겠다는 정신 나간 생각이 머릿속을 맴돈다고 왜 얘기 못 했던 거야. 내 가장 친한 친구, 너는 어떻게 생각해? 어디서 좀 들어 본 말 같지 않아?"

"네가 그만 마음에 담아 두겠다고 했잖아. 이미 끝난 이야 기라고 생각했어."

"꼭 그런 것은 아니야."

"넌 항상 나를 네 주변에 두고 싶은 것뿐이야."

이에 대한 대답으로 베르나트는 책상 위에 악보를 올려놓 고 베토벤 바이올린 협주곡 1악장을 연주하기 시작했다. 시작 부분을 무시하고 나는 피아노 편곡 버전을 연주하며 그의 어 설픈 오케스트라가 되어 주었다. 심지어 다른 악기들의 소리 를 집어넣기도 했다. 연주가 끝났을 때 나는 지쳐 있었다. 하 지만 너무나 감격스러웠다. 베르나트의 연주는 훌륭했을 뿐 아니라 완벽 그 이상의 무언가가 있었기 때문이다. 그의 연주 에 대한 내 마지막 평가가 마음에 들지 않았다고 분명하게 보 여 주려는 것 같았다. 나는 연주 후 찾아든 침묵을 방해하지 않았다.

"뭐?"

"잘했어."

"그게 다야?"

"정말 잘했어. 달라."

"다르다니?"

"달라. 내가 제대로 들었다면 너는 음악 안에 완전히 들어가 있었어."

더한 침묵이 이어졌다. 그는 자리에 앉아 땀을 닦았다. 그리고 내 눈을 바라보았다.

"네가 원하는 것은 도망치는 거야. 누구로부터인지 모르겠지만 도망치고 싶은 거야. 그게 내가 아니었으면 좋겠네."

나는 그가 가져온 다른 악보를 살펴보았다.

"마시아[90]의 네 가지 작품이라니 아주 좋은 생각 같아. 누가 반주해?"

"그 사상사인지 뭔지를 공부하면 지겨워 죽을지도 모른다는 생각은 안 해 봤어?"

"마시아는 그런 대접을 받을 만해. 작품도 아름답고. 내가 제일 좋아하는 것은 알레그로 스피리토소야."

"그리고 도대체 왜 언어학자의 수업을 듣겠다는 거야, 문화사를 공부한다면서?"

"샤콘은 특별히 주의해야 하는 작품이야, 겉보기하고 다르거든."

"나쁜 놈, 떠나지 말라고."

---

90) 조안 마시아(Joan Massià, 1890~1969). 카탈루냐 태생의 작곡가이자 바이올린 연주자.

"맞습니다." 그가 말했다. "미술학과입니다."

"그래서 볼일이 뭡니까?"

냉정하고 의심이 많은 볼테스엡스타인 부인은 그에게 위협적으로 다가왔다. 그는 침을 삼키고 학교 등록 이전을 완료하기 위해 한 가지 절차만을 남겨 놓았다고 했다. 그래서 그녀의 주소가 필요합니다.

"더 필요한 것이 없을 텐데요."

"무슨 말씀을요. 재발 방지 보험 증서가 남았습니다."

"네? 그게 뭔가요?" 정말 궁금하여 물어보는 듯했다.

"별거 아닙니다. 사소한 것이지요. 하지만 당사자가 서명해야 합니다." 그는 서류를 살펴보더니 무심하게 툭 던졌다. "본인이 말이죠."

"서류를 주고 가세요."

"아니, 안 됩니다. 제게는 권한이 없어요. 등록을 옮겨 간 파리 학교의 이름을 알려 주시면……."

"안 됩니다."

"미술학과에 이름이 없다고 하더군요." 그는 말을 바로잡았다. "없더군요."

"당신, 누구죠?"

"무슨 말씀입니까?"

"제 딸은 학교를 옮긴 사실이 없습니다. 당신, 누구예요?"

"그리고 문을 닫아 버렸어. 쾅!"

"네가 오는 것을 봤을 거야."

"맞아."

"제길."

"그렇고말고."

"고마워, 베르나트."

"미안. 더 잘할 수 있었을 텐데 말이야."

"아니야, 그런 말 마. 넌 할 만큼 했어."

잠시 무거운 침묵이 흐른 후 아드리아는 말했다. 미안하지만 좀 울고 싶어.

베르나트의 시험은 바흐의 「파르티타 2번」 샤콘으로 끝이 났다. 그 곡을 나는 수십 번 들었다……. 그리고 언제나 나는 할 말이 많았다. 나는 거장이고 그는 제자인 듯 말이다. 우리가 카탈루냐 음악당에서 하이페츠의 연주를 들은 뒤에 그는 이 곡을 연습하기 시작했다. 좋다. 완벽했다. 하지만 또다시 영혼 없는 연주였다. 시험 때문에 긴장했던 탓이리라. 영혼 없는 연주. 마치 스물네 시간 가까이 계속되었던 집에서의 마지막 리허설이 신기루였던 것처럼. 앞에 청중이 있기만 하면 베르나트의 창의성은 증발해 버린다. 그는 신성한 그 무언가가 부족했다. 그것을 단호함과 끈질긴 연습으로 대체하려 했다. 그 결과 완벽한 연주일 뿐 아니라 예측 가능한 연주가 되어 버렸다. 그게 다였다. 내 가장 친한 친구는 너무나 예측 가능했다. 습격 작전에서도 말이다.

그는 땀을 흘리며 시험을 마무리했다. 분명히 잘했다고 생각했을 것이다. 그가 연주한 두 시간 동안 심사위원 세 명은 떨떠름한 표정을 하고 있었다. 몇 초간 숙고한 그들은 만장일

치로 최고점을 주었고, 베르나트는 각각의 심사위원에게 개인적인 축하를 받았다. 청중석에 앉아 있던 트루욜스 선생은 베르나트의 어머니가 포옹을 포함해 내 어머니를 제외한 보통의 모든 어머니들이 하는 그런 것들을 끝내기를 기다렸다가 많은 스승이 그러하듯 아주 감격하여 베르나트의 볼에 입을 맞추었다. 나는 그녀의 예언을 들었다. 너는 내가 가르친 제자들 중 최고야. 찬란한 앞날이 기대되는구나.

"매우 훌륭했어." 아드리아가 말했다.

베르나트는 활을 풀던 동작을 멈추고 친구를 바라보았다. 조용히 활을 넣고 케이스를 닫았다. 아드리아는 다시 한번 말했다. 너, 정말 놀라웠어. 축하해.

"어제 네가 내 가장 친구라고 말한 거 기억나지. 너는 내 친구야."

"그렇지. 얼마 전에는 가장 친한 친구라고 했고."

"맞아. 가장 친한 친구에게는 거짓말하지 않아."

"뭐라고?"

"오늘 내 연주는 충분히 경쟁력이 있었지. 그게 다야. 하지만 영혼이 부족하지."

"오늘은 훌륭했어."

"너였다면 훨씬 잘했을 거야."

"무슨 말이야! 바이올린을 손에서 놓은 지 벌써 이 년이나 되었다고!"

"내 망할 가장 친한 친구가 나에게 진실을 말하지 못하고 다른 사람들처럼 행동한다면……."

"무슨 말을 하는 거야?"

"나에게 다시는 거짓말하지 마, 아드리아." 그는 이마의 땀을 닦았다. "네 말은 아주 신경에 거슬려. 화나게 만든다고."

"음, 나는 말이야……."

"하지만 네가 유일하게 진실을 말하는 사람이란 것을 알아." 한쪽 눈을 찡긋했다. "잘 가."(독일어)

기차표를 손에 쥐었을 때 학업을 위해 튀빙겐으로 떠나는 게 미래를 그리는 것보다 더 큰 의미가 있음을 알게 되었다. 내 유년 시절과의 작별이었다. 나의 아르카디아에서 멀어지는 것이었다. 그랬다. 나는 외롭고 불행한 아이였다. 부모는 나의 재능과 관련된 것 이외에는 무신경했고, 내가 동전을 넣으면 사람처럼 움직이는 로봇을 보러 티비다보 놀이동산에 가고 싶은지 물어볼 줄도 모르는 사람들이었다. 하지만 아이는 오염된 진흙 속에서 빛나는 꽃을 찾아 냄새를 맡을 줄 알았다. 그리고 마분지로 된 모자 상자를 바퀴 다섯 개짜리 큰 트럭이라고 상상하며 기뻐할 줄 알았다. 슈투트가르트행 표를 사며 나는 이러한 순수의 시절이 끝나고 있음을 깨달았다.

세계문학전집 **369**

나는 고백한다 1

1판 1쇄 펴냄 2020년 11월 30일
1판 4쇄 펴냄 2023년 6월 12일

지은이 자우메 카브레
옮긴이 권가람
발행인 박근섭, 박상준
펴낸곳 (주)민음사

출판등록 1966. 5. 19. (제 16-490호)
서울특별시 강남구 도산대로1길 62(신사동) 강남출판문화센터 5층 (우편번호 06027)
대표전화 02-515-2000 팩시밀리 02-515-2007
www.minumsa.com

한국어 판 © (주)민음사, 2020. Printed in Seoul, Korea

ISBN 978-89-374-6369-3 04800
ISBN 978-89-374-6000-5 (세트)

세계문학전집 목록

세계문학전집은 계속 간행됩니다.